UMA PROPOSTA

& nada mais

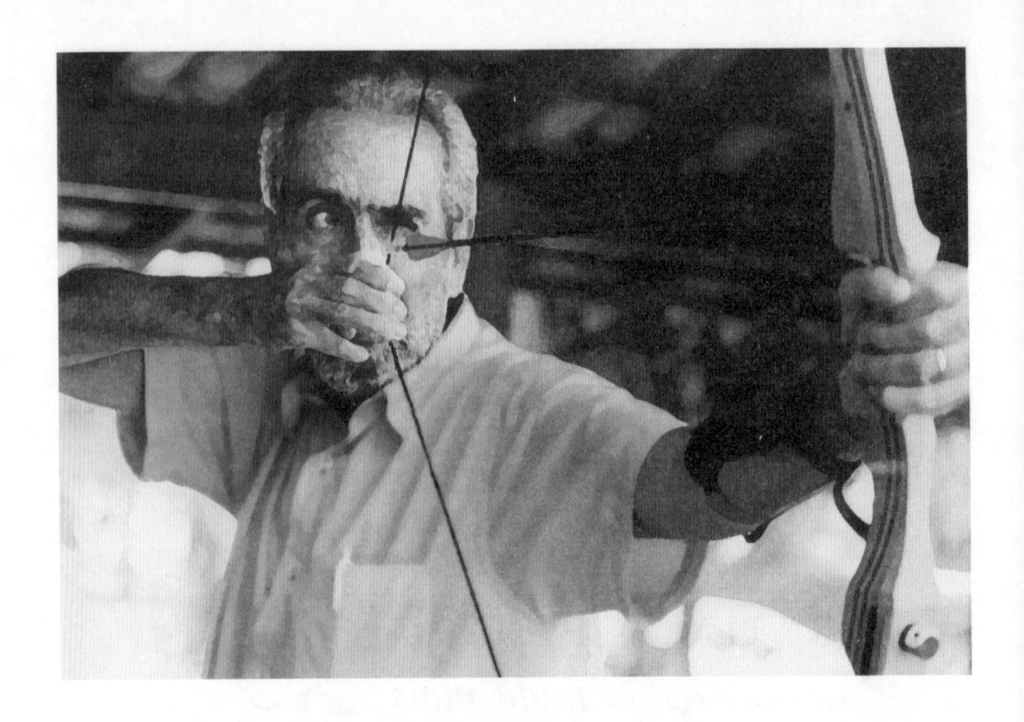

O Arqueiro

Geraldo Jordão Pereira (1938-2008) começou sua carreira aos 17 anos, quando foi trabalhar com seu pai, o célebre editor José Olympio, publicando obras marcantes como *O menino do dedo verde*, de Maurice Druon, e *Minha vida*, de Charles Chaplin.

Em 1976, fundou a Editora Salamandra com o propósito de formar uma nova geração de leitores e acabou criando um dos catálogos infantis mais premiados do Brasil. Em 1992, fugindo de sua linha editorial, lançou *Muitas vidas, muitos mestres*, de Brian Weiss, livro que deu origem à Editora Sextante.

Fã de histórias de suspense, Geraldo descobriu *O Código Da Vinci* antes mesmo de ele ser lançado nos Estados Unidos. A aposta em ficção, que não era o foco da Sextante, foi certeira: o título se transformou em um dos maiores fenômenos editoriais de todos os tempos.

Mas não foi só aos livros que se dedicou. Com seu desejo de ajudar o próximo, Geraldo desenvolveu diversos projetos sociais que se tornaram sua grande paixão.

Com a missão de publicar histórias empolgantes, tornar os livros cada vez mais acessíveis e despertar o amor pela leitura, a Editora Arqueiro é uma homenagem a esta figura extraordinária, capaz de enxergar mais além, mirar nas coisas verdadeiramente importantes e não perder o idealismo e a esperança diante dos desafios e contratempos da vida.

MARY BALOGH

CLUBE DOS SOBREVIVENTES – 1

UMA PROPOSTA

Publicado em acordo com a Maria Carvainis Agency, Inc., e a Agência Literária Riff Ltda.

Publicado originalmente nos Estados Unidos pela Delacorte Press, marca da Random House Publishing Group, uma divisão da Random House, Inc., Nova York.

tradução: Livia de Almeida
preparo de originais: Sheila Til
revisão: Suelen Lopes e Cristhiane Ruiz
diagramação: Ilustrarte Design e Produção Editorial
capa: Renata Vidal
imagem de capa: Jill Battaglia / Arcangel Images
impressão e acabamento: Bartira Gráfica

CIP-BRASIL. CATALOGAÇÃO NA PUBLICAÇÃO
SINDICATO NACIONAL DOS EDITORES DE LIVROS, RJ

B156p Balogh, Mary
Uma proposta e nada mais/ Mary Balogh; tradução de Livia de Almeida. São Paulo: Arqueiro, 2018.
272 p.; 16 x 23 cm. (Clube dos Sobreviventes; 1)

Tradução de: The proposal
ISBN 978-85-8041-817-0

1. Ficção americana. I. Almeida, Livia de. II. Título. III. Série.

18-47363 CDD: 813
CDU: 821.111(73)-3

Editora Arqueiro Ltda.
Rua Funchal, 538 – conjuntos 52 e 54 – Vila Olímpia
04551-060 – São Paulo – SP
Tel.: (11) 3868-4492 – Fax: (11) 3862-5818
E-mail: atendimento@editoraarqueiro.com.br
www.editoraarqueiro.com.br

PRÓLOGO

O Clube dos Sobreviventes

O tempo bem que poderia estar melhor. Nuvens pesadas atravessavam o céu, empurradas por um vento forte, e a chuva que ameaçara cair o dia inteiro finalmente havia começado a desabar. O mar estava escuro e agitado. Uma umidade gelada invadia a carruagem, e seu único passageiro ficou grato por estar usando um sobretudo grosso.

O clima não o desanimava, embora preferisse viajar com sol. Estava a caminho da Cornualha. Ia a Penderris Hall, a casa de campo de George Crabbe, duque de Stanbrook. Sua Graça era uma das seis pessoas que ele mais amava no mundo, algo até estranho de admitir. Afinal, cinco delas eram homens. Eram as seis pessoas em quem ele mais confiava no mundo. Não havia nada de impessoal em sua relação com esses amigos.

Todos passariam as três semanas seguintes juntos em Penderris. Uma parte do grupo era formada por sobreviventes das Guerras Napoleônicas, cinco ex-oficiais militares feridos em combate e enviados de volta para a Inglaterra para se recuperarem. Haviam chamado a atenção do duque de Stanbrook, que os levara a Penderris Hall para receberem tratamento, repousarem e se restabelecerem. O duque já não tinha idade para ir à guerra, mas perdera o filho na península Ibérica nos primeiros anos da campanha na região. O sétimo integrante do clube era a viúva de um oficial capturado pelo inimigo e que morrera sob tortura, parte dela realizada em sua presença. O duque era primo distante dela e a acolhera depois de seu retorno à Inglaterra.

Aqueles sete tinham estabelecido um laço muito forte durante o longo período de tratamento e recuperação. E como todos carregariam marcas da guerra para sempre, haviam combinado que, depois que retomassem as próprias vidas longe da segurança de Penderris, passariam algumas semanas por ano lá, para renovar a amizade, conversar e apoiar-se mutuamente em qualquer dificuldade que surgisse.

Eram sobreviventes e tinham força para levar a vida adiante. Contudo, de uma forma ou de outra, também carregavam cicatrizes. Entre eles, não precisavam esconder isso.

Certa vez um deles chamara o grupo de Clube dos Sobreviventes, e o nome ficara, pelo menos entre eles.

Hugo Emes, lorde Trentham, esforçou-se para espiar o lado de fora, apesar da chuva que golpeava a janela da carruagem. Conseguiu distinguir o contorno dos grandes penhascos não muito longe dali e o mar atrás deles, uma linha cinzenta salpicada de espuma mais escura que o céu. Já se encontrava nas terras de Penderris. Chegaria à casa em alguns minutos.

Deixar aquele lugar três anos antes tinha sido uma das coisas mais difíceis que qualquer um deles já fizera. Hugo teria ficado feliz em passar o resto da vida ali. Mas, claro, nada na vida dura para sempre, e chegara a hora de partir.

E agora era hora de outra mudança...

Mas ele ainda não queria pensar nesse assunto.

Aquele era o terceiro reencontro do grupo. No ano anterior, Hugo não pudera comparecer, de modo que fazia dois anos que não via os amigos.

A carruagem parou de súbito diante dos degraus que conduziam às imensas portas de Penderris Hall e estremeceu por alguns momentos. Hugo imaginou se algum dos outros já teria chegado. Sentia-se ansioso, e pensou, com certo desgosto, que o frio na barriga o fazia parecer uma criança que ia para uma festa.

As portas da casa se abriram e o duque em pessoa apareceu. Ele ignorou a chuva e desceu os degraus, chegando enquanto o cocheiro abria a porta da carruagem e Hugo saltava, sem esperar que a escada fosse baixada.

– George – falou.

Hugo não era o tipo de homem que costumava abraçar outras pessoas, nem mesmo tocá-las sem um bom motivo, contudo bem que poderia ter partido dele o abraço apertado que trocou com o amigo.

– Minha nossa – disse o duque, soltando-o depois de alguns segundos e dando um passo para trás para ver melhor o amigo. – Você não mudou nada nesses dois anos, não é, Hugo? Nem em altura nem em largura. É um dos poucos homens que fazem com que eu me sinta pequeno. Vamos sair da chuva e ir lá para dentro, e então vou examinar minhas costelas e ver quantas você quebrou.

Hugo não fora o primeiro a chegar, como pôde perceber assim que entrou no saguão. Flavian Artnott, visconde Ponsonby, o aguardava para cumprimentá-lo. E Ralph também estava lá – Ralph Stockwood, conde de Berwick.

– Hugo – chamou Flavian, levando ao olho um monóculo e simulando um langor entediado. – Seu urso g-grande e feioso. É surpreendentemente b-bom vê-lo.

– Flavian, seu garoto bonito e magrelo – respondeu Hugo, seguindo na direção dele com as botas ecoando ao tocar o chão de ladrilhos. – É bom vê-lo, e isso não me surpreende.

Os dois se abraçaram e trocaram tapinhas nas costas.

– Hugo, parece que foi ontem que o vimos – comentou Ralph. – Você não mudou nada. Até o cabelo ainda o faz lembrar uma ovelha tosquiada.

– E essa cicatriz em seu rosto ainda o faz parecer assustador, alguém com quem eu não gostaria de encontrar num beco escuro – retorquiu Hugo, enquanto os dois se aproximavam para um abraço. – Os outros não chegaram?

Ainda pronunciava essas palavras quando um movimento por trás do ombro de Ralph o fez perceber que Imogen Hayes, lady Barclay, descia a escada.

– Hugo – disse ela, correndo para ele de braços abertos. – Ah, Hugo.

Era alta, esguia e graciosa. O cabelo louro-escuro estava arrumado num coque baixo, um estilo sóbrio que ressaltava a beleza das feições alongadas e de traços nórdicos, com maçãs do rosto salientes, boca generosa e grandes olhos azul-esverdeados. O penteado também acentuava a impassibilidade daquele rosto, que parecia ter sido talhado em mármore. *Aquilo* também não se alterara nos últimos dois anos.

– Imogen.

Ele apertou as mãos da amiga e lhe deu um abraço forte. Sentiu seu perfume familiar. Deu-lhe um beijo no rosto e a encarou.

Ela ergueu uma das mãos e, com a ponta do indicador, traçou uma linha entre as sobrancelhas dele.

– Ainda franze a testa – observou ela.

– Ele ainda fica *carrancudo* – corrigiu Ralph. – Mas sentimos muito a sua falta no ano passado, Hugo. Flavian não tinha ninguém para chamar de feio. Tentou comigo uma vez, mas eu o persuadi a não repetir o atrevimento.

– Ele me a-assustou de verdade, Hugo – contou Flavian. – Desejei que estivesse aqui para eu me e-esconder atrás de você. Tive que me proteger atrás de Imogen.

– Respondendo à sua pergunta anterior, Hugo – disse o duque, pondo a mão em seu ombro –, na verdade você é o último a chegar, e estávamos muito impacientes. Ben queria ter vindo recebê-lo, mas levaria muito tempo para descer a escada e ter que subi-la em seguida. Vincent ficou no salão fazendo-lhe companhia. Vamos para cima. Você pode se instalar no quarto mais tarde.

– Pedi uma bandeja com chá assim que Vincent ouviu o barulho da sua carruagem – falou Imogen –, mas sem dúvida vou ser a única a beber. É o que ganho por me juntar a um bando de bárbaros.

– Na verdade – disse Hugo –, uma xícara de chá quente parece perfeito, Imogen. E espero que faça bom tempo amanhã e nas próximas semanas, George.

– Ainda estamos em março – ressaltou o duque enquanto subiam os degraus. – Mas se insiste, Hugo, certamente o sol aparecerá durante o resto de sua estada. Algumas pessoas *aparentam* ser fortes, mas na verdade não passam de plantinhas de estufa.

Quando entraram no salão, lá estava sir Benedict Harper, de pé. Sustentava-se nas muletas, embora não apoiasse todo o peso nelas. Ele caminhou até Hugo. Aquilo calaria a boca dos especialistas que o chamaram de tolo por se recusar a amputar as pernas, esmagadas pelo próprio cavalo, que tombara com um tiro. Ele havia jurado que voltaria a caminhar, e era exatamente isso que fazia, ainda que com dificuldade.

– Hugo – chamou ele. – Você é uma alegria para os meus olhos cansados. Dobrou de tamanho ou é efeito do sobretudo?

– Ele é a *causa* de olhos cansados, com certeza – zombou Flavian com um suspiro. – E ninguém avisou a Hugo que os sobretudos grossos foram feitos para beneficiar aqueles que têm ombros menos avantajados.

– Ben, você está de pé? – perguntou Hugo, surpreso, abraçando-o com cuidado. – Deve ser um dos homens mais teimosos que conheço.

– Acredito que você poderia ser um sério concorrente a esse título – ressaltou Ben.

Hugo se voltou para o sétimo integrante do Clube dos Sobreviventes, o caçula. Estava de pé próximo à janela, os cachos alourados compridos e rebeldes como sempre, sorrindo com uma expressão franca e bem-humorada, quase angelical.

– Vince – disse Hugo, atravessando o cômodo.

Vincent Hunt, lorde Darleigh, o encarou com os grandes olhos azuis de que Hugo se lembrava tão bem. Aqueles olhos eram feitos para derreter o coração das damas, como Flavian os descrevera certa vez, tentando arrancar uma risada do garoto. Hugo sempre achara o olhar dele um pouco desconcertante.

Porque Vincent era cego.

– Hugo – disse ele, já sendo abraçado. – Como é bom ouvir sua voz. E tê-lo conosco de novo. Se estivesse aqui no ano passado, não permitiria que todos fizessem piada da minha habilidade com o violino, não é? Todos exceto Imogen, digo.

Ouviu-se um burburinho atrás deles.

– Você toca violino? – perguntou Hugo.

– Toco. E com certeza você não permitiria que eu fosse ridicularizado – respondeu Vincent com um sorriso inseguro. – Dizem que você tem a aparência de um guerreiro grande e feroz, Hugo. Se isso é verdade, então você é uma fraude, pois sempre consigo perceber a gentileza por trás da brusquidão na sua voz. Vai me ouvir tocar este ano e não vai rir.

– Talvez ele chore, Vince – zombou Ralph.

– Costumo provocar esse efeito na plateia – retrucou Vince, rindo.

Hugo retirou o sobretudo e o jogou nas costas de uma cadeira, depois foi sentar com os outros. Beberam chá, embora o duque houvesse oferecido também algo mais forte.

– Lamentamos muito não vê-lo no ano passado, Hugo – contou ele, depois de conversarem por algum tempo. – Lamentamos ainda mais pelo motivo de sua ausência.

– Estava pronto para vir quando recebi a notícia do ataque cardíaco de meu pai – contou Hugo. – Como minha bagagem já estava pronta para viajar, cheguei pouco antes que falecesse. Consegui até falar com ele. Devia ter feito isso antes. Não precisávamos ter nos afastado tanto, ainda que ele tenha se decepcionado quando insisti que me conseguisse um posto no Exército. Meu pai esperava que eu seguisse seus passos no negócio da família. Mas me amou até o fim, sabem? Sempre serei grato por ter chegado a tempo de lhe dizer que também o amava, embora talvez parecessem palavras vazias.

Imogen, sentada ao lado dele num amplo sofá, deu tapinhas carinhosos na sua mão.

– Ele compreendeu – garantiu ela. – As pessoas *compreendem* a linguagem do coração, mesmo que a cabeça nem sempre consiga.

Todos olharam para ela em silêncio por um momento.

– Ele deixou uma pequena fortuna para Fiona, minha madrasta – disse Hugo. – E um bom dote para Constance, minha meia-irmã. Mas me legou a maior parte dos negócios e de seu império. Sou dono de uma riqueza indecente.

Ele franziu a testa. A riqueza às vezes parecia uma espécie de peso. Contudo, as obrigações que a acompanhavam eram ainda piores.

– Pobre Hugo! – disse Flavian, retirando um lenço de linho do bolso e enxugando os olhos. – Meu coração está despedaçado.

– Ele tinha esperança de que eu assumisse os negócios. Não me exigia isso – ressaltou Hugo. – Apenas *esperava* que eu quisesse. Mesmo à beira da morte, o rosto dele reluzia diante dessa perspectiva. Dizia que gostaria que eu deixasse tudo para o meu filho, quando chegasse a hora.

Imogen voltou a dar tapinhas na sua mão e lhe serviu mais uma xícara de chá.

– A questão é que tenho sido feliz levando uma vida tranquila no campo – prosseguiu Hugo. – Fui feliz no chalé durante dois anos e, no último, em Crosslands Park; embora, é claro, tenha sido uma felicidade proporcionada pela minha riqueza recente. Dei uma desculpa para a procrastinação dizendo a mim mesmo que seria um ano de luto e que pareceria inadequado agir de pronto, como se eu só quisesse a fortuna dele. Mas amanhã é o aniversário da morte do meu pai. Não tenho mais desculpas.

– Sempre lhe dissemos que ficar recluso não é da sua natureza, Hugo – observou Vincent.

– Para ser mais exato, Hugo, sempre o comparamos a um rojão que ainda não explodiu – corrigiu Ben. – Só à espera de uma fagulha.

Hugo suspirou.

– Gosto da minha vida do jeito que é.

– Então o fato de ter recebido um título de nobreza como prêmio por sua bravura não significa nada? – perguntou Ralph. – Está planejando retornar às suas raízes de classe média?

Hugo franziu o cenho.

– Nunca as abandonei – garantiu. – Jamais quis pertencer às classes superiores. Eu as desprezava, assim como meu pai... exceto por vocês. Comprar Crosslands pode parecer um pouco pretensioso, mas eu queria um espaço para ficar em paz. Só isso.

– E esse espaço sempre estará lá à sua espera – disse o duque. – Será um retiro tranquilo quando a pressão dos negócios abater seu ânimo.

– É a parte que diz respeito ao *filho* que abate meu ânimo agora – contou Hugo. – Teria que ser legítimo, não é? Eu precisaria de uma *esposa*. É o que vou enfrentar quando sair daqui. Está decidido: preciso encontrar uma esposa. Não consigo nem imaginar! Perdão, Imogen. Não tenho nada contra as mulheres. Só não quero ter uma todos os dias na minha vida. Ou na minha casa.

– Então não está à procura de romance nem de amor, Hugo? – perguntou Flavian. – É muito sábio de sua parte. O amor é o d-diabo encarnado e deve ser evitado como a peste.

Flavian era comprometido ao partir para a guerra, porém a noiva rompera o relacionamento quando ele retornara, por ser incapaz de lidar com suas feridas. Dois meses depois, casara-se com o melhor amigo de Flavian.

– Tem alguém em mente, Hugo? – perguntou o duque.

– Na verdade, não.

Hugo suspirou mais uma vez.

– Tenho um exército de primas e tias que ficariam encantadas em me apresentar um rol de possibilidades se eu mencionasse o assunto, apesar de vergonhosamente tê-las deixado de lado durante anos. Mas eu me sentiria sem controle da situação. Detestaria isso. Na verdade, esperava que algum de vocês pudesse me dar conselhos sobre como encontrar uma esposa.

Todos ficaram em silêncio.

– Na verdade, é bem simples, Hugo – respondeu Ralph, por fim. – Aproxime-se da primeira mulher razoavelmente bem-apessoada que encontrar, diga-lhe que é um lorde e que ainda por cima é dono de uma riqueza indecente. Em seguida, pergunte se ela gostaria de se casar com você. Então, relaxe e observe-a engasgar diante da ansiedade de aceitar o pedido.

Os outros riram.

– Fácil assim, é? – disse Hugo. – Que alívio! Vou até a praia amanhã, se o tempo permitir, esperar que algumas mulheres razoavelmente bem-apessoadas passem por lá. O problema estará resolvido antes que eu vá embora de Penderris.

– Ah, *mulheres* não, Hugo – retrucou Ben. – Não no *plural*. Assim elas vão brigar por sua causa... e há muito por que brigar, mesmo tirando o título e a riqueza. Vá à praia e encontre *uma* mulher. Vamos facilitar a sua vida e nos manter longe de lá o dia todo. Para mim, é claro, será simples, pois não tenho pernas decentes que me levem até lá.

– Agora que seu futuro já foi acertado, Hugo – disse o duque, levantando-se –, vamos deixar que vá até seu quarto para se instalar, trocar de roupa e talvez descansar um pouco para o jantar. No entanto, discutiremos o assunto com mais seriedade nos próximos dias. Talvez possamos dar algumas sugestões úteis. Por enquanto, permita-me dizer como é esplêndido ter o Clube dos Sobreviventes completo este ano. Esperei muito por este momento.

Hugo recolheu o sobretudo e deixou a sala com o duque. Era reconfortante e um verdadeiro prazer estar de novo em Penderris na companhia das seis pessoas mais importantes de sua vida.

O barulho da chuva nas vidraças aumentava a sensação de aconchego.

CAPÍTULO 1

Gwendoline Grayson, lady Muir, encolheu os ombros e ajustou a capa em volta do corpo. Aquele dia frio e tempestuoso de março estava ainda mais gelado no ancoradouro dos barcos de pesca, aos pés do vilarejo onde estava hospedada. Com a maré baixa, diversas embarcações jaziam inclinadas sobre a areia úmida, à espera da água que as fizesse flutuar.

Gwendoline deveria voltar. Saíra fazia mais de uma hora e parte dela ansiava pelo calor de uma lareira e o conforto de uma xícara de chá bem quente. Infelizmente, a residência de Vera Parkinson não era sua casa. Era apenas o lugar onde passaria um mês. E ela e Vera haviam acabado de brigar – ou pelo menos Vera brigara com ela, o que a deixara transtornada. Ainda não se sentia pronta para voltar. Preferia enfrentar o mau tempo.

Não podia seguir para a esquerda, pois um promontório impedia a passagem. À direita, porém, havia uma praia de seixos que se estendia à sombra de grandes penhascos. A maré ainda levaria horas para subir o suficiente e tomar conta da praia.

Apesar de morar perto do mar – na residência da mãe, viúva, em Newbury Abbey, Dorsetshire –, Gwen costumava evitar caminhadas à beira-mar. Considerava as praias excessivamente vastas, os penhascos muito ameaçadores, o mar incontrolável. Preferia mundos mais organizados, com certa aparência de controle, como um jardim com flores cultivadas, por exemplo.

Naquele dia, entretanto, sentia a necessidade de ficar longe de Vera por mais algum tempo, bem como do vilarejo e das trilhas campestres onde poderia esbarrar com os vizinhos da amiga e ser obrigada a interagir com eles. Precisava ficar sozinha, e a praia de seixos estava deserta até onde ela conseguia avistar, um ponto que fazia uma curva. Seguiu naquela direção.

Depois de percorrer uma curta distância, logo percebeu por que ninguém caminhava por ali. Embora os seixos em geral fossem antigos e a passagem do tempo os tivesse deixado arredondados e lisos, havia um número significativo que era mais recente, pedras maiores, mais ásperas e pontiagudas. Caminhar naquele terreno não era fácil – não seria mesmo que suas duas pernas fossem saudáveis, e a direita nunca se recuperara por completo de uma fratura ocorrida oito anos antes, quando ela caíra do cavalo. Gwen mancava inclusive quando o chão era plano.

Entretanto, não voltou. Mesmo com dificuldade, continuou a caminhar obstinada, tomando cuidado a cada passo. Afinal de contas, não tinha pressa de chegar a lugar nenhum.

Aquele havia sido o pior dia de uma quinzena já horrível. Tinha sido por impulso que Gwen fora passar um mês ali, depois que Vera lhe escrevera para dar a triste notícia do falecimento do marido, poucos meses antes, vítima de uma enfermidade que se arrastara por anos. Vera se queixava de que nenhum parente do Sr. Parkinson nem dela dera atenção a seu sofrimento, embora ela estivesse quase prostrada de tristeza e exaustão após tanto tempo cuidando do marido. Sentia tanto a falta dele... Gwen se importaria de lhe fazer uma visita?

Tinham mantido certa amizade por alguns meses durante a agitação da temporada de apresentação das duas à sociedade londrina e, depois de casadas – Vera com o Sr. Parkinson, um dos irmãos mais novos de sir Roger Parkinson, e Gwen com Vernon, visconde Muir –, trocaram algumas correspondências. Vera escrevera uma longa carta de condolências logo após a morte do visconde e convidara Gwen para ficar com ela e o Sr. Parkinson pelo tempo que desejasse, pois era negligenciada por quase todo mundo, inclusive pelo marido, e ficaria feliz em ter companhia. Na ocasião, Gwen recusara o convite. Contudo, mesmo com alguma hesitação, o pedido seguinte fora aceito. Gwen sabia como era a dor, a exaustão e a solidão que se seguiam à morte de um cônjuge.

Lamentara essa decisão quase desde o primeiro dia. Como as cartas indicavam, Vera era reclamona e lamurienta. Embora Gwen tentasse relevar, já que a outra acabara de perder o marido doente, de quem cuidara por muitos anos, logo concluíra que, depois da apresentação das duas à sociedade, a amiga se transformara em uma pessoa amarga e desagradável. A maioria dos vizinhos a evitava. As únicas amigas eram senhoras com perfil bem parecido ao dela. Para Gwen, sentar-se junto delas e ouvir a conversa era como ser sugada por um buraco na escuridão, sem ar suficiente para respirar. Aquelas mulheres só enxergavam o que havia de errado em suas vidas e no mundo, nunca viam o lado bom.

E era isso que *ela mesma* estava fazendo naquele momento, ao pensar no grupo, percebeu Gwen. Afastou aqueles pensamentos. A negatividade podia ser assustadoramente contagiosa.

Mesmo antes daquela manhã, ela andara um tanto arrependida por ter se comprometido com uma visita tão longa. Duas semanas teriam sido suficientes, e agora ela estaria voltando para casa. Mas dissera que ficaria um mês, então precisava cumprir com sua palavra. Naquela manhã, porém, sua impassibilidade tinha sido posta à prova.

Recebera uma carta da mãe, com quem morava, e nela constava uma série de episódios divertidos que envolviam Sylvie e Leo, os filhos mais velhos de Neville e Lily. Neville, conde de Kilbourne, era irmão de Gwen e morava na residência principal de Newbury Abbey. Gwen lera esse trecho da carta em voz alta para Vera à mesa, no café da manhã, na esperança de lhe inspirar um sorriso ou um gracejo. Em vez disso, Vera a atacara com um discurso petulante. Em suma, dissera que era muito fácil para Gwen rir e fazer pouco caso do seu sofrimento porque a morte do visconde a deixara numa situação muito confortável e o irmão e a mãe a acolheram de volta no seio da família. Além do mais, os sentimentos de Gwen pelo marido nunca haviam sido assim tão profundos. Era fácil ser fria e cruel, já que se casara por dinheiro e status, não por amor. Todos *sabiam disso*, bem como tinham ciência de que Vera escolhera alguém de uma condição inferior porque ela e o Sr. Parkinson estavam perdidamente apaixonados e nada mais lhes importava.

Depois que a amiga por fim ficara em silêncio (a não ser pelo choro que despejava no lenço), Gwen a fitara sem dizer nada. Não ousara abrir a boca. Poderia não resistir à vontade de dar uma resposta rancorosa e se igualar ao nível de Vera. Não entraria numa discussão tão vil. Mas sentia o corpo vibrar de raiva. E ficara muito magoada. "Vou dar uma caminhada, Vera", anunciara, levantando-se e arrastando a cadeira para trás. "Quando voltar, pode me dizer se prefere que eu permaneça aqui por mais duas semanas, como planejado, ou que eu retorne a Newbury imediatamente."

Seria necessário pegar o coche dos correios ou o transporte público caso ela fosse mesmo embora mais cedo, já que, depois que ela escrevesse ao irmão informando da necessidade de voltar antes do previsto, levaria quase uma semana para que a carruagem de Neville chegasse.

Vera chorara ainda mais e implorara que ela não fosse tão cruel, mas Gwen saíra mesmo assim.

Ficaria muito feliz, pensava naquele momento, se *nunca mais* voltasse à casa de Vera. Que erro terrível tinha sido aquela viagem, e por um mês inteiro, em nome apenas de uma relação tão breve mas antiga.

Acabou contornando o cabo que vira do porto e descobriu que a praia, mais ampla naquele ponto, se estendia até o infinito e que, a uma pequena distância, as pedras davam lugar à areia, terreno bem mais fácil para se caminhar. Entretanto, não deveria ir longe demais. Embora a maré ainda estivesse baixa, começava a subir e podia cobrir certas áreas planas bem mais depressa do que o previsto. Vivera tempo suficiente perto do mar para saber disso. Além do mais, não poderia evitar Vera para sempre – mesmo que desejasse. Precisava voltar em breve.

Perto dali, havia uma ravina nos penhascos e parecia possível escalá-la. Bastava seguir pela subida íngreme pontuada de seixos para alcançar uma colina mais suave coberta por tufos de grama. Se pudesse chegar até lá, conseguiria voltar para o vilarejo pelo alto, em vez de enfrentar de novo aquelas pedras tão traiçoeiras.

A perna fraca doía um pouco, percebeu. Tinha sido tola de se afastar tanto.

Parou por um momento e contemplou a subida da maré, ainda distante. De súbito, foi atingida de forma inesperada não por uma onda do mar, mas por um maremoto de solidão, tão intenso que lhe roubou o fôlego e o desejo de resistir.

Solidão?

Nunca se considerara uma pessoa solitária. Tivera um casamento agitado, mas, depois de vencer a fase mais difícil do luto, ela construíra uma vida de paz e contentamento junto da família. Nunca pensara em se casar de novo, embora não fosse descrente em relação ao casamento. O irmão era feliz com a esposa. Lauren – sua prima que era praticamente uma irmã, pois haviam sido criadas juntas em Newbury Abbey – também era feliz com o marido. Gwen, no entanto, estava satisfeita em permanecer viúva e ser apenas filha, irmã, cunhada, prima e tia. Ainda tinha muitos parentes e amigos. E vivia de forma confortável na casa da mãe, que ficava a pouca distância da residência principal da propriedade, onde também sempre a recebiam de braços abertos. Fazia visitas frequentes a Lauren e Kit, em Hampshire, e, de vez em quando, ao restante da família. Em geral, passava um ou dois meses em Londres, na primavera, para aproveitar a temporada de eventos sociais.

Sempre se considerara uma mulher de sorte.

Então de onde surgira aquela súbita solidão? Aquela onda gigante que fazia seus joelhos tremerem como se houvessem lhe roubado o fôlego. Por que sentia a aspereza das lágrimas presas na garganta?

Solidão?

Não, não era uma pessoa solitária, só estava deprimida por ficar presa naquele lugar com Vera. E magoada diante de tudo o que a outra dissera. Sentia pena de si mesma, era isso. Mas *nunca* sentia pena de si mesma. Bem, quase nunca. E, quando isso acontecia, passava logo. A vida era curta demais para perder tempo com lamentações. Havia sempre muito o que comemorar.

Mas e a *solidão*? Por quanto tempo ficaria à espreita, esperando o momento certo para o ataque? Sua vida era mesmo tão vazia quanto parecia naquele momento? Tão vazia quanto aquela praia vasta e inóspita?

Ah, ela *detestava* praias.

Gwen afastou aquele pensamento. Olhou para o trecho que havia percorrido e então para a praia e para a trilha íngreme entre os penhascos. Que caminho deveria seguir? Hesitou por alguns instantes e se decidiu pela subida. Não parecia tão íngreme a ponto de ser perigosa e, assim que chegasse ao alto, na certa encontraria um caminho seguro para voltar ao vilarejo.

As pedras na encosta não formavam um terreno mais fácil do que na praia. Na verdade, eram mais traiçoeiras, pois rolavam e escorregavam sob seus pés. Na metade do caminho, Gwen desejou ter permanecido na praia, mas descer seria tão difícil quanto continuar a subir. E ela notou que a área coberta por grama não estava tão distante. Seguiu com dificuldade.

Então aconteceu o desastre.

Apoiou o pé direito numa pedra que parecia firme mas que estava solta e deslizou. Gwen caiu de joelho, as mãos no chão. Por uma fração de segundo, ela sentiu apenas o alívio de não ter rolado até a praia. Depois veio a dor aguda e latejante no tornozelo.

Com cautela, apoiou o peso do corpo no pé esquerdo e depois tentou usar o direito. No entanto, foi tomada pela agonia assim que fez a menor força. O pé direito doía até quando ela não se apoiava nele. Arfou de dor e girou o corpo com cuidado para se sentar nas pedras. Olhou para a praia lá embaixo. A encosta parecia bem mais íngreme. Ah, tinha sido muito tola em tentar aquela subida.

Puxou os joelhos, fincou o pé esquerdo no chão e apalpou o tornozelo direito. Tentou rodar o pé devagar, a testa encostada no joelho. Era uma distensão passageira, garantiu a si mesma. Melhoraria em um minuto. Não havia motivo para pânico.

Porém, mesmo sem baixar o pé, ela sabia que tentava se enganar. Era uma distensão grave. Talvez pior que isso: não conseguiria andar.

E então o pânico chegou, apesar de seu esforço para permanecer calma. Como poderia voltar ao vilarejo? Ninguém sabia onde ela estava. Tanto a praia lá embaixo quanto o promontório acima estavam desertos.

Gwen respirou fundo algumas vezes, para se acalmar. Perder a cabeça não ajudaria em nada. Conseguiria dar um jeito. Claro que sim. Não tinha escolha, tinha?

Foi naquele momento que ouviu uma voz – uma voz masculina. Tão próxima que o tom nem fora elevado.

– Na minha opinião – disse a voz –, esse tornozelo sofreu uma torção séria ou está quebrado. De um jeito ou de outro, não seria nada prudente apoiar-se nele.

Gwen levantou a cabeça e olhou em volta, tentando localizar a origem da voz. Um homem surgiu à sua direita, na face íngreme do penhasco junto à encosta. Ele desceu até os seixos e caminhou na direção dela como se não houvesse o menor risco de escorregar.

Era muito alto, com ombros e tronco largos, coxas poderosas. Usava um sobretudo grosso que lhe dava uma aparência ainda mais robusta. Parecia ameaçadoramente grande. Não usava chapéu. O cabelo castanho era bem rente à cabeça. Os traços eram fortes e brutos, com olhos negros vorazes, lábios estreitos e mandíbula tensa. Sua expressão não amenizava em nada a aparência. Estava franzindo a testa – ou talvez com uma expressão ameaçadora.

As mãos, sem luvas, eram imensas.

Gwen foi tomada por tanto terror que se esqueceu da dor por um instante.

Aquele devia ser o duque de Stanbrook. Ela devia ter entrado em sua propriedade, embora Vera tivesse lhe avisado para se manter a uma boa distância tanto do homem quanto de suas terras. Segundo Vera, o duque era um monstro cruel que anos antes empurrara a mulher do alto de um penhasco e alegara que ela havia se jogado. *Que tipo de mulher* saltaria *para a morte?*, alegara Vera. *Ainda mais uma* duquesa, *que tinha tudo o que quisesse no mundo.*

O tipo de mulher, pensara Gwen na ocasião, embora não tivesse dito nada, *que acabara de perder o único filho, alvejado em Portugal.* Pois fora exatamente o que ocorrera pouco antes da morte da duquesa. Mas Vera e suas vizinhas preferiam acreditar na teoria do assassinato, tão mais interessante, ainda que nenhuma delas pudesse apresentar evidências que a sustentassem.

Embora Gwen tivesse sido cética ao ouvir a história, já não tinha tanta certeza. Ele *parecia* um homem que poderia ser impiedoso e cruel. Talvez até um assassino.

E ela invadira suas terras. Suas terras *desertas*.

E não tinha como fugir.

A chuva parara de cair durante a noite. Depois do café da manhã, Hugo caminhara sozinho até a praia arenosa sob Penderris. Os amigos tinham insistido para que fosse até ali. Flavian lhe dissera para levar a futura noiva quando voltasse, de modo que pudessem conhecê-la e decidir se a aprovavam.

Todos riram bastante às suas custas.

Hugo praguejara contra Flavian, mandando-o para certo lugar, porém tivera que se desculpar em seguida, por ter usado aquele linguajar de soldados perto de Imogen.

A praia sempre fora seu lugar favorito na propriedade. Nos primeiros dias de sua estadia, o mar com frequência lhe trazia conforto quando tudo o mais não conseguia. E, na maioria das vezes – como naquele momento –, ia até lá desacompanhado. Apesar da proximidade e da camaradagem entre os sete integrantes do Clube dos Sobreviventes enquanto se recuperavam e convalesciam, eles não costumavam passar o tempo todo grudados. Pelo contrário, a maioria dos fantasmas que ainda os assombrava precisava ser enfrentada e exorcizada na solidão. Uma das grandes vantagens de Penderris era oferecer espaço mais do que suficiente para todos.

Ele se recuperara de suas feridas até onde fora possível.

Se fosse contar as bênçãos recebidas, Hugo precisaria de pelo menos todos os dedos das mãos. Sobrevivera à guerra. Fora promovido a major como tanto ansiara e, como bônus pelo resultado de sua última missão, ganhara um título. No ano anterior, herdara uma imensa fortuna e um negócio lucrativo. Tinha uma família – tios, tias e primos – que o amava, embora ele a tivesse deixado de lado por muitos anos. Mais importante, havia Constance, sua meia-irmã de 19 anos, que o adorava mesmo sendo só uma criança quando ele partira para a guerra. Era dono de uma residência no interior, onde encontrava toda a privacidade e a paz que poderia desejar. Tinha os seis companheiros do Clube dos Sobreviventes, que às vezes lhe pareciam mais íntimos do que seu próprio coração. Possuía uma saúde de ferro, talvez perfeita. E a lista prosseguia.

Contudo, sempre que enumerava essa lista de bênçãos, ela se tornava uma faca de dois gumes. Por que era tão afortunado enquanto tantos outros haviam morrido? E a pergunta mais importante: seria sua ambição implacável a *causa* de tantas dessas mortes, e não apenas o motivo de seu sucesso e das recompensas que excediam em muito suas expectativas? O tenente Carstairs diria que sim, sem pestanejar.

Não havia mulheres razoavelmente bem-apessoadas passeando pela praia, nem mulheres mal-apessoadas, para falar a verdade. Teria que inventar algumas – e criar histórias sobre o encontro com elas – para divertir os amigos na volta. Talvez acrescentasse uma ou duas sereias. Mas não estava com pressa de retornar, apesar de ser um dia frio e com um vento um tanto implacável.

Ao regressar ao trecho da praia coberto de seixos e ao pé da antiga depressão na face do penhasco que dava acesso ao cabo e ao parque de Penderris, Hugo parou por alguns instantes e contemplou o mar enquanto o vento batia em seu cabelo curto e deixava dormentes as pontas de suas orelhas. Não levara chapéu. Não havia necessidade, uma vez que passaria mais tempo correndo atrás dele do que usando-o.

Pegou-se pensando no pai. Era inevitável, concluiu, já que se tratava do primeiro aniversário de sua morte.

A culpa acompanhou os pensamentos. Quando garoto, adorava o pai e o seguia por toda parte, até no trabalho, principalmente depois da morte da mãe em consequência de alguma doença feminina quando ele tinha 7 anos – nunca lhe explicaram qual fora a enfermidade. O pai o descrevia como seu herdeiro e braço direito. Outros o chamavam de sombra do pai. Então viera o segundo casamento, quando Hugo estava na complicada idade de 13 anos. Ele ficara ressentido. Ainda era jovem o bastante para se estarrecer com a ideia de que o pai sequer *pensasse* em substituir a mãe, uma figura tão central em suas vidas, tão fundamental para a felicidade, insubstituível. Ele se tornara indócil e rebelde, e decidira estabelecer sua própria personalidade e independência.

Agora via que o pai não o amara menos – nem desonrara a memória de sua mãe – apenas por se casar com uma jovem bonita e exigente, que logo dera ao pai uma filha para amar. Mas garotos daquela idade nem sempre conseguem enxergar o mundo de forma racional. Prova disso era que ele, Hugo, adorara Constance desde o momento em que ela nascera – quando esperavam que ele a odiasse ou ficasse mais ressentido.

Ele enfrentava uma etapa típica da idade, que teria sido ultrapassada com danos mínimos a todos os envolvidos se não acontecesse algo para desequilibrar a balança. Mas houvera algo mais e a balança pendera irreversivelmente antes que ele chegasse aos 18 anos.

Então, de forma bastante repentina, ele decidira ser soldado. Nada o dissuadia, nem o argumento de que ele não se adaptaria a uma vida tão dura. Pelo contrário, isso reforçava sua obstinação e o deixava mais determinado a ter sucesso. Apesar de triste e decepcionado, o pai por fim comprara para o único filho um posto na infantaria, mas deixara claro que seria seu único investimento. Hugo teria que dar conta de tudo a partir dali. Precisaria ganhar patentes por mérito, não como presente de um pai rico, como acontecia à maioria dos oficiais. O pai de Hugo sempre desprezara a elite, que vivia no privilégio e no ócio.

Ele obtivera suas promoções por esforço próprio. Na verdade, até *gostara* de não contar com a ajuda de ninguém. Perseguira a carreira escolhida com energia, determinação, entusiasmo e ambição para alcançar o topo. E teria alcançado se menos de um mês depois de seu maior triunfo não se seguisse sua maior humilhação e ele não houvesse acabado ali, em Penderris.

O pai continuara a amá-lo durante todo o tempo, porém Hugo lhe dera as costas, quase como se fosse ele o culpado por seus infortúnios. Talvez Hugo sentisse vergonha. Ou talvez o motivo fosse a simples impossibilidade de voltar para casa.

E como o pai reagira? Deixando-lhe quase tudo, quando poderia muito bem ter beneficiado Fiona ou Constance. Confiara no filho para manter seus negócios e um dia passá-los ao próprio filho. Acreditara também que ele se certificaria de que Constance tivesse um futuro estável e feliz. Devia ter desconfiado de que tal tranquilidade poderia ser ameaçada caso fosse entregue aos cuidados exclusivos de Fiona. Hugo era agora guardião da irmã.

Seu ano de luto chegara ao fim e, com ele, as desculpas para sua inércia.

Hugo parou na metade da subida da encosta. Ainda não estava pronto para voltar. Deixou a encosta e subiu um pequeno trecho do penhasco ao lado, até alcançar uma saliência plana que descobrira anos antes na rocha. Era protegida de quase todo vento e, embora não oferecesse uma vista para a faixa de areia mais a oeste, permitia ver a face do penhasco oposto, a praia de seixos e o mar. Era uma paisagem quase sem vida, dura, mas com uma beleza própria. Duas gaivotas passaram guinchando, voando na altura de seus olhos.

Ele relaxaria por algum tempo naquele lugar antes de procurar a companhia dos amigos.

Pegou alguns seixos e jogou um na praia, que caiu descrevendo um grande arco. Ouviu-o chegar ao solo e quicar uma vez. Mas seus dedos ficaram imóveis segurando a segunda pedra quando ele captou um vislumbre de cor com o canto dos olhos.

O penhasco do outro lado da encosta coberta de seixos ficava mais perto do mar. A maré o alcançava antes de atingir aquele outro, onde Hugo se encontrava. Havia um caminho que contornava a base até o vilarejo, um percurso de uns 2 quilômetros que podia ser traiçoeiro para quem não estivesse atento à aproximação da maré.

Alguém caminhava pelo trecho coberto de seixos – uma mulher com uma capa vermelha. Surgira contornando o cabo, embora ainda estivesse um tanto distante. A cabeça estava abaixada e coberta pelo gorro. A mulher parecia concentrada. Parou e olhou para o mar. A maré ainda estava um tanto distante, sem risco iminente. Se a mulher vinha do vilarejo, no entanto, não deveria tardar a retornar. O único caminho alternativo seria acima do cabo, mas para isso precisaria invadir as terras de Penderris.

Como se lesse seus pensamentos, ela olhou na direção do topo da encosta íngreme coberta de seixos. Por sorte não o viu. Ele estava na sombra e permaneceu imóvel. Não queria ser visto. Desejou que ela se virasse e tomasse o caminho de volta.

No entanto, ela não deu meia-volta. Em vez disso, seguiu na direção da encosta e começou a subi-la com dificuldade, a capa e a aba do gorro agitando-se ao vento. A mulher parecia pequena e jovem. Era impossível dizer *quão jovem*, pois não conseguia ver seu rosto. Pelo mesmo motivo, não havia como saber se era bonita, feia ou só comum.

Os amigos fariam troça dele durante uma semana se descobrissem, pensou Hugo. Ele se imaginou saltando de seu posto, caminhando decidido em direção à mulher, informando-a sobre seu título e sua imensa fortuna e perguntando se gostaria de se casar com ele.

Embora não fosse um pensamento particularmente divertido, teve que se conter para não soltar uma risada que denunciaria sua presença.

Permaneceu parado, na esperança de que ela fosse embora. Não gostara de ter seu momento de solidão interrompido por uma desconhecida, uma invasora. Acreditava que algo assim nunca tivesse lhe acontecido. Poucas pessoas de fora da propriedade iam para aqueles lados. O duque de Stanbrook era temido. A morte da duquesa fizera com que se espalhassem boatos de que ele a teria empurrado do penhasco de onde ela se atirara. Histórias assim não desapareciam com facilidade, ainda que não houvesse nenhuma evidência para sustentá-las. Mesmo aqueles que não chegavam a temer o duque o tratavam com cautela. Os modos contidos e austeros de Stanbrook não ajudavam a dissipar as suspeitas.

Talvez a mulher de vermelho não fosse dali. Talvez não percebesse que seguia direto para o covil do lobo.

Hugo se perguntou por que ela estaria sozinha naquele cenário tão desolador.

As pedras soltas na subida cediam sob os pés da mulher. Ele sabia por experiência própria que não era uma escalada fácil. E então, justo no instante em que parecia que ela chegaria em segurança e sem vê-lo, o pé direito dela provocou uma pequena avalanche de pedras. Ela caiu desajeitada sobre um joelho e as mãos, com a perna direita estendida para trás. Por um momento, ele vislumbrou a perna dela entre o cano curto da bota e a bainha da capa.

Ouviu um grito de dor.

Esperou. Não queria revelar sua presença. No entanto, logo ficou claro que ela machucara de verdade o pé ou o tornozelo e que não conseguiria se levantar e seguir caminho. Era *jovem*, ele percebeu. E pequena e esguia. Sob a aba do gorro, fios louros dançavam ao vento. Ele ainda não vira seu rosto.

Seria uma grosseria permanecer em silêncio.

– Na minha opinião – disse ele –, esse tornozelo sofreu uma torção séria ou está quebrado. De um jeito ou de outro, não seria nada prudente apoiar-se nele.

Ela ergueu a cabeça na direção de Hugo enquanto ele descia até o caminho de seixos e se aproximava dela. Seus olhos se arregalaram de um modo que demonstrava medo, não alívio diante do socorro. Grandes olhos azuis em um rosto de beleza intrigante, embora ela não fosse mais uma menina. Calculou que tivesse quase a sua idade, 33 anos.

Ficou irritado. Odiava quando as pessoas tinham medo dele. Acontecia com certa frequência. Até entre os homens. Mas principalmente entre as mulheres.

Talvez pudesse ter lhe ocorrido que sua expressão ameaçadora não era a mais apropriada para inspirar confiança, ainda mais estando sozinho ali com a mulher. Mas essa ideia não lhe veio à mente.

Do alto de sua grande estatura, ele a encarou.

CAPÍTULO 2

– Ah! – exclamou ela. – Quem é o senhor? O duque de Stanbrook?

Então ela não era mesmo dali.

– Trentham – disse ele. – Veio do vilarejo?

– Vim. Pensei em voltar passando pela parte mais alta – respondeu ela. – Os seixos são bem maiores e mais difíceis de lidar do que eu esperava.

Não havia dúvidas de que se tratava de uma dama. As roupas eram bem-cortadas e pareciam caras. Ela falava de forma educada. Havia um ar de boa criação em seus modos.

Ele não ia usar isso contra ela.

– É melhor eu avaliar esse tornozelo – disse ele.

– Ah, não – respondeu ela, encolhendo-se, aterrorizada. – Não é necessário. Muito obrigada, Sr. Trentham. É meu tornozelo fraco. Ficará bom em alguns minutos e então retomarei meu caminho.

As damas e seu senso de dignidade! E sua negação da realidade desagradável.

– Vou olhar de qualquer maneira.

Ele se abaixou e estendeu a mão na direção do pé dela. Ela o observou, enrijeceu o corpo, mordeu o lábio e não discutiu mais.

Hugo apoiou a bota em uma das mãos e apalpou o tornozelo com a outra, tomando cuidado para não machucá-la. Não achou que estivesse quebrado, mas preferiu não tirar a bota para examinar melhor. Se houvesse uma fratura, a bota ofereceria certo suporte. Contudo, o tornozelo já estava inchando. *Algum* dano havia. Ela não seria capaz de caminhar de volta para o vilarejo nem para qualquer outro lugar naquele dia, nem mesmo contando com um braço em que se apoiar.

Era mesmo lamentável.

Ela ainda mordia o lábio quando ele ergueu os olhos. O rosto estava pálido e tenso de dor, e talvez de constrangimento. Ele desnudara sua perna quase até a altura do joelho. A meia de seda estava rasgada naquele ponto, e o joelho arranhado sangrava um pouco. Hugo pôs a mão no bolso do sobretudo, onde guardara um lenço limpo de linho naquela manhã. Sacudiu-o, fez três dobras e o enrolou em volta do joelho, prendendo-o atrás com um nó. Então reposicionou a capa da mulher e se levantou.

Ela estava enrubescida.

Por que diabo ela não permanecera na praia?, perguntou-se Hugo. Ou por que não tomara mais cuidado ao escalar a encosta? De qualquer maneira, uma coisa estava clara: não podia deixá-la ali.

– A senhora precisa ir para Penderris – disse ele, de uma forma não muito acolhedora. – Um profissional deve examinar seu tornozelo assim que possível e também limpar e fazer um curativo adequado no joelho. Não sou médico.

– Ah, não! – exclamou ela, em desespero. – Penderris, não. Está tão perto assim de lá? Não percebi. Fui aconselhada a manter distância. O senhor conhece o duque de Stanbrook?

– Sou hóspede dele – respondeu Hugo, seco. – Podemos fazer isso da forma difícil, madame: eu lhe dou apoio pela cintura e a senhora segue saltando em um pé só. Mas aviso que a distância não é curta. Ou podemos fazer da forma fácil e eu a carrego.

– Ah, não! – exclamou ela de novo, desta vez com mais ímpeto, encolhendo-se para se afastar dele. – Peso uma tonelada. Além do mais...

– Duvido, madame – retrucou ele. – Acredito que sou capaz de carregá-la sem deixá-la cair e sem prejudicar minhas costas.

Ele se abaixou, passou um dos braços em torno dos ombros dela, enquanto deslizava o outro sob os joelhos. Ele se ergueu e ela libertou um dos braços do manto e enlaçou seu pescoço. Mas logo ficou evidente que ela estava alarmada, e, em seguida, muito indignada.

Ele lhe oferecera opções, porém não esperara pela resposta. Na realidade, não havia opção. Apenas uma tola escolheria pular num pé só, para preservar um pouco de dignidade feminina.

Hugo subiu a encosta com ela da melhor forma que conseguiu, tomando cuidado com a movimentação dos seixos.

– O senhor costuma sempre fazer o que deseja, Sr. Trentham? – perguntou a mulher, arfando e com certa altivez na voz. – Mesmo quando parece oferecer uma opção a suas vítimas?

Vítimas?

– Além do mais, eu não teria escolhido *nenhuma* das duas opções, senhor – prosseguiu ela, sem lhe dar a chance de responder. – Preferia seguir o caminho para casa com meus próprios pés.

– Seria uma completa tolice – disse ele, sem tentar esconder o desdém que sentia. – Seu tornozelo está em péssimo estado.

O cheiro dela era bom. Não era o tipo de perfume que tantas mulheres espalhavam pelo corpo inteiro e que agredia as narinas e a garganta dos outros, causando espirros e acessos de tosse. Suspeitou que fosse uma fragrância muito cara. Pairava sedutoramente sobre ela, mas sem avançar sobre ele. O vestido era de um marfim acinzentado e parecia ser feito da melhor lã. Lã *cara*. Não era uma dama pobre.

Apenas uma dama tola e descuidada.

E damas não deviam andar com acompanhantes? Onde estavam seus criados? Ele não teria precisado se envolver, se ela estivesse acompanhada.

– Esse tornozelo é sempre problemático – disse ela. – Estou acostumada. É comum eu mancar. Caí de um cavalo e quebrei o tornozelo há muitos anos e ele não curou direito. Devo pedir que me ponha no chão e que me permita seguir meu caminho.

– Está bastante inchado – afirmou ele. – Se veio do vilarejo, precisará caminhar uns 2 quilômetros para voltar. Quanto tempo imagina que levaria para chegar, saltando num pé ou se arrastando?

– Acredito – disse ela com a voz fria e cheia de arrogância – que isso seja problema meu, Sr. Trentham, não seu. Mas o senhor é o tipo de homem que está sempre certo, percebo, enquanto os outros estão errados. Pelo menos sob seu ponto de vista.

Deus do céu! Será que ela pensava que ele *gostava* de bancar o cavalheiro salvador?

Ainda estavam na subida, embora já tivessem deixado os seixos para trás e encontrado um terreno mais firme com grama áspera. Ele parou abruptamente, pousou-a no chão sobre os próprios pés e deu um passo, afastando-se. Levou as mãos às costas e a encarou com firmeza, com uma expressão que costumava apavorar seus soldados.

Até que ele ia se divertir.

– Obrigada – disse ela com altivez gélida, embora em seguida fizesse a gentileza de parecer arrependida. – Agradeço por me ajudar. Entendo que o senhor poderia facilmente ter optado por não fazê-lo. Eu não o vi antes, como deve ter percebido. Sou lady Muir.

Ah, *definitivamente* uma dama. Provavelmente esperava que ele se curvasse até cavar um buraco no chão e que arrancasse os cabelos.

Ela deu um passo para trás, afastando-se dele, e caiu no chão, desajeitada.

O homem continuou a encará-la e franziu os lábios. Ela não ia gostar de perder a dignidade *daquela forma*.

Lady Muir se ajoelhou, espalmou as mãos no solo e... começou a rir. Foi um som feliz, de pura diversão, embora terminasse com um pequeno suspiro de dor.

– Sr. Trentham – disse ela –, fique à vontade para dizer "eu avisei".

– Eu avisei – respondeu ele, afinal não se devia negar o desejo de uma dama. – E sou *lorde* Trentham.

Era tolice ressaltar esse detalhe, mas aquela mulher o irritava.

Ela sentou no chão. Provavelmente ainda estava úmido da chuva do dia anterior, pensou. Ela merecia. Hugo a encarou com um olhar duro e a mandíbula cerrada.

Ela suspirou ao erguer os olhos para ele. O rosto voltou a empalidecer. Ele poderia jurar que aquele tornozelo estava latejando como mil demônios. Talvez cinco mil, depois daquela tentativa frustrada de se apoiar nele.

– O senhor me ofereceu uma opção há algum tempo – disse ela, sem qualquer altivez na voz, embora vestígios do riso permanecessem. – Como não sou tola, ou pelo menos não quero parecer uma tola, escolho a segunda. *Se* ainda houver esta opção, claro. O senhor tem todo o direito de retirá-la, mas eu me sentiria grata se pudesse me carregar até Penderris, lorde Trentham, embora eu considere bastante perturbadora a ideia de impor minha presença lá dessa forma. Talvez o senhor pudesse me fazer a gentileza de me ceder uma carruagem ao chegarmos, para que eu nem precise entrar...

Ele se abaixou e a pegou no colo de novo. Ela já dera o braço inteiro a torcer.

Caminhou na direção da casa. Não tentou puxar assunto. Podia apenas imaginar o tipo de recepção que teria, o tipo de provocação que seria obrigado a suportar pelo resto de sua estadia em Penderris.

– O senhor é ou foi militar, lorde Trentham – afirmou ela, rompendo o silêncio alguns minutos depois. – Estou certa?

– Por que diz isso? – perguntou sem olhá-la.

– Tem porte de militar – disse ela. – E a firmeza na mandíbula e o olhar intenso de um homem acostumado a comandar.

Olhou-a rapidamente. Não respondeu.

– Nossa, isso vai ser constrangedor – comentou ela, minutos depois, ao se aproximarem da casa.

– Mas muito melhor, eu diria – comentou ele de forma seca –, do que ficar estendida na encosta próxima à praia, exposta às intempéries e à espera da visita das gaivotas para furarem seus olhos.

Ele desejava que ela estivesse exatamente naquele lugar, mas sem as gaivotas.

– Ah – disse ela, fazendo uma careta. – Posto dessa forma, devo admitir que o senhor está certíssimo.

– Às vezes estou – rebateu ele.

Minha nossa! A grande piada do dia era que ele ia descer até a praia em busca de uma mulher bem-apessoada com quem pudesse se casar. E lá estava ele, seguindo a deixa, trazendo uma *dama* nos braços. Uma dama bonita!

Talvez não fosse solteira. De fato, com quase toda a certeza não deveria ser. Apresentara-se como lady Muir. Isso sugeria que, em algum lugar, talvez no vilarejo ali perto, existisse um lorde Muir, fato que não o pouparia de ser alvo das brincadeiras. Apenas as intensificaria, na verdade. Seria acusado de cometer o mais ingênuo dos erros.

Levaria muito tempo para que ele superasse essa história.

Gwen estaria enfrentando o maior constrangimento da vida caso não estivesse mais preocupada com a dor no tornozelo. De qualquer forma, sentia-se constrangida.

Além de ser conduzida para a propriedade de um homem de reputação um tanto sombria, sem ser esperada, chegaria nos braços de um desconhecido taciturno e grandalhão que não fizera o menor esforço para esconder seu desprezo. E ela não tinha como culpá-lo. Comportara-se mal. Agira como uma tola.

Estava colada a todos aqueles músculos poderosos que observara enquanto ele se aproximara pelos seixos. O homem era perturbadoramente másculo. O calor de seu corpo atravessava as vestimentas pesadas que ele usava e as dela. Sentia o perfume da colônia ou do sabão de barba, um aroma leve, sedutor, masculino. Ouvia sua respiração, embora ele não ofegasse com o esforço. De fato, ele a carregava como se ela fosse uma pena.

O tornozelo latejava forte. Não havia motivo para continuar a fingir que seria capaz de caminhar até a casa de Vera depois de passadas as primeiras pontadas de dor.

Nossa, era mesmo um homem taciturno. E silencioso. Não confirmara nem negara ser militar. E não tinha mais nada a oferecer em termos de assunto, embora, para ser justa, ele provavelmente precisasse de todo o fôlego para carregá-la.

Ela teria pesadelos com aquilo durante muito tempo.

Ele se encaminhava para as enormes portas de Penderris Hall, que parecia ser uma mansão grandiosa. Como esperado, ele ignorava seu pedido de carregá-la direto para a cocheira, de forma que pudesse evitar a casa. Só desejava que o duque não estivesse por perto quando ela entrasse. Talvez um de seus criados providenciasse uma carruagem para levá-la. Até uma charrete serviria.

Lorde Trentham subiu alguns degraus e virou de lado para bater numa das portas com o cotovelo. Ela foi aberta quase no mesmo instante por um homem vestido de preto, de aparência sóbria, semelhante a todos os mordomos do mundo. Ele lhes deu passagem sem fazer comentários enquanto lorde Trentham a conduzia a um amplo saguão quadrado com piso em preto e branco.

– Temos um soldado ferido aqui, Lambert – disse lorde Trentham sem qualquer sinal de humor na voz. – Vou transportá-la até o salão lá em cima.

– Não, por favor...

– Devo chamar o Dr. Jones, senhor? – indagou o mordomo.

Antes que lorde Trentham pudesse responder ou que Gwen protestasse, alguém chegou. Um cavalheiro alto, esguio e muito bonito, com olhos verdes brincalhões e a sobrancelha erguida. *O duque de Stanbrook*, pensou Gwen, com o coração apertado. Não poderia ter imaginado uma situação mais degradante do que aquela, mesmo se tivesse tentado.

– Hugo, meu querido amigo – disse o cavalheiro com uma voz preguiçosamente arrastada. – Como conseguiu? É um assombro. Encontrou a dama na praia e literalmente a arrebatou com seu encanto, sem falar no título e na fortuna? É uma cena muito emocionante, devo dizer. Se fosse um artista, sairia correndo em busca de t-tela e pincéis para registrá-la, para o júbilo de sua terceira ou quarta geração.

O homem erguera as sobrancelhas e posicionara um monóculo diante do olho enquanto falava.

Gwen lhe lançou um olhar raivoso. Respondeu-lhe com toda a dignidade gélida que conseguiu reunir.

– Torci meu tornozelo e lorde Trentham teve a delicadeza de me trazer até aqui – explicou. – Não pretendo impor minha presença mais do que o necessário, Vossa Graça. Tudo o que peço é o empréstimo de algum meio de transporte que possa me levar até o vilarejo onde estou de visita. O senhor é o duque de Stanbrook, presumo.

O cavalheiro louro abaixou o monóculo e tornou a erguer as sobrancelhas.

– A senhora elevou minha posição social, madame – disse ele. – Estou lisonjeado. Infelizmente, não sou Stanbrook. Creio que Lambert providenciará uma charrete caso insista, embora Hugo pareça feliz em impressioná-la com sua força, subindo as escadas apressado com a senhora nos b-braços e chegando ao salão antes de apresentar qualquer sinal de perda de fôlego.

– Fico feliz que você não seja eu, Flavian – disse um cavalheiro mais velho, que surgiu do fundo do saguão. – Não parece saber nada sobre hospitalidade. Madame, concordo com Hugo e com nosso bom mordomo. Deve ser levada ao salão para descansar o pé sobre um sofá enquanto mando chamar o médico. Sou Stanbrook, aliás, a seu dispor. Precisa me dizer a quem devo chamar para oferecer-lhe algum conforto. Seu marido, talvez?

Ah, não, aquilo só piorava. Se houvesse um buraco no meio do saguão, Gwen ficaria feliz em ser enterrada dentro dele por lorde Trentham. O duque era bem parecido com o que imaginara: alto, esguio, elegante e de boa aparência, traços delicadamente esculpidos e cabelo grisalho nas têmporas. Seus modos eram corteses, mas contrastavam com a frieza dos olhos cinzentos e a voz gélida. Falava de hospitalidade, mas fazendo com que ela se sentisse o pior tipo de intruso.

– Sou a viúva do visconde Muir – disse Gwen ao duque. – Estou hospedada na casa da Sra. Parkinson, no vilarejo.

– Ah – disse o duque. – Ela perdeu o marido recentemente, lembro-me de que ele sofreu uma doença demorada. Mas agora vá lá para cima, Hugo. Espero ter o prazer de conversar mais tarde com a senhora, lady Muir, depois que seu tornozelo receber os cuidados necessários.

Pela forma como ele falou, a conversa seria tudo, menos prazerosa. Ou talvez o terrível mal-estar que sentia estivesse fazendo com que ela o julgasse mal. Afinal, ele a recebera de forma amigável e estava providenciando um médico.

Como um tornozelo torcido podia causar tanta dor? Talvez estivesse quebrado.

Lorde Trentham se voltou para uma larga escadaria que descrevia uma curva elegante. Gwen ouviu o duque de Stanbrook ordenando que o médico e Vera fossem convocados sem demora. O cavalheiro com o monóculo, aquele que falava com um suspiro afetado na voz e gaguejava um pouco, pareceu oferecer-se para cuidar do assunto.

O salão estava vazio. Enfim uma bênção. Era um cômodo amplo, quadrado, revestido de brocado vinho e com retratos em molduras douradas pesadas. Na parede oposta à entrada, havia uma lareira esculpida em mármore. O teto côncavo tinha pinturas inspiradas em mitologia, com acabamento num friso dourado. A decoração era ao mesmo tempo elegante e suntuosa. Grandes janelas contemplavam os gramados cercados por sebes, oferecendo, além disso, uma visão distante dos penhascos e do mar. O fogo crepitante e o calor do ambiente impediam que o terreno lá fora parecesse tão desolador.

Gwen contemplou o cômodo e a vista de relance e sentiu toda a humilhação de ser uma convidada inesperada – e indesejada – em tal moradia. Mas naquele momento, pelo menos, não parecia valer a pena criar caso e voltar a pedir o empréstimo de uma carruagem para levá-la à casa de Vera.

Lorde Trentham a pousou em um sofá de brocado e pegou uma almofada para colocar sob o tornozelo machucado.

– Ah! – exclamou ela. – Minhas botas vão *sujar* o sofá.

Seria a gota-d'água.

Mas ele não permitiu que ela pusesse o pé no chão, nem que tirasse as botas. Insistiu em cuidar de tudo. Não que tivesse proferido uma única palavra, mas era difícil afastar mãos tão grandes e braços tão fortes ou mesmo fazer prevalecer sua vontade diante de ouvidos tão surdos.

Ele lhe fizera uma gentileza, ela reconhecia um tanto contrariada, mas por que precisava ser tão desagradável?

Hugo desamarrou o cadarço da bota esquerda, retirou-a com facilidade e a colocou no chão. Foi bem mais lento com a outra bota. Gwen desatou as fitas de seu gorro, tirou-o da cabeça e o deixou a seu lado no sofá, depois descansou sobre o braço estofado. Fechou os olhos. Então foi invadida por uma onda de dor e empurrou a cabeça contra o encosto, fechando os olhos com mais força. Ele tinha mãos surpreendentemente delicadas, mas não fora fácil soltar sua bota. Assim que o calçado *saiu*, não havia mais nada para apoiar seu pé ou conter o inchaço. Hugo o apoiou sobre uma almofada.

Mas a dor às vezes entorpece a sensibilidade, pensou ela momentos depois, ao sentir as mãos dele entrarem por baixo da saia para retirar o lenço amarrado no seu joelho e em seguida tirar a meia rasgada.

Dedos mornos apalparam o inchaço.

– Não acredito que esteja quebrado – disse lorde Trentham. – Mas não posso ter certeza. Deve manter o pé onde ele está até o médico chegar. O corte no joelho é superficial e estará curado em alguns dias.

Ela abriu os olhos e sentiu a dor aguda de estar descalça, com parte da perna desnudada sobre a almofada. Lorde Trentham estava ereto, as mãos às costas, os pés ligeiramente afastados – um militar em posição de descanso. Os olhos escuros contemplavam os dela, a mandíbula cerrada.

Ele se ressentia da presença dela ali, pensou. Pois bem, ela havia tentado muito *não estar* ali. Portanto, ficava ressentida por ele ressentir-se dela.

– A maioria das mulheres não suporta bem a dor. A senhora suporta – afirmou ele.

Era um insulto às mulheres, ainda que um elogio a ela. O que deveria fazer? Dar um sorriso afetado expressando gratidão?

– O senhor esquece, lorde Trentham, que são as mulheres que têm os filhos. É senso comum que a dor do parto seja a pior de todas.

– A senhora tem filhos? – perguntou ele.

– Não.

Ela fechou os olhos de novo e, sem razão aparente, prosseguiu... num assunto que quase nunca mencionava nem para aqueles que lhe eram mais próximos e mais queridos.

– Perdi o único que concebi. Aconteceu depois que caí do cavalo e quebrei a perna.

– O que fazia sobre um cavalo enquanto gestava um filho? – perguntou ele.

Era uma boa pergunta, apesar de também ser impertinente.

– Saltávamos sobre as sebes – disse ela. – Tentamos uma que nem Vernon, meu marido, nem eu tínhamos saltado antes. O cavalo dele conseguiu, o meu hesitou e fui derrubada.

Houve um breve silêncio. Por que *raios* ela estava contando tudo aquilo?

– Seu marido sabia que a senhora estava esperando um filho? – perguntou ele.

Era uma pergunta imperdoavelmente íntima, mas ela começara o assunto.

– É claro – respondeu ela. – Eu já tinha completado quase seis meses.

E agora ele pensaria todo tipo de coisas pouco elogiosas sobre Vernon, sem compreender nada. Era injusto da parte dela ter lhe contado tanto quando não estava preparada para fornecer maiores explicações. Parecia que ela só havia se mostrado de modo infeliz desde que pousara os olhos sobre ele e se encolhera de medo. Sim, era o que tinha acontecido. Ela se *encolhera.*

– Era um filho *desejado*? – perguntou ele.

Ela abriu os olhos de súbito, com raiva, sem palavras. Que tipo de pergunta era aquela?

O olhar dele era duro. Acusador. Condenador.

Mas o que ela esperava? Da forma como se expressara, fizera com que Vernon e ela parecessem irresponsáveis e imprudentes.

Era hora de mudar de assunto.

– O cavalheiro louro, lá embaixo, também é um convidado em Penderris? – perguntou. – Tive a infelicidade de invadir uma comemoração?

– Ele é o visconde Ponsonby – informou Hugo. – Há seis convidados na casa, além do próprio Stanbrook. Nós nos reunimos aqui durante algumas semanas, todos os anos. Stanbrook abriu a casa para nós por vários anos, durante e depois das guerras, enquanto nos recuperávamos de diversos ferimentos.

Gwen o contemplou. Não havia sinal de qualquer ferimento que tivesse incapacitado lorde Trentham por tanto tempo. Mas ela estava certa: ele era militar.

– Eram todos militares ou ainda são? – perguntou ela.

– Fomos – respondeu ele. – Cinco de nós em guerras recentes. Stanbrook participou de eventos anteriores. O filho dele lutou e morreu nas Guerras Napoleônicas.

Ah, sim. Pouco antes de a duquesa saltar para a morte do alto de um penhasco.

– E a sétima pessoa? – perguntou.

– Uma mulher – falou ele. – Viúva de um oficial que foi torturado até a morte depois de capturado. Ela estava presente quando ele foi fuzilado.

– Nossa... – disse Gwen.

Sentia-se pior do que antes. Aquilo era bem mais grave do que impor sua presença numa simples festa. E seu tornozelo torcido parecia constrangedoramente insignificante em comparação a tudo o que o duque e seus seis convidados tinham suportado.

Lorde Trentham havia pegado uma manta das costas de uma poltrona próxima e se aproximava para cobrir a perna ferida de Gwen. No mesmo momento, as portas do salão voltaram a se abrir e uma mulher entrou com uma bandeja de chá. Era uma dama, não uma criada. Alta, de postura muito ereta. O cabelo louro-escuro estava arrumado num coque, mas a simplicidade e até mesmo a severidade daquele estilo acentuavam a perfeita estrutura óssea de seu rosto oval com maçãs do rosto delicadamente esculpidas, nariz reto e olhos azul-esverdeados emoldurados por cílios um tom mais escuro do que o cabelo. A boca era larga e generosa. Era bela, com um rosto que dava a impressão de ter sido esculpido em mármore. Não parecia apenas que ela nunca sorria, mas que seria incapaz de sorrir mesmo se desejasse. Os olhos eram grandes e muito calmos, de uma forma quase artificial.

Dirigiu-se ao sofá e teria colocado a bandeja na mesa ao lado de Gwen, se lorde Trentham não a tivesse retirado de suas mãos.

– Eu faço isso, Imogen – disse ele.

– George imaginou que a senhora consideraria muito impróprio permanecer sozinha em uma sala com um cavalheiro desconhecido, lady Muir – disse a dama –, mesmo tendo sido ele o responsável por resgatá-la e trazê-la para casa. Fui designada como sua acompanhante.

A voz era pomposa, sem ser fria.

– Esta é Imogen, lady Barclay – informou lorde Trentham. – Que nunca considerou impróprio permanecer em Penderris com seis cavalheiros e nenhuma acompanhante.

– Confiaria minha vida a qualquer um dos seis ou a todos eles juntos – disse lady Barclay, inclinando a cabeça para Gwen com gentileza. – Na verdade, já fiz isso. Parece constrangida. Não precisa ficar assim. Como machucou o tornozelo?

Serviu três xícaras de chá enquanto Gwen descrevia os acontecimentos. Essa então era a dama que estava com o marido quando os torturadores o mataram. Gwen tinha uma vaga ideia sobre os tormentos que ela devia ter suportado a cada minuto de cada dia desde então. Devia ainda se perguntar se teria havido algo que ela poderia ter feito para evitar a tragédia. Assim como Gwen ainda se questionava em relação à morte de Vernon.

– Sinto-me muito tola – concluiu.

– Claro que sim – disse lady Barclay. – Mas poderia ter acontecido com qualquer um de nós, sabe? Costumamos ir até a praia o tempo todo e a encosta é bem traiçoeira, mesmo sem os seixos escorregadios.

Gwen olhou de relance para lorde Trentham, que bebericava o chá em silêncio, com os olhos pousados nela.

Era um homem terrivelmente atraente, pensou ela com alguma surpresa e um pequeno arrepio diante da constatação. Não deveria ser. Era grande demais para ser elegante ou gracioso. O cabelo estava curto demais para suavizar a aspereza de seus traços ou a linha rija da mandíbula. A boca era reta demais e tensa demais para ser sensual. Os olhos, escuros demais e penetrantes demais para fazer com que uma mulher desejasse mergulhar neles. Não havia nada que sugerisse charme, humor ou qualquer calor em sua personalidade.

Entretanto...

Entretanto, tinha uma presença quase avassaladora. Uma aura de masculinidade.

Seria uma experiência maravilhosa, pensou, *ir para a cama com ele.*

O pensamento a deixou estupefata. Nos sete anos que haviam se passado desde a morte de Vernon, ela se afastara de qualquer ideia que se vinculasse a outro relacionamento e casamento. E, em toda a sua vida, nunca pensara em outro homem naqueles termos.

Teria aquela atração inesperada e um tanto ridícula alguma relação com a igualmente inesperada onda de solidão que ela sentira na praia, pouco antes de se encontrarem?

Conversou com lady Barclay enquanto esses estranhos pensamentos zumbiam em sua mente. Mas era muito difícil manter a concentração. A dor, como ela se lembrava de ter acontecido quando quebrara a perna, não ficava confinada à parte ferida, mas reverberava por todo o corpo até que a pessoa já não sabia o que fazer.

Lorde Trentham se levantou assim que ela terminou de beber a xícara de chá, pegou na bandeja um guardanapo de linho que não havia sido utilizado e foi até um aparador, onde deveria haver uma garrafa de água entre os frascos de bebida. Voltou com um guardanapo úmido e o estendeu sobre a testa de Gwen, segurando-o. Ela voltou a encostar a nuca no braço do sofá e fechou os olhos.

O frescor e até a pressão da mão eram sensações boas.

Onde estava o bruto insensível a quem ela julgara anteriormente?

– Eu esperava distraí-la com a conversa – disse lady Barclay. – Está pálida como um fantasma, pobrezinha. Mas não proferiu nem um gemido ou uma queixa. Tem a minha admiração.

– Jones está demorando – falou lorde Trentham.

– Ele virá o mais rápido possível – assegurou-lhe lady Barclay. – É o que sempre faz, Hugo. E não há médico melhor no mundo.

– Lady Muir já sofreu uma lesão anterior na mesma perna. Creio que deva estar doendo imensamente.

Falavam dela como se não tivesse condições de responder, pensou Gwen. Mas não se importava naquele momento. Tentava apenas se distanciar o máximo possível da dor.

E havia calor naquelas vozes, reparou ela. Como se a estimassem. Quase como se estivessem de fato preocupados com ela.

Mesmo assim, ela desejava que o médico chegasse logo para que pudesse pedir mais uma vez a carruagem ao duque de Stanbrook e voltar para a casa de Vera.

Ah, como odiava sentir-se em dívida com alguém.

CAPÍTULO 3

Quando Flavian voltou com o médico, trouxe também a Sra. Parkinson. A dama foi a primeira a entrar correndo no salão. Fez uma ampla reverência para Imogen e Hugo e lhes garantiu que Sua Graça era a bondade em pessoa, que *eles* eram a bondade em pessoa, que ficaria eternamente grata a lorde Ponsonby por ter lhe dado a notícia sobre o acidente de sua querida amiga com tanta presteza, insistindo que ela o acompanhasse na carruagem de Sua Graça, embora ela ficasse feliz em caminhar uma distância dez vezes maior, se fosse necessário.

– Eu caminharia 10... não... 20 quilômetros pela querida lady Muir – garantiu. – Mesmo tendo sido *descuidada* ao entrar nas terras de Sua Graça depois que eu lhe avisei para não se arriscar a ofender tão ilustre presença do reino. Sua Graça teria todo o direito de recusar-se a recebê-la em Penderris, embora eu imagine que ele tenha hesitado ao descobrir que se tratava de lady Muir. Suponho que seja a *esse* fato que eu devo o convite para andar na carruagem, já que nunca havia recebido tal distinção, apesar de o Sr. Parkinson ser o irmão caçula de sir Roger Parkinson e o quarto na linha de sucessão do título, depois dos três filhos do irmão.

Foi apenas depois de concluir esse notável discurso, olhando de Hugo para Imogen, que a mulher se voltou para a amiga, as mãos junto ao peito.

Hugo e Imogen trocaram um olhar expressivo. Flavian permaneceu perto da porta, bem na entrada, parecendo entediado.

– Gwen! – exclamou a Sra. Parkinson. – Ah, minha pobre Gwen, o que fez a si mesma? Fiquei louca de preocupação quando não voltou de sua caminhada, depois de uma hora. Temi o pior e me culpei por estar tão desanimada e incapaz de acompanhá-la. O que eu teria feito se acontecesse um acidente fatal? O que eu poderia dizer ao conde de Kilbourne, seu querido irmão? Foi mesmo uma grande travessura de sua parte causar-me tal aflição. Que eu senti, é claro, por tanto amá-la.

– Torci o tornozelo, foi tudo, Vera – explicou lady Muir. – Mas, infelizmente, no momento é impossível caminhar. No entanto, espero não abusar da hospitalidade do duque por muito mais tempo. Confio que ele será gentil e nos permitirá voltar para o vilarejo em sua carruagem assim que o médico examinar e enfaixar meu tornozelo.

A Sra. Parkinson lhe lançou um olhar de puro terror e soltou um leve gritinho, enquanto apertava ainda mais as mãos contra o peito.

– Não deve *pensar* em se deslocar – disse ela. – Ah, minha pobre Gwen, sua perna sofrerá um dano irreparável se tentar algo tão imprudente. Já tem a infelicidade de mancar desde aquele acidente, e tenho para mim que isso desencoraje os cavalheiros a lhe fazer a corte depois do falecimento de lorde Muir. Simplesmente não pode correr o risco de ficar aleijada. Sua Graça, tenho certeza, também insistirá para que permaneça aqui até que o tornozelo fique curado. Não deve se preocupar, pois não vou negligenciá-la. Caminharei até aqui todos os dias para lhe fazer companhia. É minha mais querida amiga em todo o mundo, afinal de contas. Tenho certeza de que esta dama e este cavalheiro, bem como o visconde Ponsonby, insistirão na sua permanência.

Sorriu para Imogen e Hugo. Flavian, parecendo mais entediado do que de hábito, fez as apresentações.

A Sra. Parkinson tinha aproximadamente a idade de lady Muir, pensou Hugo, embora o tempo a tivesse tratado com menos gentileza. Enquanto lady Muir ainda era bela, apesar de ter mais de 30 anos, para a Sra. Parkinson qualquer lembrança de boa aparência deveria ter ficado no passado. Ela também acumulara muito peso, a maior parte acomodada de forma pouco atraente sob o queixo e nas regiões do peito e do quadril. O cabelo castanho perdera o brilho da juventude.

Lady Muir abriu a boca para falar. Estava consternada com a sugestão de que permaneceria em Penderris. Foi impedida de manifestar seus sentimentos, porém, quando a porta voltou a abrir com a chegada de George e o Dr. Jones, o médico que ele convencera a vir de Londres anos antes, ao abrir a casa para os seis e para outras pessoas que ficaram por temporadas mais curtas. O médico permanecera ali desde então, cuidando dos pobres que não podiam pagar, bem como dos ricos que podiam.

– Aqui está o Dr. Jones, lady Muir – disse George. – É o mais habilidoso dos médicos, eu garanto. Pode confiar em seus cuidados. Imogen, será que faria a gentileza de permanecer aqui com lady Muir? O restante de nós vai se recolher à biblioteca. Sra. Parkinson, posso lhe oferecer chá e bolinhos lá? Que bom que a senhora pôde acompanhar Flavian e o doutor assim que foi avisada.

– Sou eu quem deveria ficar com lady Muir – afirmou a Sra. Parkinson, permitindo-se ser conduzida até a porta. – Porém meus nervos estão à flor da pele, Vossa Graça, depois de cuidar de meu querido marido por tanto tempo. O Dr. Jones lhe dirá como estou à beira de um colapso desde seu falecimento. Não sei *como* serei capaz de dar à querida lady Muir os cuidados de que ela necessitará, embora esteja mais do que disposta, como imagina, a transferi-la para minha casa. Sinto-me responsável pelo que aconteceu. Se eu estivesse com ela, como deveria, caso não me sentisse tão desanimada esta manhã, eu a teria mantido a uma distância decente de Penderris. Estou constrangida por ela ter invadido suas terras, embora tenha sido mais por desatenção do que por uma ação deliberada.

A essa altura George já fechara as portas do salão e descia a escada de braço dado com a Sra. Parkinson. Hugo e Flavian seguiam logo atrás.

– Será um prazer se lady Muir permanecer aqui, madame, até ser capaz de voltar a caminhar – afirmou George. – E o Dr. Jones já confirmou que a senhora está exausta depois de dedicar sua atenção ao marido durante a longa enfermidade.

– É muita delicadeza da parte dele – disse a Sra. Parkinson. – Devo visitar lady Muir todos os dias, naturalmente.

– Estou encantado em saber, madame – disse George, fazendo um sinal com a cabeça para que um criado abrisse as portas da biblioteca. – Minha carruagem estará à sua disposição.

Flavian e Hugo se entreolharam e o primeiro ergueu as sobrancelhas. *Devemos fugir enquanto é tempo?*, parecia ser o que ele queria dizer.

Hugo franziu os lábios. Era tentador. Mas seguiu George e sua convidada até a biblioteca. Flavian deu de ombros e o acompanhou.

– Lamento *muito* abusar da hospitalidade, Vossa Graça – garantiu a Sra. Parkinson a George. – Mas não é de minha natureza abandonar uma amiga em caso de necessidade. Assim, aceitarei sua gentil oferta da carruagem para o transporte diário, embora ficasse feliz em *caminhar* até aqui. Não causarei nenhum transtorno para o senhor e seus hóspedes enquanto estiver aqui. Estarei visitando apenas *lady Muir*. Com certeza não espero ser recebida com chá todos os dias.

Uma criada acabara de entrar no aposento e pousar uma bandeja sobre uma grande escrivaninha de carvalho próxima à janela.

Não era nada surpreendente, pensou Hugo, que a Sra. Parkinson cultivasse a amizade de lady Muir. Afinal de contas, ela era viúva de um lorde e irmã de um conde, e a Sra. Parkinson se comportava de forma extremamente servil. O que era menos claro era por que *lady Muir* mantinha aquela amizade. À primeira vista, Hugo tivera impressão de que se tratava de uma mulher arrogante. Não simpatizara com ela apesar de sua inegável beleza. Embora ela tivesse *rido* de suas desventuras depois de exigir que ele a colocasse no chão e no fim houvesse acabado pedindo para ser carregada. Mas ela havia perdido um bebê por conta de um comportamento incrivelmente imprudente de sua parte e descuido de seu marido. Era o tipo de mulher da elite a quem ele mais desprezava. Parecia pensar apenas em si mesma. No entanto, era amiga da Sra. Parkinson. Talvez apreciasse sentir-se adorada e idolatrada.

O pobre George se esforçou para manter a conversa. Hugo permaneceu num silêncio acabrunhado, desejando ter voltado direto para a casa do amigo, sem parar para subir aquela saliência do penhasco. E Flavian se postou junto a uma das estantes, folheando um livro com ar de desdém. Flavian sempre manifestava o desdém de forma notável. Não precisava dizer uma palavra sequer.

Aquilo era injusto com George.

– Conhece lady Muir há muito tempo, Sra. Parkinson? – perguntou Hugo.

– Ah, meu senhor – disse ela, pousando a xícara e o pratinho de forma a juntar as mãos e levá-las mais uma vez ao peito. – Nós nos conhecemos há muito tempo, sim. Debutamos juntas em Londres quando éramos apenas meninas, sabe? Nossa apresentação à rainha foi no mesmo dia. Depois dançamos nos bailes organizados para cada uma. As pessoas chegaram a nos considerar as duas jovens solteiras mais deslumbrantes da sociedade naquele ano, embora eu acredite que estavam apenas sendo gentis comigo. Apesar de eu ter conquistado um bom número de pretendentes, é verdade. Mais do que Gwen, de fato, embora eu suponha que tenha sido em parte porque, assim que pôs os olhos em lorde Muir, ela decidiu que valia a pena correr atrás de seu título e de sua fortuna. Eu poderia ter me casado com um marquês ou com um visconde, se assim escolhesse, ou mesmo um barão. Mas me apaixonei pelo Sr. Parkinson e nunca tive um instante sequer de arrependimento por abrir mão da vida de deslumbramento que desfrutaria na companhia de um cavalheiro com título de nobreza e dez mil ou mais por ano. Não há nada mais importante na vida do que o amor, mesmo quando ele se dirige ao irmão mais jovem de um baronete.

Hugo tentou imaginar como o visconde Muir teria morrido, mas não perguntou.

O médico entrou no aposento e confirmou as suspeitas de Hugo. O tornozelo da paciente sofrera uma torção severa, embora aparentemente não tivesse fraturas. De qualquer modo, era imperativo que ela descansasse a perna e não colocasse nenhum peso sobre ela durante pelo menos uma semana.

Ao que tudo indicava, o Clube dos Sobreviventes teria que admitir mais integrantes, mesmo que em caráter temporário. George permitira que a Sra. Parkinson conseguisse o que queria e lhe dera a oportunidade de impor sua presença ao grupo durante os próximos dias. Lady Muir ficaria em Penderris.

A Sra. Parkinson era a única entre eles que parecia feliz pelo veredito do médico, embora enxugasse os olhos com um lenço e soltasse um profundo suspiro ao mesmo tempo.

Teria sido melhor se ele não tivesse descido até a praia naquele dia, pensou Hugo. A piada da noite anterior deveria ter servido de alerta. Às vezes Deus gostava de participar das piadas e dar seu toque final.

A nova lesão havia sido agravada pela antiga fratura, que, por sua vez, não tivera um tratamento adequado. Ao explicar a situação a Gwen, o Dr. Jones dissera, com alguma severidade, que gostaria muito de trocar umas palavras com o médico responsável. Ordenou que não colocasse o pé no chão por no mínimo uma semana, mantendo-o de preferência elevado todo o tempo. Nem mesmo pousado sobre um banco baixo, mas sempre que possível alinhado com a altura de seu coração.

Teria sido um pronunciamento sombrio sob qualquer circunstância. Mesmo em casa, a perspectiva de permanecer inativa por tanto tempo seria detestável. E na residência de Vera, sem ter condições de se afastar da companhia da anfitriã e de suas amigas, seria como ser condenada a uma temporada no purgatório. De uma forma ou de outra, até aquilo se pareceria com o paraíso, comparado à realidade que enfrentava. Ia passar uma semana – *no mínimo* – em Penderris Hall, como convidada do duque de Stanbrook. Seria obrigada a impor sua presença no reencontro daqueles homens – e uma mulher – que ali permaneceram por longos meses recuperando-se de ferimentos sofridos durante as guerras. Com certeza havia um vínculo forte entre eles. A última coisa que desejariam seria a presença de uma estranha, uma desconhecida que precisava se curar de nada além de um tornozelo machucado.

Aquilo era matéria-prima para seus pesadelos.

Sentia-se humilhada, com dores e saudade de casa – muita saudade. Acima de tudo, porém, estava zangada. Sentia-se irada consigo mesma, por ter continuado a caminhar pela praia mesmo depois de notar as dificuldades do terreno e por ter escolhido escalar aquela encosta traiçoeira. Tinha um tornozelo fraco. *Sabia* de suas limitações e costumava ser bastante sensata em relação ao tipo de exercício que escolhia.

Mas estava furiosa mesmo era com Vera. Que tipo de dama fecharia de repente as portas de sua casa para uma amiga que sofreu um pequeno acidente, a mesma amiga a quem implorara que a visitasse e lhe fizesse companhia em seu momento de luto e solidão? A reação dela não deveria ter sido oposta? Vera se comportara de forma egoísta, constrangedoramente egoísta, com sua má vontade em permitir que Gwen fosse levada para sua casa. Por mais que houvesse se pronunciado contra o duque de Stanbrook antes, ela ficara empolgadíssima ao ter a chance de visitar Penderris, ainda mais utilizando-se da carruagem com brasão, de forma que todos no vilarejo pudessem testemunhar. Vira a oportunidade de ampliar aquela emoção e se tornar visita diária durante a semana seguinte e a aproveitara, sem levar em consideração os sentimentos de Gwen.

Gwen nutriu a humilhação, a dor e a raiva enquanto se recostava na cama do quarto de hóspedes designado para ela. Lorde Trentham a carregara até lá e a pousara sobre a cama, partindo quase sem dizer uma palavra. *Perguntara* se poderia lhe trazer alguma coisa, mas tanto o rosto quanto a voz mantiveram-se sem expressão; era óbvio que ele não esperava que ela aceitasse.

Ah, ela não devia cair na tentação de atribuir toda a culpa pelo seu desconforto aos ocupantes de Penderris Hall. Eles a acolheram e foram gentis. Lorde Trentham a carregara até ali praticamente desde a praia. E tirara suas botas de forma muito cuidadosa. Havia ainda lhe trazido um pano fresco e colocado sobre a testa quando a dor ameaçara sair de controle.

Ela não deveria antipatizar com ele.

Só queria que ele não fizesse com que ela se sentisse uma jovem mimada e petulante.

Uma criada chegou e a distraiu desses pensamentos. Trazia mais chá e as notícias de que uma mala com seus pertences chegara do vilarejo e se encontrava naquele momento no quarto de vestir ao lado.

A mesma criada a ajudou a se lavar e a pôr trajes mais apropriados para a noite. Escovou e prendeu o cabelo de Gwen. Depois que ela deixou o aposento, Gwen pensou no que aconteceria a seguir. Esperava que a moça lhe trouxesse uma bandeja com o jantar, de forma que pudesse permanecer no quarto.

Logo suas esperanças se provaram infundadas.

Uma batida à porta foi sucedida pela entrada de lorde Trentham, parecendo grande e esplêndido numa casaca bem-cortada e roupas de noite. Tinha um olhar ameaçador. Não, não estava sendo justa. Aquela era sua expressão natural, pensou Gwen. Ele tinha o ar de um guerreiro feroz. Parecia dar pouca importância às delicadezas da vida civilizada.

– Está pronta para descer? – perguntou.

– Ah – respondeu ela. – Na verdade, eu gostaria de ficar aqui, lorde Trentham, e não incomodar ninguém. Se não for por demais trabalhoso, poderia pedir que me trouxessem uma bandeja?

Ela sorriu.

– Acredito que *seria* trabalhoso demais, madame – disse ele. – Fui enviado para levá-la até lá embaixo.

O rosto de Gwen começou a queimar. Que situação humilhante! E que resposta indelicada. Não poderia ter se expressado de forma diferente? Poderia ter dito que sua companhia não seria um incômodo para ninguém. Poderia até mesmo dizer que o duque e seus convidados esperavam *ansiosamente* sua companhia.

Poderia ter sorrido.

Ele se encaminhou para a cama, abaixou-se e pegou-a no colo. Gwen passou o braço em torno do pescoço dele e olhou em seu rosto, ainda que estivesse perturbadoramente próximo. Bem, ela podia manter seus modos, mesmo que ele não conseguisse.

– O que fazem durante esses reencontros? – perguntou ela, com educação. – Lembram das guerras?

– Seria uma tolice – disse ele.

Por que ele era sempre tão rude? Talvez porque se ressentisse de sua presença a ponto de não conseguir ser educado com ela? Mas ele poderia tê-la levado para o vilarejo, em vez de carregá-la até ali. Obviamente, era um gigante tão forte que o peso dela era irrelevante.

– Então evitam todas as menções às guerras? – perguntou ela, enquanto desciam as escadas.

– Sofremos neste lugar – explicou ele. – Nós nos curamos neste lugar. Desnudamos nossas almas uns para os outros. Deixar esta casa foi uma das coisas mais difíceis que fizemos. Mas era necessário para que nossas vidas voltassem a ter sentido. Uma vez por ano, porém, voltamos para recuperar nossa integridade ou para nos fortalecermos com a ilusão de que estamos inteiros.

Foi um discurso bem longo para lorde Trentham, mas ele não olhou para Gwen enquanto falava. A voz soara feroz e ressentida. A fala inferira de novo que ela era responsável por um erro. Implicara que ela era uma dama mimada que não poderia compreender o tipo de sofrimento que ele e os amigos haviam suportado. Ou o fato de que tal sofrimento nunca terminava de fato, deixava uma cicatriz eterna.

Ela *compreendia*.

Quando as feridas saravam, tudo deveria se curar. A pessoa deveria voltar a ficar inteira. Parecia fazer sentido. Mas ela não se curara depois que os ossos da perna se recuperaram. O tratamento fora malfeito. Ela não teria se recuperado completamente mesmo que a perna tivesse ficado perfeita. Também tinha perdido um bebê como resultado da queda. Poderia dizer até que ela *matara* o filho. E Vernon nunca mais fora o mesmo depois de tudo o que acontecera, embora isso levasse a outra pergunta: *o mesmo o quê?*

Quando alguém enfrentava um grande sofrimento, sempre restava alguma fragilidade, uma vulnerabilidade onde antes houvera integridade e força, até mesmo inocência.

Ah, ela *compreendia*.

Lorde Trentham a levou até o salão e a colocou no mesmo sofá de antes. Desta vez, contudo, o aposento não estava vazio. Além deles dois, havia outras seis pessoas. O duque de Stanbrook era uma delas, assim como lady Barclay. O visconde de Ponsonby era o terceiro. Gwen se perguntou por um instante onde ele teria se ferido. Parecia belo e fisicamente perfeito, assim como lorde Trentham parecia *grande* e fisicamente perfeito.

Era óbvio o que estava errado com um dos outros cavalheiros. Ele se ergueu com grande esforço usando duas muletas quando Gwen entrou no aposento. Parecia que as pernas estavam tortas e que ele apoiava boa parte do peso nos braços.

– Lady Muir – chamou o duque, de seu posto perto da lareira. – Aprecio sua disposição em nos fazer companhia. Entendo que foi um esforço. Fico encantado por tê-la como hóspede em minha casa, embora lamente as circunstâncias. Estou ansioso por conhecê-la melhor durante a próxima semana. A senhora não hesitará, espero, em pedir qualquer coisa de que necessite.

– Muito obrigada, Vossa Graça – disse ela, corando. – É muito gentil.

As palavras do duque eram pura cortesia, embora seus modos fossem rígidos, distantes, austeros. Pelo menos era cortês. Ao contrário de lorde Trentham, tratava-se de um cavalheiro da cabeça aos pés. Um cavalheiro muito elegante também.

– Já conheceu Imogen, lady Barclay, e Flavian, visconde de Ponsonby – prosseguiu, atravessando o aposento para servir-lhe uma taça de vinho. – Permita-me apresentá-la a sir Benedict Harper.

Indicou o homem das pernas tortas. Era alto e esguio, com um rosto magro e traços angulosos que no passado deveriam ter sido belos. Naquele momento, davam testemunho de sofrimentos e dores prolongadas.

– Lady Muir.

– Sir Benedict – falou Gwen e inclinou a cabeça numa saudação.

– E Ralph, conde de Berwick – disse o duque, indicando um jovem de boa aparência, com uma cicatriz que cruzava um dos lados do rosto.

Ele fez um sinal com a cabeça, mas não disse nada nem sorriu.

Outro homem amargo.

– Encantada – disse ela.

– E Vincent, lorde Darleigh – disse Sua Graça.

Era um rapaz esguio, com cabelo claro e encaracolado. O rosto era franco, animado e sorridente, com os maiores e mais belos olhos azuis que Gwen já vira. Ali estava um homem destinado a partir corações, pensou ela. Não havia sinal de ferimento no corpo ou na alma. E era tão jovem. Se tinha mesmo lutado nas guerras, era pouco mais que um menino na época...

Parecia deslocado naquele grupo. Jovem demais, despreocupado demais para ter sofrido tanto.

– É um prazer – disse Gwen.

– Tem a voz de uma bela mulher, lady Muir – afirmou ele. – E já me disseram que sua aparência faz jus a isso. É um prazer conhecê-la. Imogen falou que a senhora se sente muito constrangida por estar aqui, mas não deveria. Mandamos Hugo até a praia para encontrá-la. Ele tem uma merecida reputação de não fracassar em nenhuma missão que lhe é confiada, e essa não foi uma exceção. Ele nos trouxe uma beleza rara.

Gwen sentiu uma onda de choque que não teve nenhuma relação com as palavras dele. Na verdade, por alguns momentos, não compreendeu bem o que queriam dizer. De súbito, percebeu que, apesar da beleza dos olhos e do fato de parecer olhar direto para ela, *lorde Darleigh era cego.*

Talvez fosse o pior ferimento de todos, pensou. Não podia imaginar nada pior do que a perda da visão. No entanto, ele sorria e era encantador. Mas estaria sorrindo por dentro? Havia algo levemente perturbador em sua alegria, agora que compreendia a devastação que as guerras lhe causaram.

– Se Hugo tivesse trazido uma gárgula para cá, Vincent – disse o conde de Berwick –, não faria a menor diferença, não é?

– Ah – disse lorde Darleigh, voltando o olhar na direção do conde com grande precisão e abrindo um sorriso meigo. – Não faria diferença para mim, Ralph, desde que tivesse a alma de um anjo.

– Boa resposta, Ralph – comentou o visconde Ponsonby.

E foi então que Gwen ouviu o eco das palavras ditas anteriormente por lorde Darleigh: *Mandamos Hugo até a praia para encontrá-la... Ele nos trouxe uma beleza rara.*

– Lorde Trentham foi procurar *por mim*? – perguntou ela. – Mas como sabia que eu estaria lá? Não planejei a caminhada com antecedência.

– Vincent, seria uma ótima ideia – começou lorde Trentham – se desse um nó nessa sua língua.

– Tarde demais – disse o visconde Ponsonby. – Seu segredo precisa ser revelado, Hugo. Lady Muir, por uma série de razões, todas aparentemente muito consistentes para Hugo, ele decidiu encontrar uma noiva este ano. O único p-problema é a seleção. Ele é, sem dúvida, o melhor soldado que as forças britânicas tiveram nos últimos vinte anos. Infelizmente, não é tão versado na arte da corte e da sedução. Quando nos explicou sua situação na noite passada e acrescentou, com sabedoria, que não estava em busca de um grande amor, foi aconselhado a procurar uma mulher bem-apessoada, explicar que é um lorde f-fabulosamente rico e pedi-la em casamento. Ele concordou em descer até a praia e encontrar tal mulher. E aqui está a senhora.

Se seu rosto pudesse enrubescer ainda mais, pensou Gwen, ele se consumiria em chamas. E todo o constrangimento e a raiva anteriores retornaram com juros. Olhou para lorde Trentham, de pé, rígido e ereto como um soldado em posição de descanso, mas sem demonstrar qualquer descontração, o queixo erguido enquanto seus olhos faiscavam.

– Então, lorde Trentham – disse ela –, talvez possa me informar de sua posição social e riqueza agora, na presença de seus amigos. E fazer a proposta de casamento.

Hugo olhou para ela sem dizer nada. Não lhe deram a chance.

– Madame – disse lorde Darleigh, encarando-a com os olhos azuis, que agora pareciam tão preocupados quanto sua voz. – Falei para que todos *rissem*. Só depois que as palavras deixaram minha boca me dei conta de quanto eram constrangedoras para a senhora. É claro que estávamos *brincando* na noite passada e foi por acaso que a senhora estava na praia, que tenha se machucado e que Hugo estivesse por lá para lhe oferecer assistência. Imploro que me perdoe e perdoe *Hugo*. Ele não tem a menor culpa por seu constrangimento. O erro é todo meu.

Gwen olhou para o jovem e riu.

– Perdoe-me – disse ela. – Eu mesma consigo ver a graça dessa coincidência.

Não estava bem certa se falava a verdade.

– Muito obrigado, madame.

O jovem lorde pareceu aliviado.

– Está na hora de deixarmos de lado este assunto – disse sir Benedict. – Onde reside, lady Muir? Quando não está hospedada com... a Sra. Parkinson, quero dizer.

– Moro em Newbury Abbey, em Dorsetshire – respondeu Gwen. – Ou melhor, moro na propriedade, mas na casa de minha mãe, não na residência principal, que é onde meu irmão, o conde de Kilbourne, vive com a família.

– Tive contato com ele na península Ibérica – disse lorde Trentham. – Embora na época ele tivesse o título de visconde. Foi mandado para casa, se lembro bem, depois de sofrer uma emboscada nas montanhas de Portugal durante uma missão de reconhecimento e ficar à beira da morte. Então ele se recuperou por completo?

– Ele está bem – assegurou Gwen.

– E não foi revelado depois que a esposa de Kilbourne era a filha perdida do duque de Portfrey? – perguntou o duque.

– Sim – respondeu Gwen. – É Lily, minha cunhada.

– Portfrey e eu fomos grandes amigos nos dias distantes de nossa juventude – contou o duque de Stanbrook.

– Ele se casou com minha tia – disse ela. – Esses relacionamentos familiares são um pouco complicados.

O duque assentiu.

– Lady Muir – disse ele –, será melhor para a senhora, acredito, se não nos acompanhar até a sala de jantar. Embora eu possa lhe fornecer um banquinho para o pé, não seria adequado. O bom doutor insistiu muito em suas instruções para que mantivesse o pé *elevado* durante a próxima semana. Assim, é melhor que a senhora faça a refeição aqui. Espero que não lhe seja inconveniente. Contudo não ficará sozinha. Hugo foi designado para lhe fazer companhia. Posso lhe garantir que seus ouvidos não serão assaltados por histórias sobre sua riqueza ou pedidos de casamento que garantiriam uma parte dela para a senhora.

O sorriso de Gwen foi austero.

– Acredito que jamais vou me recuperar de tal gafe – ressaltou lorde Darleigh, pesaroso.

O duque ofereceu o braço para lady Barclay e saiu do aposento. Os outros os seguiram. Sir Benedict Harper, Gwen reparou, não se amparava nas muletas, embora parecessem robustas o suficiente para suportar seu peso. Na realidade, caminhava devagar e com cuidado, usando-as para se equilibrar.

Depois que todos saíram e a porta se fechou, o silêncio no salão foi quase insuportavelmente ruidoso.

CAPÍTULO 4

Não eram culpa *dele*, pensou Gwen, a piada e a coincidência de que ela estivesse na praia naquele dia. Só *parecia* que eram. Ela se ressentia, de qualquer maneira. Sentira-se terrivelmente constrangida.

E lorde Trentham parecia ressentir-se também. Talvez por ter se sentido tão constrangido quanto ela.

Os olhos dele estavam fixos na porta fechada como se conseguisse ver os amigos através da madeira e desejasse estar com eles. Ela também desejava com fervor que ele estivesse do outro lado.

– Será que sir Benedict um dia conseguirá andar de novo sem as muletas? – falou ela, apenas para puxar assunto.

Hugo contraiu os lábios e Gwen achou que ele não fosse responder.

– O mundo inteiro fora destes muros responderia um retumbante "não" – disse ele, enfim, ainda olhando para a porta. – O mundo inteiro o chamou de tolo por não permitir que amputasse suas pernas e, depois, por não aceitar a realidade nem se resignar a viver numa cama pelo resto da vida, ou pelo menos numa cadeira. Mas nesta casa existem seis pessoas que apostariam uma fortuna nele. Ele jura que vai dançar um dia, e nossa única dúvida é em relação a quem será a parceira.

Ai, meu Deus, pensou ela depois de um curto silêncio, aquilo só ficaria mais difícil.

– Costuma ver pessoas lá na praia? – perguntou ela.

Ele se virou para Gwen.

– Nunca – respondeu. – Em todas as vezes que estive por ali, jamais encontrei outra alma que também não viesse desta casa. Até hoje.

Havia um leve tom de censura na voz dele.

– Então, suponho que sua proposta parecia segura – disse ela. – Em relação a encontrar uma mulher na praia e pedi-la em casamento.

– Sim. Parecia – concordou ele.

Gwen sorriu para ele e depois riu baixinho. Ele a encarou, mas sem sinais de estar se divertindo.

– Tudo é mesmo *engraçado* – continuou ela. – Só que agora o senhor será, sem dúvida, alvo de infindáveis brincadeiras. E estou confinada a esta casa por uma semana, no mínimo, com uma torção no tornozelo. E... – acrescentou ela, enquanto Hugo permanecia sério – nós dois nos sentiremos terrivelmente constrangidos um com o outro, até que eu parta.

– Se eu pudesse estrangular o jovem Darleigh sem cometer assassinato, eu o faria – disse ele.

Gwen riu de novo.

E o silêncio voltou a se abater sobre os dois.

– Lorde Trentham, não é necessário que fique aqui comigo. Veio a Penderris para desfrutar da companhia do duque de Stanbrook e dos outros hóspedes. Imagino que o sofrimento compartilhado nesta casa, por tanto tempo, tenha estabelecido um vínculo especial entre os integrantes do grupo, e agora invadi tal intimidade. Todos foram gentis e educados comigo, mas estou determinada a não ser inconveniente enquanto precisar permanecer por aqui. Por favor, sinta-se livre para se juntar aos outros na sala de jantar.

Ele continuou de pé, olhando para ela, as mãos às costas.

– Eu deveria, então, frustrar o desejo de meu anfitrião? – perguntou-lhe. – Não farei isso, madame. Ficarei aqui.

Lorde Trentham. *Poderia ser qualquer coisa, desde um barão até um marquês*, pensou Gwen, embora nunca tivesse ouvido o nome dele antes. E, se o visconde Ponsonby estivesse correto, ele também era muito rico. Entretanto, seus modos eram rudes.

Inclinou a cabeça na direção do homem e decidiu não ser a primeira a proferir outra palavra, embora daquela forma nivelasse seu comportamento ao de Trentham. Que assim fosse.

Entretanto, antes que o silêncio voltasse a se tornar desconfortável, a porta se abriu e entraram dois criados. Eles aproximaram a mesa do sofá e fizeram toda a arrumação para o jantar de uma pessoa. Então outros dois serviçais entraram com bandejas carregadas. Uma delas foi posta no colo de Gwen, enquanto a outra foi levada até a mesa, onde diversos pratos foram dispostos para o jantar de lorde Trentham.

Os criados partiram tão silenciosamente quanto haviam entrado. Gwen olhou para a sopa e ergueu a colher assim que lorde Trentham tomou seu lugar à mesa.

– Peço perdão pelo constrangimento causado por uma brincadeira aparentemente inofensiva, lady Muir – disse lorde Trentham. – Uma coisa é a provocação dos amigos. Outra é ser humilhado por desconhecidos.

Ela o olhou com surpresa.

– Acredito que sobreviverei a essa provação – respondeu ela.

Ele a encarou, notou que sorria e lhe fez um seco sinal com a cabeça, depois voltou a atenção para o jantar.

A julgar pela sopa, pensou Gwen, o duque de Stanbrook tinha um excelente cozinheiro.

– Está em busca de uma esposa, lorde Trentham? – perguntou. – Tem alguém em especial em mente?

– Não. Mas quero alguém parecido comigo. Uma mulher prática e habilidosa.

Gwen olhou para ele. *Alguém parecido comigo.*

– Não sou um cavalheiro de nascença – explicou ele. – Recebi meu título por meus méritos durante a guerra, como resultado de algo que fiz. Meu pai devia ser um dos homens mais ricos da Inglaterra, era um negociante muito bem-sucedido. Mas não era um cavalheiro nem desejava ser. Também não tinha ambições sociais para os filhos. Desprezava as elites, considerava seus membros esbanjadores ociosos, verdade seja dita. Queria que nos sentíssemos bem no nosso lugar. Nem sempre honrei os desejos dele, mas, neste aspecto em particular, nosso pensamento é semelhante. Considero que seria mais adequado encontrar uma esposa de minha própria classe social.

Muita coisa havia sido explicada, pensou Gwen.

– O que fez? – perguntou ela, ao afastar a tigela de sopa vazia e aproximar o prato de rosbife e legumes.

Ele olhou para ela de sobrancelhas erguidas.

– Deve ter sido algo extraordinário – prosseguiu Gwen. – Para ter merecido um título.

Ele deu de ombros.

– Comandei uma missão suicida – disse ele.

– Uma *missão suicida*? – perguntou ela, com o garfo e faca suspensos no ar. – E sobreviveu?

– Como vê.

Ela o contemplou com espanto e admiração. Sabia que essas missões eram quase sempre um fracasso. Hugo não podia ter fracassado, para ter sido recompensado de tal forma. E, céus, ele nem era um cavalheiro. Não havia muitos oficiais que não fossem cavalheiros.

– Não falo sobre esse assunto – disse ele, cortando a carne. – Nunca.

Gwen ficou observando-o por alguns instantes, antes de voltar à refeição. Eram lembranças tão dolorosas que o prêmio recebido não chegava a compensá-las? Teria sido naquela ocasião que ele fora ferido tão gravemente a ponto de passar uma longa temporada recuperando sua saúde?

Mas o título, ela percebia, assentava-se mal sobre seus ombros.

– Há quanto tempo ficou viúva? – perguntou ele, em um esforço para mudar de assunto.

– Sete anos – respondeu Gwen.

– Nunca mais desejou se casar?

– Nunca – disse ela.

Mas pensou naquele estranho e arrasador sentimento de solidão na praia.

– Então o amava? – perguntou ele.

– Sim.

Era verdade. Apesar de tudo, amara Vernon.

– Sim, eu o amava – repetiu ela.

– Como ele morreu?

Um cavalheiro não faria tal pergunta.

– Caiu da balaustrada de uma galeria sobre o saguão de mármore de nossa casa. Bateu com a cabeça e morreu na mesma hora.

Já era tarde demais quando ocorreu a Gwen que ela poderia ter respondido com uma declaração do quilate da usada por ele havia pouco: *Não falo sobre esse assunto. Nunca.*

Ele engoliu a comida. Gwen percebeu a pergunta que estava por vir.

– Quanto tempo depois da sua queda do cavalo e da perda de seu filho? – perguntou ele.

Bem, agora ela era obrigada a responder.

– Um ano – contou ela. – Um pouco menos.

– Teve um casamento excepcionalmente pontuado pela fatalidade – concluiu ele.

A resposta dela não demandava comentários. Ou melhor, não demandava aquele tipo de comentário. Com algum estardalhaço, baixou o garfo e a faca sobre o prato ainda pela metade.

– Está sendo impertinente, lorde Trentham.

Ah, mas era culpa dela. A primeira pergunta já fora impertinente. Ela deveria ter reagido de pronto.

– Estou – disse ele. – Não é o comportamento digno de um cavalheiro, é? Nem a forma com que um homem que não é um cavalheiro deve se dirigir a uma *dama*. Nunca me libertei do hábito de fazer perguntas quando tenho o desejo de saber algo. Nem sempre é a maneira educada de agir, como tenho aprendido.

Ela terminou de comer, afastou o prato na bandeja e aproximou a sobremesa. Mas, antes de comer, ergueu a taça e bebericou. Baixou-a e deu um suspiro.

– Meus parentes mais próximos sempre preferiram acreditar que Vernon e eu vivemos um relacionamento feliz e amoroso arruinado por um acidente e uma tragédia. Outras pessoas mantêm um silêncio notável em relação a meu casamento e à morte de meu marido, mas eu praticamente consigo *ouvir* seus pensamentos, imaginando que foi um casamento repleto de violência e agressões.

– E foi?

Ela fechou os olhos por um instante.

– Às vezes, a vida é complicada demais para que haja uma resposta simples para uma pergunta simples – disse ela. – Eu o amava e era correspondida. Com frequência, éramos felizes. Mas... Bem, às vezes me parecia que Vernon era duas pessoas diferentes. Em geral... na maior parte do tempo, na verdade... ele era animado, encantador, perspicaz, inteligente e carinhoso, além de muitas outras coisas que o tornaram muito querido para mim. Ocasionalmente, porém, embora ele se portasse como de hábito, havia algo quase... hum.. desesperado nele. Nessas ocasiões, era como se houvesse uma linha muito tênue separando a felicidade do desespero, e ele a atravessava. O problema era que nunca para o lado da felicidade. Sempre tombava do outro. E durante dias, até semanas, mergulhava no mais sombrio dos humores e nada que eu dissesse ou fizesse podia arrancá-lo daquele lugar. Até que um dia, de repente, ele voltava a se comportar como antes. Aprendi a reconhecer o momento em que a mudança de humor acontecia. Aprendi a temer tais momentos, pois não havia como fazê-lo recuar. No último ano, seu humor oscilou entre sombrio e mais sombrio. E o senhor é a única pessoa, lorde Trentham, a quem contei tais coisas. Não tenho ideia do que me levou a romper meu silêncio com alguém que é quase um desconhecido para mim.

Estava em parte horrorizada, em parte aliviada por ter revelado tanto para um homem de quem nem gostava tanto. Embora ainda houvesse muita coisa que não havia sido dita.

– É este lugar – falou ele. – Tem sido o cenário de muitas revelações ao longo dos anos, algumas praticamente impronunciáveis e impensáveis. Existe confiança nesta casa. Confiamos uns nos outros e ninguém jamais traiu essa confiança. Aquela cavalgada louca aconteceu enquanto lorde Muir passava por um de seus períodos de euforia?

– Naquela época eu ainda me agarrava à crença de que podia impedir que ele mergulhasse em seus humores sombrios caso atendesse a seus caprichos, mesmo os mais insanos. Ele queria que eu o acompanhasse naquele dia e descartou todos os meus protestos. Então eu fui, e o segui por onde passou. Tinha medo de que ele se ferisse. Não sei dizer por que pensava que poderia evitar que se ferisse apenas pelo fato de eu *estar presente.*

– Mas não foi ele que se feriu – rebateu lorde.

A não ser pelo fato de que, sob certos aspectos, Vernon se ferira tanto quanto ela. E nenhum dos dois se ferira tanto quanto o bebê.

– Não.

Ela voltou a fechar os olhos com força. A colher estava em sua mão, esquecida.

– Mas foi ele que se feriu na noite em que faleceu – afirmou o lorde.

Ela abriu os olhos e voltou a cabeça para observá-lo com frieza. Quem era ele? Um inquisidor?

– *Basta!* – declarou ela. – Ele não me agredia, lorde Trentham. Jamais ergueu a mão ou a voz, nem me menosprezou ou me feriu com palavras. Acredito que estava doente, mesmo que não exista um nome para tal doença. Não era louco. Não devia estar numa instituição daquele tipo. Nem num leito. Porém, estava doente. É difícil compreender quando não se vivia com ele dia e noite, como eu. Mas é verdade. Eu o amava. Prometi amá-lo na saúde e na doença até que a morte nos separasse, e eu o *amei* até o fim. Mas não foi fácil. Sofri muito com sua morte. Também estava exausta. O casamento me deu grande alegria, mas também me impôs mais infelicidade do que eu poderia suportar. Eu quis ter paz depois de tudo. Quis ter paz pelo resto da vida. Foi o que eu tive durante sete anos, e estou satisfeita em permanecer assim.

– Nenhum homem seria capaz de fazê-la mudar de ideia?

Até o dia anterior, teria respondido "não" sem hesitar. Mesmo naquela manhã ela ainda vivia em um estado de negação quanto ao vazio e à solidão em sua vida. Ou talvez aquele breve momento na praia tivesse sido provocado pela rusga com Vera e pela desolação da paisagem.

– Teria que ser um homem perfeito – disse ela. – E não existe tanta perfeição, não é? Teria que ser estável, uma companhia alegre e confortável, que não tivesse sofrido grandes aflições na vida. Teria que me oferecer um relacionamento com promessas de paz, de estabilidade e... ah, simplicidade, sem grandes altos e baixos.

Isso, pensou ela, surpresa, *seria um casamento agradável.* Mas duvidava que existisse um homem que correspondesse a suas necessidades. E mesmo com alguém que *parecesse* perfeito, que desejasse se casar com ela, como poderia ter certeza de seus hábitos antes de se casar e morar com essa pessoa, quando já seria tarde demais para mudar de ideia?

E como ela poderia merecer a felicidade?

– Sem paixão? – perguntou Hugo. – Não teria que ser bom na cama?

Gwen voltou a cabeça bruscamente na direção dele. Sentiu os olhos se arregalarem de estupefação e o rosto corar como se estivesse em chamas.

– É de fato um homem sem meias palavras, lorde Trentham – constatou ela. – Ou então extraordinariamente impertinente. O prazer no leito matrimonial não necessita envolver *paixão*, como disse. Pode ser um conforto compartilhado. *Se* eu estivesse em busca de um marido, ficaria feliz com esse conforto. E, se está em busca de uma esposa prática e habilidosa, a paixão não pode ser assim tão importante também, não é?

Sentia-se desconcertada e havia falado de forma bastante atrevida.

– Uma mulher pode ser prática, habilidosa *e* voluptuosa – alegou ele. – Para se tornar minha esposa, teria que ser ardente. Vou me afastar de todas as outras mulheres quando me casar. Não seria próprio procurar pelo prazer fora do leito conjugal, não? Não seria justo com minha esposa nem um bom exemplo para os filhos. E saiba, lady Muir, que existe mesmo uma moralidade de classe média. Sou um homem ardente, mas acredito em fidelidade conjugal.

Gwen pousou a colher no prato, dessa vez com cuidado para não produzir ruído. E então escondeu o rosto com as mãos e começou a rir. Teria ele dito mesmo aquilo que acabara de dizer? Ela sabia muito bem o que ele *acabara de dizer*.

– Estou muito, muito convencida – disse ela – de que este foi o dia mais estranho da minha vida, lorde Trentham. E agora culmina com uma breve preleção sobre desejo e moralidade da classe média.

– Pois bem – respondeu ele, afastando a cadeira e erguendo-se. – É o que ganha quando torce o tornozelo diante de um homem que não é um cavalheiro, madame. Vou tirar a bandeja do seu colo e deixá-la na mesa, junto com meus pratos. Acabou sua refeição, não?

– Acabei – respondeu Gwen.

Ele fez o que anunciara, em seguida se virou para ela.

– Por que diabo ficou hospedada com a Sra. Parkinson? Por que é amiga dela?

Gwen ergueu as sobrancelhas diante da blasfêmia e da pergunta.

– A Sra. Parkinson perdeu o marido recentemente e estava se sentindo infeliz e solitária – explicou. – Sei bem como são os dois sentimentos. Eu a conheci há muito tempo e mantivemos uma correspondência esporádica desde então. Tinha liberdade para vir, então vim.

– Suponho que perceba que ela não tem nenhum apreço pela senhora, a não ser pelo título e sua ligação com o conde de Kilbourne. E que saiba que ela virá aqui todos os dias apenas por se tratar de Penderris Hall, o lar do duque de Stanbrook.

– Lorde Trentham, a solidão de Vera Parkinson é bem real – disse ela. – Se ajudei a aliviá-la em uma pequena medida nas últimas duas semanas, então estou satisfeita.

– O problema das elites é que raramente falam a verdade – comentou ele. – Aquela mulher é um horror.

Minha nossa! Gwen sentiu que guardaria aquela última frase com alegria por muito tempo.

– Às vezes, lorde Trentham, equilibrar verdade com tato e delicadeza tem o nome de boas maneiras – provocou ela.

– E a senhora as usa mesmo ao reprimir alguém – ressaltou ele.

– Eu tento.

Ela desejou que ele voltasse a se sentar. Mesmo se ela pudesse se levantar, ele continuaria enorme a seu lado. Naquela situação, parecia um gigante. Talvez o inimigo que ele combatera na missão suicida tivesse fugido ao vê-lo. Não seria de surpreender.

– A senhora não é, de forma alguma, o tipo de mulher que busco para ser minha esposa – disse ele. – E faço parte de um universo muito diferente do marido que espera encontrar. Mesmo assim, sinto um poderoso desejo de beijá-la.

O quê?

O problema foi que aquelas palavras ultrajantes provocaram uma onda de desejo em todas as partes de seu corpo, a ponto de deixá-la sem fôlego. E, apesar do tamanho, do cabelo aparado, do semblante amargo e feroz e da falta de boas maneiras, ela *sentia* uma atração avassaladora por ele.

– Suponho que deva me controlar – continuou ele. – Mas *houve* uma coincidência naquele encontro na praia, como vê.

Ela fechou a boca e controlou a respiração. Não ia deixá-lo se sair bem com tanta impertinência.

– Sim – ela se ouviu dizer ao contemplar os olhos dele, muito acima dos seus. – Houve essa coincidência. E há uma escola de pensamento que defende que não existem coincidências.

Ele realmente ia beijá-la? Ela *permitiria*? Não havia passado sete anos sem ser beijada. Permitira alguns abraços comedidos de alguns cavalheiros de suas relações. Mas nunca de alguém por quem sentisse mais atração que estima. E jamais com desejo – pelo menos de sua parte.

Por alguns momentos acreditou que ele não a beijaria. Afinal, não se abaixara nem abandonara a rigidez de sua postura, nem suavizara a expressão. Mas então ele se inclinou em sua direção e ela ergueu as mãos até pousá-las nos ombros dele. Eram largos e sólidos. Mas ela já sabia. Ele a carregara...

Ele encostou os lábios nos dela.

E Gwen foi arrebatada pelo súbito ardor do desejo.

Imaginou que ele a apertaria em seus braços e pressionaria a boca na sua. Preparou-se para ter que se desvencilhar de tamanho fervor.

Em vez disso, ele espalmou as mãos de forma suave em sua cintura, os polegares sob os seios, mas sem forçá-los. E os lábios roçaram os dela de leve, provando-a, provocando-a. Ela passou as mãos ao redor do pescoço dele. Sentia sua respiração no rosto. Sentiu o perfume suave de sabão ou de colônia que percebera antes – algo sedutor e masculino.

O calor do desejo esfriou. Mas o que veio a seguir foi quase pior. Pois aquele não era um abraço despreocupado. Ela estava muito consciente da presença *dele*. E muito consciente também de que, apesar das aparências, havia certa delicadeza. Sentira o toque de suas mãos no tornozelo, naturalmente, mas havia ignorado aquilo. Parecera o contrário de tudo o que observara nele.

Ele ergueu a cabeça e a fitou. Os olhos não estavam menos vorazes do que de hábito. Gwen lhe devolveu o olhar e ergueu as sobrancelhas.

– Suponho que, se eu fosse um cavalheiro, deveria agora fazer pedidos patéticos de desculpa.

– Mas fui avisada – ressaltou ela – e não recusei. Devemos concordar, lorde Trentham, que este foi um dia *muito* estranho para nós dois, mas que agora está quase no fim, não é? Amanhã deixaremos tudo isso para trás e adotaremos um comportamento mais decoroso.

Ele se endireitou e uniu as mãos às costas. Ela começava a reconhecer aquela atitude como uma posição familiar.

– Parece sensato – concluiu ele.

Por sorte, não houve tempo para dizer mais nada. Uma batida à porta foi seguida pela aparição de dois criados que chegavam para limpar a mesa e levar as bandejas. Momentos após eles saírem, as portas voltaram a se abrir, dessa vez para o duque e seus hóspedes, vindos do salão de jantar.

Lady Barclay e lorde Darleigh foram se sentar perto de Gwen e começaram uma conversa enquanto lorde Trentham se afastou para jogar cartas com os outros três cavalheiros.

Se despertasse naquele momento, pensou Gwen, com certeza julgaria o sonho daquele dia como o mais bizarro que tivera. Infelizmente, os eventos – a começar pela chegada da carta da mãe de manhã – foram bizarros *demais* para não serem reais. E era possível sonhar com cheiros e gostos? De certa forma, ela ainda sentia o gosto de lorde Trentham em seus lábios, embora ele tivesse comido a mesma comida e bebido o mesmo vinho que ela.

CAPÍTULO 5

Os membros do Clube dos Sobreviventes permaneceram acordados muito tempo depois de Hugo ter carregado lady Muir até a cama. Era costume que relaxassem durante o dia – às vezes juntos ou em pequenos grupos, com frequência a sós – e se reunissem para conversas que duravam a noite toda, falando sobre assuntos mais sérios.

Aquela noite não foi exceção. Começou com pedidos de desculpa de Vincent e provocações de todos os outros. Vincent foi alvo de zombaria por ter soltado a língua, e Hugo, por causa do seu grande progresso na busca por uma esposa. Os dois levaram tudo na brincadeira. Afinal, não havia alternativa, se não quisessem piorar a situação.

Por fim, ficaram mais pensativos. George contou que voltara a ter um antigo sonho recorrente no qual, bem na hora em que a esposa saltava do penhasco, ele conseguia pensar na coisa certa a dizer para dissuadi-la. Acordava suando frio, chamando por ela, tentando alcançá-la. E Ralph recordou que, durante um sarau em Londres, na temporada de Natal, se encontrara com a Srta. Courtney, irmã de um de seus três melhores amigos já falecidos. Ela se iluminara de alegria ao vê-lo, ansiosa por falar sobre o irmão com alguém que o conhecia bem. E Ralph fora próximo dele. Os quatro, inseparáveis durante os anos de escola, partiram juntos para a guerra aos 18 anos. Ele vira os três explodirem. Uma fração de segundo antes, quase os seguira. Deixara a companhia da senhorita Courtney para buscar-lhe uma limonada. Tinha todas as intenções de fazê-lo. Em vez disso, porém, saíra da casa e partira de Londres na manhã seguinte. Não oferecera explicações ou pedidos de desculpa, nem a vira desde então.

De manhã, Hugo se sentia constrangido em relação à noite anterior. Mais especificamente, em relação ao beijo. Não tinha explicações. Nunca fora mulherengo. Sempre tivera uma vida sexual ativa, era verdade, embora menos intensa nos últimos anos devido à doença e, mais recentemente, por haver se tornado *lorde Trentham* – aquele peso amarrado ao seu pescoço. Por algum motivo não lhe parecia correto sair correndo para bordéis sempre que tinha vontade. Além do mais, vivia no interior, distante de tais tentações. Não se lembrava de ter beijado uma mulher respeitável desde os 16 anos, quando se vira dentro do armário de vassouras com uma colega da prima durante uma brincadeira de esconde-esconde numa festa de aniversário.

Nunca beijara *uma dama*. Nem sentira o desejo de fazer isso.

Não gostava em particular de lady Muir. Ele a julgara irresponsável, frívola, arrogante, tediosa, mimada, aristocrática, embora bela. Naturalmente, a história que contara sobre o marido acrescentara profundidade a seu caráter. Sem dúvida sofrera em um casamento difícil, com o qual lidara da melhor forma possível. E lady Muir tinha senso de humor e um riso contagiante, precisava admitir, mesmo a contragosto.

Nada disso explicava sua súbita vontade de beijá-la depois de retirar a bandeja do jantar de seu colo. Nem servia de desculpa para ter cedido àquela vontade.

E por que, em nome de tudo o que era mais sagrado, ela permitira? Hugo nada fizera para cair em suas boas graças. Pelo contrário, tinha se comportado de forma até grosseira. Tendia a agir assim em relação à elite, à exceção dos integrantes do Clube dos Sobreviventes. Não fora bem recebido pelos demais oficiais nas forças armadas. A maioria o tratara com desdém e condescendência, alguns com hostilidade por sua ousadia em entrar para as fileiras só porque o pai podia lhe comprar um posto. As esposas deles o ignoraram, da mesma forma que ignoravam os criados. Nada disso incomodara Hugo. Queria ser um oficial, não sócio de um clube. Desejara se distinguir no campo de batalha e assim o fizera.

Mas na noite anterior, ele havia beijado uma *dama*. Sem nenhum motivo a não ser o fato de ela ter escondido o rosto corado com as mãos e ter caído na gargalhada quando ele mencionara sua decisão de deixar as prostitutas depois do casamento. E ainda rira ao falar: *Estou muito, muito convencida de que este foi o dia mais estranho da minha vida, lorde Trentham. E agora culmina com uma breve preleção sobre desejo e moralidade da classe média.*

Sim, tinha sido ali que surgira o desejo de beijá-la.

Queria ter conseguido controlá-lo.

Teria que evitá-la durante o resto de sua estadia na casa. Seria muito constrangedor voltar a encontrá-la.

Manteve a resolução até depois do almoço. Como chovia, passou a manhã na estufa com Imogen. Enquanto ela regava as plantas e realizava sua mágica, que as deixava com aparência mais fresca e atraente, ele lia a carta de sua meia-irmã que chegara pela manhã. Constance escrevia para ele pelo menos duas vezes por semana. Tinha 19 anos e era uma jovem bonita e cheia de vida que estava pronta para encontrar pretendentes e se casar. Mas a mãe era uma mulher egoísta e possessiva, que usava sua saúde delicada e doenças reais ou imaginárias para manipular todos à sua volta, desde que Hugo a conhecera. Mantinha a filha quase como uma prisioneira, sempre a seu alcance. Constance saía pouco, apenas para cuidar de tarefas rápidas. Não tinha amigos, vida social, nem pretendentes. Não que ela se queixasse abertamente. As cartas eram sempre entusiasmadas, e quase sempre sem grande conteúdo, pois ela não tinha muito o que dizer.

Era o dever de Hugo resolver a situação. Um dever provocado pelo amor. Pelo fato de ser seu guardião. Pela promessa ao pai de que faria todo o possível para garantir que a irmã tivesse um futuro feliz.

Constance era uma das principais razões para a decisão de se casar. Não tinha ideia de como introduzi-la na sociedade de classe média nem como atrair homens de classe média para conhecerem a irmã. Se ele se casasse... não: *quando* ele se casasse, a esposa saberia apresentar a cunhada ao tipo de homem que poderia lhe oferecer segurança e felicidade para o resto da vida.

Havia mais um fator pesando em sua decisão de se casar. Hugo não era celibatário por natureza, e sua necessidade de sexo – regular, vigoroso – vinha se manifestando de forma dolorosa demais, ao mesmo tempo que lhe causava um conflito, devido à inclinação para a independência e a privacidade.

Ao deixar Penderris três anos antes, ele decidira que queria, acima de tudo, uma vida de paz. Pedira baixa do exército e se estabelecera em um pequeno chalé em Hampshire. Garantira seu sustento com uma horta e algumas galinhas, além de trabalhos ocasionais feitos para os vizinhos. Era grande e forte, afinal de contas. Tinha sido muito requisitado, sobretudo pelos idosos. Mantivera o título em segredo.

Fora feliz. Bem, pelo menos se sentira satisfeito, apesar de seus seis amigos alertarem que ele parecia um rojão prestes a explodir e que isso, com certeza, voltaria a acontecer em algum momento no futuro, provavelmente quando menos esperasse.

No último ano, depois da morte do pai, ele havia comprado Crosslands Park, não muito distante do chalé, e se estabelecera de forma um pouco mais confortável. Por alguma razão, começaram a circular notícias sobre seu título. Ele passara a cultivar uma horta maior, a criar mais galinhas, bem como algumas ovelhas e vacas. Contratara um administrador que, por sua vez, contratara trabalhadores para ajudar no campo. Mesmo assim, Hugo continuara a cuidar de muitas tarefas. Não convivia bem com o ócio. Ainda fazia pequenos serviços para os vizinhos, embora se recusasse a receber qualquer tipo de pagamento. Não chegava a usar todas as terras que possuía, parte da casa ficava fechada – pois ele usava apenas três cômodos com regularidade – e tinha pouquíssimos criados.

Tinha vivido feliz durante um ano. Satisfeito, pelo menos. A vida não era empolgante. Faltavam-lhe desafios. Faltavam-lhe companheiros próximos, embora ele mantivesse boas relações com os vizinhos. Era a vida que desejava.

E agora ele ia mudar tudo ao se casar, pois não tinha escolha.

A carta ficou esquecida no seu colo durante muito tempo. Imogen permaneceu na estufa, sentada no beiral de uma janela, as pernas cruzadas, um livro sobre elas. Estava lendo.

Sentiu o olhar de Hugo sobre si e levantou os olhos, fechando o livro.

– Está na hora do almoço – informou ela. – Devemos entrar?

Ele se levantou e ofereceu sua mão.

Lady Muir, conforme ele descobriu na sala de jantar, encontrava-se na sala que recebia o sol da manhã, pois George julgara tratar-se de um lugar mais aconchegante para ela durante o dia. Um criado a levara para baixo e o próprio George, junto com Ralph, a acompanhara no desjejum. Ela pedira papel, pena e tinta para escrever ao irmão. A Sra. Parkinson estava com ela naquele momento, assim como nas últimas horas.

– Pobre lady Muir – disse Flavian. – Dá vontade de correr para resgatá-la, como um cavaleiro numa bela armadura. Mas então c-correria o risco de ser obrigado a acompanhar a amiga até sua casa, e isso basta para fazer com que um cavaleiro fuja, esquecendo-se da intrepidez.

– Já está tudo resolvido – garantiu-lhe George. – Antes da chegada da dama, sugeri a lady Muir que talvez fosse bom descansar à tarde, em vez de enfrentar a exaustão de uma visita prolongada, levando em conta como está enfraquecida. Ela compreendeu na hora e concordou que, de fato, planejava dormir depois do almoço. Minha carruagem estará na porta em 45 minutos.

Uma hora depois, quando Hugo, no terraço, tentava decidir se dava uma longa caminhada até o promontório ou se cedia à indolência e passeava pelos jardins, as nuvens tinham se afastado e o sol brilhava. Decidiu pela alternativa mais preguiçosa e passou uma hora no parque, sozinho. Nem tudo ali tivera um planejamento meticuloso. Mesmo assim, havia canteiros de flores, trilhas sombreadas e gramados pontuados por árvores, além de um caramanchão estrategicamente localizado num declive, protegido de qualquer vento vindo do mar. A pequena estrutura oferecia uma vista para uma alameda que conduzia até uma escultura de pedra.

Tudo aquilo fazia Hugo pensar, insatisfeito, sobre suas terras em Crosslands. Era um terreno grande, quadrado e árido. Ele não tinha ideia de como torná-lo atraente. Não era possível simplesmente colocar alamedas, caminhos e abrigos em qualquer lugar. E a casa lembrava um grande estábulo de onde os animais haviam fugido. *Podia* ser bela. Ele sentira seu potencial quando decidira comprá-la.

Porém, ainda que fosse capaz de apreciar a beleza e a eficiência de um projeto, não tinha criatividade para ter essas ideias. Precisava encontrar alguém capaz de cuidar de todo o planejamento, supunha. Havia pessoas competentes e ele tinha o dinheiro necessário para contratá-las.

Voltou para casa depois de vagar por mais ou menos uma hora.

Ao passar pela porta da frente, ele se perguntou se lady Muir estaria mesmo adormecida ou teria apenas se valido da desculpa oferecida por George para se livrar da tediosa amiga. Se estivesse acordada e sozinha na sala, George com certeza teria lhe providenciado companhia. Ele era muito bom nas gentilezas da hospitalidade.

Hugo não precisava se aproximar dela. E com certeza não queria. Ficaria feliz se nunca mais a visse. Era difícil explicar, então, por que parava diante da sala e aproximava o ouvido.

Silêncio.

Ela deveria estar descansando no andar superior ou ali mesmo, adormecida. De qualquer maneira, ele estava livre para seguir até a biblioteca, onde planejava escrever para Constance e para William Richardson, o competente administrador dos negócios do pai, que agora eram seus.

Em vez disso, sua mão se dirigiu à maçaneta. Ele a girou da forma mais silenciosa possível e abriu a porta.

Ela estava ali. Deitada numa espreguiçadeira do lado de fora, colocada de forma que ela pudesse olhar pela janela e contemplar o jardim. Já despontavam algumas flores da primavera, muitos brotos e botões verdes, bem diferente do jardim de Hugo em Crosslands, que lhe dera tanto orgulho no verão anterior. Ele plantara todas as flores da estação e, por alguns meses, vira um glorioso desabrochar até que... nada. Como aprendera depois, eram plantas que floresciam apenas uma vez e jamais tornavam a desabrochar.

Tinha muito a aprender. Crescera em Londres e partira para a guerra.

Ela não ouvira a porta se abrir ou estava adormecida. Era impossível saber. Entrou, fechou a porta tão silenciosamente quanto a abrira e se aproximou até conseguir vê-la.

Estava adormecida.

Hugo franziu a testa.

O rosto dela estava pálido e cansado.

Ele devia partir antes que ela acordasse.

Gwen havia cochilado, embalada pelo abençoado silêncio deixado na partida de Vera e por uma dose de medicação que o duque de Stanbrook a convencera a tomar ao perceber, pela palidez de seu rosto, que ela sentia mais dores do que conseguia suportar.

Não vira lorde Trentham durante a manhã inteira. Era um alívio, pois despertara com a lembrança do beijo e descobrira que era difícil apagá-la. Por que ele *quisera* beijá-la, se até então não lhe dera o menor indício de gostar dela ou mesmo de sentir alguma atração? E por que raios ela consentira com aquele beijo? Certamente não poderia alegar que tinha sido um beijo roubado.

Nem que fora uma experiência desagradável.

Com toda a certeza não fora.

E talvez esse fato fosse o mais perturbador de todos.

Suportara a visita de Vera por muitas horas antes que o duque em pessoa se dirigisse ao aposento, como prometido, e – de forma muito cortês e firme – acompanhasse a amiga, depois de lhe assegurar que enviaria a carruagem para buscá-la na manhã seguinte.

Vera deixara clara sua decepção por ficar sozinha com Gwen durante a visita. Quando a deliciosa refeição fora servida na bela sala iluminada pelo sol da manhã, ela protestara contra a falta de cortesia de Sua Graça, que não a convidara a se juntar aos demais na sala de jantar. Ficara contrariada com os arranjos feitos para seu retorno precoce. Contara a Gwen que garantira a Sua Graça que ficaria feliz de voltar a pé e evitar que a carruagem fosse solicitada mais uma vez, caso um dos cavalheiros fizesse a gentileza de acompanhá-la em parte do caminho. Ele ignorara sua generosa oferta.

Mas o que poderia se esperar de um homem que matara a própria esposa?

Enquanto começava a cochilar, Gwen pensou em como ansiava que Neville enviasse a carruagem assim que recebesse sua carta. Havia lhe assegurado ter condições de viajar.

Veria lorde Trentham naquele dia? Talvez fosse esperar demais não vê-lo, mas Gwen tinha esperanças de que ele manteria distância e de que o duque não lhe pediria que a acompanhasse no jantar mais uma vez. No dia anterior, já havia arranjado motivos suficientes para sentir-se envergonhada diante dele por uma vida inteira. Ou duas.

Lorde Trentham foi a última pessoa em sua mente, enquanto adormecia. E foi a primeira que viu quando voltou a despertar, depois de um tempo indeterminado. Estava de pé a uma curta distância da espreguiçadeira, os pés ligeiramente afastados, as mãos às costas e a testa franzida. Parecia muito com um oficial, embora vestisse um casaco verde elegante e ajustado ao corpo e calça bege com botas de montaria bem-engraxadas. Observava-a com ar carrancudo. Sua expressão habitual, ao que parecia.

Gwen se sentiu em enorme desvantagem por estar deitada.

– As pessoas costumam roncar quando dormem assim – comentou.

Era de se esperar que ele dissesse algo tão inusitado.

Gwen ergueu as sobrancelhas.

– E eu não ronco?

– Não roncou agora. Embora a boca estivesse entreaberta.

– Ah.

Como ousava ficar ali, observando-a enquanto dormia? Havia algo desconfortavelmente íntimo naquela situação.

– Como está seu tornozelo? – perguntou ele.

– Achei que estaria melhor, mas não está – disse ela. – É *apenas* um tornozelo torcido, afinal de contas. Sinto-me constrangida por todo o transtorno que estou causando. Não precisa se sentir obrigado a falar mais sobre o assunto ou a fazer perguntas. *Ou mesmo* a me fazer companhia.

Ou a me observar enquanto durmo.

– Precisa respirar um pouco de ar puro – disse ele. – Seu rosto está pálido. A palidez é moda entre as damas, pelo que entendo, embora duvide que alguma queira parecer abatida.

Maravilhoso! Acabara de lhe informar que parecia abatida.

– Está frio – prosseguiu ele. – Mas o vento diminuiu e o sol está brilhando. Talvez aprecie sentar-se no jardim, entre os canteiros, por algum tempo. Pegarei seu manto se quiser ir.

Ela só precisava dizer que não. Com certeza ele partiria e não voltaria.

– Como eu desceria até lá? – perguntou ela, em vez de recusar.

Teve vontade de morder a própria língua, pois a resposta parecia óbvia.

– Pode se arrastar usando as mãos e os joelhos – respondeu ele. – Se desejar ser tão teimosa quanto ontem. Ou poderia chamar um criado robusto... Acredito que um deles a trouxe para cá esta manhã. Ou eu poderia carregá-la, se puder confiar que não demonstrarei excesso de intimidade de novo.

Gwen sentiu o rosto corar.

– Espero que não esteja se culpando pela noite passada, lorde Trentham. Fomos igualmente culpados por aquele beijo, se *culpa* é a palavra apropriada. Por que não deveríamos ter nos beijado se ambos o desejávamos? Nenhum dos dois é casado ou comprometido.

Teve a sensação de fracassar na tentativa de parecer indiferente.

– Posso inferir que não deseja se arrastar usando as mãos e os joelhos?

– Pode.

Não se falou mais nada sobre o criado robusto.

Ele deu meia-volta e deixou o aposento sem mais palavras. Pegaria sua capa, ela supôs.

Agira muito bem, pensou Gwen, com considerável ironia.

Mas não conseguiria resistir à perspectiva de respirar um pouco de ar puro. Seria possível resistir à companhia de lorde Trentham?

CAPÍTULO 6

Fazia frio. Mas o sol brilhava e estavam cercados por prímulas, açafrões e até alguns narcisos. Nunca ocorrera a Gwen por que tantas flores da primavera tinham variados tons de amarelo. Seria a forma de a natureza dar um toque solar à estação que vinha depois da desolação do inverno, mas antes da claridade do verão?

– Está tão bonito – disse ela, inspirando o ar puro, ligeiramente salgado. – A primavera é minha estação preferida.

Ela se cobriu melhor com a capa vermelha assim que lorde Trentham a pousou num banco de madeira sob a janela da sala. Ele pegou as duas almofadas que ela levara por sugestão sua, colocou uma delas às suas costas para suavizar a aspereza do braço de madeira e deslizou a outra com cuidado sob o tornozelo direito. Abriu um cobertor sobre as pernas dela.

– Por quê? – perguntou ele, enquanto se aprumava.

– Gosto mais de narcisos que de rosas. E a primavera é cheia de novidades e esperanças.

Ele se sentou no pedestal de um vaso de pedra e abraçou os joelhos. Era uma postura descontraída, casual, mas os olhos dele estavam atentos nela.

– Que novidades deseja para sua vida? – perguntou ele. – E quais são suas esperanças para o futuro?

– Percebo, lorde Trentham, que devo escolher minhas palavras com cuidado quando estou em sua companhia. Considera tudo o que eu digo ao pé da letra.

– E para que dizer algo se as palavras não tivessem significado? – contrapôs ele.

Era uma pergunta adequada.

– Ah, muito bem. Deixe-me pensar.

Seu primeiro pensamento foi que ela não lamentava que ele a tivesse visitado na sala e sugerido levá-la até ali para respirar ar fresco. Para ser honesta, precisava admitir que ficara desapontada quando um criado aparecera no quarto naquela manhã para levá-la para baixo. E ficara decepcionada por lorde Trentham passar a manhã inteira sem procurá-la. No entanto, também esperara evitá-lo pelo resto da estada. Ele estava certo sobre as palavras que não significavam nada, mesmo quando elas só existiam na cabeça de alguém.

– Não *desejo* nenhuma novidade – disse ela. – E minha esperança é que eu possa permanecer satisfeita e em paz.

Ele continuou a observá-la como se seus olhos pudessem enxergar sua alma. E ela percebeu, que embora *pensasse* dizer a verdade, não tinha tanta certeza disso.

– Já reparou como ficar parado às vezes não é muito diferente de retroceder? – comentou ela. – Pois o mundo inteiro segue adiante e nos deixa.

Minha nossa. Era a casa que inspirava tantas confidências, dissera ele na noite anterior.

– Deixaram-na para trás? – perguntou ele.

– Fui a primeira da família na minha geração a se casar – contou ela. – Fui a primeira e, na verdade, a única a enviuvar. Agora meu irmão está casado, bem como minha prima e melhor amiga, Lauren. Todos os outros primos também se casaram. Eles têm famílias que não param de crescer e, ao que parece, passaram para uma etapa de suas vidas de que não posso participar. Não é que deixem de ser gentis ou acolhedores. Eles são. Sempre me convidam a visitá-los e sei que querem mesmo a minha companhia. *Tenho certeza* disso. Ainda mantenho uma amizade muito próxima com Lauren, com Lily, que é minha cunhada, e com meus primos. E moro com minha mãe, a quem amo muito. Sou abençoada.

As palavras soavam vazias para Gwen.

– Sete anos de luto por um marido parece um período longo demais – comentou ele. – Ainda mais para uma mulher jovem. Qual a sua idade?

Ela poderia esperar as perguntas mais inconvenientes vindas de lorde Trentham.

– Tenho 32 anos – respondeu ela. – É possível levar uma vida perfeitamente satisfatória sem se casar de novo.

– Não se quiser ter filhos sem provocar um escândalo – rebateu ele. – Seria aconselhável não esperar muito, se os quiser.

Ela ergueu as sobrancelhas. Não havia limite para sua impertinência? Entretanto, aquilo que seria sem dúvida uma insolência em qualquer outro homem não se aplicava ao caso dele. Não mesmo. Era apenas um homem direto, que dizia o que pensava.

– Não sei se *posso* ter filhos – disse ela. – O médico que cuidou de mim quando perdi o bebê disse que eu não poderia.

– Foi o mesmo homem que tratou da sua perna quebrada? – perguntou ele.

– Foi.

– E nunca procurou uma segunda opinião?

Ela balançou a cabeça.

– Não faz diferença – continuou ela. – Tenho sobrinhas e sobrinhos. Sou muito apegada a eles e eles a mim.

No entanto, *fazia diferença*. Só naquele momento ela se deu conta disso. O poder da negação era imenso. O que havia naquela casa? Ou naquele homem?

– Parece-me que o médico era um charlatão da pior espécie. Deixou-a manca e destruiu sua esperança de ter outro filho. Isso sem sugerir que se consultasse com outro médico com mais conhecimento e experiência em tais assuntos.

– Existem coisas que é melhor não saber, lorde Trentham – disse ela.

Ele por fim desviou o olhar. Contemplou o chão e, com a ponta da bota, alisou as pedrinhas do caminho.

O que o tornava tão atraente? Talvez fosse seu porte, pois, embora fosse tão grande, não havia nada de desajeitado em sua presença. Tudo nele tinha proporções perfeitas. Até o cabelo curto, que poderia acabar com qualquer pretensão a uma boa aparência, era apropriado para o formato da cabeça e os traços duros. As mãos podiam ser delicadas. Assim como seus lábios...

– O que faz? – perguntou ela. – Quando não está aqui, quero dizer. Não está mais no exército, não é?

– Vivo em paz – disse ele, voltando a olhá-la. – Assim como a senhora. Com satisfação. Comprei um solar e terras no ano passado, depois da morte de meu pai, e moro sozinho. Tenho ovelhas, vacas e galinhas, uma pequena fazenda, uma horta, flores. Eu trabalho. Sujo as mãos de terra. Os vizinhos ficam confusos porque, afinal, sou *lorde Trentham*. Minha família também não compreende, pois agora sou o dono de um enorme negócio de importação e exportação, imensamente rico. Podia viver em Londres, em grande estilo. Fui criado como filho de um homem rico, embora sempre houvesse a expectativa de que eu trabalhasse duro para me preparar para o dia em que assumiria os negócios de meu pai. Em vez disso, insisti para que ele adquirisse um posto para mim num regimento de infantaria e depois me esforcei nessa carreira. Eu me distingui. Então parti. E agora vivo em paz. Satisfeito.

Havia algo indefinível em seu tom de voz. Desafiador? Raivoso? Defensivo? Ela se perguntou se ele era feliz. Felicidade e satisfação não eram a mesma coisa, eram?

– E o matrimônio completará sua satisfação? – perguntou ela.

Hugo franziu os lábios.

– Não fui feito para uma vida sem sexo – disse ele.

Ela pedira por aquela resposta. Tentou não corar.

– Decepcionei meu pai – confessou ele. – Eu o seguia como uma sombra quando era menino. Ele me adorava e eu o idolatrava. Ele acreditava... *eu* acreditava... que eu seguiria seus passos no mundo dos negócios e o substituiria quando ele desejasse parar. Então chegou o momento inevitável em que eu quis ser eu mesmo. Porém, tudo o que conseguia ver à minha frente era me tornar cada vez mais parecido com meu pai. Eu o amava, mas não queria *ser* ele. Fiquei indócil e infeliz. Também fiquei grande e forte, um legado da família materna. Precisava *fazer* algo. Algo físico.

Ele parecia pensativo, mas prosseguiu.

– Creio até que poderia ter me envolvido em algumas aventuras relativamente inofensivas antes de voltar ao seio da família, não fosse... Pois bem, não escolhi esse caminho. Em vez disso, parti o coração de meu pai ao ir embora e não voltar. Ele me amava e teve orgulho de mim até o fim, mas ficou muito magoado. Quando estava morrendo, eu lhe disse que assumiria o comando dos negócios e que faria tudo o que estivesse ao meu alcance para deixar o legado ao *meu* filho. Então, depois que ele morreu, voltei ao meu pequeno chalé e comprei Crosslands, que ficava nas proximidades e estava à venda. Continuei a viver como nos anos anteriores, com um pouco mais de conforto. Chamei o último ano de "ano de luto", mas o tempo acabou e não posso mais ficar parado. E estou envelhecendo. Tenho 33 anos.

Ele ergueu os olhos, assim como Gwen, para contemplar um bando de gaivotas que voavam em meio a grasnados ruidosos.

– Tenho uma meia-irmã – disse ele, quando as aves desapareceram. – Constance. Ela mora em Londres com a mãe, minha madrasta. Precisa de alguém que a leve para conhecer a cidade. Precisa de amigos e pretendentes. Quer um marido. Mas a mãe é praticamente inválida e não está disposta a se afastar dela. Tenho responsabilidades com minha irmã. Sou seu guardião. Mas o que posso fazer enquanto estiver solteiro? Preciso de uma esposa.

Apesar da almofada, o braço da cadeira machucava as costas de Gwen. Ela tentou diferentes posições e lorde Trentham se ergueu de um salto para afofar a almofada e recolocá-la no lugar.

– Quer voltar? – ofereceu ele.

– Não – disse ela. – A menos que o senhor queira.

Ele não respondeu. Voltou a sentar-se no pedestal de pedra.

Por que havia se tornado quase um recluso? Tudo em sua vida levava à expectativa oposta.

– Foi em sua missão suicida que sofreu os ferimentos que o trouxeram até aqui?

O olhar dele foi tão intenso, tão firme, que ela quase se apoiou nas costas do assento para aumentar a distância entre os dois. Ele não queria falar sobre o ataque, já lhe avisara, *nunca*.

E por que ela queria saber? Em geral não fazia tantas perguntas a ponto de ser intrometida.

– Não sofri um arranhão sequer durante aquela missão – respondeu ele. – Nem em qualquer outra batalha que lutei. Se me examinasse da cabeça aos pés, não imaginaria que fui um soldado durante quase dez anos. Ou então pensaria que eu era o tipo de oficial que recuava para uma tenda e dava ordens sem sair de lá, para não correr o risco de receber uma bala.

Então ele fora tão sortudo quanto o duque de Wellington. Dizia-se que Wellington com frequência cavalgava de forma imprudente ao alcance dos canhões inimigos, apesar dos esforços de todos os seus subordinados, que o queriam longe do perigo.

– Então, por que... – começou Gwen.

– Vim para cá? – completou ele, interrompendo-a. – Ah, tive feridas, lady Muir. Só não eram visíveis. Fiquei fora de mim. O que não é, na verdade, uma descrição precisa do tipo de loucura que me acometeu, pois tudo ficaria bem se eu estivesse fora de mim. O problema era que eu ainda estava *em mim*. Não podia escapar. Queria matar todos em volta, em especial aqueles que não eram gentis comigo. Odiava a todos, sobretudo a mim mesmo. Queria *me* matar. Acredito que comecei a falar aos berros e que, a cada duas ou três palavras, eu soltava algo estarrecedor até para os padrões do vocabulário de um soldado. Em pouco tempo fiquei sem ter palavras suficientemente fortes para extrair o ódio de dentro de mim. Fiquei furioso.

Ele voltou a olhar para o chão. Gwen só conseguia ver o alto de sua cabeça.

– Mandaram-me para casa numa camisa de força – contou ele. – Se existe algo mais bem projetado para elevar a fúria além do ponto de ebulição, eu não sei o que é, nem *quero* saber. No entanto, embora acreditassem que eu deveria ser internado num hospício, não quiseram me mandar para um. Estavam constrangidos demais, pois eu tinha ganhado alguma fama, acabara de ser promovido e festejado, recebera o título do rei... do príncipe regente, na verdade, já que o rei estava louco. Irônico, não?

Gwen continuava a prestar atenção.

– Eu não aceitava voltar para a casa do meu pai – prosseguiu ele. – Alguém conhecia o duque de Stanbrook e sabia do que ele andava fazendo para ajudar alguns oficiais. Ele se encontrou comigo e me trouxe para cá. Sem camisa de força. Correu riscos. Eu não acho que eu teria *matado* alguém além de mim mesmo, mas ele não tinha como saber. Pediu que eu não me matasse. *Pediu*, não mandou. A esposa dele fizera aquilo, contou ele, e de certa forma fora um ato de extremo egoísmo, pois deixara para trás um sofrimento silencioso e infindável para suas testemunhas, aquelas que foram incapazes de impedi-la. E assim permaneci vivo. Era o mínimo que podia fazer para expiar.

– Expiar o quê? – perguntou ela, em tom suave.

Por alguma razão, o cobertor que ele pusera sobre as pernas dela agora estavam na altura do peito, puxados por suas mãos.

Os olhos dele estavam vazios, como se ele tivesse se esquecido da presença dela. Mas a consciência voltou.

– Eu matei quase trezentos homens – disse ele. – Trezentos dos *meus* homens.

– Matou? – perguntou ela.

– Matei, mandei para a morte. É tudo a mesma coisa. Fui responsável por suas mortes.

– Conte-me – pediu ela, a voz ainda suave.

Ele baixou os olhos. Ela ouviu sua inspiração profunda, seguida pela expiração lenta.

– Não é para os ouvidos de uma mulher – disse ele, mas prosseguiu mesmo assim. – Eu conduzi meus homens numa subida íngreme, quase vertical, até os canhões. Era morte certa. Ficamos paralisados no meio do caminho. Metade já havia morrido, a outra tinha perdido a coragem. A vitória parecia impossível. Meu tenente queria que eu desse a ordem para recuar. Ninguém nos culparia. Seguir seria suicídio. Mas tínhamos nos oferecido como voluntários, e eu estava determinado a prosseguir e morrer tentando, em vez de voltar derrotado. Dei a ordem para que avançassem e nem olhei para trás para ver se me seguiam.

Lady Muir o observava com atenção.

– Tivemos sucesso – falou ele. – Embora poucos de nós sobrassem, conseguimos abrir a defesa do inimigo, o que permitiu que nossas forças avançassem. Dos dezoito sobreviventes, fui o único sem ferimentos. E alguns desses homens morreram depois. Mas eu não me importava. Tinha aceitado a missão e a concluíra com sucesso. Fui coberto de elogios e prêmios. Só para mim. Ah, e meu tenente ganhou o posto de capitão. Todos os outros, vivos e mortos, não significaram nada. Eram bucha de canhão. Sem importância em vida, esquecidos na morte. Eu não me importava. Estava vivendo em uma nuvem de glória.

Ele raspou as pedrinhas que havia arrumado antes.

– E por que não deveria estar? – prosseguiu ele. – Era uma missão suicida. Todos aqueles homens eram voluntários. Todos esperavam a morte. Eu esperava, porque comandava da linha de frente.

Gwen umedeceu os lábios. Não sabia o que dizer.

– Dois dias antes de perder a cabeça – disse ele, lançando-lhe um olhar assustadoramente sombrio –, fui ver dois de meus homens. Um deles era meu tenente que fora promovido. Tinha lesões internas e ninguém acreditava que sobreviveria. Respirava com dificuldade. De qualquer maneira, ele conseguiu cuspir em mim. O outro tivera as duas pernas amputadas e era indiscutível que ia morrer, embora estivesse demorando. Eu sabia. Ele sabia. Agarrou minha mão... e *a beijou*. Agradeceu-me por ter pensado nele e por visitá-lo. Disse que eu o transformara num homem orgulhoso. Disse que morreria feliz. E outras maluquices desse gênero. Quis inclinar-me e beijar sua testa, mas tive medo do que as pessoas em volta diriam. Apenas apertei a mão dele e lhe disse que voltaria no dia seguinte. *Voltei*, mas ele havia morrido meia hora antes da minha chegada.

Voltou-se para Gwen.

– E agora sabe da minha vergonha – concluiu ele. – Em um mês o grande herói se transformou em um idiota balbuciante. Respondi suas perguntas?

Havia aspereza no seu olhar, aspereza na voz.

Gwen engoliu em seco.

– Sentir-se culpado quando se comete um erro indiscutível é natural e até mesmo desejável – disse ela. – Talvez seja possível encontrar um jeito de corrigir o que está errado. Porém, sentir-se culpado quando não há um erro indiscutível é mais perigoso. E, claro, lorde Trentham, não cometeu um erro. Agiu da forma certa. Porém, não adianta nos fixarmos nesse ponto, não é? Inúmeras pessoas já devem ter lhe dito a mesma coisa. Seus amigos aqui devem ter feito isso. Mas não ajuda, não é?

Seus olhos procuraram os dela e ela os baixou enquanto as mãos arrumavam a coberta.

– Sinto muito pelo que passou – disse ela. – Mas seu colapso só foi vergonhoso quando analisado sob a perspectiva de uma masculinidade brutal e agressiva. Não se espera que um comandante se importe com os subordinados. O fato de *ter se importado*, de *se importar*, só o torna mais admirável aos meus olhos.

– Poucas batalhas seriam vencidas, lady Muir, se os comandantes colocassem a segurança e o bem-estar dos homens à frente da vitória – rebateu ele.

– Concordo. Mas não foi o que fez! Cumpriu seu dever. Só depois se permitiu sentir o luto.

– A senhora está transformando minha extrema covardia em heroísmo – disse ele.

– Covardia? Nada disso. Quantos comandantes marcham com seus homens na linha de frente? E quantos visitam aqueles que estão feridos, especialmente os desenganados? E mesmo aqueles que o odeiam e se ressentem do senhor?

– Eu a trouxe para cá para desfrutar do ar puro e das flores – desconversou.

– Fiz as duas coisas – garantiu ela. – E me sinto bem melhor. Até meu tornozelo dói menos do que antes. Ou talvez ainda não tenha passado o efeito do analgésico que o duque de Stanbrook sugeriu que eu tomasse. O ar está maravilhoso, mesmo com algum vento. Lembra a minha casa.

– Newbury Abbey? – perguntou ele.

Ela assentiu.

– Fica tão perto do mar quanto Penderris Hall – contou ela. – Há uma praia particular logo abaixo da residência, com imensos penhascos. É bem parecida com essa região. É surpreendente que eu estivesse caminhando ontem à beira-mar. Não costumo ir até a praia na minha casa.

– Não gosta de areia no sapato? – perguntou ele.

– Isso também – respondeu ela. – Mas acho que o mar é vasto demais. Ele me assusta um pouco, embora não saiba explicar a razão. Não é medo de me afogar. Acho que o mar nos lembra do pouco controle que temos sobre a vida, por mais que tentemos planejar e organizar tudo com cuidado. Tudo muda da forma mais inesperada e tudo é assustadoramente imenso. Somos pequenos demais.

– O que pode ser até reconfortante às vezes – comentou ele. – Quando ficamos com raiva de nós mesmos por haver perdido o controle, somos lembrados de que nunca teremos controle total, de que tudo o que a vida nos pede é que lidemos da melhor forma possível com o que está nas nossas mãos. É mais fácil falar do que fazer, claro. De fato, com frequência é impossível fazer. Mas sempre acho que um passeio pela praia é reconfortante.

Ela sorriu para ele e ficou surpresa ao descobrir que gostava bastante de lorde Trentham. Pelo menos conseguia compreendê-lo melhor do que no dia anterior.

– O ar puro devolveu cor a seu rosto – revelou ele.

– E a meu nariz também, sem dúvida – falou ela.

– Eu estava bancando o cavalheiro e evitando mencionar isso, mas estou me esforçando muito para não *olhar para ele*.

A brincadeira a surpreendeu e encantou. Cobriu o nariz com a mão e riu.

Ele diminuiu a distância entre os dois. Pegou o cobertor, um montinho desarrumado agora na altura da cintura dela, e o estendeu sobre as pernas de Gwen mais uma vez, depois se ergueu e olhou para ela. Colocou as mãos às costas. Gwen procurou algo para dizer, mas não encontrou.

– Não sou um cavalheiro, como sabe – disse ele, depois de algum silêncio. – Nunca quis ser. Quando precisar me relacionar com as elites, podem me aceitar ou rejeitar quanto quiserem. Não me sinto ofendido por ser considerado inferior. Sei que não sou. Sou apenas diferente.

Gwen inclinou a cabeça.

– O que está querendo dizer, lorde Trentham? – perguntou.

– Que não me sinto inferior à senhora – explicou ele. – Embora seja, de fato, muito diferente. Não tenho ambição de cortejá-la ou de me casar com a senhora e assim ascender na escala social de forma imperceptível.

A irritação que ele fizera Gwen sentir no dia anterior voltou com força.

– Que bom para o senhor – falou ela. – Já que sofreria certa decepção.

– Porém sinto uma atração bastante irresistível pela senhora.

– Irresistível?

– *Resistirei*, se for preciso – disse ele. – Basta uma palavra sua, que eu resistirei.

Gwen abriu e fechou a boca, sem responder. Como tinham chegado àquele ponto? Alguns momentos antes, ele desnudava a alma para ela. Mas talvez aquilo fosse a explicação. Talvez a emoção que ele vinha sentindo precisasse ser traduzida de outra forma, algo mais suave e mais familiar.

– Resistir *a quê*? – perguntou ela, franzindo a testa.

– Gostaria de beijá-la de novo – disse ele. – No mínimo.

Ela fez a pergunta que deveria ter ficado em sua mente.

– E no máximo?

– Levá-la para a cama.

Os olhares dos dois se encontraram e Gwen sentiu uma onda de desejo que lhe roubou o fôlego. Céus, ela deveria lhe dar um tapa, mas não teria como alcançar o rosto dele. De qualquer maneira, ela fizera uma pergunta e ele a respondera. De repente, aquele jardim parecia estar em pleno verão, não no início da primavera.

– Gwendoline – disse ele. – É esse seu nome?

Ela o encarou com surpresa. Mas Vera usara seu nome no dia anterior, ao alcance de seus ouvidos, naturalmente.

– Todos me chamam de Gwen – disse ela.

– Gwendoline – insistiu ele. – Por que encurtar um nome que é tão belo em sua integridade?

Ninguém jamais a chamava pelo nome inteiro. Parecia estranho ao sair dos lábios dele. Íntimo. Ela deveria se manifestar com firmeza contra aquele excesso de familiaridade.

Ele era Hugo. O nome combinava.

O lorde se sentou ao lado dela, de súbito, e ela se afastou para lhe dar espaço. Ele virou de lado e pousou uma das mãos no encosto do banco.

Ele ia...? Ela ia...?

Inclinou a cabeça e a beijou. Com a boca aberta. Gwen afastou os lábios num reflexo, e então um calor repentino os envolveu. A língua dele a explorava com avidez. Um de seus braços envolveu suas costas enquanto o outro cuidava da nuca. As mãos dela, presas no interior do manto, sentiam o tórax largo e rijo.

Não foi breve, como havia sido o beijo da noite anterior. Mas ganhou suavidade e, depois de um tempo, os lábios dele passearam pelo rosto dela, subiram até as têmporas, desceram até a orelha e ela sentiu sua respiração, sua língua, seus dentes mordiscando o lobo. Beijou-a até o queixo e voltou para a boca.

Levá-la para a cama.

Ah, não. Era demais. E aquilo era dizer o mínimo em relação ao que sentia. Pressionou as mãos no peito dele, que ergueu a cabeça. Ela se pegou contemplando profundamente aqueles olhos escuros e muito intensos.

Ele era um pouco assustador. Pelo menos *deveria* ser.

Tomou fôlego para falar.

– Os dois estão correndo sério risco de perder o chá – disse uma voz animada, fazendo com que ambos se afastassem sobressaltados. – E parece que o cozinheiro de George se superou nos bolos, ou pelo menos assim me informaram. Ainda não provei. Escolhi adiar tal prazer e vir chamá-los. Quando foi buscar lady Muir, Ralph viu pela janela da sala que os dois estavam aqui.

Lorde Darleigh, olhando diretamente para eles de uma forma extraordinária, embora não pudesse realmente vê-los, abriu um sorriso doce.

– Obrigado, Vincent – agradeceu lorde Trentham. – Estaremos lá em um instante.

Hugo se levantou, dobrou o cobertor e o jogou sobre o ombro, enquanto Gwen juntava as duas almofadas. Em seguida, ele se abaixou para pegá-la. Não a encarou, nem ela o fitou. Não falaram nada enquanto ele a levava para dentro, seguindo lorde Darleigh.

Aquilo havia sido pouco sábio, pensou ela. Para dizer o mínimo, mais uma vez. *E* também tinha sido indiscreto. O conde de Berwick os vira pela janela. *O que* teria visto exatamente?

Lorde Trentham a transportou até o salão, onde todos a cumprimentaram de forma educada. Ninguém lançou olhares maliciosos para ela nem para lorde Trentham.

CAPÍTULO 7

Hugo passou o resto do dia mais silencioso e introvertido do que o habitual. E descobriu que, de forma injusta, se ressentia da presença de lady Muir. Sem ela, estaria relaxando com os amigos, conversando, rindo, fazendo provocações e sendo alvo delas, jogando cartas, em silêncio com os companheiros – qualquer coisa que lhes ocorresse. As atividades em Penderris raramente eram planejadas.

Aparentemente, todos apreciavam a companhia de lady Muir. Ninguém demonstrava se incomodar com sua presença. Talvez porque fosse uma *dama* e integrante do mundo em que viviam. Ela participava das conversas com evidente facilidade, sem fazer esforço para dominá-las. Conseguia falar sobre quase qualquer assunto. Conseguia ouvir e rir, fazer os comentários certos, além de ter as perguntas adequadas. Gostava de todos ali, ao que parecia, e todos haviam passado a gostar dela. Era a dama perfeita.

Ou talvez fosse porque nenhum dos outros a beijara... duas vezes.

Ben foi designado para ser seu acompanhante no jantar. Os dois pareciam felizes com o arranjo. Pouco depois da refeição, ela sugeriu que estava na hora de se retirar para o quarto.

– Sente dor, lady Muir? – perguntou George.

– Quase nenhuma quando estou parada – disse ela. – Mas isto aqui é um clube. Arrisco dizer que a noite é o horário preferido por todos para desfrutarem da companhia e das conversas. Vou me retirar.

Também era sensível. E tinha tato. Mais evidências de que era uma dama perfeita.

– Mas não há necessidade – respondeu George.

– Um tornozelo torcido se qualifica como ferimento de guerra – disse Ben. – E um clube fica estagnado se não admitir novos membros. Vamos expandir e incluí-la, lady Muir, pelo menos este ano. Considere-se sócia honorária.

Ela riu.

– Obrigada – agradeceu ela. – E me sinto honrada. Na verdade, *sinto* algum desconforto, mesmo se não chega a ser exatamente dor. Devo ficar mais aconchegada na cama.

– Então vou chamar um criado – disse George, mas Hugo já estava de pé.

– Não há necessidade. Levarei lady Muir para cima.

Ele se irritava principalmente porque ela o perturbava. Não que desgostasse dela, como no dia anterior. Mas ela fazia parte de um mundo desconhecido. Era bela, elegante, bem-vestida, segura de si e encantadora. Tudo o que uma dama deveria ser. E ela o atraía, o que o incomodava. Sempre fora capaz de olhar para as damas – até apreciar sua beleza e encantos – sem desejá-las. Não se deve desejar espécies desconhecidas, por mais belas que sejam.

Estaria ficando tolo?

Naquela tarde, ele até lhe dissera – por infelicidade, não havia chances de sua memória estar lhe pregando uma peça – que gostaria de levá-la para a cama.

Pensou se deveria pedir desculpas. Mas um pedido de desculpas faria reviver aquela cena no jardim. E talvez fosse melhor que ela acabasse esquecida ou pelo menos permanecesse adormecida.

Além do mais, como alguém poderia pedir desculpas por beijar uma mulher *duas vezes*? Uma vez poderia ser explicada como um acidente, um impulso. Duas vezes sugeria intenção ou grave falta de controle.

Ele chegou ao último degrau da escada antes que qualquer um dos dois pronunciasse palavra alguma.

– Andou muito silencioso esta noite, lorde Trentham – comentou ela.

– No momento, preciso de todo o meu fôlego para carregá-la – respondeu ele.

Parou na porta do quarto, enquanto ela girava a maçaneta. Entrou e a deixou sobre a cama. Ajeitou alguns travesseiros às suas costas e colocou um deles sob o pé direito dela. Aprumou-se, as mãos atrás do corpo. Alguém tinha acendido as velas, percebeu.

Adoraria dar meia-volta e sair do quarto sem mais uma palavra, sem olhar para trás. Mas pareceria um idiota ou um bronco.

– Muito obrigada – disse ela e, logo em seguida: – Sinto muito.

Ele ergueu as sobrancelhas.

– *Sente muito?*

– Deve ser um momento muito esperado a visita a este lugar – disse ela. – Mas o senhor ficou desconfortável esta noite e só posso concluir que sou a causa. Escrevi ao meu irmão e lhe pedi que enviasse a carruagem o mais rápido possível, mas levará alguns dias até que ela chegue para me levar para casa. Nesse meio-tempo, tentarei me manter fora de seu caminho. Qualquer envolvimento sério entre nós está fora de questão, por todas as razões possíveis. Está fora de questão para *nós dois*. E nunca fui adepta do flerte inconsequente ou do romance casual. Meu palpite é que este também seja seu caso.

– Decidiu se recolher mais cedo por minha causa? – perguntou ele.

– O senhor é integrante de um grupo – disse ela. – Resolvi subir por causa *do grupo*. E estou mesmo um pouco cansada. Passar o dia inteiro sentada me deixou sonolenta.

Qualquer envolvimento sério entre nós está fora de questão, por todas as razões possíveis.

Apenas uma razão lhe vinha à mente. Ela pertencia à aristocracia; ele era de uma classe inferior, apesar do título. Era a única razão. Estava sendo desonesta consigo mesma. Mas era uma razão e tanto. *Para os dois*, como ela dissera. Ele precisava de uma esposa que colhesse repolho na horta, que ajudasse a alimentar os cordeiros que não conseguiam mamar e a espantar as galinhas para pegar os ovos. Ele precisava de alguém que conhecesse o mundo social da classe média para que Constance pudesse encontrar um marido.

Ele fez uma reverência rígida. Palavras eram desnecessárias.

– Boa noite, madame – disse ele, deixando o aposento sem esperar por resposta.

Ele pensou ter ouvido um suspiro ao fechar a porta.

A maior parte daquela noite foi dedicada a Vincent. Ele acordara tendo um ataque de pânico e passara o dia inteiro tentando vencê-lo. Tais episódios se tornavam cada vez menos frequentes, ele informou, mas, quando aconteciam, eram intensos como sempre.

Quando Vincent chegara a Penderris, ainda estava quase surdo, além de totalmente cego – resultado da explosão de um canhão que, de tão próximo, poderia ter enviado o jovem de volta para a Inglaterra em um milhão de pedacinhos. Por algum milagre, ele escapara desse destino. Na época, ele era uma criatura selvagem que só George conseguia acalmar. Com frequência, George abraçava o rapaz – às vezes por horas –, cantarolando como se ele fosse um bebê até que dormisse. Vincent tinha 17 anos à época.

A surdez fora superada, mas a cegueira, não – nem seria. Vincent perdera essa esperança bem cedo e adaptara sua vida à nova condição com notável determinação e resiliência. Mas a esperança, enterrada fundo em vez de completamente banida, às vezes vinha à tona quando suas defesas estavam baixas, em geral durante o sono. E ele, que acordava na expectativa de enxergar, ficava aterrorizado ao descobrir que isso não acontecera e era lançado nas profundezas de um inferno sombrio ao se dar conta de que nunca aconteceria.

– Rouba meu fôlego – disse ele. – E eu penso que vou morrer de falta de ar. Parte da minha mente me diz para desistir de lutar, para aceitar a morte como um presente misericordioso. Mas o instinto de sobrevivência é mais forte, então volto a respirar.

– E é bom que ele seja mais forte – comentou George. – Apesar de tudo que se possa dizer em contrário, vale a pena viver até o último suspiro com que a natureza nos presentear.

O silêncio um tanto pesado que se seguiu às suas palavras testemunhava o fato de que nem sempre essa era uma filosofia fácil de adotar.

– Posso visualizar algumas coisas e pessoas com bastante clareza em minha mente – disse Vincent. – Já outras, não consigo. Esta manhã me ocorreu... pela milionésima vez... que nunca vi seus rostos nem nunca os verei. No entanto, cada vez que penso nisso, é tão doloroso quanto a primeira.

– No caso da fisionomia feiosa de Hugo, é uma bênção, Vincent – zombou Flavian. – *Nós* temos que olhar para ele todos os dias. E no caso do *meu* rosto... Pois bem, se o visse, entraria em desespero, porque você nunca seria tão belo quanto eu.

Vincent riu e os outros sorriram.

Hugo percebeu que Flavian estava com os olhos úmidos.

Imogen fez um carinho na mão de Vincent.

– Diga-me, Hugo, estava *beijando* lady Muir quando fui buscá-los para o chá? – perguntou Vincent. – Não consegui ouvir nenhuma conversa enquanto me aproximava do jardim, embora Ralph tivesse me garantido que os dois se encontravam ali. É provável que tenha me enviado para evitar que a dama ficasse constrangida com o que eu poderia ver.

– Se pensa que vou responder a *esta* pergunta, deve estar ficando maluco – rebateu Hugo.

– E isso é tudo de que preciso como resposta – comentou Vincent, franzindo as sobrancelhas.

– E minha boca está fechada – disse Ralph. – Nem confirmarei nem negarei o que vi pela janela daquela sala que recebe o sol da manhã, embora precise dizer que fiquei profundamente abalado.

– Imogen – chamou George. – Você se incomodaria em acudir nossa preguiça masculina coletiva e servir o chá?

Na manhã seguinte, o duque de Stanbrook apareceu com um par de muletas para Gwen. Explicou que tinham sido usadas na época em que a casa funcionava como um hospital, mas, desde então, ficaram intocadas e esquecidas por muitos anos. Ele as testara para verificar a segurança, garantiu. Mediu o comprimento para Gwen e mandou serrar alguns centímetros. Depois, elas foram lixadas e polidas e ela pôde enfim se locomover, embora ainda com algumas limitações.

– Deve me prometer não fazer com que o Dr. Jones fique furioso comigo, lady Muir. Não pode sair correndo pela casa, para cima e para baixo, o dia todo. Precisa continuar a descansar o pé e mantê-lo elevado na maior parte do tempo. Mas agora pelo menos pode se movimentar por um aposento e até mesmo de um cômodo a outro sem ter que esperar ser carregada.

– Ah, muito obrigada – disse ela. – Não tem ideia de quanto isso significa para mim.

Ela deu uma volta pela sala para se acostumar com as muletas, depois voltou a se deitar na espreguiçadeira.

Sentiu-se bem menos confinada pelo resto do dia, embora não se movimentasse muito.

Vera passou a maior parte da manhã em sua companhia, como no dia anterior, permanecendo em Penderris até depois do almoço. Informou, radiante, que as amigas a odiavam por manter visitas tão frequentes e íntimas ao duque de Stanbrook. A carruagem com o brasão tinha sido vista parada diante de sua casa algumas vezes. A inveja com certeza faria com que rompessem relações, caso não achassem mais vantajoso se banharem na glória dela se gabarem da amizade para outras amigas menos privilegiadas. Ela também se queixou do fato de Sua Graça não considerar adequado mandar alguém na carruagem para lhe fazer companhia e de, mais uma vez, não ter sido convidada para a refeição na sala de jantar com o duque e seus hóspedes.

– Ouso dizer, Vera, que o duque está tocado por sua devoção e pensa que você se ofenderia em ser afastada de mim quando não posso me sentar à sala de jantar em sua companhia.

Gwen perguntava a si mesma por que se dava ao trabalho de acalmar os ânimos de alguém que nunca ficava calma por muito tempo.

– Claro que está certa – respondeu Vera, de má vontade. – Eu *ficaria* ofendida se Sua Graça me afastasse de você durante uma mera refeição, já que abri mão de grande parte do dia para lhe oferecer o conforto de minha companhia. Mas ele poderia ao menos me dar a oportunidade de recusar o convite. Fiquei surpresa em saber que seu cozinheiro prepara apenas três pratos para o almoço. Pelo menos é o que servem aqui, nesta sala. Arriscaria dizer que apreciam um número maior de pratos na sala de jantar.

– Mas a comida é farta e deliciosa – lembrou Gwen.

As visitas de Vera eram uma prova de fogo para ela.

Depois que o duque de Stanbrook conduziu a amiga até a carruagem que estava à sua espera, Gwen ficou um pouco agitada. E se lorde Trentham aparecesse de novo, como no dia anterior? O clima estava igualmente agradável. Ela não *suportaria* outro tête-à-tête. Era perda de tempo sentir atração por ele, ou ele por ela. Era perda de tempo permitir que ele a beijasse e era perda de tempo que ele lhe fizesse aquele pedido.

Se ele voltasse naquela tarde, pensou ela, poderia fingir estar adormecida e *permanecer adormecida*. Ele não teria escolha; teria que ir embora. Mas ela não sentia sono.

Foi salva de ter que pôr o plano em prática. Pouco depois que Vera se foi, houve uma batida à porta e o visconde Ponsonby surgiu.

– Estou a caminho da b-biblioteca – disse ele com a voz lânguida e um leve gaguejar. – Todos saíram para aproveitar o sol, mas tenho uma pilha tão grande de cartas não respondidas que corro o grave risco de ser enterrado sob elas, de me perder ou qualquer outra coisa sinistra, de forma que preciso usar a pena e o p-papel. Ocorreu-me que a senhora talvez queira experimentar suas novas muletas e vir escolher um livro.

– Eu ficaria mais do que encantada – disse ela.

Ele permaneceu no umbral, observando-a levantar-se e se movimentar em direção a ele.

O tornozelo continuava inchado. Ainda não havia possibilidade de calçar um sapato ou de usá-lo para se apoiar. No entanto, naquele dia estava um pouco menos dolorido. E o corte no joelho já praticamente cicatrizara.

Lorde Ponsonby caminhou ao lado dela até a biblioteca e virou um sofá que ficava perto da lareira de forma que ele recebesse a luz da janela.

– Pode ficar aqui e ler ou c-contemplar minha labuta. Ou pode voltar para aquela sala banhada pelo sol da manhã assim que escolher um livro. Ou pode subir e descer as escadas correndo, se quiser. Não sou seu carcereiro. Se precisar de algum livro no alto da estante, b-basta me dizer.

Então lorde Ponsonby se instalou na grande escrivaninha de carvalho junto à janela.

Gwen refletiu sobre o gaguejar do lorde. Era a única imperfeição detectável nele. Talvez também tivesse passado pela guerra sem sofrer ferimentos físicos, mas tivesse ficado fora de si, como dissera lorde Trentham. Até aquela semana, nunca havia pensado sobre o esforço mental feito por um militar. Entretanto, aquilo apenas demonstrava uma lamentável falta de imaginação de sua parte.

Leu por algum tempo e então lady Barclay a encontrou e a convidou para ir até a estufa ver as plantas. Havia assentos compridos de vime, explicou ela, onde lady Muir poderia descansar o pé. Sentaram-se ali e conversaram durante uma hora. Mais tarde, foram tomar chá no salão.

Foi lady Barclay quem lhe fez companhia no jantar, naquela noite.

Gwen queria abordar a perda sofrida por lady Barclay e assegurar que compreendia, que também perdera o marido sob circunstâncias violentas, terríveis, que também se sentia culpada por sua morte e duvidava que fosse capaz de se livrar desse sentimento algum dia. E talvez fosse mais do que um sentimento. Talvez ela fosse *mesmo* culpada.

Mas nada disse. Não havia nada nos modos de lady Barclay que sugerisse que ela acolheria bem uma conversa tão íntima. E Gwen nunca falava sobre os acontecimentos acerca da morte de Vernon ou da queda que a causara. Suspeitava que nunca falaria.

Nunca *pensava* sobre tais acontecimentos. Entretanto, de algum modo, nunca parava de pensar neles também.

Mais tarde, quando lhe perguntaram, Gwen admitiu que sabia tocar piano, embora não tivesse talento nem grande habilidade. Não importou. Foi persuadida a atravessar o salão de muletas para se sentar diante do instrumento e tocar, mesmo enferrujada. Por sorte, conseguiu se sair razoavelmente bem. E então foi persuadida a permanecer ali para acompanhar lorde Darleigh ao violino. Ela se dirigiu até a harpa com ele, e o jovem lhe explicou como estava aprendendo a identificar as cordas, mesmo sem vê-las.

– E o próximo truque dele, lady Muir, é *tocar* as cordas assim que as tiver identificado – disse o conde de Berwick.

– Que os céus nos protejam – acrescentou lorde Ponsonby. – Vincent era b-bem menos perigoso quando enxergava e as únicas armas à sua disposição eram uma espada e um canhão gigantesco. Está ameaçando começar a *bordar*, lady Muir. Só Deus sabe onde as agulhas dele vão parar. E todos nós já ouvimos histórias terríveis envolvendo fios de seda.

Gwen riu junto com todos, inclusive lorde Darleigh.

Quando se retirou para o quarto, pouco depois, não teve permissão para subir a escada com as muletas. Chamaram um criado para levá-la.

Lorde Trentham não se ofereceu.

Ela não o vira o dia inteiro. Mal ouvira sua voz naquela noite.

Detestava a ideia de que possivelmente teria arruinado sua estadia em Penderris. Só esperava que Neville não demorasse a enviar a carruagem assim que recebesse sua carta.

Sentiu-se triste quando ficou sozinha no quarto. Não estava cansada. Ainda era bem cedo. Também se sentia um tanto agitada. As muletas lhe davam o prazer de ser livre, mas não eram a liberdade em si. Desejava poder sair em uma longa caminhada matinal ou, ainda melhor, uma cavalgada vigorosa.

Não estava com vontade de ler.

Lorde Trentham era tão *atraente*. Todas as terminações nervosas de seu corpo tinham consciência da presença dele naquela noite. Para ser honesta consigo mesma, escolhera seu vestido de noite favorito, de cor damasco, pensando nele. Tocara o piano consciente apenas da presença dele na pequena plateia. Olhara para todos os lugares do aposento, exceto para ele. Sua conversa parecera animada demais, trivial demais, pois ela sabia que ele estava ouvindo. Seu riso parecera muito ruidoso, forçado. Era tão pouco característico dela sentir esse tipo de insegurança em público.

Gwen odiara cada momento de uma noite que parecera bastante agradável. Comportara-se como uma mocinha às voltas com a primeira paixão – uma primeira paixão *muito tola*.

Não podia estar apaixonada por lorde Trentham. Alguns beijos e atração física não eram a mesma coisa que amar ou sentir paixão por alguém. Céus, ela era uma mulher madura.

Poucas vezes passara uma noite tão desconfortável na vida. Mesmo naquele momento, sozinha no quarto, não estava imune – ao menos à atração física. *Como seria ir para a cama com ele?*, foi o que lhe passou pela cabeça.

Afastou aquela ideia e procurou o livro que tinha pegado na biblioteca. Depois que começasse, talvez se sentisse mais propensa a ler.

Se ao menos a carruagem de Neville pudesse aparecer no dia seguinte, como por milagre... Cedo.

De súbito, sentiu tanta saudade de casa que era como se estivesse doente.

CAPÍTULO 8

Os dois dias anteriores tinham sido ensolarados e primaveris, porém com temperaturas baixas. Naquele dia, esta falha estava mais do que corrigida. O céu ganhara um tom azul límpido, o sol brilhava, o ar estava cálido e – o mais raro dos fenômenos na região costeira – quase não havia vento.

Parecia mais verão do que primavera.

Hugo estava sozinho diante das portas principais, sem saber o que fazer durante a tarde. George, Ralph e Flavian saíram a cavalo. Decidira não acompanhá-los. Embora, naturalmente, soubesse cavalgar, não era algo que fizesse por prazer. Imogen e Vincent resolveram dar uma volta pelos jardins. Sem razão específica, Hugo recusara o convite para se juntar a eles. Ben estava na antiga sala de aula, no andar de cima, um espaço que George lhe reservara para que se dedicasse aos exercícios extenuantes que fazia várias vezes por semana.

Ben assegurara a George que cuidaria de lady Muir depois de acabar e garantiria que ela não ficasse sozinha por muito tempo depois que a amiga fosse embora.

Hugo concordara em acompanhar a Sra. Parkinson até a carruagem. Era o que havia acabado de fazer. Ela o olhara de forma maliciosa, dera um sorriso convidativo e comentara que qualquer dama que tivesse a sorte de tê-lo como companhia numa carruagem jamais se sentiria nervosa – não em relação aos perigos da estrada, acrescentara. Hugo não seguira a deixa para bancar o cavalheiro galante e acompanhá-la até o vilarejo. Desviara a atenção dela para o robusto cocheiro e lhe garantira que nunca ouvira falar de assaltantes naquela região.

O que ele deveria fazer, pensou, levando em conta que havia se isolado de uma forma quase deliberada até então, era descer até a praia, seu canto favorito. A maré ia subir. Ele adorava ficar próximo da água, sozinho.

Não tinha olhado para lady Muir pouco antes, quando entrara na sala para acompanhar sua amiga até a carruagem. Apenas meneara a cabeça num vago cumprimento em sua direção.

Era desconcertante como dois beijos razoavelmente castos podiam abalar um homem. E, provavelmente, uma mulher também. Ela não lhe dirigira a palavra antes que ele fosse buscar sua amiga e, apesar de não ter olhado para ela, tinha quase certeza de que ela também não o encarara.

Aquilo era ridículo! Estavam se comportando como dois jovens desajeitados.

Deu meia-volta e caminhou para dentro da casa. Bateu à porta da sala, abriu-a e entrou sem esperar um convite. Ela estava diante da janela, apoiada nas muletas, olhando para fora. Ou, pelo menos, foi o que ele imaginou. Naquele momento, olhava para ele por sobre o ombro, com as sobrancelhas erguidas.

– Vera já foi? – perguntou.

– Sim.

Ele deu mais alguns passos na direção de Gwen.

– Como está seu tornozelo?

– O inchaço diminuiu bastante e está bem menos dolorido – disse ela. – Mesmo assim, não consigo pôr o pé no chão e acho que não seria nada sábio tentar. O Dr. Jones foi muito claro. Estou aborrecida por ter permitido que esse acidente acontecesse e estou aborrecida por estar tão impaciente por sarar. Aborrecida comigo por estar aborrecida.

Ela sorriu de repente.

– Está um dia lindo – disse ele.

– Eu vi.

Ela voltou a olhar pela janela.

– Estou aqui tentando decidir se levo o livro e me sento no jardim por algum tempo. Posso caminhar até lá sem assistência.

– Quando a maré sobe, isola uma parte daquela praia mais extensa e a transforma em uma enseada pequena e reservada. Costumo ir até lá quando quero apenas sentar e divagar, ou, às vezes, para nadar. Fica alguns quilômetros adiante, pela costa, mas ainda é parte das terras de George. É um lugar bastante tranquilo. Acho que irei até lá hoje à tarde.

Na verdade, ele não havia pensado na enseada até começar aquela conversa.

– É possível chegar até lá de charrete – acrescentou ele. – E o terreno não é muito inclinado. É fácil descer até a areia. Gostaria de me acompanhar?

Ela ajeitou as muletas e se voltou para encará-lo. Como era pequena, pensou ele. Duvidava que o topo da cabeça dela alcançasse seu ombro. Ia recusar o convite, pensou ele um tanto aliviado. Que diabo o levara a fazer tal proposta, afinal?

– Ah, eu gostaria muito – respondeu ela, com suavidade.

– Em meia hora? – sugeriu ele. – Vai precisar subir para se aprontar.

– Posso subir sozinha – disse ela. – Tenho as muletas.

Mas ele seguiu na direção dela, livrou-a das muletas e a ergueu nos braços, então partiu na direção da escada. Esperou por uma reclamação, que não veio, embora ela tivesse soltado um suspiro.

Voltou para buscá-la em meia hora, depois de informar Ben sobre o passeio e juntar os itens necessários – um cobertor para ela se sentar, almofadas para suas costas e para o pé, e na última hora uma enorme toalha. Também foi ao estábulo e à cocheira das carruagens, prendeu o cavalo numa charrete e a conduziu até a porta da frente.

Aquela *não* era uma boa ideia, pensou ele. Mas não podia voltar atrás. E não conseguia se arrepender como deveria. Estava um dia lindo. Um homem precisava de companhia quando o sol brilhava e havia calor no ar. Não que ele tivesse pensado naquelas tolices antes. Por que um dia ensolarado faria um homem se sentir mais solitário do que um dia nublado?

Ele desceu a escada carregando lady Muir e a acomodou na charrete. Tomou o lugar ao lado dela, pegou as rédeas e fez o cavalo partir.

A primavera era a estação favorita de Gwen – ela lhe dissera isso dois dias antes –, uma estação cheia de esperanças e novidades. De alguma forma, naquele dia ele conseguia entender o que ela queria dizer.

Era um daqueles dias perfeitos do início da primavera, que parecia mais com o verão, exceto por uma qualidade indefinível na luz que proclamava que a época do ano ainda era outra. E o verde da grama e das folhas mantinha seu frescor.

Era o tipo de dia em que estar vivo já era motivo suficiente para comemorar. E era o tipo de dia em que nada poderia ser melhor do que andar de charrete na companhia de um homem atraente. Por alguma razão que Gwen não entendia, apesar do tornozelo dolorido ela se sentia dez anos mais jovem naquela tarde, como havia muito não acontecia.

Não *deveria* se sentir assim. Mas, por outro lado, por que não? Era viúva, não devia obrigação a homem nenhum. Lorde Trentham era livre e, até aquele momento, sem compromissos. Por que *não* deveriam passar a tarde juntos? Que mal poderiam causar?

Não havia nada de errado em um pouco de romance.

Se tivesse uma sombrinha, a usaria com entusiasmo. Em vez disso, tocou uma música animada num teclado invisível pousado sobre suas coxas, mas depois conteve as mãos de forma mais comportada no colo.

A charrete seguiu por um pequeno trecho que conduzia ao vilarejo, mas fez uma curva atrás da casa e entrou numa estrada mais estreita, paralela aos penhascos, na direção oposta. A paisagem era uma colcha de retalhos formada de campos marrons, amarelos e verdes, além de campinas de um lado e as terras cultivadas de Penderris do outro. Para além do parque, via-se o mar num tom de azul bem mais intenso que o do céu. O ar estava perfumado pelos aromas da nova vegetação, o solo revolvido e o toque salino do oceano.

Sem contar o leve aroma almiscarado do sabonete ou colônia de lorde Trentham.

Era impossível impedir que o ombro e o braço esbarrassem nele naquela charrete apertada, Gwen se deu conta. Era impossível não ficar consciente das coxas fortes ao lado das dela, em calças apertadas, nem ignorar as mãos grandes que seguravam as rédeas.

Ele usava um chapéu alto que lhe escondia a maior parte do cabelo e lançava uma sombra sobre os olhos. Ficava menos feroz, menos militar. Mais atraente do que nunca.

A reação física à presença dele era um tanto perturbadora. Nunca experimentara nada parecido com outro homem. Nem mesmo com Vernon. Ela o achara deslumbrante e encantador quando se conheceram e se apaixonara por ele muito rápido e sem nenhuma resistência. Gostava de seus beijos antes do casamento e, depois dele, com frequência apreciava as atividades no leito matrimonial.

Mas nunca sentira *aquilo* com Vernon nem com mais ninguém.

Sem fôlego.

Cheia de uma energia exuberante.

Consciente de cada pequeno detalhe. Consciente de que ele sentia o mesmo, embora nenhum dos dois falasse durante o caminho. A princípio, ela não conseguiu pensar em um assunto. Depois percebeu que não precisava falar nada e que o silêncio entre os dois não importava. Não era desconfortável.

Depois de alguns quilômetros, o caminho se transformou em uma descida. Quase aos pés de uma grande colina, eles tomaram uma trilha ainda mais estreita na direção do mar. Logo essa trilha também desapareceu e a charrete foi sacudindo pela grama esparsa até um penhasco baixo.

Lorde Trentham saltou para desatrelar o cavalo e prendê-lo a um arbusto nas imediações, de forma que ele pudesse pastar enquanto passeavam.

Pegou o cobertor e entregou as almofadas a Gwen, como fizera no jardim, dois dias antes. Carregou-a até a enseada por uma estreita trilha em zigue-zague, até uma suave encosta coberta por seixos e uma praia plana de areia dourada. Nos dois lados da pequena praia, longos rochedos se estendiam para dentro do mar. Era de fato um local muito reservado.

– A costa é cheia de surpresas, não é? – disse ela, interrompendo o longo silêncio. – Existem extensas faixas com praias de uma beleza de tirar o fôlego. E, às vezes, há pedacinhos de paraíso como este lugar. E todos são igualmente lindos.

Hugo não respondeu. Ela queria uma resposta?

Ele a transportou na direção de uma grande rocha no meio da pequena praia. Contornou a pedra até o lado que dava para o mar, pousou Gwen sobre um pé, de costas para a rocha, e estendeu o cobertor na areia. Pegou as almofadas com Gwen, jogou-as onde estava forrado e a ajudou a se sentar. Ajeitou uma almofada nas costas dela, afofou outra e colocou sob seu tornozelo direito, depois dobrou uma terceira, que pôs sob o joelho dela. Franzia o cenho o tempo inteiro, como se a tarefa exigisse grande concentração.

Estaria arrependido? Teria sido um convite impulsivo?

– Obrigada – disse ela, sorrindo. – É um ótimo enfermeiro.

Ele a olhou nos olhos, de relance, antes de se levantar e contemplar o mar.

Não havia um sopro de vento ali, ela reparou. E a rocha atraía o calor do sol. Parecia mais ainda com um dia de verão. Ela soltou o fecho da capa e a jogou para trás. Usava apenas um vestido de musselina, mas o ar parecia agradavelmente morno em seus braços desnudos.

Lorde Trentham hesitou por alguns momentos e depois se sentou ao lado dela, as costas contra a rocha, uma perna estendida, a outra dobrada, o pé com botina sobre o cobertor, um braço envolvendo o joelho. O ombro estava a cautelosos centímetros de Gwen, mesmo assim ela sentia o calor do corpo dele.

– A senhora toca muito bem – elogiou ele, do nada.

Por um momento ela não entendeu sobre o que ele falava.

– O piano?

Ela o encarou. O chapéu tinha se inclinado um pouco para a frente. Quase escondia os olhos – e o tornava inexplicavelmente belo.

– Obrigada. Acredito que sou competente, mas não tenho talento verdadeiro. E *não estou* tentando ganhar mais elogios. Já ouvi pianistas talentosos e sei que poderia praticar dez horas por dia, durante dez anos, e não chegaria nem perto deles.

– Acredito que seja competente em tudo o que faz – rebateu ele. – Assim costumam ser as damas, não é verdade?

– O que significa que somos competentes em muita coisa, mas habilidosas de verdade em poucas e talentosas em ainda menos? – questionou ela, rindo. – Sem dúvida está correto em nove entre dez casos, lorde Trentham. Mas isso é melhor do que ser totalmente indefesa e inútil em tudo, como uma peça decorativa.

– Humm – disse ele.

Ela esperou que ele fosse o próximo a falar.

– O que costuma fazer para se *divertir*? – perguntou Hugo.

– Para me *divertir?*

Era uma palavra estranha para empregar ao se dirigir a uma mulher crescida.

– Faço as coisas de sempre. Visito parentes e brinco com os filhos deles. Compareço a jantares, chás, festas e eventos vespertinos. Danço. Caminho e cavalgo. Eu...

– Cavalga? – perguntou ele. – Depois do acidente que sofreu?

– Ah, parei de cavalgar por um longo período – disse ela. – Mas sempre gostei de andar a cavalo. Deixar de fazer isso me tirava um prazer e, muitas vezes, me impedia de ver meus amigos. Além do mais, detesto a ideia de deixar de fazer algo por medo. Com o passar do tempo, obriguei-me a voltar à sela e, mais recentemente, comecei a fazer o cavalo andar num ritmo mais rápido do que um rastejar. Um dia desses, devo até permitir que *galope*. O medo deve ser desafiado, foi o que descobri. Ele fica poderoso quando permitimos que nos domine.

Com os olhos semicerrados, ele contemplava a água que subia. O sol cintilava na superfície.

– E o que faz para *se divertir*? – foi a vez dela de perguntar.

Ele pensou por um instante.

– Alimento cordeiros e bezerros quando as mães não conseguem. Trabalho nas plantações da minha fazenda, principalmente na horta atrás da casa. Observo e de alguma forma participo de todos os milagres da vida, tanto animal quanto vegetal. Já alisou a terra fofa sobre as sementes e não acreditou que um dia as veria de novo? E então, alguns dias depois, aparecem brotos finos e frágeis saindo do solo e você se pergunta se eles terão força e resistência para sobreviver. E, antes que se imagina, lá está uma grande cenoura ou uma batata do tamanho de seu punho ou um repolho que precisa ser carregado com as duas mãos.

Ela voltou a rir.

– E isso é *diversão*? – perguntou.

Ele virou a cabeça e seus olhares se encontraram. Parecia muito sombrio sob a aba do chapéu.

– Sim. Nutrir a vida em vez de tirá-la é diversão. Faz um homem se sentir bem aqui dentro – falou ele e bateu de leve com o punho cerrado no lado esquerdo do casaco.

Ele tinha um título. Era rico. Porém trabalhava na fazenda e cultivava a própria horta. Porque gostava. E também porque oferecia alguma redenção pelo fato de ter passado anos na guerra matando e permitindo que seus próprios homens fossem mortos.

Não era o ex-oficial endurecido e frio que ela imaginara quando se conheceram. Ele era... um homem.

Esse pensamento fez com que ela estremecesse ligeiramente, mesmo sem sentir frio.

– Como vai fazer para encontrar uma esposa? – perguntou ela.

Ele contraiu os lábios e voltou a afastar o olhar.

– O homem que administra os negócios de meu pai... ou devo dizer *meus* negócios... tem uma filha. Eu a conheci quando estive em Londres, no enterro de meu pai. É muito bonita, muito bem-preparada em todas as habilidades necessárias à esposa de um negociante rico e bem-sucedido, está disposta a se casar comigo... com aprovação da mãe e do pai... e é muito jovem.

– Parece ideal – disse Gwen.

– E morre de medo de mim – acrescentou ele.

– Qual a idade dela?

– Dezenove.

– O senhor fez algo para deixá-la menos assustada? – perguntou ela. – Por exemplo, chegou a *sorrir* para ela? Ou pelo menos parou de franzir a testa? Ou de ficar *carrancudo*?

Ele voltou a encará-la.

– *Ela* estava me cortejando – retrucou ele. – Os pais dela estavam me cortejando. Por que eu teria que sorrir?

Gwen riu baixinho.

– Pobre garota. Vai se casar com ela?

– Provavelmente não. Não, sem dúvida. Ela não seria ardente o bastante para mim. E meu próprio desejo poderia esfriar depressa se ela *fugisse* de mim na cama.

Ah, ele estava tentando deixar Gwen chocada. Ela percebeu isso no olhar dele. Devia ter achado que ela estava zombando dele.

– Então ela vai ter sorte por escapar – disse ela. – Mesmo que não se dê conta disso. O que o senhor precisa é de uma mulher mais velha, alguém que não se intimide com facilidade, alguém que não se assuste na hora de fazer amor.

Ela o encarou ao falar, embora fosse um esforço enorme. Não tinha experiência naquele tipo de conversa.

– Tenho parentes em Londres – disse ele. – Prósperos. O sucesso nos negócios parece correr na família, embora ninguém tenha sido tão bom quanto meu pai. Creio que ficarão bem felizes em me apresentar a mulheres disponíveis do meu tipo.

– Seu tipo quer dizer mulheres de classe média que possam se divertir ao sujar as mãos de terra – falou ela.

– Na minha experiência, lady Muir – respondeu ele, estreitando os olhos –, as mulheres de classe média podem ser tão entediantes quanto as damas. Até com mais frequência, porque, por razões que não consigo entender, muitas desejam *ser* damas. Não tenho planos de obrigar minha esposa a trabalhar... pelo menos não no campo ou no estábulo. A menos que ela queira. Já comandei homens. Não quero comandar mulheres.

Já não parecia mais a tarde descontraída e ligeiramente romântica que Gwen imaginara.

– Eu o ofendi – disse ela. – Sinto muito. Haverá um número infindável de candidatas ansiosas a serem apresentadas ao senhor, lorde Trentham. Tem título e riqueza, além da reputação de herói. Será considerado um grande partido. E algumas mulheres talvez nem se assustem com sua expressão amedrontadora.

– A senhora claramente não se assusta – constatou ele.

– Não, mas não está me cortejando, está?

As palavras pareceram ficar no ar entre eles. Gwen estava bem consciente do som da maré, do grito das gaivotas no alto, do intenso olhar dele. E do calor do sol.

– Não – disse ele, levantando-se depressa e apoiando-se na rocha com os braços cruzados. – Não estou cortejando a senhora, lady Muir.

Só queria deitar-se com ela.

E ela queria o mesmo. Seus olhos, as linhas tensas do corpo, tudo lhe assegurava isso, embora ela com certeza negasse, até para si mesma, se ele tentasse confrontá-la.

O que ele não planejava fazer.

Tinha *algum* senso de autopreservação.

Levá-la até ali fora um erro terrível. Sabia disso desde o primeiro momento, mesmo antes de retirá-la da sala para se aprontar para o passeio.

Para alguém com algum senso de autopreservação, ele parecia ter uma tendência e tanto à autodestruição.

Uma contradição intrigante.

Ela não rompeu o silêncio. Ele não *pôde*. Não conseguiu pensar em nada para dizer. Então, pensou na única coisa que pelo menos poderia fazer. E tal pensamento lhe forneceu algo para dizer.

– Vou dar um mergulho – disse ele.

– *O quê*?

Ela se virou para encará-lo. Parecia estarrecida. Então seu rosto se iluminou com risos.

– O senhor congelaria!

Não importava. Hugo se afastou da rocha e jogou o chapéu no cobertor.

– Além do mais, não trouxe outra muda de roupas.

– Não vou usar roupas para entrar no mar – rebateu ele.

Aquilo congelou o sorriso no rosto dela, e levou uma cor flamejante às bochechas. Mas ela voltou a rir quando ele levantou o pé direito para arrancar a bota.

– Ah, não ousaria. Não. Ignore o que eu disse. Certamente não seria capaz de resistir a um desafio. Nenhum homem respeitável entre meus conhecidos resistiria. Tire as botinas, as meias e molhe os pés. Vou ficar sentada aqui, assistindo com inveja.

Entretanto, depois de retirar as botas e as meias, ele se livrou do casaco – coisa não muito fácil de fazer sem a ajuda de seu valete. O colete se foi em seguida. Ela umedeceu os lábios. Parecia um pouco alarmada.

Ele desfez o nó da gravata e a lançou na pilha de roupas que começava a crescer. Tirou a camisa de dentro das calças e a despiu pela cabeça.

O ar talvez não estivesse tão quente quanto parecia quando ele estava vestido, mas ele se sentia aquecido por dentro. De qualquer modo, era tarde demais para mudar de ideia.

– Ah, lorde Trentham – falou ela, rindo de novo. – Não me faça corar.

Ele hesitou por um momento. Mas pareceria um tolo se apenas molhasse os pés depois de tudo aquilo. E calças molhadas seriam desconfortáveis demais durante a viagem de charrete de volta para casa.

Não tinha mesmo escolha.

Livrou-se das calças e ficou apenas de ceroulas. Com alguma relutância, decidiu não retirá-las, embora sempre nadasse nu.

Caminhou pela areia sem olhar para Gwen.

Primeiro a água estava na altura de seus pés, depois nos tornozelos, joelhos e coxas e parecia ter acabado de jorrar do polo Norte. Ele chegou a perder o fôlego quando afundou o corpo todo. Mas havia um consolo. Seria o antídoto perfeito para certo ardor involuntário e muito inconveniente.

Mergulhou numa onda tão fria que pensou ter morrido com o choque. Assim que confirmou que continuava vivo, nadou além da espuma da arrebentação. Então deu braçadas fortes, numa linha paralela à praia, até que voltou a sentir os braços e as pernas, a respiração se regularizou e a água pareceu apenas fria. Voltou nadando pelo mesmo caminho.

Tentou recordar quando tinha sido a última vez que estivera com uma mulher. Como não conseguiu encontrar a resposta, obviamente fazia tempo de mais.

CAPÍTULO 9

Gwen se esqueceu completamente do tornozelo por um tempo. Estava com os joelhos dobrados, os braços em volta deles, os pés no cobertor.

O coração parecia uma força independente dentro do peito, martelando como se quisesse se libertar. Ela não conseguia acalmá-lo nem controlar a respiração. E, apesar do vestido de mangas curtas, sentia calor.

Nunca havia visto um homem nu, nem mesmo só com a roupa de baixo. Talvez fosse estranho, já que fora casada por anos. Mas Vernon tinha visões muito particulares sobre o que achava respeitável. Durante o dia, não gostava que ela o visse nem mesmo em mangas de camisa. De noite, ele a procurava com roupa de dormir e um roupão.

Ah, ela vira Neville e os primos com as roupas de baixo, quando nadavam nos verões da infância, assim como eles a viram, lembrou-se. Mas não passavam de crianças na época.

Era inegável que tinha ficado chocada quando lorde Trentham decidira se despir bem diante dela. Era... bem... era um comportamento *bárbaro*. Nenhum cavalheiro tiraria sequer a casaca sem primeiro pedir sua permissão – e a maioria nem mesmo pediria, por parecer pouco apropriado.

Mas o choque se devia menos ao ultraje, ela precisava admitir enquanto o via nadar, do que à reação ao ver seu corpo seminu. Era a perfeição em carne e osso. Nada menos do que magnífico. Era verdade que ela não dispunha de padrões de comparação. Achava, porém, que nenhum homem *poderia* ser comparado a ele. Os ombros eram largos, assim como o tórax. O quadril era estreito, com pernas longas e fortes. De pé, parecia um deus esculpido com todo o esmero – não que ela tivesse visto alguma escultura semelhante. Ao se mover, os músculos tensos faziam com que parecesse um deus guerreiro que acabara de ganhar vida.

Poderia ser condenada por achá-lo tão atraente a ponto de sentir os joelhos fraquejarem e o coração acelerar? A ponto de ter dificuldade para respirar? Por esquecer algo tão básico como um tornozelo torcido?

Poderia ser condenada por querer mais daqueles beijos? Por querer, na verdade, algo além daqueles beijos? Por sentir algo tão brutal e tão pouco compatível com uma dama como... o desejo?

Talvez fosse bom que ele estivesse nadando, que estivesse usando a energia que ela sabia que queria usar *nela*, que sua ausência lhe desse o tempo necessário para recuperar o controle sobre o corpo e as emoções. Na realidade, não havia *talvez. Sem dúvida* era melhor.

Mas como podia recuperar o controle quando ele nadava com tanto desembaraço, graça e força, quando, mesmo a distância, ela percebia os músculos fortes dos braços, ombros e pernas, a água e o sol fazendo sua pele cintilar como se estivesse besuntada de óleo? Poderia desviar o olhar, claro. Mas como fazê-lo sabendo que em alguns dias ela partiria de Penderris e que provavelmente nunca mais voltaria a vê-lo?

Gwen agarrou as pernas com ainda mais força e sentiu na garganta a dor intensa de lágrimas não derramadas. E também sentiu a dor persistente do tornozelo machucado. Voltou toda a sua atenção para o que sentia e estendeu a perna. Reposicionou as almofadas com cuidado sob o joelho e o pé. Não olhou para o mar nem, mais especificamente, para o homem que nadava seminu.

Ia ser bem feito se seus dedos congelassem e caíssem.

Estava se exibindo. Um pavão usava as belas cores e o tamanho extravagante de sua plumagem para atrair a fêmea. *Ele* usava seu corpo seminu.

Tinha se despido e se jogado nas águas para se refrescar? Ou seu objetivo era elevar a temperatura do corpo dela?

Gwen apoiou a cabeça na rocha atrás de si, sentiu a pressão provocada pelo gorro e puxou as fitas com impaciência para poder tirá-lo. Jogou a cabeça para trás e fechou os olhos. O sol estava intenso. Enxergava um tom alaranjado por sob as pálpebras.

Não importava por que ele estava nadando. *Ele* não importava. Não mesmo. Ou pelo menos não importavam seus *sentimentos* por ele. Estavam ali para relaxar, para aproveitar um dia agradável como poucos num belo cenário.

Mas não está me cortejando, está? Fora o que ela dissera. Não era uma pergunta, mas ele respondera mesmo assim. *Não, não estou cortejando a senhora, lady Muir.* E, de algum modo, a pergunta e a resposta deflagraram tudo o que se seguira. Ela começara. Era sua culpa, então.

Tinha 32 anos. Tivera seus admiradores quando fora apresentada à sociedade, depois se casara. Vivera um longo período de viuvez com a presença de mais admiradores. Não era inexperiente. Não era uma garota ingênua e inocente. Mas *de repente* era assim que se sentia, pois não havia nada em sua experiência que a ajudasse a compreender o desejo brutal que ela e lorde Trentham compartilhavam. Como *poderia* entender, quando ele não era de forma alguma o tipo de homem por quem esperava se sentir atraída nem para um flerte, muito menos como um possível marido? Esse sentimento, imaginou, novo e inesperado, era o que levava as pessoas a terem casos.

Deveria voltar correndo para a segurança da casa antes que ele saísse da água, pensou. Então abriu os olhos e lembrou que estava a vários quilômetros de distância e não podia se apoiar no pé direito. Nem tinha as muletas ali. Além de tudo, era tarde demais. Ele vinha nadando de volta e logo estava de pé, caminhando na água rasa até a praia.

A água escorria de seu corpo e gotículas reluziam ao sol enquanto ele se aproximava. O cabelo curto estava grudado na cabeça. A ceroula pendia do corpo como se fosse uma segunda pele. Gwen nem tentou afastar os olhos.

Ele se curvou e pegou a toalha que trouxera. Secou o peito, os ombros e os braços, depois o rosto. Ele a encarou. Aparentemente, a natação não tinha contribuído para melhorar seu humor. Estava franzindo o cenho, talvez até com uma careta.

– Disse que me assistiria com inveja – disse ele.

Ela dissera *aquilo*?

– Ah, o que está *fazendo*? – indagou Gwen, de súbito.

Ele se inclinara e a pegara nos braços. A pele estava fria e exalava um cheiro de sal e de homem. Ele estava muito... despido. Gwen sentiu a umidade da roupa de baixo dele tocar a lateral de seu corpo enquanto ele a erguia. Passou os dois braços em volta do pescoço dele.

– Não – pediu.

Mas ele tinha voltado a caminhar pela praia e a maré estava mais alta do que quando entrara no mar. Devia estar prestes a mudar.

– Por que vir à praia se for apenas para sentar e observar? Melhor ficar em casa lendo.

– Ah, por favor – implorou ela.

Ele caminhava para dentro da água e ela sentia frio ao ser salpicada por pequenas gotas nos braços desnudos.

– *Por favor*, lorde Trentham, não me jogue no mar. Não tenho uma muda de roupas. E deve estar frio como no Ártico.

– Está – confirmou ele.

Ela o agarrou com mais força ainda, apertando o rosto contra o pescoço dele e rindo de forma incontrolável.

– Pode *parecer* que estou me divertindo. Mas *não estou*. Por favor. Ah, *por favor*, Hugo.

Ele a ergueu um pouco mais. E a segurou com força. Um truque? Para lhe dar uma falsa sensação de segurança?

– Não vou jogá-la – disse ele, em voz baixa na orelha dela. – Não seria tão cruel. Mas não há nada como estar aqui, ver a luz criar muitas cores e nuances na água, ouvi-la e inspirar seus perfumes.

Ele virou para a direita quando ela ergueu a cabeça e então deu duas voltas enquanto ela ria de pura euforia. Estava mais fresco ali, embora não chegasse a fazer frio, ainda que o calor do corpo dele talvez tivesse alguma relação com o fenômeno. Gwen nunca gostara muito da água. Mas os dois pareciam estar num vasto mundo cintilante e líquido, feito de pura beleza e nenhum perigo. Sentia-se perfeitamente segura nos braços quentes e fortes de um homem que não a deixaria cair, que nunca faria isso.

Ela o havia chamado de *Hugo*, percebeu. Nossa! Será que ele havia percebido?

– Gwendoline – disse ele, quando parou de girar.

Tinha percebido.

Os olhares se encontraram, separados por alguns centímetros. Mas ela não conseguiria suportar a intensidade dele. Baixou a cabeça para descansá-la no pescoço dele de novo e fechou os olhos. Conseguiria se lembrar da pungente maravilha daquele momento para o resto da vida? Ou seria besteira imaginar tal coisa?

Ela começava a crer que o que sentia era mais do que apenas atração física. O que sentia não era *apenas* desejo, embora sem dúvida ele também existisse. Havia... minha nossa! Por que nunca era possível encontrar as palavras para descrever os sentimentos de forma adequada? Talvez estivesse se apaixonando, fosse lá o que isso queria dizer. Mas não pensaria no assunto naquele momento. Resolveria depois.

Então ele soltou um suspiro profundo.

– Esperava desprezá-la – disse. – Ou no mínimo, sentir-me irritado.

Ela abriu a boca para responder e a fechou de novo. Não queria começar uma conversa. Queria apenas aproveitar. Levantou a cabeça e apoiou a têmpora no rosto dele. Os dois contemplaram a água juntos e ela teve certeza de que *se lembraria*. Para todo o sempre.

Depois de alguns minutos, ele se virou sem dizer uma palavra e saiu do mar com ela. Seguiu pela areia até o cobertor, onde a colocou. Tirou a roupa de baixo molhada, pegou a toalha, se secou de novo sem se virar de costas.

Gwen não afastou os olhos. Ou talvez não *conseguisse*. Nem ficou chocada.

– Pode me dizer não – falou ele, encarando-a enquanto soltava a toalha. – Seria melhor dizer logo. Mas pode dizer a qualquer momento antes que eu penetre seu corpo. Não vou obrigá-la a fazer nada contra a vontade.

Ah, sempre o homem sem meias palavras.

Gwen percebeu que havia prendido a respiração. Tinham chegado àquele ponto?

Pergunta boba.

Conhecia mulheres que sentiam inveja das viúvas que tinham meios para garantir uma vida independente, como Gwen. Viúvas eram livres para ter amantes, bastava alguma discrição. Em alguns círculos, até se esperava que agissem assim.

Gwen nunca havia se sentido sequer minimamente tentada a isso.

Até *aquele momento*.

Quem saberia?

Ela saberia. E Hugo saberia.

Quem poderia se machucar?

Ela poderia. Ele, na certa, não. Nem mais ninguém. Ela não tinha marido, noivo, nem namorado. Ele não tinha esposa.

Ela se arrependeria para sempre. Ela se arrependeria de um jeito ou de outro. Se recusasse, imaginaria eternamente como teria sido e lamentaria não ter descoberto. Se *não* recusasse, seria eternamente fustigada pela culpa.

Talvez.

Talvez não.

Sua mente revolvia tais pensamentos em completa confusão.

– Não estou dizendo não – respondeu ela. – Não direi não. Não sou de fazer provocações vazias.

E assim decisões de grande importância eram tomadas, pensou ela. De forma impulsiva, sem a devida consideração. Com o coração, em vez de usar a cabeça. A partir de um impulso, sem levar em conta uma vida inteira de experiências e moralidade.

Hugo se deitou a seu lado e mudou a posição da almofada que estava nas costas dela para que pudesse apoiar sua cabeça. Jogou para longe a capa e as outras duas almofadas. Deslizou os dedos grandes e grossos em seus cabelos, ergueu seu rosto e começou a beijá-la, a língua entrando profundamente e depois saindo.

Ele se ajoelhou ao lado dela e abriu o vestido, baixando-o dos ombros, descendo o tecido até a altura dos seios, cujo volume era acentuado pelo corpete.

Olhou para ela, que resistia ao desejo tolo de se cobrir com as mãos. Mas ele cuidou disso: levou uma das mãos a um seio e a cabeça em direção ao outro. Ela espalmou as mãos no cobertor quando ele tomou o mamilo na boca e o chupou, acariciando a ponta com a língua. Com o polegar e o indicador, ele massageou o outro mamilo, apertando, mas sem provocar dor.

Uma agonia quase intolerável subiu pela garganta de Gwen e desceu até seu ventre, acomodando-se entre as coxas. Ela ergueu as mãos e pousou uma no punho dele, a outra na nuca. Seu cabelo estava úmido e quente.

Ele a beijou de novo, a língua simulando o ato nupcial, investindo profundamente em sua boca.

Nos minutos que se seguiram, ela percebeu que ele era dez vezes, talvez cem, mais experiente do que ela. Gwen só conhecia beijos e o ato em si.

Hugo não a despiu por completo, mas suas mãos sabiam exatamente o que fazer para soltar o espartilho e encontrar pontos que davam prazer aos dois. Eram mãos grandes, de dedos grossos e uma delicadeza que ela já havia descoberto antes. Mas eram mais do que só delicadas. Havia uma sedução erótica nelas, que a tocavam como se seu corpo fosse um instrumento musical – não apenas com competência, pensou ela, divertindo-se, mas também com puro talento.

E, por fim, quando seu corpo vibrava de desejo e de necessidade, quase ao ponto de sentir dor, ele usou uma das mãos dentro dela. Encontrou-a sob a musselina do vestido e a seda de sua roupa de baixo, e seus dedos fizeram amor com habilidade, acariciando-a, alisando-a, provocando e até arranhando. Um dedo deslizou para dentro dela, longo e rígido e ela contraiu os músculos em torno dele, ouvindo e sentindo a própria umidade. O dedo foi retirado e substituído por dois, que foram depois removidos e substituídos por três. Brincavam dentro dela enquanto Gwen, perto da loucura, tentava capturá-los. Ela agarrou os ombros de Hugo, apertou forte. A ponta do polegar dele fazia algo que não era possível traduzir de forma consciente, mas que a fez agarrar sua mão e gritar.

Ele estava sobre Gwen, bloqueando o sol. Com o corpo apoiado nos antebraços e olhando-a intensamente nos olhos, usou os joelhos para afastar as pernas dela.

– Podemos parar por aqui – disse ele, a voz rouca. – Ainda não é tarde demais para dizer não.

Algum vestígio da virtude dela poderia permanecer intacto.

– Não direi não – falou ela.

Gwen o sentiu naquela região que ele vinha acariciando, encontrando-a, posicionando-se e então empurrando com firmeza até penetrá-la fundo.

Ela inspirara devagar, deu-se conta, e estava prendendo o fôlego. Ele era realmente grande. Mas não a machucava. Pelo contrário. Tinha garantido que ela estaria molhada para recebê-lo. Ela soltou o ar, relaxou e então contraiu seus músculos internos em torno dele.

Estava feliz. Ah, estava feliz. *Nunca* se arrependeria.

Ele esperara por ela, percebeu. Ainda olhava em seus olhos, embora o olhar tivesse perdido a intensidade habitual e estivesse tomado pelo desejo. Mas ele não esperaria mais. Tinha lhe dado extremo prazer antes de penetrá-la. Agora era sua vez. E ele aproveitou. Abaixou a cabeça até que a testa tocou no ombro dela e se movimentou com estocadas profundas, velozes, fortes, metade de seu corpo sobre o dela, a outra metade apoiada nos antebraços. Gwen ouvia sua respiração entrecortada.

Ela tirou as pernas do cobertor, erguendo-as e entrelaçando-as na altura das coxas dele. Sentiu uma pontada momentânea no tornozelo direito, mas a ignorou. Levantou o quadril para que ele entrasse ainda mais fundo. Ouvia os sons úmidos a cada vez que ele saía, sentia a penetração profunda e prazerosa. Mesmo sabendo que aquilo, em princípio, não era para ela – ele estava tomado pelo afã de sua própria necessidade física –, o desejo dela mais uma vez se aguçou e Gwen aproximou o corpo do dele, acompanhando seu ritmo com a tensão e distensão de seus músculos, mexendo o quadril em círculos rítmicos.

Não tinha realmente experiência. Ah, por incrível que parecesse, tinha praticamente nenhuma. Fazia amor com ele por puro instinto.

Mas com certeza não fizera nada que diminuísse seu ardor. Ele continuou movimentando-se sem reduzir a força até que, de repente, ficou bem quieto dentro dela, todos os músculos rígidos, esforçando-se para chegar mais fundo ainda, quente e melado de suor, até que ela sentiu o jato morno de seu gozo no mesmo momento em que ele falou ao seu ouvido.

– Gwendoline – disse ele e relaxou todo seu considerável peso sobre ela.

Não havia apoio às costas dela, apenas a areia sob o cobertor. Quem imaginaria que a areia poderia ser tão dura e resistente. Mas ela não se importou.

Talvez viesse a se importar. Talvez em breve.

Mas não naquele momento. Ainda não.

Ele balbuciou algo depois de um ou dois minutos e rolou para se deitar ao lado dela, um braço cobrindo os olhos, uma perna dobrada.

– Desculpe. Devia estar esmagando você.

Gwen inclinou a cabeça para descansá-la no ombro dele. Era possível que o suor pudesse ter um cheiro tão bom? Ela pensou em cobrir os seios com o vestido e em baixar a saia, mas não fez nada disso.

Ela se permitiu entrar num estado de relaxamento entre o sono e a vigília. O sol brilhava forte no céu. As gaivotas voltaram a emitir seus chamados. Cantavam eternamente. Soavam roucas e tristonhas. O mar também podia ser ouvido, um som tão regular quanto as batidas de um coração.

Não acreditava que pudesse se arrepender.

Mas ela se arrependeria.

O eterno ciclo da vida. O equilíbrio dos opostos.

Ela voltou a ter consciência plena quando ele se levantou e, sem dizer uma palavra, caminhou até a água. Avançou um pouco, molhando os pés, e se abaixou para se lavar.

Para tirar o suor?

Para tirar a lembrança *dela*?

Gwen se sentou e ajeitou o vestido, alcançando a parte de trás e refazendo os laços. Jogou a capa sobre os ombros e a prendeu no pescoço. De repente, sentiu um pouco de frio.

Voltaram para casa quase em silêncio.

O sexo havia sido bom. Muito bom, na verdade. E mais ainda por ele estar esfaimado depois de tanto tempo.

Mas fora um erro.

Era o mínimo que podia ser dito.

O que se devia fazer depois de deitar com uma dama? E quando era bem possível que a tivesse engravidado?

Dizer obrigado e deixá-la?

Dizer nada?

Pedir desculpas?

Pedi-la em casamento?

Ele não queria se casar com ela. O matrimônio não era apenas o que se passava na cama. E as partes que *não* se passavam na cama tinham a mesma importância. Era impossível um casamento com Gwendoline. Para ser justo, era impossível para os dois.

Ele se perguntou se ela estaria na expectativa de um pedido de casamento. E se aceitaria, caso ele o fizesse.

Tinha o palpite de que a resposta para os dois questionamentos seria um sonoro "não". O que tornava o pedido algo mais seguro, supunha ele, e de alguma forma o isentava de culpa e apaziguava sua consciência.

Que ideia tola.

Ele optou por nada dizer.

– Como está seu tornozelo? – perguntou.

Idiota. Que forma brilhante de puxar assunto.

– Está melhorando aos poucos – disse ela. – Vou ter cuidado para não voltar a fazer nada de tão imprudente.

Se tivesse sido mais cuidadosa alguns dias antes, teria escalado a encosta em segurança, sem perceber o esconderijo dele, sem notar sua presença, e Hugo não teria mais pensado nela. A vida dela seria diferente. A dele também.

E se o pai não tivesse morrido, pensou ele com alguma exasperação, ainda estaria ao seu lado.

– Seu irmão enviará a carruagem em breve? – perguntou ele.

Ocorreu-lhe que poderia ter se oferecido para levá-la a Newbury Abbey e poupá-la de alguns dias em Penderris.

Não. Ideia ruim.

– Se ele não demorar a mandá-la... e estou certa de que não demorará... deverá chegar depois de amanhã. Ou um dia depois.

– Ficará feliz de poder se recuperar em casa, cercada pela família – comentou ele.

– Ah. Ficarei mesmo.

Estavam conversando como desconhecidos educados sem muito assunto em comum.

– Vai para Londres depois da Páscoa? – perguntou ele. – Para a temporada de eventos sociais?

– Espero que sim – disse ela. – Meu tornozelo terá sarado. E você? Também vai para Londres?

– Irei – respondeu ele. – É onde fui criado, sabe? A casa de meu pai fica lá. *Minha* casa agora. Minha irmã está lá.

– E vai querer procurar uma esposa por lá – acrescentou ela.

– Vou.

Céus! Seria possível que tivessem compartilhado um momento de intimidade fazia menos de uma hora, na enseada?

Ele pigarreou.

– Gwendoline... – começou.

– Por favor – disse ela, interrompendo-o. – Não diga nada. Vamos aceitar o que houve. Foi... agradável. Ah, que palavra ridícula eu escolhi. Foi bem mais do que agradável. Mas não há nada para comentar, se desculpar ou justificar. Simplesmente *aconteceu*. Não lamento. Espero que você também não. Deixemos as coisas como estão.

– E se engravidar? – perguntou ele.

Ela virou a cabeça de súbito para encará-lo estarrecida. Ele permaneceu olhando para a frente, os olhos fixos no cavalo. Com certeza ela havia pensado nisso, não? Era quem tinha mais a perder, afinal de contas.

– Isso não acontecerá – garantiu ela. – Não posso ter filhos.

– De acordo com um charlatão.

– Não estou grávida – repetiu ela, parecendo teimosa e um pouco desconcertada.

Ele a olhou de esguelha.

– Se estiver, precisa me escrever o quanto antes.

Disse a ela seu endereço em Londres. Ela não respondeu. Apenas continuou a fitar o vazio.

George, Ralph e Flavian deviam ter dado um longo passeio. Saíam do estábulo quando a charrete apareceu. Eles se viraram para acompanhar a chegada dos dois.

– Fomos até a enseada – disse Hugo, ao parar o cavalo. – É sempre tão pitoresca na maré alta.

– O ar puro estava delicioso – disse lady Muir. – É um canto bem-abrigado e bastante quente, aquela prainha.

Meu bom Deus! Até para Hugo os dois soaram como cúmplices ao demonstrar tanto entusiasmo em suas simulações de inocência. Ao pecarem pelo excesso, proclamavam-se culpados.

– Imagino que as conversas de salão de hoje vão estar carregadas com previsões do tremendo sofrimento que decerto enfrentaremos como punição pelo glorioso dia de hoje – disse Ralph.

– Sem dúvida teremos neve amanhã – respondeu Flavian. – Com forte vento norte. E nunca mais vamos cair na tolice de *pensar* em aproveitar um dia tão belo e incomum.

Todos riram.

– Não está com suas muletas, lady Muir? – perguntou George.

– As muletas não ajudam muito nas trilhas do penhasco, nos seixos e na areia – disse Hugo. – Vou levá-la até a porta da frente e carregá-la até o andar superior.

– Então vão logo – disse George, lançando um olhar penetrante para Hugo.

Ele não se deixara enganar, pelo menos, e teria sido praticamente um milagre se Flavian não tivesse notado. Ou até mesmo Ralph.

– Aposto que Imogen viu nossa chegada e já pediu para que o chá seja servido no salão – concluiu o duque.

Hugo seguiu até a casa ao lado de lady Muir, em silêncio.

CAPÍTULO 10

O sol brilhava no dia seguinte, mas, quando olhou pela janela da sala banhada pela luz da manhã antes da chegada de Vera, Gwen percebeu que os galhos das árvores balançavam. Devia estar ventando. Também estava um pouco mais fresco, contara o duque de Stanbrook depois de uma cavalgada no início da manhã.

Quando Vera chegou, relatou, em tom sombrio, que todas as amigas concordavam que não haveria verão naquele ano e que todos sofreriam por terem ganhado aqueles belos dias de primavera.

– Lembre-se do que estou dizendo – falou ela. – Não é normal haver um longo período de tempo bom tão cedo. Estou determinada a não aproveitar. Ficarei apenas triste quando a chuva começar, como inevitavelmente acontecerá, trazendo junto o frio. E não é da minha natureza me deixar abater, como bem sabe, Gwen. Vim animá-la. Não havia ninguém para me receber quando cheguei, cinco minutos atrás, a não ser o mordomo. Não sou de me queixar, mas acho falta de cortesia de Sua Graça negligenciar a cunhada de sir Roger Parkinson de uma forma tão ostensiva. Mas o que se poderia se esperar?

– Talvez a carruagem tenha chegado antes do que ele previa – argumentou Gwen. – Não houve descaso, pois ele enviou a carruagem afinal de contas, o que é o mais importante. Teria sido uma longa caminhada. E lá vem a bandeja com café e biscoitos. Agradeço por vir, Vera. É muito gentil de sua parte.

– Bem, não é da minha natureza negligenciar meus amigos, Gwen, como sabe – disse Vera, enquanto olhava com atenção para o prato de biscoitos na bandeja, que acabara de ser deixada por um criado. – Vejo que não somos importantes o suficiente para ganharmos os biscoitos de passas que tivemos ontem. Hoje é só aveia.

– Mas não seria tedioso se recebêssemos os mesmo dia após dia? Poderia fazer a gentileza de nos servir, Vera?

Pouco mais de três horas depois, Vera estava a caminho de casa, após sugerir a Gwen que ela cedia depressa demais ao desânimo se *ainda* precisava descansar à tarde em consequência do pequeno acidente.

Gwen não precisava dormir, é claro. Dormira bastante na noite anterior, ou pelo menos passara um longo tempo deitada na cama. Optara pela solução dos covardes e, na hora do jantar, enviara suas desculpas para não descer pelo criado que fora buscá-la. O passeio a fatigara e ela implorava a Sua Graça que a desculpasse pela ausência durante o resto da noite.

Sim, tinha dormido. E também havia passado longos períodos desperta, revivendo os eventos da praia e perguntando a si mesma o que lorde Trentham lhe diria se ela não o tivesse interrompido na charrete, no caminho de volta.

Gwendoline, dissera ele depois de respirar fundo.

E ela o impedira.

Sempre se perguntaria o que ele teria dito.

Mas fora necessário. As emoções a consumiam naquele momento, ela não seria capaz de aguentar mais nada. Queria desesperadamente ficar sozinha.

Não o via desde que ele a deixara no quarto depois do chá no salão com todos. Ele não falara uma palavra. Nem ela. Ele apenas a deixara na cama, se afastara, olhara para ela com aqueles olhos castanhos intensos, meneara a cabeça com rigidez e deixara o quarto, fechando a porta em silêncio.

Ela abriu o livro, mas ler era uma missão inglória, como pôde perceber depois de alguns minutos, enquanto seus olhos passavam dezenas de vezes pela mesma frase sem captar o significado.

O inchaço do tornozelo parecia ter desaparecido por completo e, com ele, se fora a maior parte da dor. Contudo, quando Dr. Jones a visitara, mais cedo, na presença de Vera, enfaixara de novo seu pé e a aconselhara a ter paciência e não se apoiar nele.

Era muito difícil ser paciente.

A carruagem de Newbury talvez chegasse no dia seguinte. Era mais provável, porém, que fosse um dia depois. Tratava-se uma espera infindável, de qualquer forma. Queria ir embora naquele momento.

Desistiu de fingir para si mesma que estava lendo e pousou o livro aberto sobre a barriga. Jogou a cabeça para trás sobre uma almofada e fechou os olhos. Se pudesse dar uma boa caminhada lá fora...

Se *não* era paixão o que estava sentindo por ele, pensou, não saberia que outra palavra poderia descrever o estado em que seu coração se encontrava. Era mais do que a sede do desejo ou a lembrança do que tinham feito naquela enseada. Era com certeza mais do que uma simples atração e *bem* mais do que apenas gostar. Ah, ela estava apaixonada. Que tolice!

Gwen não era uma garotinha inexperiente. Não era uma romântica incurável. E aquele era um amor que não podia propiciar nada além de desilusão e dor caso tentasse se apegar a ele ou lutar pelo relacionamento. Provavelmente nem poderia. Era preciso que as duas pessoas participassem desse processo. Ela partiria em breve. Embora tanto ela como lorde Trentham fossem para Londres mais tarde na primavera, dificilmente se encontrariam. Frequentavam círculos diferentes. Ela não se conformaria em ter um caso. Duvidava que ele aceitasse isso também. E ambos concordavam que o casamento estava fora de questão.

Ah, *por que* a carruagem de Neville não poderia chegar naquele dia?

E então, enquanto pensava, houve uma leve batida à porta da sala, que se abriu silenciosamente. Gwen olhou para trás assustada – e esperançosa – e viu o duque de Stanbrook.

Não estava desapontada, disse para si mesma ao sorrir para ele.

– Ah, *está* acordada – disse ele, escancarando a porta. – Trouxe-lhe uma visita, lady Muir. Desta vez, *não* é a Sra. Parkinson.

Deu um passo para o lado e outro cavalheiro passou por ele.

Gwen se pôs sentada em um pulo.

– Neville! – exclamou.

– Gwen.

Os olhos não a enganavam. Era *mesmo* seu irmão, com uma expressão de preocupação ao atravessar o cômodo na direção dela e se abaixar para lhe dar um abraço bem apertado.

– O que andou fazendo quando eu não estava olhando? – perguntou ele.

– Foi um acidente bobo – disse ela, abraçando-o com força também. – Mas torci a perna ruim, Nev, e ainda não consigo me apoiar sobre o pé. Sinto-me muito tola e uma espécie de fraude, porque, afinal, é apenas um tornozelo torcido. Mesmo assim, dei uma trabalheira infindável para muitas pessoas. Mas que surpresa maravilhosa! Não esperava a carruagem antes de amanhã, no mínimo, e com certeza não esperava sua vinda. Ah, pobre Lily e as crianças, sem a sua presença por vários dias, e tudo por minha causa. Não vou ganhar popularidade entre eles. Mas, nossa, parece que já se passou um ano e não menos de um mês desde que saí de casa.

Neville sentou na beirada do sofá e apertou as mãos de Gwen entre as suas. Parecia muito íntimo da irmã.

– Foi Lily quem sugeriu que eu viesse – disse ele. – De fato, ela insistiu, e não existe pior tirano do que Lily quando coloca uma ideia na cabeça. Ao que tudo indica, Devon e Cornualha estão tomados por perigosos assaltantes, todos prontos para despojá-la das joias e do sangue, não necessariamente nessa ordem, se eu não estiver em sua companhia durante a viagem. E todos, com certeza, vão fugir de medo se eu estiver com você.

Ele abriu um sorriso forçado.

– Lily é uma pessoa tão querida – disse ela.

– Mas por que não está na casa da Sra. Parkinson? – perguntou ele.

– É uma longa história – respondeu a irmã, fazendo uma careta. – Mas, Neville, o duque de Stanbrook tem sido muitíssimo bondoso e hospitaleiro. Assim como seus hóspedes.

– É um prazer – disse o duque, enquanto Neville olhava para ele. – Minha governanta vai lhe preparar um quarto, Kilbourne. Enquanto isso, o senhor e lady Muir podem me acompanhar até o salão para um chá. Lady Muir tem usado muletas.

Neville ergueu a mão num gesto de recusa.

– Aprecio a gentil oferta, Stanbrook – disse ele. – Mas ainda é início da tarde, o tempo está perfeito para seguirmos viagem. Se Gwen se sentir em condições de viajar com o pé elevado no assento da carruagem, então podemos partir assim que suas malas estiverem prontas e forem trazidas para baixo. A não ser que isso cause alguma inconveniência desnecessária, é claro.

– Como preferir – respondeu o duque, meneando a cabeça para Neville e olhando para Gwen à espera de que ela se manifestasse.

– Estarei pronta para partir assim que trocar de roupa – garantiu Gwen aos dois.

Onde estava lorde Trentham?

Repetiu a mesma pergunta silenciosa menos de uma hora depois, já de roupa trocada e no piso inferior. O criado deixou as malas no saguão, onde lady Barclay aguardava com as muletas. O duque de Stanbrook e seus outros hóspedes também estavam reunidos, conversando com Neville. Gwen apertou a mão de todos calorosamente e se despediu.

Mas onde estava lorde Trentham?

Lady Barclay pareceu ler seus pensamentos.

– Hugo foi caminhar pelo promontório comigo e com Vincent depois do almoço – disse ela. – Nós voltamos, mas ele desceu para a praia. Costuma passar horas lá embaixo, antes de vir para casa.

Todos os demais hóspedes olharam para Gwen.

– Então não voltarei a vê-lo – afirmou ela. – Lamento muito. Gostaria de lhe agradecer pessoalmente por tudo o que fez por mim. Talvez possa lhe enviar minhas despedidas e expressar minha gratidão, lady Barclay.

Não voltaria a vê-lo.

Talvez nunca mais.

O pânico a ameaçou. Mas Gwen sorriu com simpatia e se dirigiu para a porta.

Antes que lady Barclay pudesse responder, lorde Trentham surgiu no umbral, ofegante, parecendo corado e com um olhar feroz. Olhou para todos e então se concentrou nela.

– Está de partida? – perguntou.

Gwen foi tomada por uma onda de alívio. E desejou que ele tivesse permanecido longe por mais algum tempo.

As velhas contradições.

– Meu irmão veio me buscar – respondeu ela. – Este é o conde de Kilbourne. Neville, este é lorde Trentham, que me encontrou quando me machuquei e me trouxe para cá.

Os dois se estudaram da tradicional forma masculina.

– Lorde Trentham – repetiu Neville. – Gwen mencionou seu nome na carta. Pareceu-me familiar e, agora que o vejo, entendo a razão. O senhor era o capitão Emes? Comandou a missão suicida em Badajoz? Estou honrado. E em dívida com o senhor. Foi extraordinariamente gentil com minha irmã.

Ele estendeu a mão e lorde Trentham a apertou.

Gwen se voltou para o duque de Stanbrook com determinação.

– O senhor foi a gentileza e a cortesia em pessoa. Palavras não dão conta da minha gratidão – disse ela.

– Nosso clube vai perder um membro honorário – disse ele, sorrindo de forma austera. – Vamos sentir sua falta, lady Muir. Quem sabe eu a veja na cidade, daqui a alguns meses? Planejo uma breve estada por lá.

Depois que as despedidas foram feitas, não havia mais pelo que aguardar. Partir era algo que ela havia desejado muito uma hora antes. Naquele momento, contudo, seu coração estava pesado e Gwen não ousava olhar para quem ela desejava ver de todo o coração.

Neville deu um passo e se aproximou da irmã, na intenção de carregá-la até a carruagem. Ela se virou para entregar as muletas a um criado que estava perto.

Mas lorde Trentham foi mais rápido do que Neville e a ergueu nos braços sem pedir licença.

– Eu a carreguei na chegada, madame – disse ele. – E a carregarei na partida.

Ele seguiu porta afora, descendo as escadas quase correndo, bem à frente de Neville e dos demais.

– Então é isso – concluiu ele.

– É.

Existiam milhões de coisas que ela gostaria de dizer; com certeza eram muitas. Mas não conseguiu pensar em uma sequer. Tudo bem. Na verdade, não havia nada a dizer.

A porta da carruagem estava aberta. Lorde Trentham se inclinou para dentro com ela e a pousou com cuidado no assento que contemplava os cavalos. Tirou uma das almofadas das costas do assento oposto, achatou-a e colocou o pé de Gwen sobre ela. Então, com seus olhos sombrios e ardentes, encarou os dela. A boca franzida, desenhando uma linha severa. A mandíbula parecia, mais do que nunca, esculpida em granito. Ele lembrava de novo um oficial militar endurecido e um tanto perigoso.

– Tenha uma ótima viagem – desejou ele.

Hugo tirou a cabeça de dentro da carruagem e se empertigou.

– Obrigada – disse Gwen.

Ela sorriu. Ele não retribuiu.

Àquela hora, no dia anterior, os dois estavam fazendo amor na praia. Ele, completamente nu. Ela, quase.

Neville entrou na carruagem e sentou ao lado dela. A porta se fechou e os dois partiram.

Gwen se inclinou para acenar pela janela. Estavam todos ali, o duque e seus convidados, inclusive lorde Trentham, um pouco afastado dos outros, o rosto inexpressivo, as mãos às costas.

– Estou surpreso por você não ter morrido de medo, Gwen – disse Neville, rindo baixo. – Arriscaria dizer que foi o rosto do capitão Emes que destroçou as muralhas de Badajoz. No entanto, ele mereceu todos os elogios que se seguiram. É consenso que não havia outro homem em todo o Exército que poderia ter feito o que ele fez naquele dia. Deve ter muito orgulho, e com toda a razão.

Ah, Hugo.

– É – disse ela, descansando a cabeça nas almofadas e fechando os olhos. – Neville, estou tão feliz que você tenha vindo. *Tão* feliz.

O que não explicou por que, um instante depois, lágrimas começaram a escorrer por seu rosto. Gwen soluçava, tentando em vão engolir o choro. Neville passou um braço sobre seus ombros, fazendo sons tranquilizadores, e lhe entregou um lenço de linho que tirou do bolso do casaco.

– Pobre Gwen – disse ele. – Passou por uma terrível provação. Mas vou levá-la para casa e logo mamãe cuidará de você até não mais poder... e Lily também, não tenho dúvidas. As crianças mais velhas andam perguntando pela tia Gwen desde o momento em que você partiu e querem saber quando volta. Ficaram contentes em me ver partir quando descobriram que eu ia buscá-la. A bebê, claro, ficou indiferente a toda essa história. Desde que Lily esteja por perto, ela fica em completa felicidade, aquela sábia criaturinha. Ah, e para que você não pense o contrário, eu também vou ficar bastante feliz em tê-la de volta.

Ele deu um sorriso tímido.

Gwen voltou a chorar e retribuiu com um débil sorriso.

– E em breve você terá muito mais com que se preocupar e nem sobrará tempo para pensar no tornozelo – disse Neville. – A família vai nos visitar na Páscoa. Está lembrada?

– Claro – respondeu ela, embora, na verdade, aquilo não tivesse passado por sua cabeça nos últimos dias.

Lady Phoebe Wyatt, a mais nova integrante da família de Neville e Lily, seria batizada, e um grande número de parentes planejava visitá-los para celebrar a ocasião. Entre eles, estavam Lauren e Joseph, dois dos primos favoritos de Gwen.

Ah, era *bom* voltar para casa. Voltar para seu mundo familiar e para as pessoas que amava, para as pessoas que a amavam.

Ela virou a cabeça para olhar pela janela da carruagem.

Tenha uma ótima viagem, dissera ele.

O que esperava? O lamento de um amante? De *lorde Trentham*?

– É melhor fazermos uma parada no vilarejo para que eu possa me despedir de Vera – lembrou ela.

Hugo foi direto para Londres, depois de deixar Penderris. Desejava intensamente voltar para casa em Crosslands, ficar quieto por um tempo, ver os cordeiros e os bezerros recém-nascidos, conversar sobre os plantios de primavera com o administrador, planejar o jardim de uma forma melhor do que no ano anterior, pois bem... lamber suas mágoas.

Sentia-se ferido.

Todavia, se fosse para Crosslands, poderia encontrar desculpas para ficar lá direto e se tornar de fato um recluso, como acusavam alguns de seus amigos do Clube dos Sobreviventes. Não que houvesse nada de errado em ser recluso quando a pessoa apreciava viver de modo solitário, como Hugo, ainda que os amigos insistissem que aquele não era seu estado natural e que ele corria o risco de explodir qualquer dia, como um rojão à espera da centelha para ser detonado.

Havia, porém, algo de errado em ser um recluso ou mesmo um feliz fazendeiro e jardineiro quando existiam responsabilidades a cumprir em outras partes. Já se passara mais de um ano desde a morte do pai e, durante todo esse tempo, Hugo não fizera nada além de olhar os relatórios minuciosos enviados por William Richardson todos os meses. O pai escolhera seu administrador com cuidado e confiava nele. Mas Richardson era *apenas* um administrador, e não um visionário, segundo confidenciara o pai em suas últimas horas de vida. Por diversas vezes, o olhar de Hugo parara em algum detalhe dos relatórios e ele sentira uma comichão para fazer mudanças, seguir novos rumos, *envolver-se*. Mas era uma comichão que ele insistia em não coçar. Não *queria* se envolver.

Contudo, essa era uma atitude que ele não podia mais manter.

E Constance estava ficando mais velha a cada dia que passava. Aos 19 anos, ainda era bastante jovem, claro, mesmo que sugerisse, em suas cartas, que estava se tornando uma *anciã*. Ele sabia que muitas moças se sentiam solteironas por não se casarem antes dos 20 anos. De qualquer modo, ele acreditava que, aos 18 ou 19 anos, elas deveriam estar se divertindo com outras pessoas da mesma idade. Deveriam poder olhar em volta e procurar possíveis parceiros, ter experiências, tomar decisões.

Fiona tinha a saúde frágil demais para acompanhar Constance a qualquer lugar ou para permitir que alguém afastasse a filha dela. Como conseguiria viver sem a menina a seu lado todos os segundos do dia?

Não havia pessoa mais egoísta. Mas ele podia enfrentá-la. E era algo que precisava fazer de novo, uma vez que era o guardião da irmã.

Ele resistiu à tentação de ir para Crosslands e seguiu direto para Londres. Tinha chegado a hora.

Preparou seu espírito.

Constance ficou mais do que feliz ao vê-lo. Soltou gritinhos ruidosos e atravessou correndo a sala de estar da mãe quando ele foi anunciado. Lançou-se em seus braços.

– Hugo! – exclamou ela. – Ah, Hugo. Você *veio*. *Enfim*. E sem avisar ninguém, seu danado. Vai *ficar*? Ah, diga que vai ficar, Hugo. Ah, Hugo.

Ele a abraçou com força e permitiu ser tomado, em igual medida, pelo amor e pela culpa. Ela era bonita, jovem, esguia, loura e com olhos verdes ansiosos. Tinha uma notável semelhança com a mãe e o fazia compreender por que o pai, tão sóbrio e austero, fizera algo tão atípico quanto se casar com uma assistente de chapeleiro dezoito anos mais jovem, depois de ser apresentado a ela fazia apenas duas semanas.

– Vou ficar – disse ele. – Prometi que viria na primavera, não foi? Está com uma aparência ótima, Connie.

Ele a afastou para examiná-la melhor. Havia uma centelha em seu olhar e cor no rosto, mesmo parecendo que ela precisasse tomar mais sol. Ele colocaria tudo nos eixos.

A madrasta pareceu igualmente feliz. Não que ele costumasse pensar em Fiona como sua madrasta. Era apenas cinco anos mais velha do que ele. Já era um rapaz quando ela se casou com seu pai, e era bem mais alto do que ela. Fiona o cobrira de bajulações, demonstrações de afeto e de orgulho e o enchera de elogios junto ao pai... e acabara fazendo-o partir. Hugo não teria insistido na compra de seu posto se não fosse por Fiona. Não tinha crescido sonhando em ser soldado, afinal de contas. Que pensamento estranho. Como a vida poderia ter sido diferente.

Era mais um pensamento para acrescentar à lista de "e se?" da sua existência.

Naquele momento, ela lhe estendeu a mão, segurando um lenço. Ainda era bela de um jeito lânguido, sem cor. Era tão esguia quanto Constance. Não havia fios brancos em seus cabelos, nem rugas no rosto. No entanto, sua fisionomia apresentava um tom pálido doentio, o que poderia ser causado por problemas de saúde verdadeiros ou imaginários que a mantinham o tempo todo em casa e inativa. Sempre tivera aquelas moléstias. Usara-as para chamar a atenção do pai de Hugo, embora provavelmente não necessitasse de nenhum truque para alcançar esse objetivo. O marido a adorara até o fim, mesmo entristecido ao compreender melhor seu caráter.

– Hugo! – disse ela, enquanto ele se curvava sobre sua mão e a levava aos lábios. – Veio para casa. Seu pai teria ficado feliz. Queria que cuidasse de mim. E de Constance também.

– Fiona – falou ele, soltando a mão e dando um passo para trás. – Confio que suas necessidades tenham sido plenamente atendidas no último ano, apesar da minha ausência. Se não foram, alguém vai responder por isso.

– Que homem poderoso! – disse ela com um sorriso fraco. – Sempre gostei disso em você. Senti falta de companhia, Hugo. Sentimos falta de companhia, não é, Constance?

– Mas agora você está aqui – afirmou Constance, feliz, dando-lhe o braço. – E vai ficar. Ah, vai me levar para ver meus primos? Ou convidá-los para uma visita? E você me leva...

– Constance! – disse a mãe, em tom de queixa.

Hugo se sentou e pousou a mão sobre os dedos macios e pequenos da irmã, depois de puxá-la para junto de si.

Ele ficou lá por quase duas semanas. Não convidou nenhum dos parentes para uma visita. A saúde de Fiona não permitiria. No entanto, visitou tias, tios e primos, sempre levando Constance, apesar de Fiona protestar por ficar sozinha. E ele logo percebeu algo interessante: a maioria dos parentes era muito sociável e bem-relacionada no mundo da classe média. Ficaram todos encantados em revê-los e igualmente felizes em encontrar Constance. Alguns dos primos mais jovens eram da sua faixa etária. Qualquer um deles, ou todos, estavam dispostos a sair com Constance. Ela faria amigos com rapidez. Em dias ou semanas, ganharia um círculo de admiradores. Poderia estar casada antes do fim do verão.

Tudo o que a irmã precisava era de alguém – ele – que enfrentasse a mãe para que ela não ficasse encarcerada como uma acompanhante não paga. Ele não seria obrigado a se casar, não por causa de Constance. E seu outro motivo não era urgente. Ficaria em Londres por um tempo. Poderia satisfazer suas necessidades sem pensar em matrimônio.

Era um pensamento um tanto deprimente, na verdade. Mas o casamento também era.

Cumprir suas obrigações em relação à meia-irmã não seria tão fácil, contudo. Constance tinha ideias próprias sobre o que a faria feliz que iam além de circular pelo mundo dos primos, por mais que ela os amasse e adorasse visitá-los.

– Você é um *lorde*, Hugo – disse ela, enquanto passeavam em Hyde Park, certa manhã, antes que Fiona saísse da cama. – E é um herói. Deve poder circular em esferas mais elevadas do que papai. Quando as pessoas souberem que você está na cidade, com certeza enviarão convites. Como seria *maravilhoso* comparecer a um baile da aristocracia numa daquelas grandes mansões de Mayfair. Dançar. Consegue imaginar?

Olhou-a de soslaio. Preferia não imaginar tal coisa.

– Tenho certeza de você atrairá um exército de admiradores de nosso próprio mundo se seus primos cuidarem de você – respondeu ele. – Como poderia ser diferente, Connie? Você é tão bonita!

Ela sorriu para ele e então franziu o nariz.

– Mas eles são tão *chatos*, Hugo. Tão *comportados.*

– Está falando de nossos primos? – indagou ele. – Aqueles que também são *tão bem-sucedidos.*

– Chatos, bem-sucedidos e muito queridos enquanto *primos* – disse ela. – Mas todos os homens que conhecem devem ser parecidos. Como maridos, não seriam nada queridos. Não quero chatice. Nem mesmo sucesso, se vier acompanhado por uma respeitabilidade sóbria e empolada, Hugo. Quero um pouco de... ah... de *audácia*. Alguma *aventura*. Estou errada?

Não estava errada, pensou ele, suspirando. Imaginava que todas as garotas sonhavam em se casar com um príncipe antes de no fim se unirem a alguém um pouco mais comum que pudesse apoiá-las e cuidar de suas necessidades diárias. A diferença entre Constance e a maioria das outras garotas era que ela via uma forma de realizar seu sonho ou de pelo menos se aproximar o bastante de um príncipe para contemplá-lo.

– E você acha que os cavalheiros da classe alta vão lhe oferecer audácia e aventura *e* respeitabilidade e felicidade? – perguntou.

Ela soltou uma risada.

– Toda jovem tem o direito de sonhar. E a *sua* tarefa é evitar que um devasso qualquer consiga tomar posse de mim e da minha fortuna.

– Eu quebraria o nariz do sujeito se essa ideia sequer passasse pela cabeça dele.

Ela riu com alegria e ele também.

– Deve conhecer alguns cavalheiros. Até outros cavalheiros com *títulos*. É possível arranjar um convite? Puxa, deve ser. Se me levar a um baile da aristocracia, Hugo, eu amarei você para sempre. Não que eu não vá amá-lo para sempre de qualquer forma. Pode conseguir?

Estava na hora de agir com toda a firmeza e estabelecer alguns limites.

– Acredito que seja possível – disse ele.

Ela parou abruptamente, soltou gritinhos eufóricos e se pendurou no pescoço dele. Que bom que só havia as árvores e a grama coberta de orvalho para observá-los.

– Ah, *será* possível! – exclamou ela. – Você consegue fazer qualquer coisa, Hugo. Ah, obrigada, obrigada. *Sabia* que tudo ficaria bem assim que você voltasse para casa. Eu amo você, eu amo você!

– Amor interesseiro – resmungou ele, dando tapinhas nas costas da irmã.

Ficou imaginando que palavras teriam saído de sua boca caso *não* tivesse decidido agir com firmeza e estabelecer limites.

Agora ele havia prometido ou praticamente feito um juramento. Enquanto continuavam o passeio, sentiu como se estivesse suando frio.

Então sua mente voltou para toda aquela desoladora questão do casamento. Era *provável* que conseguisse um convite, caso fizesse um mínimo esforço, e era quase certo que poderia levar Constance junto e esperar que alguns cavalheiros se oferecessem para conduzi-la até o salão de baile. Provavelmente poderia sobreviver à balbúrdia de uma noite, por mais que viesse a odiar cada instante. Mas Constance ficaria satisfeita com apenas um baile ou aquilo só abriria seu apetite? E se conhecesse alguém que demonstrasse mais do que um interesse passageiro em dançar com ela? Ele não saberia o que fazer além de lhe dar um soco na cara, o que não seria nem sábio nem sensato.

Uma esposa poderia ajudá-lo a fazer tudo certo.

Mas não poderia ser uma esposa da classe média.

Ele *não* se casaria com uma mulher da elite apenas para ajudar a irmã que não estava disposta a se acomodar em seu lugar na sociedade.

Casaria?

Sentiu que estava prestes a ter uma dor de cabeça. Não que costumasse sofrer com dores de cabeça. Mas aquela era uma ocasião especial.

Permitiu que Constance tagarelasse feliz, a seu lado, pelo resto do passeio. Ouviu por alto quando ela mencionou que não tinha *nada* para vestir.

Ele esperou com impaciência pelo correio durante todas as manhãs naquelas duas semanas. Examinava a correspondência duas vezes, como se pensasse, a cada dia, que a carta que esperava estivesse perdida no meio da pilha.

Ele temia recebê-la, porém ficava decepcionado cada vez que não chegava.

Não havia lhe dito nada depois do sexo na praia. E como um jovem desajeitado, ele a evitara no dia seguinte e quase deixara de se despedir. E, ao se despedir, dissera algo muito profundo, como *tenha uma ótima viagem* ou coisa parecida.

Tinha *começado* a lhe dizer algo na charrete, ao voltarem da enseada, era verdade, mas ela o interrompera e o persuadira de que tudo havia sido bastante agradável, muito obrigada, mas que seria melhor ficar por isso mesmo.

Estaria *falando sério*? Ele acreditara que sim, na ocasião, mas poderiam as mulheres – as *damas* – ser tão indiferentes em relação a encontros sexuais? Os homens podiam. Mas as mulheres? Não teria se apressado demais em considerar as palavras dela ao pé da letra?

E se ela estivesse esperando um filho e não lhe escrevesse?

E por que não conseguia parar de pensar nela dia e noite, não importava quão ocupado estivesse com outros pensamentos e outras pessoas? Estava *ocupado*. Passava parte de cada dia com Richardson e começava a ter um entendimento melhor sobre os negócios. Novas ideias apareciam em sua cabeça e ele se sentia até empolgado.

Mas ela continuava ali, no fundo de seus pensamentos. E, algumas vezes, nem tão no fundo.

Gwendoline.

Ele seria um idiota se casasse com ela.

Mas ela o impediria de se transformar em um idiota. Não se casaria com ele nem se ele pedisse. Deixara bem claro que *não queria* que ele fizesse um pedido.

Mas falara mesmo sério?

Ele queria ter capacidade de compreender melhor as mulheres. Era um fato que não diziam metade do que pensavam.

Mas o que será que pensavam?

Ele iria bancar o idiota.

A Páscoa estava quase chegando. Seria um tanto tardia naquele ano. Ela chegaria a Londres em seguida, para a temporada de eventos sociais.

Ele não queria esperar tanto.

Ela não escrevera, mas se escrevesse...

Ele seria um idiota. Ele *era* um idiota.

– Preciso ir ao interior – anunciou ele, certa manhã, durante o desjejum.

Constance pousou a torrada e o contemplou com ar de completo desespero. Fiona ainda estava na cama.

– Apenas por alguns dias – disse ele. – Voltarei em uma semana. E a temporada não vai começar antes da Páscoa, você sabe. Não haverá nenhum baile nem festa até lá.

Ela ficou um pouco mais animada.

– Então vai me levar? – perguntou ela. – A um baile?

– Tem minha palavra – garantiu ele.

Ao meio-dia ele estava a caminho. Rumo a Newbury Abbey, Dorsetshire, para ser mais preciso.

CAPÍTULO 11

Hugo chegou a Upper Newbury no meio de uma tarde cinzenta e com muito vento. Instalou-se em um quarto da hospedaria local, mas talvez nem precisasse de acomodação. Era provável que, antes mesmo que escurecesse, ele ficasse feliz em se afastar o máximo possível daquele vilarejo. Porém, não queria dar a impressão de que esperava receber a hospitalidade do conde de Kilbourne.

Caminhou até a casa, temendo levar um banho de chuva a cada momento, mas as nuvens continuaram a guardar a chuva por tempo suficiente para que ele não se molhasse. Logo depois de passar pelos portões do parque, viu à sua direita, entre as árvores, o que imaginou ser a residência da viúva, mãe de Gwen. Era uma construção de bom tamanho, semelhante a um pequeno solar. Hesitou por um momento, tentando decidir aonde ir primeiro. Era ali que Gwen morava. Mas tentou pensar como um cavalheiro. Um cavalheiro iria até a casa principal para falar com seu irmão. Era uma cortesia desnecessária, naturalmente. Tratava-se de uma mulher de 32 anos. Mas as pessoas da classe superior davam importância a gestos de cortesia, fossem necessários ou não.

Foi uma decisão que ele lamentou logo que chegou à casa principal, grandiosa e imponente como Penderris, mas sem a vantagem de pertencer a um de seus amigos mais próximos. O mordomo ouviu seu nome e subiu as escadas para conferir se o patrão encontrava-se na residência – o que era um gesto um tanto afetado e tolo no interior.

Hugo não precisou esperar muito. O mordomo voltou para convidar lorde Trentham a segui-lo e eles subiram até o salão.

E o cômodo estava – maldição! – lotado, mas sem ninguém que parecesse com lady Muir. Era tarde demais para dar meia-volta e sair correndo. Kilbourne estava junto à entrada, esperando para saudá-lo, um sorriso no rosto e a mão estendida. Uma bela dama se encontrava a seu lado, também sorridente.

– Trentham – disse Kilbourne, apertando-lhe a mão calorosamente. – Que gentileza nos visitar. Deixou a Cornualha e está a caminho de casa, não é?

Hugo preferiu não corrigi-lo.

– Pensei em fazer uma visita e ver se lady Muir está recuperada do acidente.

– Está, sim – garantiu Kilbourne. – Na verdade, está lá fora, caminhando, e vai ficar encharcada se não encontrar abrigo em breve. Quero lhe apresentar minha condessa. Lily, meu amor, este é lorde Trentham, que salvou Gwen na Cornualha.

– Lorde Trentham – cumprimentou lady Kilbourne, também lhe estendendo a mão. – Neville nos contou tudo sobre o senhor e não vou constrangê-lo cobrindo-o de elogios. Mas é um prazer conhecê-lo. Entre e conheça nossa família. Todos vieram passar a Páscoa e participar do batismo de nossa bebê.

Então ambos o acompanharam pelo salão, exibindo-o como um cobiçado troféu, apresentando-o como o homem que resgatara a irmã em uma praia deserta na Cornualha, depois que ela sofrera uma séria torção no tornozelo. E *também* como o famoso herói que comandara a missão suicida em Badajoz.

Hugo poderia ter morrido alegremente de vergonha, se tal contradição fosse possível. Foi apresentado à condessa viúva de Kilbourne, que sorriu com gentileza e agradeceu pelo que ele havia feito pela filha. Em seguida foi apresentado ao duque e à duquesa de Portfrey – George chegara a comentar que o duque tinha sido seu amigo, não? –, e então ao duque e à duquesa de Anburey, depois ao filho deles, marquês de Attingsborough, e à esposa, bem como à filha deles, condessa de Sutton, e ao marido. E aos viscondes Ravensberg e Stern e suas esposas, e mais uma ou duas pessoas. Ninguém naquele salão era desprovido de título.

Formavam um grupo muito amigável. Os homens apertaram sua mão com entusiasmo, as mulheres ficaram encantadas em saber que ele aparecera na praia deserta quando lady Muir precisara dele. Todos sorriam, cumprimentavam Hugo, perguntavam sobre sua viagem e comentavam sobre o clima péssimo dos últimos dias. E também diziam como estavam felizes por conhecer o herói que parecia ter desaparecido da face da Terra depois de sua grande proeza em Badajoz, embora todo mundo quisesse conhecê-lo.

Hugo assentiu, manteve as mãos às costas e compreendeu a enormidade de sua presunção ao aparecer ali. Sim, ele podia até ser um herói – aos olhos deles. E, sim, tinha um título – algo vazio, pois todos sabiam que o ganhara como troféu de guerra, sem qualquer relação com nascimento ou herança. E fora ali sugerir que uma pessoa daquele grupo considerasse um matrimônio com ele.

O melhor a fazer, decidira ele, era partir o mais rápido possível. Não precisava esperar para vê-la. Todos acreditavam que ele ia da Cornualha – de Penderris – para casa e que fizera um desvio de rota por educação, para saber como lady Muir se recuperara do acidente. Depois de lhe garantirem que ela estava bem, ele poderia partir sem que parecesse estranho.

Ou pareceria?

Que fossem para o diabo. E ele lá se importava com o que pensavam?

Não estava distante da janela do salão, conversando – ou melhor, ouvindo *alguém* (ele já esquecera a maioria dos nomes) –, quando a condessa de Kilbourne falou, perto dele:

– *Lá está ela!* E está chovendo muito! Ah, pobre Gwen. Vai ficar encharcada. Vou correr lá para baixo e levá-la para se secar um pouco no meu quarto de vestir.

Ela saiu às pressas enquanto diversos convidados, entre eles Hugo, foram olhar a chuvarada pelas vidraças e viram lady Muir atravessando o gramado numa linha diagonal – ela mancava mesmo de uma forma pronunciada. Seu manto balançava ao vento e parecia ensopado. Ela segurava um grande guarda-chuva com as mãos, deixando-o um pouco inclinado na tentativa de se proteger ao máximo.

Hugo inspirou devagar.

Kilbourne estava ao seu lado, rindo suavemente.

– Pobre Gwen – disse ele.

– Se não for um momento inconveniente – falou Hugo, em voz baixa –, gostaria de lhe falar em particular, Kilbourne.

E, ao dizer tais palavras, ele pensou que havia acabado de destruir qualquer chance de voltar atrás.

Gwen estava completamente recuperada do tornozelo torcido, mas não podia dizer o mesmo sobre sua tristeza.

A princípio, dissera a si mesma que, assim que pudesse andar de novo, tudo em sua vida voltaria ao normal. Era um tédio mortal ficar confinada ao sofá na maior parte do dia, embora muitas de suas atividades favoritas estivessem disponíveis: ler, bordar, fazer renda, escrever cartas. E tinha a mãe como companhia. Lily e Neville a visitavam todos os dias, às vezes juntos, às vezes separados. As crianças, inclusive o bebê, os acompanhavam com frequência. Os vizinhos também apareciam.

Então, quando foi capaz de andar e a tristeza permaneceu, ela se convenceu de que tudo ficaria bem com a chegada da família para a Páscoa. Lauren também viria, assim como Elizabeth e Joseph e... ah, todo mundo. Aguardara com extrema impaciência.

Mas naquele momento não restava nenhuma explicação razoável para a tristeza que ela não conseguia vencer. Recuperara a independência e todo mundo chegara fazia dois dias. Embora o tempo estivesse feio e todos começassem a duvidar se ainda lembrariam como era o sol quando ele finalmente saísse, havia muita companhia e muitas atividades que poderiam compartilhar dentro de casa.

Gwen descobrira, com algum desalento, que não conseguia desfrutar a companhia dos outros tanto quanto no passado. Todos tinham um par. À exceção de sua mãe, claro. E dela. E como isso parecia autopiedade! Ela estava sozinha por opção. Não se esperava que uma mulher que enviuvasse aos 25 anos permanecesse só pelo resto da vida. E ela tivera numerosas chances de voltar a se casar.

Ela não falara sobre Hugo a ninguém.

Nem para a mãe, nem para Lily, nem para Lauren. Escrevera uma longa carta para Lauren no dia em que descobrira que não esperava um filho. Nela, contava tudo, inclusive que se apaixonara e que não conseguia esquecê-lo, embora quisesse. E até mesmo a parte sórdida de ter se deitado com ele e apenas naquele momento descobrir que não haveria consequências desastrosas. Mas havia rasgado a carta e escrito outra. Contaria a Lauren quando a encontrasse em pessoa, decidira. Não seria preciso esperar muito.

Mas já se encontrara com Lauren e ainda não falara nada, embora a prima tivesse percebido que havia algo a ser contado e tentasse lhe fazer perguntas e ficar a sós com ela para que pudessem ter uma daquelas longas conversas francas. Sempre foram grandes amigas e confidentes. Gwen resistira em todas as ocasiões e Lauren parecia preocupada.

Gwen saíra para caminhar sozinha naquela tarde, em vez de acompanhar a mãe o dia todo. Iria mais tarde, garantira. Apesar das nuvens pesadas, do vento insistente e da promessa de chuva a qualquer momento, quase todos os primos teriam lhe feito companhia, se ela pedisse. Sairiam num grupo animado.

Lauren ficaria magoada por ela ter escolhido a solidão. Joseph franziria a testa ligeiramente e pareceria um pouco intrigado – mais ou menos do jeito que Lily, Neville e sua mãe andavam olhando para ela nos últimos tempos, na verdade.

Era tão pouco característico dela não ser sociável, animada, até mesmo otimista o tempo inteiro. Ela *tentara* ficar pelo menos animada, desde que voltara. Chegara a acreditar que tinha conseguido. Mas, obviamente, não era verdade.

Havia chorado no dia que descobrira que não esperava um filho. Que reação absurda. Deveria estar aliviada, soltando fogos. Ficara *aliviada*. Mas não com vontade de soltar fogos. Além de tudo, era um lembrete sobre sua incapacidade de conceber.

Às vezes – com frequência, na verdade – tentava imaginar a criança que perdera e a idade que ela ou ele teria naquele momento. Teria quase 8 anos. Divagações tolas. A criança não existia. E tais pensamentos só faziam com que se sentisse arrasada pela dor e pela culpa.

Quando conseguiria se livrar daquele sofrimento que a dominava? Ficava irritada consigo mesma. Se não tomasse cuidado, ia se transformar numa pessoa negativa, que só conseguiria atrair outras assim como amigas.

Caminhava por uma trilha isolada que corria paralela ao parque e aos penhascos, a uma pequena distância, até alcançar uma descida íngreme até o vale verdejante e a ponte de pedra que levava à areia da praia. Sempre gostara desse caminho. Podia pegá-lo já ao sair de casa e ele era coberto de galhos das árvores mais baixas, que escondiam os penhascos e o mar. Era tranquilo e campestre, aquele cenário. Não se tratava do solo ideal para caminhadas e podia ficar bem enlameado se voltasse a chover – *quando* voltasse a chover –, porém não havia muita lama naquele dia.

Talvez seu humor melhorasse assim que fossem todos para Londres, depois da Páscoa, e os milhares de diversões da temporada de eventos sociais tivessem início.

Hugo também estaria em Londres.

À procura de uma esposa – de seu tipo.

Gwen tomara uma decisão importante. Naquele ano, levaria em consideração qualquer cavalheiro que parecesse interessado em cortejá-la – e sempre costumava haver alguns. Finalmente pensaria em se casar de novo. Procuraria um homem gentil, de boa índole, embora ele também tivesse que ser inteligente e sensato. Um homem mais velho talvez fosse melhor do que um mais jovem. Quem sabe um viúvo que, como ela, estivesse em busca do conforto de uma companhia tranquila mais que de algo empolgante. *Não* ia procurar por paixão. Tinha experimentado a paixão recentemente e não queria isso de novo. Era intenso demais, doloroso demais.

Talvez no ano seguinte, na mesma época, ela já estivesse casada. Talvez estivesse até... Mas não. Não pensaria naquilo, para não correr o risco de ficar profundamente decepcionada. E *não* procuraria o aconselhamento de um médico que pudesse lhe dar uma opinião bem-fundamentada sobre sua fertilidade. Se ele dissesse algo negativo, então suas esperanças mais frágeis seriam destruídas para sempre. E se lhe dissessem que era possível, ela poderia ficar ainda mais decepcionada se nada acontecesse.

Era capaz de viver sem ter filhos. Claro que podia. Era o que vinha fazendo.

Tinha alcançado o fim do caminho e estava no topo da descida íngreme até o vale. Aquela era a caminhada mais longa que já dera desde que voltara da Cornualha.

Raramente ia até o vale, embora fosse pitoresco, com uma cachoeira que despencava dos penhascos até um lago cercado de samambaias. O avô construíra um pequeno chalé ao lado para a avó, que gostava de desenhar naquele lugar. Resolveu também não descer naquele dia. Não teria descido mesmo se a chuva não tivesse começado. Mas ela caía, e não era apenas uma garoa como tinha sido pela manhã e no dia anterior. Era como se os céus tivessem se rasgado e mandado um dilúvio do qual seu guarda-chuva oferecia pouca proteção.

Pensou em voltar para casa, mas ela estava a alguma distância e Gwen sabia que não seria uma boa ideia correr por um caminho molhado com seu tornozelo tão fraco. A residência principal estava bem mais próxima, se ela cortasse caminho na diagonal pelo gramado. E ela planejava mesmo ir até lá mais tarde.

Tomou logo a decisão e se apressou pela grama com a cabeça baixa, uma das mãos segurando a bainha do vestido e o manto em uma tentativa vã de poupá-los da lama e da umidade, a outra mão mantendo o guarda-chuva em um ângulo para melhor protegê-la. Antes de alcançar a casa, precisou das duas mãos para impedir que o vento levasse o guarda-chuva.

Chegou molhada e sem fôlego.

Lily devia tê-la visto pela janela do salão. Já estava no andar de baixo, no saguão, esperando para encontrá-la, e um criado mantinha a porta aberta.

– Gwen! – exclamou Lily. – Parece quase afogada, pobrezinha. Melhor subir até meu quarto de vestir e se secar. Vou lhe emprestar alguma coisa bonita para usar. Todos estão no salão e também temos uma visita.

Gwen não perguntou quem era o visitante. Supôs que fosse algum vizinho. Mas seguiu Lily escada acima com gratidão. Não tinha condições de aparecer no salão daquele jeito.

No entanto, a porta do salão se abriu quando chegavam ao alto do primeiro lance de escadas. Neville surgiu. Gwen deu um meio sorriso ou uma meia careta ao vê-lo e então ficou paralisada, pois havia outro homem no umbral, atrás dele, preenchendo o espaço com sua presença imponente. Seus olhos escuros e ardentes encontraram os dela.

Ai, meu Deus. O visitante.

– Lady Muir – disse lorde Trentham, meneando a cabeça sem desviar os olhos dela.

Parecia agressivo e obstinado. O que estaria fazendo ali?

– Ah. Pareço um rato afogado – disse Gwen, soando tola.

Os olhos dele a examinaram da cabeça aos pés.

– É verdade – concordou ele. – Embora eu seja educado demais para mencionar, se não tivesse dito antes.

Continuava sem meias palavras.

Lily escolheu achar tudo divertido e riu. Gwen apenas o encarava fixamente e umedecia os lábios, com certeza a única parte dela que permanecia seca.

Minha nossa. Hugo estava ali. Em *Newbury*.

– Eu estava prestes a levar Gwen para cima, para que ela pudesse se secar e mudar de roupa antes que pegue um resfriado – disse Lily.

– Faça isso, meu amor – concordou Neville. – Creio que lorde Trentham vá esperar.

– Esperarei – assegurou Hugo.

Então Gwen cedeu à pressão da mão de Lily, que a puxava na direção da escada.

O que ele estaria fazendo ali?

Gwen colocou um vestido de lã azul-claro de Lily, que era um pouco comprido demais mas lhe caía bem. O cabelo estava úmido e mais encaracolado do que de hábito, mas não era impossível de arrumar. Ela se sentia sem fôlego e atordoada enquanto se preparava para descer até o salão.

Lily sabia por que lorde Trentham se encontrava ali. Tinha deixado a Cornualha e se dirigia para casa. Como Newbury Abbey não era tão longe do caminho, ele decidira fazer uma visita para ver como Gwen se recuperava do acidente.

– É muito delicado da parte dele – disse Lily, enquanto separava as roupas molhadas de Gwen e as arrumava em uma pilha perto da porta. – E é uma honra conhecê-lo. *Todo mundo* está feliz por vê-lo. E ele não decepciona, não é verdade? É tão grande e... *severo*. Parece um herói.

Pobre Hugo, pensou Gwen. *Como deve estar odiando cada momento. E ele não devia ter a mínima ideia, coitado, da presença de um número tão grande de parentes. Todos aristocratas. Nenhum deles do seu mundo.*

Por que teria vindo de verdade? Com certeza não teria passado todo aquele tempo em Penderris... Mas não valia a pena especular. Ela descobriria.

– E ouso dizer que ele veio até aqui porque tem sentimentos por você, Gwen – disse Lily quando saíram do aposento. – Não seria de surpreender, não é? E também não seria nenhuma surpresa se você nutrisse sentimentos por *ele*. É severo, mas também é... humm... qual a palavra? Grandioso? Isso, ele é grandioso.

– Minha nossa, Lily! – disse Gwen, enquanto as duas desciam a escada. – Às vezes você dá mesmo asas à imaginação.

Lily riu.

– É uma pena que esteja tão decidida a não se casar de novo. Ou mudou de ideia?

Gwen não respondeu. Sentia o estômago revirar.

Um súbito silêncio baixou no salão quando entraram. Neville estava próximo à janela, franzindo a testa. Todos estavam presentes, menos Hugo.

Lily também reparou em sua ausência.

– Ah, lorde Trentham já partiu? – perguntou. – Mas fomos tão rápidas quanto possível. A pobre Gwen estava molhada até os ossos.

Ele *partira*? Depois de viajar até ali para saber do seu tornozelo?

– Está na biblioteca – disse Neville. – Acabei de deixá-lo ali. Quer conversar com Gwen em particular.

O silêncio pareceu se intensificar.

– É extraordinário – falou a mãe, rompendo o silêncio. – Lorde Trentham não parece ser o tipo de homem cuja atenção você encorajaria nem mesmo em sonhos, Gwen. Mas ele veio lhe fazer uma proposta, mesmo assim.

– Considero imperdoavelmente presunçoso da parte dele, Gwen – opinou Wilma, condessa de Sutton. – Mesmo que ele tenha lhe prestado um grande favor quando estavam na Cornualha. Acredito que o título e os elogios que recebeu depois de seu feito sem dúvida heroico devem ter lhe subido à cabeça e lhe dado ideias que não condizem com sua posição.

Wilma nunca havia sido uma das primas favoritas de Gwen. Às vezes era difícil acreditar que era irmã de Joseph.

– Sinto muito, Gwen, não me senti no direito de responder em seu nome – disse Neville. – Você tem 32 anos. Contudo, não considero que um pedido dele seja tão descabido quanto Wilma sugere. Trentham tem um título, afinal de contas, e riquezas. É certamente um grande herói, talvez o maior das guerras recentes. Se quisesse, poderia ser o preferido da boa sociedade, como atestam nossas reações ao encontrá-lo. Talvez devamos lhe dar ainda mais crédito por nunca ter procurado fama e adulação e por parecer um pouco encabulado com a atenção recebida nesta tarde.

Gwen ouvia o irmão com atenção.

– Contudo, entendo que a visita dele com um pedido de casamento seja um tanto constrangedora para você – prosseguiu. – Sinto muito por não poder simplesmente mandá-lo embora. No entanto, eu avisei que você manteve o luto por Muir durante sete anos e que é muito improvável que responda do jeito que ele espera.

– Ainda bem que tentou não responder por Gwen, Neville – disse Joseph, marquês de Attingsborough, dando um sorriso para Gwen. – As mulheres não gostam disso, sabe? Claudia já deixou bem claro para mim que elas são bem capazes de defender o próprio ponto de vista.

Claudia era a esposa dele.

– Isso vale, Joseph, quando a conversa envolve um *cavalheiro* – ressaltou Wilma.

– Ora, Wilma – disse Lauren. – Lorde Trentham me pareceu um perfeito cavalheiro.

– O pobre lorde Trentham vai criar raízes na biblioteca – lembrou Lily. – Ou então já gastou todo o tapete, de tanto andar de um lado para outro. É melhor que deixemos Gwen ir até lá conversar com ele. Vá, Gwen.

– Eu farei isso – disse ela. – Não deve se preocupar, mamãe. Nem você, Nev. Nem ninguém. Não vou me casar com um soldado rude de uma classe inferior, mesmo sendo um *herói*.

Ficou surpresa ao encontrar um tom de amargura na própria voz.

Ninguém respondeu, embora Elizabeth, duquesa de Portfrey, sua tia, sorrisse para ela e Claudia acenasse a cabeça com firmeza em sua direção. A mãe encarava as próprias mãos no colo. Neville parecia demonstrar ligeira reprovação. Lily tinha um ar preocupado. Lauren exibia uma expressão contida.

Gwen deixou o aposento e desceu a escada, segurando a barra da saia para não correr o risco de tropeçar nela.

Ainda não testara de todo sua reação à presença de Hugo. Sabia a razão de sua visita. Mas *por quê*? Os dois haviam concordado que nunca poderiam se casar.

Por que ele teria mudado de ideia?

Ela, claro, não aceitaria. Uma coisa era estar apaixonada por um homem – até mesmo *fazer amor* com ele. Casar-se era algo totalmente diferente. O casamento era bem mais do que amar e fazer amor.

Fez um sinal para o criado que estava pronto para abrir a porta da biblioteca.

CAPÍTULO 12

A cada quilômetro de sua viagem rumo a Newbury Abbey, Hugo se perguntara o que estava fazendo. A cada quilômetro, tentara se persuadir a dar meia-volta antes de fazer papel de tolo.

E se ela estivesse esperando um filho?

Ele prosseguira.

Que grande tolo! Passara uns quinze minutos torturantes e constrangedores no salão. E a isso se seguira um encontro igualmente constrangedor com Kilbourne na biblioteca.

Kilbourne tinha sido educado, até amistoso. Mas claramente pensava que Hugo devia ser maluco por aparecer ali e esperar que *lady Muir* ficasse animada ao receber um pedido de casamento dele. Parecera constrangido e só não chegara a dizer de forma clara que a irmã não o aceitaria. Ela amava muito o primeiro marido, explicara ele, e ficara inconsolável com sua morte. Jurara nunca mais se casar e até então não demonstrara nenhum sinal de ter mudado de ideia. Hugo não deveria considerar como uma desfeita pessoal, se ela o recusasse. *Quando* recusasse, ele quase dissera. Os lábios chegaram a formar as palavras e então se corrigiram.

Hugo permanecia na biblioteca, sozinho. Kilbourne voltara ao salão, prometendo que mandaria a irmã para lá assim que ela estivesse pronta.

Talvez ela não descesse. Talvez mandasse Kilbourne de volta com a resposta. Talvez Hugo viesse a enfrentar a maior humilhação da vida.

Bem feito para ele. Que diabo estava fazendo ali?

E ele não melhorara a própria situação, lembrou com uma careta. A única coisa que ela lhe dissera ao vê-lo era que parecia um rato afogado. E ele, o cavalheiro educado e sofisticado, concordara. Poderia ter acrescentado que ela era linda em qualquer circunstância, mas não o fizera. Agora era tarde demais.

Um rato afogado. Que coisa linda para se dizer à mulher a quem se propõe casamento.

Pensou que a porta da biblioteca nunca mais se abriria, que ele passaria o resto de seus dias ali, preso no tapete, com medo de mover um músculo para não derrubar a casa. Encolheu os ombros e mexeu os pés só para provar a si mesmo que isso não era verdade.

Então, quando Hugo menos esperava, a porta se abriu e Gwen entrou. Alguém do outro lado fechou a porta e Gwen se apoiou nela, as mãos para trás, provavelmente na maçaneta. Como se estivesse preparada para fugir caso se sentisse ameaçada.

Hugo franziu a testa.

O vestido emprestado era grande demais. Cobria seus pés e ficava um pouco largo na cintura e no quadril. Mas a cor lhe caía bem, assim como o corte simples. Acentuava a perfeição de sua silhueta esguia. O cabelo louro estava mais cacheado do que o habitual. Devia ter sido afetado pela umidade, apesar do gorro e do guarda-chuva que usava ao atravessar o gramado. O rosto estava corado; os olhos azuis, arregalados e os lábios, ligeiramente afastados.

Como um rapaz tolo, ele cruzou os dedos das duas mãos atrás das costas, até mesmo os polegares.

– Eu vim – disse ele.

Deus do céu! Se houvesse um prêmio para orador do ano, ele corria o sério risco de ganhar.

Ela nada disse, o que não foi de surpreender.

Hugo pigarreou.

– Não escreveu – disse ele.

– Não.

Ele esperou.

– Não – repetiu ela. – Não havia necessidade. Disse-lhe que não haveria.

Ele ficou decepcionado.

– Compreendo – respondeu, assentindo.

E o silêncio baixou no aposento. Por que o silêncio às vezes parecia ter tanto peso? Não que houvesse silêncio total. Ele ouvia a chuva batendo nas janelas.

– Minha irmã está com 19 anos. Nunca teve uma vida social. Meu pai costumava levá-la para visitar os parentes, mas, desde seu falecimento, ela fica basicamente em casa com a mãe, que vive doente e gosta de manter Constance por perto. Agora sou guardião dela, da minha irmã, quero dizer. E ela precisa ter uma vida social além do círculo familiar.

– Eu sei – disse ela. – Falou disso em Penderris. É um dos motivos para querer se casar com uma mulher do seu tipo. Uma mulher prática e habilidosa, creio que foram suas palavras.

– Mas ela... Constance... não ficaria satisfeita em conhecer apenas pessoas de seu próprio nível. Se ficasse, estaria tudo bem. Nossos parentes tomariam conta dela e a apresentariam a todos os tipos de pretendentes e eu não precisaria me casar afinal de contas. Não por *esse* motivo.

– Mas...?

– Constance está determinada a comparecer a pelo menos um baile da aristocracia – disse ele. – Acredita que, com meu título, isso será possível. Prometi que conseguiria.

– Você é um lorde – respondeu ela. – E é o herói de Badajoz. Claro que pode conseguir. Tem os relacionamentos necessários.

– Meus amigos são todos homens – rebateu, e fez uma ligeira careta. – E se um baile não bastar? E se ela for convidada para outro, depois do primeiro? E se arranjar um pretendente?

– É bem possível que consiga – disse ela. – Seu pai era um homem muito rico, pelo que me disse. Ela é bonita?

– É, sim.

Hugo umedeceu os lábios.

– Preciso de uma esposa. Uma mulher acostumada à vida na sociedade. Uma dama.

Houve de novo um curto silêncio e Hugo desejou ter ensaiado o que dizer. Tinha mais uma vez a sensação de que fizera tudo errado. Mas era tarde demais para começar do zero. Só podia se esforçar para seguir em frente.

– Lady Muir – disse ele, continuando a cruzar os dedos quase a ponto de sentir dor. – Casaria-se comigo?

Seguir em frente em território que não havia sido previamente explorado podia ser desastroso. Tinha experiência no assunto. Ganhou mais naquele momento. Todas as palavras que dissera pareciam estar dispostas numa página diante de seus olhos, e ele percebeu com dolorosa clareza como estavam *erradas*.

E, mesmo sem aquela página imaginária, havia o rosto dela.

Parecia idêntico àquele primeiro dia, quando machucara a perna. Frio e altivo.

– Obrigada, lorde Trentham, mas devo recusar.

Muito bem. Lá estava.

Teria recusado a proposta por mais que tivesse usado outras palavras. Ele não precisava ter criado tal confusão.

Fitou-a, franzindo a testa e endurecendo a expressão sem querer.

– Claro. Não esperava que fosse diferente – disse ele.

Ela o observou. Viu a altivez se dissolver aos poucos e Gwen ganhar um ar intrigado.

– Esperava mesmo que eu me casasse com você só porque sua irmã deseja comparecer a um baile da aristocracia?

– Não.

– Então por que veio?

Porque tinha esperanças de que estivesse esperando um filho meu. Mas não era toda a verdade. Ele não esperava aquilo.

Porque não fui capaz de tirá-la da minha cabeça. O orgulho o impediu de dizer tais palavras.

Porque o sexo foi bom. Não. Era verdade, mas não era o motivo que o levara até lá. Pelo menos não o único.

Então por que estava *ali*? Ficou alarmado por não saber a resposta para a própria pergunta.

– Não existe nenhuma outra razão, não é? – perguntou ela com suavidade, depois de outro longo silêncio.

Hugo descruzou os dedos e deixou os braços penderem ao lado do corpo. Flexionou os dedos para livrá-los da sensação de formigamento.

– Fizemos sexo – disse ele.

– E não houve consequências – respondeu ela. – Não me obrigou. Consenti livremente e foi muito... agradável. Mas foi tudo, Hugo. Já foi esquecido.

Ela o chamara de Hugo. Os olhos dele a examinaram com atenção.

– Na ocasião, você disse que havia sido mais do que agradável.

Ela corou.

– Não consigo lembrar. É provável que esteja certo.

Ela não podia ter esquecido. Ele não tinha os próprios talentos em tão grande conta, mas ela passara sete anos como viúva, sem companhia. Não teria esquecido nem se seu desempenho tivesse sido desastroso.

Não importava, não era? Não se casaria com ele mesmo que rastejasse a seus pés, chorando e recitando poesias. Ela era lady Muir e ele, apenas o dono de um título recente. Ela passara por uma experiência ruim em seu primeiro casamento e teria muita cautela para voltar a se casar. Ele era um homem com várias questões e ela sabia disso. Era grande, desajeitado, feio. Bem, estava exagerando um pouco, mas nem tanto.

Fez uma reverência abrupta.

– Agradeço-lhe, madame, por me conceder a oportunidade de conversarmos. Não a ocuparei por muito mais tempo.

Ela se virou para sair, mas parou com a mão na maçaneta.

– Lorde Trentham – disse, sem se virar para ele. – Sua irmã foi a única razão para sua vinda?

Seria melhor não responder. Ou responder com uma mentira. Seria melhor encerrar aquela encenação o mais depressa possível para que ele pudesse sair dali, respirar ar puro e voltar a lamber as próprias feridas.

Então ele falou a verdade.

– Não.

Gwen ficara tão zangada e abatida que mal conseguira respirar. Sentira-se insultada e entristecida. Desejara fugir da biblioteca, correr pela chuva até a própria casa, com o tornozelo frágil e usando aquele vestido longo demais.

Nem sua casa seria distante o suficiente. O fim do mundo não seria.

Ele parecia um oficial militar austero e severo quando ela entrou na biblioteca. Como um frio desconhecido e que se encontrava ali contrariado. Fora quase impossível acreditar que, em uma gloriosa tarde, ele fora seu amante.

Soava impossível tanto para sua mente quanto para seu corpo. Já as emoções eram um capítulo à parte.

E então ele tinha anunciado que viera, como se ela estivesse esperando por ele, sentindo saudade, *sofrendo*. Como se ele lhe fizesse um grande favor.

E depois... Pois bem, ele não fizera o menor esforço para esconder o motivo por trás de seu pedido de casamento. Queria que ela usasse sua influência para apresentar sua querida irmã à aristocracia e encontrar um homem de origem nobre para se casar com ela.

Devia estar torcendo para que Gwen estivesse grávida, o que facilitaria sua tarefa.

Ficou com a mão na maçaneta depois que ele a dispensara – que *ele* a dispensara da biblioteca de Neville. Estava próxima da liberdade e daquilo que ela sabia que seria um sofrimento terrível. Porque não poderia mais gostar dele e as lembranças ficariam maculadas para sempre.

Então algo lhe ocorreu.

Ele não *poderia* ter ido ali com a intenção de lhe dizer que a irmã precisava de convites para um baile da aristocracia e que, portanto, eles deveriam se casar. Era absurdo demais.

Era bem possível que ele sentisse calafrios ao reviver a cena e as palavras que dissera. Imaginou que, se ele tivesse ensaiado o que dizer, o discurso desaparecera de sua mente quando ela entrou no aposento. A postura militar rígida, a mandíbula firme e sua expressao severa deviam estar ocultando constrangimento e insegurança.

Era preciso certa coragem para viajar até Newbury, pensou ela.

Claro, podia estar *completamente* errada.

– Lorde Trentham, sua irmã foi a única razão da sua vinda? – perguntou ela, olhando para a porta de madeira à frente.

Achou que ele não responderia. Fechou os olhos e a mão direita começou a girar a maçaneta. A chuva castigava a janela da biblioteca com pancadas perversas.

– Não – disse ele.

Ela relaxou a pressão na maçaneta, abriu os olhos, respirou devagar e se virou para ele.

Parecia o mesmo de antes. A expressão talvez estivesse até mais feroz. Parecia perigoso, mas Gwen sabia que não era, embora houvesse centenas de homens vivos e mortos que não concordariam com seu juízo se tivessem a oportunidade de se manifestar.

– Fiz sexo com você – disse ele.

Já dissera aquilo antes e então tinham passado a discutir se ela achara agradável ou mais que agradável.

– E isso significa que deve se casar comigo?

– Sim.

Ele a contemplou com firmeza no olhar.

– É a sua moralidade de classe média falando mais alto? Mas já esteve com outras mulheres. Admitiu isso em Penderris. Sentiu-se na obrigação de pedir todas elas em casamento?

– Era diferente.

– Como?

– Com elas era um acordo de negócios. Eu pagava, elas forneciam.

Minha nossa. Gwen ficou tonta por um instante. O irmão e os primos teriam um acesso se ouvissem aquilo.

– Se tivesse me pagado, não se sentiria na obrigação de me propor casamento?

– Isso não faz sentido.

Gwen suspirou e olhou para a lareira. As chamas precisavam ser alimentadas com carvão. Tremeu. Devia ter pedido um xale a Lily.

– Está com frio – constatou lorde Trentham.

Ele olhou para a lareira também, depois se dirigiu até ela e se abaixou perto do balde de carvão.

Gwen atravessou o cômodo enquanto ele estava ocupado e sentou na beira de uma poltrona de couro perto da lareira. Estendeu as mãos na direção das chamas. Lorde Trentham ficou de um dos lados da lareira, de costas para o calor, e encarou Gwen.

– Nunca tive vontade de me casar. Fiquei ainda menos propenso a isso depois de meus anos em Penderris. Queria... *precisava*... ficar sozinho. Foi durante o ano passado que, mesmo com relutância, cheguei à conclusão de que deveria me casar... com alguém de minha classe, que pudesse satisfazer minhas necessidades básicas, alguém que administrasse a casa e ajudasse de algum modo na fazenda e na horta, que pudesse me ajudar com Constance até que ela se estabelecesse. Alguém que se adaptasse, que não fosse uma intrusa. E que também teria uma vida particular em que *eu* não me intrometeria. Uma companhia confortável.

– E que fosse uma parceira ardente na cama – completou ela.

Olhou para ele, depois voltou a contemplar o fogo.

– Isso também – concordou ele. – Todos os homens precisam de uma vida sexual vigorosa e satisfatória. Não me arrependo por desejar que ela aconteça dentro do casamento, em vez de fora dele.

Gwen ergueu a sobrancelha. Bem, ela havia começado.

– Quis levá-la para a cama praticamente no momento em que a conheci, embora tenha me irritado muito com seu orgulho e sua insistência em ficar no chão quando eu a carregava na praia. E esperava desprezá-la depois que me contou sobre a cavalgada com seu marido e as consequências dela. Mas todo mundo um dia faz algo que contraria seu melhor juízo e de que se lamenta amargamente. Todo mundo sofre. Eu a queria e eu a tive naquela enseada. O casamento, porém, nunca foi uma opção para nós. Concordamos nisso. Eu nunca me adaptaria à sua vida e você nunca se adaptaria à minha.

– Mas mudou de ideia e veio até aqui.

– De algum modo, eu tinha a expectativa de que você estivesse grávida. Talvez não fosse exatamente uma *expectativa*. Pelo menos meus pensamentos seguiram nessa direção, para me preparar. E, como não tive notícias suas, pensei que talvez me escondesse a verdade e criasse um bastardo que eu nunca conheceria. Isso me corroeu por dentro. Mas não teria sido o suficiente para me trazer até aqui. Caso se opusesse tanto à ideia de se casar comigo a ponto de me esconder um filho, não faria diferença se eu viesse aqui e pedisse sua mão. Então Constance me falou de seus sonhos. Sonhos da juventude são preciosos. Não devem ser considerados irrealistas e tolos só por serem *jovens*. A inocência não deve ser destruída por uma convicção insensível de que o cinismo realista seria melhor do que ela.

Foi o que aconteceu com você?

Ela não fez a pergunta em voz alta.

– Uma esposa da classe média não seria capaz de me ajudar – disse ele.

– Mas eu seria?

Ele hesitou.

– Sim.

– Mas essa é a única razão para querer se casar comigo?

Ele voltou a hesitar.

– Não. Fiz sexo com você. Fiz com que corresse perigo de engravidar fora do casamento. Não existe outra pessoa com quem eu queira me casar. Não no momento. Haveria paixão no leito matrimonial. De ambas as partes.

– E não importa que sejamos incompatíveis em todos os outros aspectos?

Ele hesitou mais uma vez.

– Achei que poderíamos experimentar.

Gwen ergueu os olhos e encontrou os dele.

– Ah, Hugo – disse ela. – Experimenta-se *pintura* quando a pessoa nunca segurou um pincel na vida. Ou escalar um penhasco íngreme quando se tem medo de altura ou comer algo desconhecido quando não se gosta da aparência. Se a pessoa gostar da experiência, pode continuar. Caso contrário, pode desistir e tentar algo diferente. Ninguém pode *experimentar* o casamento. Quando se entra nele, não há como sair.

– Sabe do que está falando. Já teve uma experiência. Então, peço sua licença, madame, para partir agora. Espero que não se resfrie depois de pegar chuva e de ficar aqui com um vestido mais adequado para o verão do que para o início da primavera.

Fez um cumprimento rígido.

Ele a chamara de *madame*. Ela o chamara de *Hugo*.

– O que se experimenta é fazer a corte – disse ela.

Baixou os olhos. Fechou-os. Era tolice. *Mais* do que tolice. Mas talvez ele fosse em frente e saísse de sua vida.

Porém não foi o que aconteceu. Endireitou-se e ficou onde estava.

No silêncio que se fez, Gwen percebeu que a chuva não diminuíra.

– Corte? – repetiu ele.

– De fato, eu poderia ajudar sua irmã – disse ela, abrindo os olhos e examinado a parte de trás das mãos, pousadas no colo. – Se ela é bonita e tem boas maneiras... e imagino que assim seja... e é rica, então vai se entender muito bem com a aristocracia, à exceção talvez do mais alto escalão. Conseguiria se entrosar, se eu cuidasse dela.

– Estaria disposta a isso sem conhecê-la? – perguntou ele.

– Eu teria que conhecê-la primeiro, com certeza.

O silêncio voltou a tomar conta do aposento.

– Se nós nos afeiçoarmos, eu serei sua madrinha na sociedade – disse ela, voltando a encará-lo. – Mas logo as pessoas saberão quem é a Srta. Emes e quem é seu irmão. Provavelmente ficará muito surpreso ao descobrir que é famoso, lorde Trentham. Não são muitos os oficiais, em especial aqueles que não nasceram na elite social, que recebem títulos como recompensa pelo serviço militar. E quando souberem quem é você, quem é a Srta. Emes e quem é sua madrinha, não vai demorar muito para que se espalhe a notícia de nosso encontro na Cornualha. Vão falar sobre o assunto, ainda que não haja nada o que falar.

– Não admitiria que você se transformasse em assunto de fofoca.

– Ah, não de fofoca, lorde Trentham – disse ela. – *Especulação*. A aristocracia adora brincar de formar casais durante a temporada de eventos sociais, ou pelo menos especular quem está cortejando quem e quais são as possibilidades de sucesso. Logo vai circular que você está me cortejando.

– E que sou um demônio presunçoso que deveria ser pendurado pelos dedos dos pés na árvore mais próxima – completou ele.

Ela sorriu.

– Haverá aqueles que ficarão ultrajados pela sua presunção e comigo por encorajá-la. E haverá aqueles que ficarão encantados pelo romance. Alguns farão até apostas.

A mandíbula e o olhar de Hugo enrijeceram.

– Se realmente quiser se casar comigo, pode me cortejar durante a próxima temporada, lorde Trentham. Haverá amplas oportunidades... desde que sua irmã me agrade e que eu agrade a jovem.

– Então se casará comigo? – perguntou ele, franzindo a testa.

– É provável que não – disse ela. – Mas um pedido de casamento deve ser feito depois da corte, não antes. Venha me cortejar e me persuadir a mudar de ideia, se você mesmo não mudar antes.

– Que diabo tenho que fazer? Não sei nada sobre fazer a corte.

Ela sorriu, divertindo-se pela primeira vez em muito tempo.

– Tem mais de 30 anos. Já era hora de ter aprendido.

Se a mandíbula dele tinha parecido rígida antes, naquele momento se tornara uma peça de granito. Ele a fitava sem piscar.

Então voltou a saudá-la.

– Se não se importar de me avisar quando chegar a Londres – disse ele –, eu a visitarei com minha irmã, madame.

– Esperarei a visita ansiosamente.

Então ele saiu do aposento e fechou a porta.

Gwen ficou olhando para o fogo, as mãos entrelaçadas no colo.

O que tinha feito?

Mas não estava arrependida. Seria... *divertido* apresentar uma jovem à sociedade, ainda mais uma garota que não fazia parte da elite. Tornaria a temporada mais animada para ela, diferente das anteriores, um tanto tediosas. Aquilo a livraria do desânimo que a vinha perseguindo. Seria um desafio.

E Hugo iria cortejá-la.

Talvez.

Ah, esse era um erro colossal.

Mas seu coração batia com força, tomado por algo parecido com empolgação. E expectativa. Sentia-se viva pela primeira vez em muito tempo.

CAPÍTULO 13

Lauren foi encontrar Gwen na biblioteca dez minutos depois. Fechou a porta em silêncio e sentou numa poltrona perto da amiga.

– Vimos lorde Trentham deixar a casa caminhando na chuva – disse ela. – Esperamos você voltar para cima, mas não voltou. Recusou a proposta, Gwen?

– Claro que sim – respondeu Gwen, abrindo os dedos no colo. – Era o que todos esperavam, não era? E desejavam?

Houve uma ligeira pausa.

– Gwen, sou eu que estou aqui – disse Lauren.

Gwen olhou para a prima.

– Sinto muito. Sim, eu recusei a proposta.

A prima procurava seu olhar.

– Tem mais – concluiu Lauren. – É ele o motivo dessa sua tristeza?

– Não estou triste – protestou Gwen.

Contudo, Lauren continuou a encará-la sem pestanejar.

– Ah, talvez esteja – admitiu. – Percebi que a vida está passando por mim. Tenho 32 anos, não tenho marido em um mundo onde não é bom não estar casado. Não para uma mulher. Andei pensando em procurar um marido em Londres este ano. Ou pelo menos considerar alguém que demonstre verdadeiro interesse por mim. Todos da família ficarão encantados, não é?

– Você *sabe* que ficaremos – disse Lauren. – Mas por que essa decisão a teria deixado tão desanimada a ponto de nem querer *conversar*?

Ela estava magoada, com certeza. Gwen suspirou.

– Eu me apaixonei por lorde Trentham quando estava na Cornualha. Pronto. É o que queria ouvir? Eu... me apaixonei por ele. Há uns dez dias descobri que não esperava um filho dele e fiquei imensamente aliviada e mortalmente triste. E... Ah, Lauren, o que vou *fazer*? Não consigo tirá-lo da cabeça. Ou do coração.

Lauren a contemplava espantada e em silêncio.

– Havia uma chance de que você estivesse esperando um *filho* dele, Gwen?

– Na verdade não havia. Quando perdi a criança há oito anos, o médico me disse que eu não poderia ter filhos. E aconteceu apenas uma vez na Cornualha. Mas não foi isso que você perguntou, foi? A resposta para sua pergunta é sim, eu me deitei com ele.

Lauren se levantou ligeiramente da cadeira e se inclinou para alcançar a mão de Gwen. Acariciou-a e voltou a se sentar.

– Conte-me. Conte tudo. Comece pelo começo e termine aqui, com o motivo para rejeitar o pedido de casamento.

– Eu o convidei a me fazer a corte durante a temporada de eventos sociais em Londres, mas não lhe dei nenhuma garantia de que vá aceitar o pedido dele, caso ele decida fazer de novo, claro. Não foi muito justo da minha parte, foi?

Lauren suspirou e então riu.

– É tão típico de você começar uma história pelo fim. *Comece pelo início.*

Gwen também riu.

– Ah, Lauren. Como pude resistir ao amor durante todos esses anos para, no final, ter uma paixão impossível?

– Se eu consegui me apaixonar por Kit, considerando meu estado de espírito quando o conheci *e* considerando o fato de que ele estava se comportando de uma forma escandalosa, despido da cintura para cima, no meio de Hyde Park, para o mundo inteiro ver enquanto brigava com dois trabalhadores *e* usava uma linguagem que me deixou completamente chocada... Se consegui me apaixonar por ele mesmo assim, por que você, Gwen, não poderia se apaixonar por lorde Trentham?

– Mas é impossível. Ele não tem paciência com as classes superiores, embora alguns de seus amigos mais queridos sejam aristocratas. Pensa que somos frívolos, ociosos. Pertence à classe média e tem orgulho. E por que não deveria ter? Não existe nada de superior em nós. Mas não tenho certeza de que poderia ser a esposa de um negociante, mesmo ele sendo rico e bem-sucedido. Além do mais, existe um lado sombrio em sua alma, e eu não quero ter que conviver com isso de novo.

– De novo! – repetiu Lauren, com delicadeza.

Gwen baixou os olhos para as mãos mais uma vez e nada disse.

– Não vou dizer mais nada – falou Lauren. – Até que você comece do início e me conte a história inteira.

Gwen contou tudo.

E, estranhamente, as duas acabaram tendo uma crise de riso quando a narrativa chegou à forma confusa como Hugo fizera o pedido de casamento pouco antes, dando a impressão de que o único motivo era permitir que a irmã comparecesse a um baile da aristocracia.

– Suponho que você vá levá-la a um baile – disse Lauren, enxugando as lágrimas.

– Vou – garantiu Gwen.

– Que bom que sou tão apaixonada por Kit – falou Lauren. – Se eu não fosse, acho que poderia me apaixonar um pouquinho por lorde Trentham.

– Melhor voltarmos para o salão – disse Gwen, levantando-se. – Suponho que todos tiveram muito o que falar depois que saí. Wilma, por exemplo.

– Ora – disse Lauren, seguindo-a para fora do aposento. – Conhece Wilma. Toda família tem uma cruz para carregar.

Voltaram a rir e Lauren deu o braço para Gwen.

A carta chegou mais de duas semanas depois.

Foi uma quinzena interminável.

Hugo havia mergulhado no trabalho. E se lembrou de que não sabia fazer nada pela metade. Quando era menino, tinha passado todos os momentos livres com o pai, aprendendo o que podia sobre os negócios e desenvolvendo ideias próprias, algumas até implantadas pelo pai. E, quando assumira o posto no exército, trabalhara incansavelmente para se tornar general – talvez o mais jovem de todos. Poderia ter conseguido, se não tivesse perdido a cabeça.

Agora era um homem de negócios e estava mergulhado na tarefa de cuidar deles, embora parte de si sonhasse em voltar para Crosslands, onde aproveitava uma vida diferente, livre das demandas do trabalho ou da pressão da ambição.

Saía com Constance para caminhar, andar de carruagem, fazer compras ou ir à biblioteca quase todos os dias. Continuava a levá-la para visitar os parentes. Levara-a também a um baile na casa de um primo, certa noite, e a irmã logo arranjara dois admiradores em potencial, ambos respeitáveis e bastante apresentáveis, embora Constance, a caminho de casa, tivesse classificado um deles como "falador entediante" e o outro como "exibido entediante". Era até bom que ela não quisesse encorajar nenhum dos dois, pois Hugo sentira os dedos coçarem a noite inteira por conta da vontade de lhes dar um soco na cara.

Ele não dissera nada sobre a visita a Newbury Abbey nem sobre os resultados dela. Não queria dar esperanças à menina apenas para desiludi-la se a carta não chegasse. Mesmo que lady Muir não cumprisse sua promessa, *ele* teria que cumprir a dele. Prometera levar a irmã a um baile da aristocracia.

Devia conhecer alguns ex-oficiais que não haviam sido hostis com ele e que também estivessem em Londres. E George dissera que iria para a cidade em breve. Flavian e Ralph às vezes a visitavam na primavera. Devia haver *algum jeito* de obter um convite, mesmo que fosse para o menos popular dos bailes, daqueles em que a anfitriã receberia de braços abertos qualquer um disposto a comparecer e que não fosse seu limpador de chaminés.

Procurou manter-se afastado de Fiona tanto quanto possível durante aquelas duas semanas. Ela andava infeliz por ficar sozinha com tanta frequência, mas se recusava a sair com a filha e o enteado. Cortara qualquer contato com a família fazia tempos, embora Hugo soubesse que o pai tirara os sogros, o cunhado e a cunhada da pobreza. Comprara-lhes uma pequena casa e montara uma mercearia no andar de baixo. Os quatro haviam administrado bem a loja e conseguiam ganhar a vida de forma decente. Mas Fiona não queria nenhum contato com eles. Tampouco queria se relacionar com os parentes do marido, que, segundo ela, a consideravam inferior e a tratavam com desprezo, embora Hugo nunca tivesse percebido evidências disso.

A madrasta preferia ficar em casa e chafurdar em doenças imaginárias. Ou talvez algumas fossem reais. Era impossível ter certeza.

Ela o cobria de adulações quando Constance estava próxima. Choramingava nas poucas ocasiões em que ficavam a sós. Alegava que era solitária, negligenciada e que ele a odiava. Era diferente quando ela era jovem e bela. Naquela época, ele não a odiava.

Sim, odiava.

Mas então ele não passava de um menino, inteligente nos estudos e astuto nos negócios, mas ingênuo e desastrado quando se tratava de assuntos mais pessoais. Insatisfeita com o marido rico, trabalhador e amoroso, que trabalhava horas a fio e era bem mais velho que ela, Fiona se interessara pelo jovem enteado que se aproximava da idade adulta e decidira seduzi-lo. Quase tivera sucesso, pouco antes do aniversário de 18 anos dele. Acontecera certa noite, quando o pai estava fora e ela se sentara ao lado de Hugo num sofá de dois lugares na sala de estar; Fiona correra a mão pelo peito dele, enquanto contava alguma história que Hugo não conseguia sequer escutar. E a mão fora descendo aos poucos, até que não havia mais para onde descer.

Ele havia ficado completamente duro e ela rira com malícia ao segurar sua ereção ainda sob a roupa.

Um minuto depois, ele se encontrava no quarto, no andar superior, lidando sozinho com o próprio corpo e chorando ao mesmo tempo. Na manhã seguinte, foi cedo até o escritório do pai, pedindo que lhe adquirisse um posto na infantaria. *Nada* seria capaz de fazê-lo mudar de ideia, garantira. Entrar para o exército havia sido sua ambição a vida toda, e ele não conseguia mais reprimi-la. Se o pai recusasse seu pedido, Hugo se alistaria como soldado.

Aquilo partira o coração do pai. O dele também, para falar a verdade.

Contudo, já não era um garoto ingênuo e desajeitado.

– Claro que se sente solitária, Fiona – disse ele. – Meu pai se foi há mais de um ano. E é claro que se sente negligenciada. Ele está morto. Mas seu ano de luto acabou e, por mais difícil que seja, precisa voltar para o mundo. Ainda é jovem. Ainda tem sua beleza. É uma mulher rica. Pode ficar aqui, chafurdando em autopiedade, com os comprimidos e os sais como companhia. Ou pode começar uma nova vida.

Ela chorava em silêncio, sem tentar secar as lágrimas nem cobrir o rosto.

– Seu coração é duro, Hugo. Não costumava ser assim. Você me amava até que seu pai descobriu e o mandou embora.

– Fui embora por insistência minha – rebateu ele, agressivo. – Nunca a amei, Fiona. Você era e é minha madrasta, esposa de meu pai. Teria estimado você se tivesse me permitido. Não permitiu.

Deu meia-volta e saiu do aposento.

Como teria sido diferente a vida se ela tivesse ficado satisfeita em ter o afeto de Hugo depois de casar com seu pai. Mas nutrir tais pensamentos ou imaginar como teria sido outra vida eram perda de tempo. Poderia ter sido pior ou melhor, mas não existia. Aquela outra vida nunca se tornara real.

A vida era feita de escolhas, e cada uma delas, mesmo as mais insignificantes, faziam diferença na trajetória da pessoa.

A carta chegou pouco mais de duas semanas depois de ele deixar Dorsetshire rumo a Londres.

Lady Muir estava em Kilbourne House, em Grovesnor Square, anunciava o texto. Ficaria feliz em receber lorde Trentham e a Srta. Emes às duas da tarde, dali a dois dias.

Como um tolo, Hugo virou a folha de papel para ter certeza de que não havia nada escrito atrás. Era apenas um bilhete formal, sem um toque sequer de algo mais pessoal.

O que ele esperava? Uma declaração de amor eterno?

Ela o convidara a lhe fazer a corte.

Era um pensamento que merecia ser examinado com atenção. *Ele* iria cortejá-la. Sem garantia de sucesso. Deveria se esforçar ao máximo durante toda a primavera, ajoelhar-se, oferecer-lhe uma rosa vermelha perfeita e escolher palavras bonitas para fazer o pedido de casamento... só para ser rejeitado.

De novo.

Estaria disposto a gastar tanta energia apenas para acabar fazendo papel de tolo? Queria *mesmo* que ela se casasse com ele? Havia bem mais no matrimônio e na vida do que aquilo que se passava entre os lençóis. E como ela bem lembrara, não era possível testar o casamento. Ou a pessoa se casava ou não. De um jeito ou de outro, vivia-se com as consequências.

Provavelmente seria... não, sem dúvida seria melhor pecar pelo excesso de cautela e não cortejá-la. Ou nunca mais pedir sua mão em casamento. Mas desde quando ele havia se tornado um homem cauteloso? Desde quando resistira a um desafio apenas por correr o risco de fracassar? Desde quando imaginava qualquer possibilidade de fracassar?

Não deveria se casar com ela, supondo que Gwen lhe desse essa oportunidade. Se ela ajudasse Constance durante a primavera, levando-a a alguns bailes, e se por milagre a irmã conhecesse alguém com quem pudesse ser feliz e segura, então ele não *precisaria* se casar com Gwendoline nem com ninguém. Poderia ir para casa no verão com a consciência tranquila e se recolher aos três cômodos que ocupava naquela mansão, em suas terras amplas e sem cultivo, desfrutando o prazer da própria companhia.

A não ser pelo fato de que ele havia prometido ao pai que passaria o império comercial, quando fosse a hora, para o próprio filho. Precisava se casar para que aquele filho deixasse de ser apenas imaginário.

Aaaarrrg!

Constance se juntara a ele na mesa para o desjejum. Deu-lhe um beijo no rosto, desejou-lhe bom-dia e sentou no seu lugar de hábito.

Ele deixou a carta aberta ao lado do prato.

– Recebi notícias de uma amiga – falou ele. – Ela acaba de chegar a Londres e me convidou para visitá-la. Pediu que eu a levasse comigo.

– *Ela?*

Constance tirou os olhos da torrada em que passava geleia e sorriu com malícia para o irmão.

– Lady Muir – contou ele. – Irmã do conde de Kilbourne. Eu a conheci no início do ano quando visitei a Cornualha. Ela se encontra em Kilbourne House, em Grovesnor Square.

A irmã o encarava de olhos arregalados.

– *Lady* Muir? *Grovesnor Square?* E ela quer que *eu* a visite também?

– Foi o que escreveu – disse ele, entregando a carta a Constance.

A jovem se esqueceu da torrada e leu a carta, a boca ligeiramente aberta, os olhos ainda arregalados de espanto. Releu. E olhou para ele.

– Ah, Hugo – disse ela, quase num sussurro. – Ah, Hugo.

Ele concluiu que ela queria visitá-la.

Lauren estava em Kilbourne House na tarde em que Gwen convidou lorde Trentham a visitá-la com a irmã. Implorara pela oportunidade. A mãe de Gwen e Lily também estavam em casa. Queriam que Gwen as acompanhasse à residência de Elizabeth, duquesa de Portfrey, e ela fora obrigada a admitir que esperava visitas. Com isso, tornara-se muito difícil deixar de mencionar os nomes dos visitantes.

Gwen preferiria ter apenas Lauren como acompanhante. Ah, talvez Lily também. A cunhada ficara muito decepcionada ao ouvir que Gwen recusara lorde Trentham e que ele partira sem dizer mais nenhuma palavra. Ela o vira como uma figura romântica e também heroica e tinha esperanças de que ele seria o homem capaz de arrebatar Gwen.

A mãe de Gwen parecera intrigada e um pouco preocupada quando descobriu quem eram os visitantes. Lily, por outro lado, encarara a cunhada com olhos brilhantes e cheios de especulações, mas não fizera comentários.

– Convidá-los é um gesto de educação, mamãe – explicara Gwen. – Afinal, lorde Trentham *realmente* me salvou do que poderia ter sido um destino muito cruel durante minha temporada com Vera na Cornualha.

As quatro se sentaram no salão quando a hora marcada se aproximou, contemplando o sol que cintilava lá fora. Gwen se perguntava se as visitas apareceriam ou não – e se ela *queria* mesmo que aparecessem.

Chegaram praticamente às duas em ponto.

– Lorde Trentham e a Srta. Emes – anunciou o mordomo, e os dois entraram no salão.

A Srta. Emes era muito diferente do irmão. De altura mediana, era muito esguia. Loura, de pele alva e olhos azuis bem claros, muito arregalados naquele momento. Pobrezinha, que choque terrível ser confrontada por quatro senhoras, quando esperara encontrar apenas uma. Ela se mantinha bem próxima do irmão e parecia prestes a se esconder atrás dele, se Hugo não tivesse prendido seu braço junto ao dele com firmeza.

Sem querer, os olhos de Gwen se desviaram para Hugo. Ele estava vestido com a costumeira elegância. Mas ainda parecia um guerreiro feroz, um bárbaro em trajes de cavalheiro. E estava fazendo mais carrancas do que um mero franzir de testa. Devia estar igualmente estupefato por descobrir que não seriam recebidos apenas por Gwen.

Pois bem, pensou ela, se desejavam circular no meio aristocrático, precisavam se acostumar a estar no mesmo aposento com mais de um representante da aristocracia e com mais de uma pessoa com título de nobreza. Embora Hugo já tivesse passado por essa experiência em Newbury Abbey.

O coração dela martelava de um jeito desconfortável.

– Srta. Emes – chamou ela, levantando-se e dando um passo à frente. – Que prazer é tê-la conosco. Sou lady Muir.

– Milady – falou a garota, liberando o braço do irmão e fazendo uma grande reverência sem tirar os olhos arregalados de Gwen.

– Estas são minha mãe, condessa viúva de Kilbourne, e a condessa, minha cunhada. E lady Ravensberg, minha prima. Lorde Trentham, já foi apresentado a todas anteriormente.

A garota repetiu a reverência e lorde Trentham inclinou a cabeça com rigidez.

– Sentem-se, por favor. A bandeja de chá estará aqui a qualquer momento – disse Gwen.

Lorde Trentham sentou no sofá e a irmã ficou ao lado, tão próxima que se apoiava nele, do ombro ao quadril. Suas bochechas estavam rosadas. Se fosse uma criança, com certeza teria virado o rosto para se esconder atrás da manga do irmão, pensou Gwen. Ela não tirava os olhos de Gwen.

Tinha uma beleza aceitável, ainda que não fosse nenhuma beldade. E estava bem-vestida, embora lhe faltasse charme, concluiu Gwen.

– Acredito que esteja feliz, Srta. Emes, por ter seu irmão em Londres – disse Gwen com um sorriso.

– Estou sim, milady – respondeu a garota.

Houve então uma pausa durante a qual Gwen achou que engatar uma conversa poderia ser algo muito difícil. Como poderia ajudar uma garota que não conseguia se ajudar? Mas Constance não tinha terminado sua fala.

– Ele é um grande herói. Meu pai estava a ponto de explodir de orgulho quando morreu, no ano passado. Assim como eu. Mais que isso, sempre adorei Hugo, a vida inteira. Dizem que chorei por três dias quando ele foi para o Exército. Eu ainda era criança. Desde então, esperei, esperei e esperei que ele voltasse para casa. E agora, enfim, ele voltou e vai ficar conosco até o verão.

A garota tinha uma voz leve e bonita. Estava um pouco ofegante, o que era compreensível naquelas circunstâncias. Mas as palavras iluminavam seu rosto e a tornavam bem mais bonita do que Gwen considerara à primeira vista. Para terminar, a menina desviara os olhos de Gwen para admirar o irmão com adoração.

Ele retribuiu o olhar com evidente afeto.

– Suas palavras dizem muito, Srta. Emes – comentou Lauren. – Mas os homens partem para a guerra, sabe, e deixam para trás as mulheres, que são bem mais sensatas e ficam se preocupando.

Todos riram e a tensão se esvaiu um pouco. A mãe de Gwen perguntou pela saúde da Sra. Emes e Lily disse para a garota que nem *todas* as mulheres eram tão sensatas a ponto de ficarem em casa e não irem para a guerra. Ela mesma fora criada junto com um exército e até passara alguns anos na península Ibérica, antes de voltar para Inglaterra.

– Para mim, a *Inglaterra* era o país estrangeiro, embora eu seja inglesa de nascença.

Lily sabia conversar, em vez de apenas fazer perguntas. Deixava a garota mais à vontade, percebia Gwen.

A bandeja com o chá chegou e Lily serviu.

Aquilo não era *apenas* uma visita social, Gwen lembrou a si mesma, apesar do que a mãe e Lily pudessem imaginar. Ela trocou olhares com Lauren.

– Srta. Emes, entendo que seja seu sonho participar de um baile da aristocracia.

A garota voltou a arregalar os olhos e corou.

– Ah, milady, é verdade. Pensei que Hugo talvez... Ele é um lorde. Mas suponho que eu esteja sendo tola. Embora ele tenha me prometido providenciar um convite antes do fim desta temporada, e Hugo sempre cumpre o que promete...

Ela parou de falar e lançou um olhar com um pedido de desculpas ao irmão.

Ele não lhe contara nada, constatou Gwen. Talvez não acreditasse que *ela* cumpriria a promessa e não quisera decepcionar a irmã.

– Srta. Emes – disse Lauren –, meu marido e eu, junto com meus sogros, vamos receber convidados para um baile em Redfield House, no final da próxima semana. Será bem no começo da temporada de eventos sociais e acredito que todos vão comparecer. Esperamos que o salão fique cheio, o que me dará muita alegria. Ficaria encantada se comparecesse com lorde Trentham.

A garota abriu a boca e então a fechou com um audível ruído ao bater os dentes.

Lauren, que pessoa maravilhosa. Aquilo não fora combinado. Gwen pensara em levar a garota para alguma reunião menor, pelo menos para sua primeira aparição. Mas talvez um grande baile – e o evento de Lauren tinha tudo para ser assim – fosse melhor. Haveria mais gente, portanto menos motivos para ficar insegura.

Lorde Trentham, que quase não abrira a boca desde que chegara, começou a falar:

– É muito gentil de sua parte, mas não sei bem...

– Serei sua madrinha, Srta. Emes – disse Gwen, olhando para lorde Trentham enquanto falava. – Mas com seu irmão como acompanhante, naturalmente. Uma jovem deve ter uma madrinha, não apenas o irmão, e eu ficaria encantada de assumir esse papel.

Gwen tinha consciência de que a mãe estava muda.

– Ah – falou a Srta. Emes e prendeu as mãos com tanta força no colo que Gwen percebeu que as articulações chegaram a ficar brancas. – Faria isso, senhora? Por *mim*?

– Certamente – assegurou Gwen. – Será divertido.

Divertido?

O que costuma fazer para se divertir, lorde Trentham lhe perguntara certa vez em Penderris e ela havia se espantado em ouvir aquela palavra ser dirigida a uma mulher adulta.

– Ah, Hugo – falou a garota e se virou para o irmão, implorando. – *Posso?*

A mão dele cobriu as dela, pousadas no colo.

– Se quiser, Connie. Pelo menos pode experimentar.

Achei que poderíamos experimentar. Ele dissera tais palavras em Newbury, depois de pedir Gwen em casamento. Seus olhares se encontraram brevemente e ela percebeu que ele também se lembrara.

– Obrigada – disse a garota, olhando primeiro para o irmão, depois para Lauren e então para Gwen. – Ah, muito obrigada. Mas não tenho nada para vestir.

– Cuidaremos disso – garantiu lorde Trentham.

– Nem eu – disse Gwen, dando uma risada. – O que não é estritamente verdade, é claro, como também acredito que seja seu caso, Srta. Emes. Mas é uma nova primavera, uma nova temporada de eventos, e há uma necessidade de roupas novas e elegantes que deslumbrem a sociedade. Que tal cuidarmos disso juntas? Amanhã de manhã, talvez?

– Ah, Hugo – disse a garota, implorando de novo. – *Posso* ir? Ainda tenho todo o dinheiro que você me enviou no ano passado.

– Pode. E mande as contas para mim, é claro.

Ele olhou para Gwen.

– Carta branca, lady Muir. Constance deve ter tudo de que precisa para o baile.

– E também para outras ocasiões? – perguntou Gwen. – Um baile não vai satisfazer nem a mim nem a sua irmã. Estou certa disso.

– Carta branca – repetiu ele, fixando o olhar dela.

Ela respondeu com um sorriso. Ah, essa temporada de eventos sociais já parecia muito diferente de todas as anteriores. Pela primeira vez em muitos anos, ela se sentia *viva* na cidade, cheia de otimismo e de esperança. Mas esperança do quê? Não sabia e não se importava naquele momento. Gostara de Constance Emes. Ou pelo menos acreditava que gostaria dela quando a conhecesse um pouco mais.

Lorde Trentham se levantou para se despedir assim que terminou de tomar o chá, e a irmã deu um salto para acompanhá-lo. Antes que saíssem, contudo, ele surpreendeu Gwen. Virou-se à porta e falou com ela, sem se esforçar em diminuir o tom de voz.

– Está um dia ensolarado e sem vento, madame. Gostaria de dar uma volta de carruagem pelo parque, mais tarde?

Ah, Gwen sabia muito bem que a mãe, Lily e Lauren estavam logo atrás dela. A Srta. Emes a observou com brilho nos olhos.

– Muito obrigada, lorde Trentham – disse Gwen. – Seria muito agradável.

As visitas partiram e a porta se fechou.

– Gwen – chamou a mãe, depois de uma curta pausa. – Isso certamente foi desnecessário. Está demonstrando extraordinária gentileza com a irmã, mas será que você deve ser vista concedendo favores ao irmão? Recusou sua proposta de casamento há poucas semanas.

– Ele é muito atraente a seu modo, mãe – comentou Lily, rindo. – Não concorda comigo, Lauren?

– Ele é... distinto – disse Lauren. – E não se deixou abater pela recusa de Gwen, o que o torna tolamente obstinado ou persistentemente ardente. O tempo vai esclarecer.

Então ela também riu.

– Mamãe, convidei lorde Trentham para nos visitar esta tarde com a Srta. Emes. Ofereci-me para ser sua madrinha em alguns eventos da aristocracia e para ajudar a vesti-la de forma adequada e elegante. Se lorde Trentham me convida para um passeio pelo parque, é tão surpreendente assim que eu aceite?

A mãe olhou para ela franzindo a testa e balançando de leve a cabeça.

Lily e Lauren estavam ocupadas trocando olhares muito expressivos.

CAPÍTULO 14

Além de uma carruagem simples para viagens – que em geral ficava guardada na cocheira de Crosslands por semanas, sem sequer ver a luz do dia – e da carroça necessária para cuidar da fazenda, Hugo nunca possuíra um veículo. Quando precisava percorrer trajetos um pouco árduos demais para ir a pé, costumava cavalgar.

Contudo, na semana anterior, ele adquirira um cabriolé – nada menos do que um modelo esportivo, com assento alto e boas molas, além de rodas amarelas. Comprara também um par de alazões idênticos para puxá-lo e se sentia como um dândi esbanjador. Em pouco tempo, estaria caminhando com afetação pelas calçadas de Londres, usando uma bengala como acessório, cheirando rapé com a mão enluvada e lançando olhares cobiçosos para as damas por trás de um monóculo enfeitado de joias.

Mas Flavian, que passaria algumas semanas na cidade, insistira que o cabriolé de rodas amarelas era imensamente superior ao modelo mais sensato que Hugo tinha em mente e que os dois alazões superavam todos os animais que Hugo poderia escolher. Eles *combinavam*; nenhuma outra parelha seria assim.

– Se precisa marcar p-presença, precisa fazê-lo com categoria – disse Flavian, ao se encontrarem no leiloeiro. – E por que não *pretenderia* marcar presença quando está na cidade em busca de uma esposa? Vai atrair dez candidatas em potencial ao desfilar pelas ruas com essas belezuras.

– Então eu paro, explico a elas que tenho um título e sou rico e pergunto se gostariam de se casar comigo? – perguntara Hugo e, na mesma hora, imaginara o que o pai pensaria da compra de dois cavalos que custavam o dobro dos outros só porque *combinavam*.

– Meu caro! – exclamara Flavian, estremecendo de forma teatral. – É preciso saber se valorizar mais. São as damas que devem descobrir tais fatos, assim que ficarem interessadas. E descobrirão com certeza, não tema. As damas são brilhantes em tais manobras.

– Então eu saio pela rua e espero que as damas me ataquem – dissera Hugo.

– E elas sem dúvida o farão com mais requinte do que suas palavras sugerem – respondera Flavian. – Mas está certo, Hugo. Ainda vamos transformá-lo num elegante cavalheiro. Vai levar os alazões agora ou esperar que alguém mais rápido os leve?

Hugo comprara os animais.

E por isso pudera chamar lady Muir para dar uma volta no parque, em vez de apenas convidá-la para uma caminhada.

Ainda se sentia um grande idiota, empoleirado acima da rua para que todos vissem. E o mundo, de fato, olhava para ele, como descobriu com alguma inquietação. Embora fizesse pouco mais de duas horas que ele saíra de Grovesnor Square com Constance, tendo passado por um grande número de veículos elegantes no caminho, percebeu que seu cabriolé atraiu muitos olhares de admiração e até mesmo provocou um assovio. Pelo menos os cavalos eram fáceis de lidar, embora tivessem sido descritos por Flavian como novatos.

Lady Muir estava pronta. Na verdade, ele não precisou sequer bater à porta. Ao saltar para a calçada, a porta se abriu e ela saiu. A declaração de que não tinha nada para vestir, feita para Constance, era uma mentira deslavada. Ela estava deslumbrante num vestido verde-claro, com um manto na mesma cor e chapéu de palha, enfeitado com prímulas e folhagens artificiais, presumiu Hugo.

Desceu sozinha os degraus da entrada e se aproximou dele pela rua, enquanto Hugo estendia a mão para ajudá-la a galgar o assento alto. Ele reparou de novo na forma como ela mancava. Era praticamente impossível não notar. Não era um discreto claudicar.

– Obrigada.

Ela sorriu para Hugo ao colocar sua mão enluvada na dele e escalou o assento sem o menor sinal de deselegância.

Ele a seguiu e voltou a segurar as rédeas.

Não sabia por que diabo estava fazendo aquilo. Ela não era a pessoa mais importante do mundo para ele. Recusara o pedido de casamento, como era seu direito fazer – uma decisão que nem o surpreendia, ao recordar-se da forma brilhante como a proposta fora apresentada. Mas ela não se contentara em recusá-lo. Tinha se oferecido a ajudar Constance mesmo assim e depois o convidara a cortejá-la – sem lhe dar garantias de uma resposta positiva a qualquer proposta feita por ele no fim da temporada de eventos sociais.

Como um punhado de sementes secas lançadas para um pássaro. Como um punhado de ossos secos jogados para um cão.

Mas lá estava ele, mesmo sendo desnecessário. Ela e a prima, lady Ravensberg, já haviam feito arranjos para que Constance tivesse sua primeira aparição junto à sociedade aristocrática e Connie mal cabia em si de contentamento. Ele não tinha necessidade de fazer aquele convite. Nem precisava ter adquirido aquele brinquedinho extravagante e chamativo que conduzia. Comprara aquilo pensando nela? Era uma pergunta cuja resposta ele não queria contemplar.

Nesse meio-tempo, começava a perceber, com certo desconforto, que o assento de um cabriolé era estreito, projetado para acomodar apenas uma pessoa, e não uma pessoa grande. Notou que Gwen era toda calor e feminilidade – como, aliás, ele descobrira numa certa praia da Cornualha. E estava usando aquele perfume caro.

– É um cabriolé muito elegante, lorde Trentham – disse ela. – É novo?

– É, sim – respondeu ele, ultrapassando uma grande carroça repleta de verduras, na maioria repolhos, que não pareciam muito frescos.

Um pouco mais tarde, entraram no parque. Ele deveria se juntar ao desfile elegante, imaginou, embora nunca tivesse feito aquilo. Era o lugar frequentado pelos integrantes da aristocracia no final da tarde para exibir seus artigos de luxo, trocar mexericos e às vezes até uma ou outra notícia real.

– Lorde Trentham, desde que deixamos Grovesnor Square, não falou mais do que duas palavras – constatou Gwen. – E essas duas palavras foram arrancadas por uma pergunta que exigia uma resposta afirmativa ou negativa. *Além disso*, está de cara fechada.

– Talvez prefira que eu a leve de volta para casa – disse ele, olhando para a frente.

Ele *desejava* não ter feito aquele convite. Fora um impulso, embora tivesse comprado o cabriolé para uma ocasião como aquela. Deus do céu, estava fazendo uma confusão. Navegava em mares desconhecidos e corria o risco de se afogar.

Gwen olhava para ele, avaliando-o com atenção. Hugo podia perceber isso sem ao menos se virar para ela.

– Não prefiro essa alternativa – disse ela. – Sua irmã está feliz, lorde Trentham?

– Está em êxtase – contou ele. – Mas não estou convencido de que eu esteja fazendo a coisa certa por ela. Connie não sabe o que a aguarda. *Pensa* que sabe, mas não sabe. Nunca será um deles... um de *vocês*.

– Se for assim e ela perceber logo, nenhum prejuízo será causado. Seguirá com sua vida e encontrará a felicidade em um mundo que lhe é mais familiar. Mas talvez esteja enganado. Somos uma classe diferente, mas fazemos parte da mesma espécie.

– Às vezes tenho dúvidas a esse respeito.

– No entanto, alguns de seus melhores amigos pertencem à minha classe. E você também é um dos melhores amigos deles.

– É diferente – retorquiu ele.

Mas não havia mais tempo para conversa. Uniam-se à multidão e eram obrigados a se juntar aos veículos que desfilavam devagar em um circuito oval. A maioria dos veículos estava aberta para que os ocupantes pudessem saudar os conhecidos e conversar com facilidade. Cavalos entravam e saíam da frente deles e também paravam com frequência para que seus cavaleiros pudessem trocar gentilezas. Pedestres passeavam pelas imediações, longe o bastante para não serem atropelados, mas perto o suficiente para verem e serem vistos, saudarem e serem saudados.

Lady Muir conhecia todo mundo e todo mundo a conhecia. Ela sorria e acenava, conversava com os que paravam junto ao cabriolé. Às vezes, quando se tratava apenas de uma breve troca de amenidades, ela não o apresentava. Quando o apresentava, Hugo sentia os olhares sobre ele: curiosos, avaliadores, especulativos.

Ele se viu acenando com a cabeça, rigidamente, para pessoas cujos nomes ele nunca se lembraria e cujos rostos esqueceria. Se não fosse por Constance, estaria se consolando com a ideia de *nunca* mais fazer algo parecido. Mas *havia* Constance, a promessa que ele lhe fizera e o convite aceito para o baile de lady Ravensberg na semana seguinte.

Estava comprometido.

Mas não estava comprometido em cortejar lady Muir, por Deus! Não era marionete de ninguém. Na noite anterior, ele havia jantado com a família de um de seus primos e a única outra convidada na mesa era uma mulher ainda jovem que acabara de perder a mãe viúva, a quem se devotara por muitos anos, depois que os irmãos e as irmãs se casaram. Tinha quase a idade dele, Hugo calculara. Era agradável, sensata, dona de um corpo bem-estruturado, embora o rosto não fosse exatamente bonito. Tiveram uma boa conversa e depois ele a acompanhara até sua casa. Claro, os primos estavam tentando encontrar-lhe um par. E ele achou que poderia se interessar. Ou pelo menos achou que *deveria* se interessar.

Ele encerrou suas divagações quando dois cavaleiros pararam ao lado do cabriolé e Hugo, olhando para o mais próximo dos dois, não o reconheceu. Não era de surpreender. Ele não conhecia mesmo ninguém.

Foi o outro que se dirigiu a lady Muir.

– Gwen, minha querida menina! – exclamou ele, com uma voz tão familiar a Hugo que fez seu estômago revirar.

– Jason – disse ela.

Era o tenente-coronel Grayson, à paisana naquele dia, parecendo tão belo e frio como sempre, além de arrogante e altivo. Era um dos poucos oficiais militares a quem Hugo verdadeiramente odiava. Grayson infernizara sua vida militar do primeiro ao último dia e tinha poder para fazer isso em grande estilo. Por duas vezes tivera sucesso em bloquear promoções que Hugo merecera por tempo de serviço e por bravura. Ascender havia sido um processo lento enquanto os olhos de Grayson estiveram sobre ele – e sempre estavam –, contemplando-o com desdém acima de seu longo nariz aristocrático.

Seus olhos estavam em Hugo naquele momento.

– O herói de Badajoz – disse ele, fazendo com que as palavras soassem como os piores insultos. – *Lorde* Trentham. Tem certeza de que sabe o que está fazendo, Gwen? Tem certeza de que não concedeu o prazer de sua companhia a uma miragem?

– Presumo que conheça lorde Trentham, Jason – disse lady Muir enquanto Hugo olhava para o oficial com firmeza, a mandíbula tensa. – E que saiba que ele, de fato, foi comandante da bem-sucedida missão suicida de Badajoz. E quanto ao senhor, sir Isaac, já foi apresentado? Sir Isaac Bartlett, lorde Trentham.

Referia-se ao outro cavaleiro. Hugo desviou o olhar para ele e meneou a cabeça.

– Bartlett – falou Hugo.

– Não sabia que estava na cidade, Gwen – disse Grayson. – Terei a honra de fazer-lhe uma visita em... Kilbourne House?

– Sim – disse ela.

– Alguém poderia pensar que Kilbourne é indulgente demais. Talvez precise de conselhos e orientação do chefe da família de seu falecido marido, pois não parece estar recebendo o suficiente do chefe da sua família.

Fez um sinal com a cabeça e partiu. Sir Isaac Bartlett sorriu para os dois, inclinou o chapéu para lady Muir e o seguiu.

O ódio era inútil, decidiu Hugo, ao mesmo tempo que avançava com o cabriolé. O que acontecera em seus anos no Exército havia ficado no passado e lá permaneceria. Apesar disso, na tentativa de suprimir aquele ódio, ficou ocupado demais para concentrar qualquer atenção em lady Muir enquanto completavam o circuito e ela saudava alegremente uma série de conhecidos. Por isso, ficou surpreso ao virar-se para ela para perguntar se gostaria de repetir o percurso, como muitos pareciam fazer, e descobrir que seu rosto estava pálido e abatido. Até seus lábios pareciam brancos.

– Leve-me para casa – pediu ela.

Ele afastou logo o cabriolé da multidão.

– Está se sentindo mal? – perguntou.

– Só um pouco... fraca – disse ela. – Ficarei bem depois de tomar uma xícara de chá.

Ele voltou a observá-la. E ouviu o eco das palavras que ela trocara com Grayson – ou, mais particularmente, as palavras que ele trocara com ela.

– O tenente-coronel Grayson a incomodou? – perguntou ele.

Àquela altura, era provável que o sujeito já tivesse um posto mais elevado.

– O visconde Muir? – perguntou ela.

Ele franziu a testa sem compreender.

– Ele é agora o visconde Muir – explicou ela. – Era primo de Vernon e seu herdeiro.

Ah. Que mundo pequeno. Mas agora estavam explicadas as últimas palavras do sujeito para ela.

– Ele a incomodou? – insistiu ele.

– Ele matou Vernon – disse ela. – Ele e eu, juntos.

E ela virou a cabeça para afastar-se do olhar dele, enquanto o cabriolé se movimentava pela rua. Apenas a aba do chapéu, as prímulas e as folhagens ficaram visíveis para Hugo.

Gwen não voltou a olhar para ele nem a dizer nada. Não ofereceu mais explicações.

E Hugo não tinha a menor ideia do que dizer.

Por incrível que parecesse, Gwen não via Jason, lorde Muir, desde que ele recebera seu título, ou pelo menos desde o enterro de Vernon.

Talvez não fosse tão surpreendente. Ele não interrompera sua carreira ao herdar o título. Ainda não, pelo que Gwen sabia. Chegara ao posto de general e era supostamente um homem muito importante no meio militar. Devia passar longos períodos fora da Inglaterra ou em partes distantes do país. Se tivesse passado tempo na cidade, só poderia ter sido quando ela não estava por lá. Tinha parado de temer reencontrá-lo a cada ano.

Ele era dois anos mais velho do que Vernon e ultrapassara o primo em tudo, exceto, possivelmente, na aparência – e na posição social. Era maior, mais forte, mais bem-sucedido nos estudos, mais atlético, mais popular com os colegas, mais enérgico na personalidade. Quando tinha uma licença mais longa, costumava passar muito tempo com eles. Precisava ficar de olho na sua herança, dizia, soltando uma sonora gargalhada, como se fosse uma piada. Vernon sempre ria com ele, divertindo-se de verdade. O riso de Gwen costumava ser mais reservado.

Vernon adorava Jason, e o primo parecia estimá-lo. Tentava levantar o ânimo de Vernon quando o encontrava em momentos sombrios. Lembrava-lhe que tinha um título para cuidar, que precisava ser mais *homem*, mais marido para sua bela esposa. Era muito brincalhão e barulhento com Gwen, dizendo-lhe que se apressasse e tivesse logo dois filhos para que ele pudesse relaxar e se concentrar na carreira militar. Sempre ria alto dessa piada, e Vernon ria com ele. Uma ou duas vezes, chegara a colocar um braço em volta dos ombros de Gwen e apertá-la, embora nunca tivesse tomado nenhuma atitude mais explícita. Ela sempre se encolhia, enojada. Aparentemente, ele fora o primeiro a alcançá-la depois da queda do cavalo. Estava com eles na ocasião, a uma curta distância atrás dela – muito curta na hora do salto, quase como se ele sentisse que precisava incentivar a montaria dela a usar mais energia.

Chorara inconsolável na morte de Vernon e, depois, no enterro.

Gwen nunca soubera quanto havia de sinceridade e quanto de artifício. Nunca soubera se ele amara ou odiara Vernon, se ambicionara o título ou se fora indiferente a ele, se ficara mesmo triste quando ela perdera o filho ou se secretamente se alegrara.

Claro que ele não havia *literalmente* matado Vernon mais do que ela.

Gwen sempre detestara Jason e se sentia culpada, pois ele nunca fizera nada que justificasse tais sentimentos e ela poderia estar cometendo uma terrível injustiça. Afinal de contas, que outro oficial do Exército choraria em público a morte de um primo? Ele era um dos poucos parentes vivos de Vernon e o único que lhe dava atenção. O pai de Vernon morrera ainda jovem e a mãe não sobrevivera por muito tempo. Vernon recebera seu título aos 14 anos e ficara aos cuidados de tutores competentes, mas sem humor, até alcançar a maioridade. Não tinha irmãos nem irmãs.

Agora, depois de sete anos, vira Jason de novo. E ele ameaçava visitar Kilbourne House. Fizera a afronta de dizer que Neville era indulgente demais com ela. Que devia lhe dar conselhos como *chefe da família de seu falecido marido*. Como se fizesse parte da *sua* família. Não gostava mais dele naquele momento do que gostara no passado.

Estava furiosa, mas nada disse em casa.

Foi retribuir a visita de lorde Trentham no dia seguinte, sendo apresentada a sua lânguida madrasta, que tinha uma semelhança notável com a filha. Gwen levou a Srta. Emes ao ateliê de sua costureira.

Ficou muito animada com as aquisições, por mais cansativas e demoradas que tivessem sido. Gostava de fazer compras, e nada podia ser tão divertido quanto vestir da cabeça aos pés uma jovem bonita, preparando-a para uma série de ocasiões. Sobretudo quando o irmão da moça lhe dava carta branca para gastar quanto quisesse.

Enquanto estava fora, perdeu a visita de Jason, assim como a mãe e Lily, que haviam saído para passar o dia com Claudia, esposa de Joseph, acometida por náuseas no início de sua segunda gravidez. Mas Neville tinha ficado em casa.

– Falou alguma coisa sobre sentir-se responsável por você, como chefe da família – disse Neville a Gwen, quando se sentaram para um almoço tardio. – Fui obrigado a fazer cara de paisagem, fitá-lo e perguntar a que família exatamente ele se referia. Sem querer ofender ninguém, Gwen, mas os Graysons não ficaram se digladiando para ver quem tomaria contar de você desde a morte de Vernon, não é?

– Suponho que ele considere abaixo da dignidade de um Grayson, até mesmo da viúva de um Grayson, ser vista em Hyde Park com um ex-oficial cujo heroísmo foi tão extraordinário que o próprio rei o recompensou com um título – respondeu Gwen.

– Ele sugeriu tal coisa: que o capitão Emes, que é como se refere a Trentham, não tenha sido tão heroico na ocasião quanto o rei e outros foram levados a crer. Não o encorajei a aprofundar o raciocínio. Sinto muito, Gwen. Deveria ter feito isso? Nunca falou muito sobre o primo e sucessor de Vernon. Estima-o? Está inclinada a dar ouvidos a seus conselhos?

– Nem uma coisa nem outra. Nunca gostei dele. Admito que nunca me deu motivos para não gostar dele. Espero que tenha lhe informado que alcancei a maioridade há muitos anos, Nev, e que não tenho mais um marido a quem deva obediência. Espero que tenha dito que sou bastante capaz de escolher meus amigos e acompanhantes.

– Foi praticamente o que eu lhe disse. Cheguei a flertar com a ideia de erguer um monóculo, mas concluí que seria afetado demais. Está arrependida de ter recusado a proposta de Trentham em Newbury?

– Não.

Ela parou de comer e encarou o irmão. Sentia-se grata por a mãe não estar ali.

– Mas concordei em apresentar a irmã dele à aristocracia, Neville, portanto voltarei a vê-lo. Gosto dele. Você desaprova?

Neville apoiou os cotovelos na mesa e uniu as pontas dos dedos diante do rosto.

– Por ele não ser um cavalheiro? – perguntou. – Não, não desaprovo, Gwen. Fique tranquila, não sou Wilma. Confio no seu juízo. Casei-me com Lily na península Ibérica, você se lembra, acreditando que era a filha do meu sargento. Eu a amava, assim como continuei a amar quando descobri depois que era, na verdade, a filha de um duque. A mudança aparente em sua condição social não alterou meus sentimentos por ela. Trentham só parece... taciturno.

– Ele é mesmo – disse ela. – Ou melhor, essa é a máscara que o faz se sentir mais confortável.

Gwen sorriu e não disse mais nada sobre o assunto.

Jason não voltou a visitar Kilbourne House.

CAPÍTULO 15

Fiona sucumbira a uma doença misteriosa que a mantinha confinada ao leito em um quarto escuro. Ninguém além de Constance era capaz de lhe dar algum alento. O médico, que Hugo convocara à casa a pedido da madrasta, não conseguira esclarecer as razões de seu sofrimento, apenas dissera que a paciente tinha uma constituição muito delicada e devia ser protegida de grandes mudanças na vida. De acordo com o médico, ela ainda não recuperara a saúde depois da morte inesperada do marido, havia pouco mais de um ano.

Constance se ofereceu para devotar o tempo que fosse preciso aos cuidados da mãe – ou para se *sacrificar*, como pensou Hugo.

Foi ver a madrasta no quarto.

– Fiona, lamento muito que esteja se sentindo tão mal – disse ele, sentando-se na cadeira ao lado da cama que, nos últimos dias, vinha sendo ocupada com frequência excessiva por sua irmã. – Sua família também lamenta. Estão muito preocupados, na verdade.

Ela abriu os olhos, virou a cabeça no travesseiro para encará-lo.

– Fui ontem à loja deles – explicou Hugo. – São felizes e prósperos. Receberam-me muito bem. A única sombra na felicidade deles é a tristeza de nunca a verem, nunca saberem como está. Sua mãe, sua irmã e sua cunhada ficariam muito felizes em visitá-la, em passar tempo na sua companhia e ajudá-la a recuperar a saúde e o entusiasmo.

Ele não sabia se sentir entusiasmo era uma possibilidade concreta para Fiona. Por mais doloroso que fosse, pois se tratava do próprio pai, suspeitava que ela sacrificara toda a esperança de felicidade em nome da chance de se casar com um homem rico.

Ela o fitou com olhos avermelhados e sem brilho.

– Comerciantes! – exclamou ela.

– Comerciantes prósperos e felizes – disse ele. – O negócio rende o bastante para sustentar todos eles, inclusive seus dois sobrinhos, filhos do seu irmão. Sua irmã está noiva de um advogado, filho caçula de um cavalheiro de recursos modestos. Estão bem, Fiona. E a amam. Sonham em conhecer Constance.

Ela agarrou o lençol que a cobria.

– Eles não seriam *nada* se eu não tivesse me casado com seu pai e ele não houvesse desperdiçado uma pequena fortuna com eles.

– Têm plena consciência disso – garantiu ele. – E sentem apenas gratidão por você e meu pai. Mas o dinheiro só é desperdiçado quando é jogado fora. A assistência financeira que receberam porque são seus familiares e porque meu pai a adorava, foi bem-empregada. Nunca pediram mais nada. Nunca precisaram. Deixe sua mãe vê-la. Ela me perguntou se ainda tinha a mesma beleza atordoante do passado e eu respondi, bem sincero, que ainda tem, ou que voltará a tê-la quando estiver recuperada.

Ela virou a cabeça mais uma vez, para afastar-se dele.

– É o chefe da família, Hugo – disse com amargura. – Se escolher trazer minha mãe até aqui, não poderei impedi-lo.

Ele abriu a boca para dizer mais alguma coisa, mas tornou a fechá-la. Imaginou que afirmar que aceitava a visita faria com que ela se sentisse menos respeitável. Assim, tinha deixado a responsabilidade pela decisão nos ombros dele. Pois bem, eram mesmo largos.

– Hora de seu medicamento – disse ele, ficando de pé. – Mandarei Constance vir para cá.

Todo mundo tinha os próprios demônios para enfrentar ou não enfrentar, pensou ele. Talvez essa fosse a essência da vida. Talvez a vida fosse um teste para ver como cada um lida com isso e quanta empatia demonstra pelos outros enquanto trilha o próprio caminho. Como dissera alguém – seria na *Bíblia*? –, era mais fácil notar o grão de poeira no olho do outro e não perceber a trave nos próprios olhos.

– Sua mãe está pronta para tomar o remédio – disse para Constance.

A irmã parecia pálida, abatida, sem brilho no olhar. Hugo a abraçou pelos ombros.

– Vou trazer sua avó para vê-la, Connie. Amanhã, talvez. Está na hora. Seja como for, você *vai* ao baile de lady Ravensberg e vai participar de qualquer outro evento a que lady Muir deseje acompanhá-la e que você queira ir. Você terá a chance de alcançar seu próprio final feliz. Prometi que teria e não desisto de minhas promessas por qualquer motivo.

Os olhos de Connie se iluminaram.

– Minha avó? – perguntou ela.

– Você ao menos sabia da existência dela?

Ele abraçou a irmã um pouco mais forte, mas parte de seus pensamentos já viajava.

Como Grayson matara o marido de lady Muir? E como lady Muir teria feito aquilo?

As perguntas zumbiam por sua cabeça como abelhas aprisionadas desde aquele passeio no parque, três dias antes.

Deveria levar aquelas palavras ao pé da letra? Bem, claro que não. Ele sabia que ela era incapaz de cometer um assassinato friamente. Mas ela não falara em tom de brincadeira. Ninguém fazia brincadeiras com um assunto daqueles.

Então de que forma teria assassinado o marido? Ou por que se sentia responsável por sua morte?

E por que teria unido seu nome ao de Grayson? Hugo ficaria bem feliz em considerar Grayson como possível assassino.

Se queria respostas, pensou, precisaria procurá-las do jeito habitual. Teria que perguntar.

A noite do baile de Ravensberg chegou de forma inevitável, apesar das tentativas de Hugo em pensar no evento como se viesse a acontecer num confortável futuro distante. Sentir aquela aproximação não era muito diferente de saber que uma grande e sanguinolenta batalha estava prestes a ocorrer. No entanto, no caso da batalha, ele sabia ao menos que a angústia da espera seria esquecida, assim como o medo, no instante em que a ação começasse.

Tinha a horrível sensação de que ficaria paralisado de medo ao entrar num baile da aristocracia.

Ele ainda podia escapar, imaginava, pois lady Muir concordara em ser a madrinha de Constance e a presença dele não era estritamente necessária. Não seria justo, porém, com lady Muir, que estava sendo gentil com Constance só por causa dele. E não seria justo com Connie, a quem prometera levar a um baile.

Ajudaria muito se ele soubesse dançar. Ah, ele conseguia saltar mais ou menos no ritmo da música, assim como a maioria das pessoas, imaginava. Participara de alguns eventos no interior nos últimos anos e nunca passara grande vergonha, talvez apenas na valsa. Mas dançar em um baile da aristocracia, em Londres, durante a temporada de eventos sociais, era uma combinação tripla capaz de enchê-lo de horror. Preferia se oferecer para comandar outra missão suicida.

Ele deveria acompanhar a irmã até Redfield House, em Hanover Square, local do baile. Lady Muir os encontraria lá. Hugo se vestiu com apuro – Connie não era a única com roupas novas para a ocasião – e esperou no salão de visitas do piso inferior com Fiona, que estava ao lado da mãe e da irmã, que foram a sua casa pela primeira vez no dia anterior. Hugo não testemunhara o reencontro delas com Fiona. Contudo, ao partirem, ambas lhe informaram que voltariam naquela noite para ficar com Fiona enquanto Constance e ele iam ao baile.

Fiona desceu pela primeira vez em uma semana e ficou sentada, o corpo mole e ausente, perto do fogo. A mãe, uma senhora gorducha, plácida e de bochechas rosadas, ficou a seu lado, segurando-lhe uma das mãos e acariciando-a. A irmã de Fiona, doze anos mais jovem, sentava-se diante delas, trabalhando em silêncio com agulhas de crochê. Parecia com a mãe mais do que com a irmã, embora ainda tivesse a silhueta esguia da juventude.

Era uma situação promissora, pensou Hugo.

– Vou eu mesma para a cozinha, Fi, assim que Constance e Hugo saírem, e prepararei a sopa – dizia a mãe de Fiona quando Hugo entrou no aposento. – Não há nada melhor do que uma boa sopa quente para devolver a saúde a alguém. Nossa!

Ela avistara Hugo.

Ele conversou por alguns minutos, mas logo Constance surgiu. A jovem não ia correr o risco de se atrasar para seu primeiro baile. Parecia a ponto de explodir e parou no umbral do aposento, corando, insegura, mordendo o lábio inferior.

– Nossa! – repetiu a avó.

Como uma noiva, ela não permitira que ninguém visse o vestido que usaria naquela noite, nem contara nada sobre ele. Estava de branco da cabeça aos pés. Mas não havia nada sem vida em sua aparência, concluiu Hugo, embora até seu cabelo fosse claro. Ela *cintilava* sob a luz das lamparinas. Ele não era especialista em moda, principalmente em moda feminina, mas percebeu que havia duas camadas no vestido: a interna era sedosa e a exterior, rendada. Tinha a cintura alta, abaixo da linha do peito, e um corte jovial, elegante, perfeito. Fitas brancas se entremeavam aos cachos. Ela usava luvas e sapatos brancos, além de um leque prateado.

– Está linda como uma pintura, Connie – disse ele, nada original.

Ela abriu um sorriso e a avó começou a chorar e passou um grande lenço de algodão nos olhos.

– Ah! É como ver sua mãe de novo. As duas se parecem tanto, Constance. Você lembra uma princesa, não é Hilda, minha querida?

Ao ser chamada, a irmã mais nova acomodou o crochê no colo e, sorrindo, concordou com a mãe.

– Constance – chamou Fiona, estendendo a mão pálida para a filha. – Seu pai a aconselharia a não esquecer suas raízes. Eu a aconselharia a fazer o que for preciso para ser feliz.

Era um discurso e tanto, vindo de Fiona. Constance levou a mão da mãe ao rosto e a manteve lá por um momento.

– Não se importa que eu vá, mamãe? – perguntou.

– Sua avó vai preparar sopa para mim – disse Fiona. – Sempre fez a melhor sopa do mundo.

Cinco minutos depois, Hugo e a irmã estavam na carruagem, a caminho de Hanover Square.

– Hugo – disse ela, pousando uma mão enluvada na dele. – Você é uma rocha. Estou tão apavorada que tenho certeza que o som dos meus dentes batendo vai abafar o da orquestra quando eu chegar e todo mundo vai torcer o nariz e lady Ravesberg me acusará de arruinar o baile. Claro, *você* não precisa ficar assustado. É *lorde* Trentham. Meus avós são comerciantes. Mas a vovó é um amor, não é? E tia Hilda tem olhos que brilham de bondade quando ela fala. Gostei dela. E tenho meu avô, meu tio, minha tia e primos que ainda não conheci... e o Sr. Crane, noivo de Hilda. Tenho outra família inteira, além de mamãe, você e os parentes de papai, ainda que sejam apenas comerciantes. Isso não importa, não é verdade? Papai dizia que ninguém, nem o mais humilde dos varredores de rua, deve sentir vergonha de quem ele é. Ou ela. Eu sempre lembrara isso a ele: "Ou *ela*, papai." Ele ria e repetia para mim. Acho que mamãe ficou feliz de ver a vovó, não acha? E acho que ela está melhorando de novo. Você acha... Ah, estou falando pelos cotovelos. Nunca faço isso. Mas estou *aterrorizada.*

Ela riu suavemente.

Hugo apertou sua mão e se concentrou em ser a tal rocha para passar-lhe segurança. Se ela soubesse!

Não conseguiram levar a carruagem direto até a entrada grandiosa e bem-iluminada da mansão em Hanover Square, desaparecer dentro dela e encontrar algum canto escuro onde se esconder. Já havia uma fila de carruagens e precisaram esperar sua vez. E, quando *chegou* a vez, um criado luxuosamente vestido abriu a porta para que descessem num tapete vermelho que se estendia da rua até os degraus de acesso à casa.

Assim que entraram, viram-se em um amplo saguão com pé-direito alto, sob as luzes fortes de um grande candelabro, no meio de uma multidão ruidosa formada por damas e cavalheiros vestidos com elegância. Ao olhar em volta, Hugo descobriu, sem surpresa, que não conhecia uma pessoa sequer. Mas pelo menos não avistou Grayson.

– Vamos subir, Connie – disse ele para a irmã com uma voz que, a seus ouvidos, soou bastante como aquela usada pelo capitão Emes quando mandava os subordinados formarem filas para entrar em batalha.

Contudo, a ampla escadaria, que ele imaginava conduzir ao salão de baile, não oferecia uma situação melhor do que o saguão. Estava igualmente bem-iluminada, cheia de gente que tagarelava, ria e esperava a vez – Hugo logo percebeu – de ser anunciada e passar pela recepção.

Deus do céu, ele preferiria *duas* missões suicidas.

– Agora falta pouco – afirmou ele com grande bom humor, dando tapinhas na mão gelada da irmã.

– Hugo – sussurrou ela. – Estou aqui, estou mesmo *aqui.*

Ele observou Connie e entendeu que o que ela sentia era, na verdade, empolgação e uma felicidade inebriante. E ele chegara a considerar a ideia infame de sugerir que os dois fugissem dali...

– Acredito que você tem razão – disse ele e sorriu para a irmã.

Chegaram ao alto da escada e um mordomo rígido e formal, que para Hugo lembrou o de Stanbrook, ouviu quem eram e os anunciou em tom firme e claro.

– Lorde Trentham e Srta. Emes.

Havia quatro pessoas recebendo os convidados: o visconde e a viscondessa Ravensberg, de quem Hugo se lembrava do encontro nos salões de Newbury Abbey, e o conde e a condessa de Redford, que deviam ser os pais de Ravensberg. Ele se curvou. Constance fez uma mesura. Trocaram saudações e comentários educados. Lady Ravensberg admirou o vestido de Constance e chegou a dar uma piscadela cúmplice para a garota. Examinou Hugo e *não* piscou. Foi surpreendentemente fácil. Mas a aristocracia sabia como facilitar tais ocasiões. Eram especialistas em conversas vazias, o tipo mais difícil, na experiência dele.

Entraram no salão de baile. Hugo teve uma rápida noção das vastas dimensões, das centenas de velas nos candelabros altos e em candeeiros nas paredes, da fartura de flores e do reluzente piso de madeira, de espelhos e pilares, da nata da aristocracia vestida com suas melhores roupas e as joias mais caras. Para Constance, o impacto inicial foi mais do que momentâneo. Hugo a escutou arquejar e a viu olhar de um lado para outro, para cima e para baixo, como se não pudesse absorver o suficiente do primeiríssimo salão aristocrático de seu primeiríssimo baile da aristocracia.

Mas foi um pequeno detalhe da cena que logo desviou a atenção de Hugo. Lady Muir vinha ao encontro deles.

Mais uma vez usava um verde-claro primaveril. O tecido da roupa – Seda? Cetim? – reluzia e cintilava sob a luz das velas. Ao acompanhar as curvas de seu corpo, revelava uma deliciosa fartura nos seios e sugeria, de forma perturbadora, a presença de belas pernas – mesmo sendo uma *mais curta* do que a outra. As luvas e sapatos eram de um dourado fosco. No pescoço, usava uma corrente de ouro bem simples com um pequeno pendente de diamante. Ouro e diamantes reluziam nos lóbulos das orelhas, sob o cabelo. Um leque de marfim pendia de um dos pulsos.

Era tudo belo e desejável – e inalcançável. Como ele podia ter tido a ousadia de lhe propor casamento pouco tempo antes? Entretanto, já havia possuído aquele corpo tão deslumbrante. E, depois de recusá-lo, ela o convidara a fazer-lhe a corte.

Ele ousaria? E será que queria? E *quantas vezes* tinha se feito essas mesmas perguntas?

Gwen chegou sorrindo... para a irmã dele.

– Senhorita Emes... Constance – disse ela. – Está absolutamente encantadora. Ah, não ficaria surpresa se tiver todas as suas danças tomadas e precisar até recusar possíveis parceiros. Por sorte, não é o baile de apresentação de ninguém, então as atenções não estarão voltadas para outra jovem em particular. Venha.

Ela estendeu a mão para que Constance a pegasse.

Olhou para Hugo, depois que Constance lhe deu o braço. E Hugo teve a satisfação de ver o rubor tomar seu rosto. Ela não era tão indiferente assim.

– Lorde Trentham – disse ela. – Pode interagir com os outros convidados ou mesmo se recolher à sala de jogos. Sua irmã estará em segurança comigo.

Estava sendo dispensado. Para interagir. Aquela atividade simples. Mas interagir com quem? Seria ridículo de sua parte entrar em pânico. Ela mencionara uma sala de jogos. Ele poderia ir para lá e se esconder. Contudo, antes de ir, queria ver Constance dançar pela primeira vez num baile da aristocracia. Confiava que lady Muir cuidaria que sua irmã *dançasse* e que seria com alguém respeitável.

Ele falou antes que ela desaparecesse com Constance no meio da multidão.

– Lady Muir, espero que também vá dançar esta noite. E que me reserve uma dança.

Ela dançava, apesar da perna. Havia contado para ele em Penderris.

– Obrigada – disse ela.

Hugo achou interessante notar que ela pareceu ter perdido o fôlego.

– A quarta dança vai ser uma valsa – informou ela. – É a dança do jantar.

Deus! Uma valsa. A esposa do vigário e algumas senhoras do vilarejo haviam assumido a difícil tarefa de lhe ensinar os passos em uma festa, fazia cerca de um ano e meio. A aula ocorrera entre muitos risos e provocações delas e de todos os mortais reunidos na ocasião. Ele acabara dançando com a mulher do boticário, no fim da festa, sob muitos aplausos e mais risos. O melhor que podia ser dito era que ele não pisara nenhuma vez nos pés da dama.

Prometera nunca mais dançar valsa.

– Então ficaria agradecido, madame, se reservasse a valsa para mim – disse ele.

Ela assentiu, prendendo o olhar dele por um momento, depois se afastou com Constance.

Hugo foi salvo da terrível sensação de chamar atenção, da própria insegurança e de ser visto carrancudo em um baile da aristocracia quando o conde de Kilbourne e o marquês de Attingsborough se aproximaram e começaram uma conversa leve, daquelas que eles sabiam levar tão bem.

Outros homens se juntaram a eles por breves momentos, sendo apresentados ou reapresentados a lorde Trentham. Alguns tinham estado no salão de Newbury Abbey. Então Hugo avistou Ralph.

Ora, havia alguém que ele conhecia.

Constance, com um brilho visível de felicidade, teve sua primeira dança com um rapaz de cabelos avermelhados que parecia bem-humorado e que talvez pudesse ser considerado atraente por uma jovem, apesar das sardas. Sorria para ela, puxava conversa e executava os intrincados passos de uma vigorosa dança com facilidade e graça, na certa adquiridas com muita prática.

Lady Muir dançava com um dos primos. Ao dançar, parecia menos manca.

Seus olhos encontraram os de Hugo e permaneceram neles por alguns instantes. Ele prendeu a respiração e sentiu o coração bater forte.

CAPÍTULO 16

Gwen concedeu aos primos as primeiras danças. Pôde relaxar e conversar com eles enquanto mantinha os olhos em Constance Emes. Não havia motivo para preocupações. Ela era bonita e vivaz o bastante para atrair um número mais que suficiente de parceiros, mesmo se não tivesse outras qualidades. Mas havia muito mais. Tinha *lady Muir* como madrinha e era irmã de *lorde Trentham*, o famoso herói de Badajoz. Esse fato logo criou uma agitação no salão, depois de ter sido sussurrado para algumas pessoas, provavelmente por sua família, imaginou Gwen. E, mais importante, talvez, fossem os boatos de que a Srta. Emes era tão rica quanto algumas das mais disputadas herdeiras da aristocracia.

A tarefa de Gwen pelo resto da noite consistiria em nada mais que selecionar os cavalheiros que queriam dançar com a jovem, para que nenhum canalha ou caçador de fortunas tivesse essa chance. Constance teve sua primeira dança com Allan Grattin, filho caçula de sir James Grattin; a segunda, com David Rigby, sobrinho do visconde Cawdor pelo lado materno; e a terceira, com Matthew Everly, herdeiro de uma propriedade decente e de uma fortuna de linhagem antiga, embora não houvesse títulos na família. Eram todos jovens muito respeitáveis. O conde de Berwick, um dos integrantes do Clube dos Sobreviventes, tinha se comprometido com a dança do jantar, embora soubesse que a moça só poderia valsar quando recebesse a permissão de uma das grandes damas da sociedade. Ser vista na companhia do conde durante a dança e o jantar, porém, só poderia beneficiar a garota.

A terceira dança de Gwen foi com lorde Merlock, com quem mantivera um relacionamento amigável nos últimos dois ou três anos. No ano anterior, permitira que ele a beijasse em Vauxhall Gardens. Os dois trocaram sorrisos carinhosos e ele elogiou sua beleza.

– É a única dama de meu círculo de amizades que realmente fica mais jovem a cada ano – disse ele. – Com certeza vai chegar o momento em que serei acusado de estar atacando um berço.

– Que absurdo! – disse Gwen, rindo, enquanto a sequência da dança os separava por alguns momentos.

Depois de beijá-la, ele a pedira em casamento. Gwen recusara sem hesitação e ele aceitara a rejeição com elegância. Tinha até rido quando ela previra que ele sentiria um profundo alívio pela manhã, ao lembrar a recusa.

Naquele momento ela se perguntava se ele de fato sentira alívio. Poderia tê-lo encorajado a retomar a corte, se já não tivesse convidado lorde Trentham a fazer o mesmo. Desejava não ter feito aquilo. Embora não conhecesse lorde Merlock tão bem, Gwen tinha confiança de que ele seria um marido agradável. Era bem-nascido, bem-humorado, de modos suaves e... bem... descomplicado. Ela não poderia supor que ele tivesse nada a esconder. Embora ninguém pudesse ter certeza disso, claro.

De qualquer modo, já convidara lorde Trentham e não complicaria a própria vida envolvendo-se com dois pretendentes ao mesmo tempo.

Lorde Trentham havia deixado o salão de baile dez minutos depois do início da primeira dança. Gwen notara no mesmo instante, apesar de não estar vigiando Hugo. Perguntou a si mesma se ele voltaria. Claro que sim. Tinha lhe pedido uma dança. Além do mais, ele iria querer ficar de olho na irmã.

Ele voltou. Claro que voltou. E não foi apenas instantes antes que a dança deles começasse. Postou-se ao lado dela assim que a terceira dança terminou. Depois, a ignorou por completo. Conversou com a irmã, que estava ansiosa em lhe fazer um detalhado relato de cada momento no baile até então. A moça praticamente borbulhava de empolgação ao falar. A garota não sabia nada sobre manter um elegante ar de tédio – ainda bem, pensou Gwen. Não havia nada mais ridículo do que uma jovem recém-saída da escola e do interior, vestida em branco virginal, que se mostrasse entediada e cansada da vida diante de *mais um* baile e *mais um* parceiro.

O conde de Berwick foi ao encontro deles e a Srta. Emes observou a cicatriz em seu rosto.

– O senhor foi oficial? – perguntou ela. – Conheceu Hugo na península Ibérica?

– Infelizmente não, Srta. Emes – respondeu ele. – Embora eu conhecesse sua reputação. Não havia um soldado nos exércitos aliados, desde os generais até o mais novo recruta nas fileiras, que não soubesse quem era o capitão Emes, que depois se tornaria o major lorde Trentham. Era o que todos nós aspirávamos ser. Poderíamos ter ódio dele, se ele não fosse tão modesto. Eu o conheci em Penderris Hall, na Cornualha, quando nos recuperávamos de nossas experiências de guerra, e fiquei mudo de estupefação diante dele, até que lorde Trentham mandou que eu não me comportasse de forma tão aparvalhada.

Constance lhe dava toda a atenção.

– Hugo mencionou a existência de uma irmã – prosseguiu o conde. – Tenho certeza que sim. Mas ele não mencionou, esse bandido, que ela era... que ela é... uma das mais belas damas do país.

Ele acertou em cheio no tom. Constance contemplou o irmão com adoração por alguns minutos, então, ruborizada, olhou para lorde Berwick.

Como é maravilhoso ainda ser tão inocente, pensou Gwen. O conde falara de tal forma que a lisonja parecera mais gentileza do que flerte. Seus modos eram quase paternais, de fato, embora ele com certeza tivesse menos de 30 anos.

Devia ter deixado sua jovialidade em algum campo de batalha na Espanha ou em Portugal.

Lorde Trentham era um membro silencioso do grupo e ainda não lançara um olhar na direção de Gwen. Ela poderia ter ficado exasperada, se não tivesse começado a compreendê-lo melhor. Por mais que sua aparência fosse bruta e severa – ele parecia assim naquele momento, apesar do carinho evidente a cada vez que seus olhos pousavam na irmã –, ele se sentia inseguro em eventos sociais. Em eventos da aristocracia, pelo menos. Seria capaz de proclamar que pertencia à classe média e que tinha orgulho disso, o que deveria ser verdade. Provavelmente era. Ainda assim, também era verdade que ele se sentia intimidado pela aristocracia.

Até mesmo por ela.

Teve uma lembrança indesejada dele saindo do mar naquela enseada em Penderris, a água escorrendo por seu corpo seminu, a roupa de baixo colada ao quadril e às coxas. E de como se livrara dessa peça mais tarde, depois de levar Gwen até a água. Naquele momento ele não se sentira intimidado por ela.

Os casais se encontraram no salão para a valsa. Lorde Berwick fez uma mesura para Constance e lhe estendeu a mão.

– Vamos em busca de um copo de limonada e de um sofá confortável para observar as pessoas dançarem? – sugeriu. – Embora seja provável que eu tenha olhos para certa moça que não estará na valsa.

– Bobo – disse Constance com uma risada, ao colocar a mão sobre a dele.

Gwen observou os dois enquanto se dirigiam ao salão onde eram servidas as bebidas e esperou. Sentia-se bastante animada, e quase sem fôlego diante de tanta expectativa.

– Só valsei uma vez na vida – confessou lorde Trentham, abrupto, os olhos pousados na irmã, que se afastava. – Não esmaguei o pé de minha parceira, nem saí saltitando em uma direção enquanto ela deslizava graciosamente para o lado oposto. Mas minha performance provocou risos, bem, e também aplausos irônicos de todos.

Gwen riu e abriu o leque.

– Deviam estimá-lo muito – comentou ela.

Os olhos dele grudaram nos dela e ele franziu a testa sem entender muito bem.

– Pessoas educadas não riem nem aplaudem ironicamente a não ser quando sabem que o outro compreenderá seu afeto e também vai rir. *Você riu?*

Ele continuou com a testa franzida.

– Acredito que sim. Sim, devo ter rido. O que mais poderia fazer?

Ela abanou o leque diante do rosto e sentiu que se apaixonava um pouco mais por aquele homem. Como adoraria ter visto aquilo.

– Então, está transbordando de terror.

– Se olhar para baixo, vai perceber que meus joelhos estão tremendo. Se não houvesse tanto barulho nesse salão, ouviria o som que produzem quando se chocam.

Ela voltou a rir.

– Já tive uma sequência de três danças vigorosas – disse ela. – Embora meu tornozelo não esteja doendo, ele *doerá* se eu não usar do bom senso e descansar um pouco. Confio no conde de Berwick. Confia também?

– Confio-lhe a minha vida. E a vida e a virtude da minha irmã.

– Há uma sacada depois daquelas portas envidraçadas – disse ela. – E há um belo jardim lá embaixo. A noite não está tão fria. Caminharia comigo?

– Provavelmente estou privando-a do prazer da sua dança favorita.

Era verdade.

– Acredito que eu prefira passear com você a valsar com outro, lorde Trentham.

Palavras nada sábias. Ela não as planejara. Não era o tipo de mulher que *flertava*. Nunca fora assim. Falara apenas a verdade. Mas às vezes as verdades, mesmo simples, deviam permanecer silenciadas.

Ele lhe ofereceu o braço e ela o enlaçou. Hugo a conduziu pelo salão até a sacada deserta, então desceram alguns degraus de uma escadaria íngreme que levava ao jardim igualmente deserto. No entanto, não estava escuro. Pequenas lanternas coloridas balançavam nos galhos das árvores e iluminavam caminhos cobertos de cascalho que serpenteavam por entre canteiros de flores margeados por sebes baixas.

Do salão de baile vieram os acordes de uma valsa cadenciada.

– Devo agradecer pelo que fez e está fazendo por Constance – disse ele, rigidamente. – Não acredito que ela poderia se sentir mais feliz do que está agora.

– Mas fui pelo menos um pouco egoísta – disse ela. – Tive um grande prazer em cuidar dela. E temo que tenhamos gastado um bocado do seu dinheiro.

– Dinheiro de meu pai. Dinheiro do pai *dela*. Mas será que ela ficará tão infeliz no futuro próximo quanto está feliz neste momento? Com toda a certeza, ela não pode esperar receber muitos convites para outros bailes ou eventos, nem deve ter expectativas de que qualquer um dos cavalheiros que dançaram com ela esta noite repita a experiência. A mãe de Constance está em casa com a mãe *dela* e a irmã. Ganham modestamente a vida com uma pequena mercearia e mal se qualificam como pertencentes à classe média.

– E ela é a irmã de lorde Trentham, famoso por sua participação em Badajoz – ressaltou Gwen.

Ele a encarou na penumbra.

– É provável que não tenha sequer percebido que o salão de baile se agitou com sua fama – disse Gwen. – Há anos as pessoas esperam a oportunidade de conhecê-lo e, de repente, aqui está. Existem fatores que transcendem a linha de separação das classes, lorde Trentham, e esse é um deles. É um herói de proporções quase míticas e Constance é sua *irmã*.

– É a maior tolice que ouvi na vida – disse ele. – Uma repetição do que aconteceu nos salões de Newbury Abbey.

– E seria o suficiente para fazer com que se refugiasse correndo no interior, junto a seus cordeiros e repolhos. Mas não pode fugir, pois precisa levar em consideração a felicidade de sua irmã. E a felicidade dela é mais importante do que a sua, no seu ponto de vista.

– Quem disse? – perguntou ele, com uma carranca.

– *Você*. Por meio de seus atos – explicou ela. – Nunca precisou colocar em palavras, embora tenha chegado perto em certas ocasiões.

– Maldição!

Gwen sorriu e esperou pelo pedido de desculpas pela linguagem imprópria. O pedido não veio.

– Além do mais, junto de sua fama também correm boatos de que a Srta. Emes é dona de uma riqueza fabulosa – disse ela. – Uma jovem bonita e educada, adequadamente acompanhada, despertará interesse em qualquer lugar, lorde Trentham. Quando também é rica, se torna bastante irresistível.

Ele suspirou.

Havia um banco de madeira no fim do jardim, sob a sombra de um velho carvalho. Dava vista para canteiros de flores até a casa iluminada, aos fundos. Sentaram-se lado a lado e, por alguns momentos, houve novo silêncio. Não seria ela a responsável por rompê-lo, decidiu Gwen.

– Eu deveria estar lhe fazendo a corte – disse ele, abruptamente.

Gwen se virou para olhar para Hugo, mas o rosto dele estava na sombra.

– Não *deveria*, não – respondeu ela. – Apenas o convidei se este fosse o seu desejo. E sem promessas de que sua corte seria recebida favoravelmente.

– Não sei se quero – disse ele.

Pois bem. Direto como sempre. Ela deveria se sentir aliviada, pensou Gwen. Mas seu coração pareceu afundar na tristeza.

– Não acho que queira cortejar uma assassina – disse ele. – Se é o que é. Embora não saiba por que deveria ter objeções, pois eu poderia muito bem ser acusado de múltiplos assassinatos sem estar distorcendo demais a verdade. E confiei minha irmã a seus cuidados.

Ora, ora. Então nada de romance nem da conversa leve adequada a uma ocasião festiva, como um baile.

Ele não tinha mais a dizer. Houve alguns momentos de silêncio entre eles. Desta vez, seria *ela* a rompê-lo.

– Não matei Vernon literalmente. Nem Jason matou. Mas *sinto* que o fizemos. Sinto que provocamos a morte dele. Ou que eu a provoquei. E minha consciência carregará para sempre o peso da culpa. Seria uma boa decisão de sua parte não me cortejar, lorde Trentham. Já carrega muitas culpas sem ter que assombrar a alma com as minhas. Precisamos de alguém que nos liberte de tanto peso.

– Ninguém é capaz de fazer tal coisa – ressaltou ele. – Nunca se case motivada por essa esperança. Ela será destruída antes que se passe uma quinzena.

Gwen engoliu em seco, arrumou o leque no colo. A distância, via nas janelas as sombras das pessoas que valsavam. Ouvia a música e o riso. Eram pessoas sem nenhuma preocupação na vida.

Suposição ingênua. *Todo mundo* tinha preocupações na vida.

– Jason estava nos visitando, como sempre costumava fazer quando tinha licença – disse ela. – Eu tinha horror a tais visitas tanto quanto Vernon as adorava. Eu detestava Jason, embora nunca tenha conseguido entender o motivo. Ele parecia sentir muito carinho por meu marido e se preocupar com ele, embora tenha mesmo ido *longe demais*, no fim. Vernon estava nas profundezas de seus humores mais sombrios e se retirara para cama cedo, certa noite. Pedira licença para se recolher na mesa de jantar, deixando-me na companhia de Jason. Não consigo me lembrar de como terminamos conversando no saguão, em vez de ficarmos quietos na sala de jantar, mas era lá que estávamos.

Tratava-se de um saguão de mármore bonito no sentido puramente arquitetônico, mas frio, duro e reverberante.

– Jason achava que Vernon deveria ser submetido a algum tipo de internação, alguma instituição – prosseguiu ela. – Ele conhecia um lugar onde Vernon receberia bons cuidados e, com um tratamento firme e intenso, conseguiria se fortalecer e se recuperar da perda do filho. Vernon sempre fora um pouco fraco do ponto de vista emocional, alegava Jason, mas poderia se tornar mais resistente com o treinamento adequado. Nesse meio-tempo, Jason pediria uma licença prolongada e administraria a propriedade para que Vernon ficasse despreocupado enquanto recuperava seu estado de espírito e aprendia a fortalecer a mente. Um treinamento militar, no Exército, teria sido benéfico, comentou ele, mas isso sempre estivera fora de questão porque Vernon recebera seu título aos

14 anos. Mesmo assim, segundo ele, os tutores não deveriam ter sido tão condescendentes.

Gwen abriu o leque no colo. Na escuridão, não conseguia ver as delicadas flores pintadas nele.

– Eu disse a ele que ninguém internaria meu marido em uma instituição. Ele estava *doente*, mas não era insano. Ninguém ia *tratar* dele com firmeza e precisão, nem de nenhuma outra forma. E ninguém ia *fortalecer* seu caráter. Ele estava *doente* e era sensível, e eu cuidaria dele e ajudaria a animar seu espírito. E, se nunca melhorasse, que assim fosse.

Ela fechou o leque com um estalo.

– Vernon não tinha ido para a cama. Estava no balcão, no escuro, nos observando e ouvindo cada palavra. Só descobrimos sua presença quando ele falou. Ainda me lembro de cada palavra. "Meu Deus", disse ele. "Não sou louco, Jason. Não pode acreditar nisso." Jason ergueu os olhos e disse em termos bem diretos que achava que ele estava louco, sim. E Vernon olhou para mim e falou: "Não estou doente, Gwen. Nem fraco. Não pode pensar assim. Não pode pensar que precise de cuidados e de ser animado." E foi aí que eu o matei.

O leque vibrava em seu colo. Ela só percebeu que eram suas mãos que tremiam quando outra mão, maior, mais quente e mais firme cobriu as suas.

– "Agora não, Vernon", eu disse a ele. "Estou cansada. Estou terrivelmente cansada." Então me virei para entrar na biblioteca. Precisava ficar sozinha. Estava transtornada com o que Jason sugerira e ainda mais transtornada por Vernon ter ouvido tudo. Senti que havíamos chegado a um ponto crítico e eu não tinha condições de lidar com aquilo. Minha mão estava na maçaneta quando ele chamou meu nome. Ah, a angústia na sua voz, a sensação de ter sido traído. Tudo numa única palavra: meu nome. Eu estava me voltando na direção do meu marido quando ele se jogou da balaustrada, então testemunhei tudo, do início ao fim. Suponho que durou um segundo, embora parecesse uma eternidade. Jason tinha os braços erguidos na direção do primo, como se para ampará-lo, o que seria impossível, é claro. Vernon morreu antes mesmo que eu pudesse abrir a boca ou que Jason pudesse se mexer. Não acredito que eu tenha sequer soltado um grito.

Seguiu-se um silêncio bastante longo. Gwen franziu a testa ao se lembrar de algo em que ela quase nunca se permitia pensar. Lembrar que havia alguma coisa intrigante, alguma coisa... esquisita. Mesmo na época dos acontecimentos, não fora capaz de compreender bem o que era. Naquele momento, passado tanto tempo, seria impossível.

– Você não o matou – disse lorde Trentham. – Sabe muito bem disso. Mesmo deprimido, foi Muir quem tomou a decisão de se lançar para a morte. Nem Grayson o matou. Entretanto, compreendo por que se sente culpada e por que sempre se sentirá. Eu compreendo.

Estranhamente, aquilo soou como uma bênção.

– Sim, entre todas as pessoas, você saberia como o sentimento de culpa pode ser pior quando não existe razão para se culpar. Não há reparação possível.

– Stanbrook me disse certa vez que o suicídio é o pior tipo de egoísmo, pois em geral é um apelo para certas pessoas, que depois ficam perdidas para sempre na terra dos vivos, incapazes de atender a esse apelo. Seu caso é muito semelhante ao dele. Por um momento, foi incapaz de lidar com a tarefa gigantesca e constante de cuidar das necessidades de seu marido e, por causa desse lapso momentâneo, ele a puniu para sempre.

– Então o culpa? – indagou ela.

– Dificilmente – disse ele. – Também acredito que ele estava doente e que não conseguiria simplesmente se libertar de seus humores sombrios, como Grayson parecia pensar. Ainda mais com um tratamento firme. Também acredito que você lhe deu tudo o que podia... a não ser no momento em que estava exaurida, consumida, e decidiu que precisava de um tempo para pensar e recuperar suas forças para atendê-lo mais uma vez. Não surpreende que não tenha procurado por um novo casamento em sete anos.

Gwen virara uma das mãos para prender a dele, percebeu. Os dedos estavam entrelaçados. Os dela desapareciam na mão de Hugo. Ela se sentia curiosamente segura.

– Diga meu nome – pediu ela, quase num sussurro.

– Gwendoline? – falou ele. – Gwendoline.

Ela fechou os olhos.

– Muitas vezes ainda escuto aquele outro nome repetido na voz dele. *Gwen, Gwen, Gwen.*

– Gwendoline – voltou a dizer. – Contou essa história para mais alguém?

– Não. E dessa vez não pode dizer que minhas confidências foram provocadas pela casa. Não estamos em Penderris. Deve ser você.

– Sabe que eu compreendo, que não a acusarei nem irei considerar seus sentimentos de culpa uma bobagem. Qual a pessoa de quem se sente mais próxima no mundo?

Você, ela quase disse. Mas não poderia ser verdade. A mãe? Neville? Lily? Lauren?

– Lauren – respondeu.

– Ela já sofreu? – perguntou ele.

– Ah, sofreu mais do que praticamente qualquer pessoa que eu conheça – contou. – Foi criada conosco, pois a mãe se casou com meu tio e os dois partiram em uma viagem de núpcias da qual nunca retornaram. A família do pai não queria manter qualquer relação com ela e a avó materna não quis cuidar da neta. Cresceu com a expectativa de se casar com Neville e o amava profundamente. Mas ele foi para a guerra e se casou com Lily em segredo. Neville pensou que Lily havia sido morta no dia seguinte, numa emboscada, e voltou para casa sem dizer uma palavra sobre ela para nenhum de nós.

Gwen falava com carinho da amiga.

– A cerimônia de casamento com Lauren fora planejada. Estavam todos na igreja em Newbury, lotada de convidados. Ela estava prestes a entrar na igreja, rumo a Neville e a um final feliz, quando Lily chegou, parecendo uma mendiga. E, assim, todos os sonhos de Lauren, sua sensação de segurança e seu amor-próprio voltaram a ser destruídos. Foi um verdadeiro milagre ela ter conhecido Kit. Sim, ela sofreu.

– Então ela é a pessoa ideal. Conte para ela.

– Contar... o que aconteceu?

Gwen franziu a testa.

– Conte tudo. A culpa vai permanecer. Sempre será uma parte sua, mas, ao compartilhá-la, ao permitir que as pessoas a amem apesar dos pesares, você ficará bem melhor. É preciso de um escoadouro para os segredos, senão eles apodrecem e se transformam num fardo insuportável.

– Não gostaria de sobrecarregá-la.

– Ela não se sentirá sobrecarregada.

Hugo apertou os dedos dela.

– Você *acha* que ela pensa que seu casamento foi feliz, mas arruinado pela tragédia. Ela *provavelmente* acredita, como os outros, que você possa ter sofrido agressões. Você *foi* vítima, mas não de violência. Ela ficará aliviada em saber a verdade. Será capaz de dar o apoio que imagino que você lhe ofereceu quando ela foi submetida a sofrimentos bem mais públicos.

– O Clube dos Sobreviventes – disse ela, baixinho. – É isso o que eles têm feito por você.

– É o que fazemos uns pelos outros – corrigiu ele. – Todos nós precisamos ser amados, Gwendoline, de uma forma plena e incondicional. Mesmo quando carregamos o fardo da culpa e acreditamos não merecer amor. A verdade é que ninguém *merece*. Não sou religioso, mas acredito que é disso que tratam as religiões. Ninguém merece, mas ao mesmo tempo, todos nós somos dignos de amor.

Gwen ergueu os olhos para o salão de baile a distância. Era incrível, mas todo mundo continuava a valsar. A dança ainda não acabara.

– Peço-lhe desculpas – falou Gwen. – É uma ocasião social. Eu deveria ajudá-lo a se divertir, pois você *não* gostou da ideia de vir e não teria vindo se não fosse por sua irmã. Eu deveria fazê-lo rir e ficar descontraído. Deveria...

Parou de repente. O braço livre de Hugo alcançara seu ombro e a mão que segurara as dela pousara em seu pescoço. O queixo dela foi amparado com firmeza pelo vão desenhado entre o polegar e o indicador dele. Hugo ergueu-lhe o queixo e virou a cabeça na direção dele com cuidado.

Gwen não conseguia vê-lo com clareza.

– Às vezes você diz as maiores tolices – afirmou ele. – Deve ser a aristocrata que existe em você.

E a beijou, a boca firme na dela, calorosa, aberta. A língua dele avançou. Ela agarrou seu punho e retribuiu o beijo.

Não foi algo breve. Nem lascivo, nem particularmente ardente. Mas foi algo que ela sentiu nas profundezas de seu ser. Embora se tratasse de uma experiência física, não se resumia a isso. Era... sobre eles. Ele a beijava porque ela era Gwendoline e ele se importava com ela, apesar de todos os defeitos. Ela o beijava porque ele era Hugo e ela se importava com ele.

Depois de tudo terminado e de Hugo ter soltado seu queixo para voltar a segurar-lhe a mão sobre o colo e ela ter descansado a cabeça no ombro dele, Gwen sentiu a ardência de lágrimas não derramadas, de lágrimas presas na garganta. Pois, claro, não estava apaixonada por ele. Ou pelo menos, não estava *só* apaixonada por ele.

Quando ele havia se transformado no sol e na lua para ela, no ar que respirava?

E quando o impossível se transformara apenas em improvável?

Não podia se deixar abalar por um romance. E talvez fosse apenas isso. E as consequências de se sentir aliviada de um peso.

Quando ele havia se tornado tão sábio, tão compreensivo, tão gentil? Depois de tudo o que sofrera?

Era disso que se tratava o sofrimento? Era isso que fazia com uma pessoa?

Ele a beijou nas têmporas e nas bochechas.

– Não chore – murmurou. – A dança deve estar quase no fim. E olhe só, há outro casal na sacada e estão se dirigindo para a escada. É melhor entrarmos para que eu possa me sentar com Constance e Berwick no jantar. Para que *nós* possamos nos sentar com eles.

Ela ergueu a cabeça, secou o rosto e se levantou.

– Ainda preciso decidir – disse ele, quando ela tomou-lhe o braço. – Se quero cortejá-la ou não. Avisarei. Não tenho certeza de que consiga cortejar uma mulher que manca.

Tinham saído de sob a árvore e havia luzes de lamparinas reluzindo no rosto dele quando ela o encarou, estarrecida.

Ele não lhe devolveu o olhar. Mas havia uma espécie de brilho em seus olhos que poderia ser até um sorriso.

CAPÍTULO 17

A desgraça era que lady Muir tinha razão. O salão de baile realmente se agitou com as notícias da fama de lorde Trentham. Mais de uma dezena de homens quis apertar-lhe a mão durante a ceia e, para onde quer que ele olhasse, interceptava sinais de reconhecimento, olhares de admiração, acenos com as cabeças ou com plumas. Ficou tão constrangido que manteve os olhos fixos no prato na maior parte do tempo, sentindo-se sem jeito e em exposição. Passou o resto da noite indo de um canto discreto para outro, o que não ajudou muito. E nem pôde sair cedo, porque Constance dançou até o último acorde.

Na manhã seguinte, houve um verdadeiro dilúvio de correspondências, quase todas sendo convites para vários eventos da aristocracia: festas de jardim, concertos particulares, saraus, desjejuns venezianos (que ele nem sequer imaginava o que fossem), serões musicais (e no que seriam diferentes de concertos?). E como alguém podia marcar um *desjejum* para o meio da tarde? Não seria uma contradição? Ou seria porque a aristocracia dormia a manhã inteira durante a temporada de eventos sociais? (O que faria sentido, uma vez que festejavam a noite inteira.) Quase todos os convites dirigidos a ele incluíam Constance, e isso tornava difícil simplesmente ignorá-los ou respondê-los com uma firme recusa.

Alguns convites foram dirigidos apenas a Constance, bem como três buquês – de Ralph, do jovem Everly e de alguém que assinara o cartão com um floreio tão extravagante que tornara o nome ilegível.

Hugo foi passar a manhã com William Richardson, seu administrador, deixando Constance com a mãe e avó e dois garotinhos que a última trouxera naquela manhã. Estranhamente, Fiona não parecia perturbada por sua energia nem pelas perguntas incessantes que faziam, e Constance ficou em êxtase por poder conversar e brincar com aqueles primos pequenos. Ia passear no Hyde Park à tarde, na companhia de Gregory Hind, um de seus parceiros da noite anterior – aquele com uma risada ruidosa, relinchante, e a tendência de achar tudo engraçado. O rapaz havia passado pelo escrutínio rigoroso de lady Muir, porém, e Connie gostara dele. E, ao que tudo indicava, a irmã de Hind e o noivo os acompanhariam, de forma que seria tudo bastante respeitável.

Hugo mergulhou no trabalho e sonhou com o campo.

Não estava nem um pouco seguro sobre seu desejo de cortejar lady Muir. Ela mancava. De uma forma bem notável. Mas ao rir baixinho diante da lembrança de mencionar isso para ela, ele recebeu um olhar intrigado de Richardson e então uma risada em resposta, como se o homem acreditasse ter perdido uma piada e tentasse disfarçar.

Não, ele não tinha certeza de que queria cortejá-la. Não seria bom para ela. Ela precisava de alguém que a adorasse, que a mimasse, que a fizesse rir. Precisava de alguém de seu mundo. E ele precisava de alguém... Mas queria mesmo alguém? Precisava de alguém que lhe desse um filho para que seu pai descansasse em paz. Precisava de alguém com quem fazer sexo. Mas o filho podia esperar e o sexo podia ser obtido de outras formas, fora do matrimônio.

Que pensamento deprimente.

Ele *não* precisava de Gwendoline, de lady Muir. Só que ela, na noite anterior, lhe revelara o recanto mais sombrio de sua alma e ele havia se sentido curiosamente privilegiado. E ela o beijara como se... pois bem, como se ele *importasse*, de alguma forma. E quando ele dissera que ela mancava, Gwen jogara a cabeça para trás e rira, divertindo-se. E havia penetrado o corpo dela na enseada em Penderris e ela o acolhera. Sim, ela o acolhera. Ela o *acolhera* e ele, que só tinha possuído prostitutas antes, percebera a diferença, embora faltasse a ela boa parte da experiência das outras mulheres.

Ele tinha se sentido desejado, adorado, amado.

Amado?

Muito bem, talvez dizer isso fosse ir longe demais.

Mas ele ansiava por mais. *Por ela?* Era por ela que ele ansiava? Ou ansiava por *aquilo*? Mais *daquilo*.

Ou ansiava por *amor*?

Havia passado tempo de mais com a cabeça nas nuvens, por isso concentrou a atenção no trabalho.

Mais tarde, foi bater à porta de Kilbourne House, em Grovesnor Square, e perguntou ao mordomo se lady Muir se encontrava em casa e se estaria disposta a recebê-lo. Estava certo de que ela saíra. Era a hora em que todos deixavam a casa para caminhar, montar a cavalo ou passear de charrete pelo parque, e o dia estava bem decente, embora o sol não brilhasse constantemente. Hind partira com Constance na hora em que Hugo saía de casa, rindo de alguma coisa que ela dissera. Hugo confiava que Gwen não estaria em casa e talvez tivesse sido essa a razão para ele aparecer naquele momento.

Hugo teve certeza: se um dia compreendesse a si mesmo, seria um verdadeiro milagre.

Ela não só estava em casa e disposta a recebê-lo, como também desceu, um pouco antes do mordomo. Parecia pálida e agitada, com os olhos um pouco inchados.

– Venha até a biblioteca – disse ela. – Neville e Lily saíram e minha mãe está descansando.

Ele a seguiu até o aposento e fechou a porta.

– O que houve? – perguntou ele.

Ela virou para olhá-lo e deu um leve sorriso.

– Na verdade, não há nada de errado. Acabei de passar a tarde com Lauren.

Seu rosto se contraiu e ela o escondeu com as mãos.

– Sinto muito – disse ela.

– Eu estava certo? – perguntou ele.

Deus do céu, e se ele *não* estivesse?

– Estava, sim – respondeu ela, abaixando as mãos, mais uma vez no controle dos músculos faciais. – Estava certo, sim. Acabamos de passar quase uma tarde inteira chorando como idiotas. Ela me fez entender que sou a maior tola do mundo por ter guardado tudo isso durante tanto tempo.

– Não – disse ele. – Não é uma tola. Nisso ela está errada. Quando nos sentimos como ovos podres, não queremos que ninguém quebre a casca, para o bem dos outros.

– Então sou um ovo podre.

Ela deu uma risada nervosa.

– Sua irmã está feliz? Pretendo visitá-la amanhã de manhã.

– Está passeando com Hind e a irmã dele. Nossa sala de visitas parece e tem o cheiro de um jardim. Ela recebeu cinco convites, sem contar os treze que recebi e que a incluem. Sim, ela está feliz.

– Mas você, nem tanto, certo? – perguntou. – Por favor, venha sentar-se, Hugo. Vou ter torcicolo de tanto erguer o pescoço para falar com você.

Ele se sentou num sofá de dois lugares enquanto ela se acomodava em uma poltrona de couro diante dele.

– Eu bem que gostaria de fazer uma fogueira com todos os convites – confessou ele. – Mas tenho que pensar em Connie. Vim pedir seu conselho sobre quais devemos aceitar.

– Desses aí?

Ela fez um sinal com a cabeça indicando um maço de papeis que ele segurava.

– Sim – confirmou ele, entregando-os. – Os de Constance estão na frente. Aonde devemos ir? Se é que devemos. Um baile da aristocracia foi tudo o que prometi, afinal de contas, e não quero que ela crie expectativas irreais.

– Ela só poderia encontrar a felicidade na própria classe social, é o que acha? – perguntou ela, tomando o maço de convites e organizando-os no colo.

– Não necessariamente.

Ele sentiu a mandíbula tensa. Gwen estava rindo dele.

– Mas é *provável* – falou ele.

Ela levou alguns minutos examinando os convites um por um. Ele a observou e ficou irritado, pois queria ir até ela e tomá-la nos braços como fazia em Penderris, quando tinha todas as desculpas para isso, sentá-la em seu colo. Continuava pálida. Mas ele *não* era responsável por ela. Não tinha nenhuma responsabilidade em lhe dar conforto ou qualquer outra coisa.

Ela mantinha as costas eretas. Não, aquilo era injusto. Apesar de ereta, sua postura era descontraída, graciosa. A coluna não tocava no encosto da cadeira. O pescoço fazia uma curva como um cisne. Era uma dama da cabeça aos pés bem calçados, passando pelas mãos de unhas bem-cuidadas.

E ele a queria de um jeito ardente.

– Também recebi a maioria desses convites – disse ela. – Não teria a audácia de dizer quais *você* deve aceitar ou recusar, lorde Trentham. Mas há alguns aqui que seria melhor que Constance recusasse e alguns que seria bem interessante que aceitasse. Na verdade, há três eventos a que eu tinha muitas esperanças de que ela fosse convidada, para que eu não precisasse ter o trabalho de arranjar os convites.

Riu baixinho e olhou para ele.

– Não precisa se sentir obrigado a acompanhá-la. Ficarei encantada em levá-la comigo e serei uma acompanhante atenta. Mas saiba que a aristocracia vai ficar desapontada se o herói de Badajoz voltar a desaparecer da face da terra depois da noite passada, quando muitos não tiveram a chance de lhe falar e apertar sua mão ou não estavam presentes. Contudo a aristocracia é uma entidade volúvel. Depois de algum tempo, a novidade de finalmente vê-lo será substituída por outro acontecimento e você não ficará mais no centro das atenções por onde passar. Mas todo mundo precisa receber a chance de vê-lo algumas vezes antes que isso aconteça.

Ele suspirou.

– Acompanharei Constance a esses três eventos – disse ele. – Diga-me quais e mandarei a confirmação.

Ela colocou os três no topo e devolveu o maço.

– Eu adoraria respirar um pouco de ar fresco – disse ela. – Daria uma volta comigo, lorde Trentham, ou fica constrangido por eu mancar?

Ela sorriu ao falar, mas havia algo de triste em seu olhar.

Hugo se levantou e enfiou os convites no bolso, deformando horrivelmente sua roupa elegante.

– Sabe que eu estava apenas brincando na noite passada, não é? – disse ele. – Mancar é parte de você, Gwendoline, embora eu preferisse, para seu conforto, que não fosse. Para mim, você é linda do jeito que é.

Ele lhe estendeu a mão.

– Mas ainda não decidi se desejo cortejá-la. Um daqueles três convites é para uma *festa de jardim*.

Ela riu e enfim a cor voltou a seu rosto.

– É verdade. Você vai se sair bem, Hugo, se lembrar de uma coisinha. Quando beber chá, segure a asa da xícara com o polegar e três dedos... mas não com o mindinho.

Ela estremeceu de forma teatral.

– Vá pegar seu chapéu – ordenou ele.

– Decidi não cortejá-la – falou ele.

Vinham caminhando pela rua na direção de Hyde Park, de braços dados. Ela estivera se sentindo exausta um pouco antes, ao voltar da casa de Lauren. Se Hugo não a tivesse visitado, era provável que ficasse deitada na cama. Estava feliz por ele ter aparecido. Ainda se sentia cansada, mas também estava relaxada. Quase feliz.

Não estavam conversando. Parecia desnecessário.

Ela estava se sentindo... segura.

– É mesmo? – disse ela. – E, dessa vez, qual é o motivo?

– Sou importante demais se comparado a você. Sou o herói de Badajoz.

Ela sorriu. Era a primeira vez que ele falava voluntariamente daquele episódio da sua vida. E tinha feito uma *piada*!

– Infelizmente, é verdade. Mas eu me consolo diante do fato de que você é importante demais comparado a *qualquer uma*. No entanto, precisa se casar com *alguém*. É um homem ardente, mas importante demais para frequentar...

Minha nossa, ela não tinha sido feita para aquele tipo de conversa.

– Bordéis? – perguntou ele.

– Pois bem, você é importante demais. E, se precisa casar, então tem que cortejar a dama da sua escolha.

– Não. Sou importante demais para isso. Preciso apenas estalar os dedos e ela virá correndo.

– A fama não o teria deixado um tanto convencido? – sugeriu ela.

– De maneira nenhuma, não há o menor convencimento em reconhecer a verdade.

Ela riu baixinho e, quando voltou a olhar para Hugo, viu algo que poderia ser um sorriso à espreita nos cantos dos lábios dele. Ele estivera tentando fazê-la rir.

– Planeja estalar os dedos *para mim*?

Houve uma pausa um tanto demorada antes da resposta dele, enquanto atravessavam a rua. Ele jogou uma moeda para um jovem varredor que removera uma pilha de estrume fresco do caminho dos dois.

– Não decidi. Avisarei.

Gwen voltou a sorrir e os dois entraram no parque.

Atravessaram a área elegante, onde as multidões ainda desfilavam de carruagem, de montaria ou a pé, embora não se demorassem ali. Mesmo assim, sua chegada foi notada com um interesse bem maior do que seria normal caso ela estivesse sozinha, pensou Gwen. Muitas pessoas os chamaram, até pararam para trocar alguns cumprimentos. Os dois ficaram felizes em avistar o duque de Stanbrook a cavalo, na companhia do visconde Ponsonby. O duque os convidou para um chá na tarde seguinte. Constance Emes acenou alegremente da caleche do Sr. Hind, a alguma distância.

Mas os dois continuaram a caminhar, em vez de andar em círculos como todo mundo, e logo passavam por menos veículos e pedestres.

– Conte-me sobre sua madrasta – pediu ela.

– Fiona?

Ele encarou Gwen com alguma surpresa.

– Meu pai se casou com ela quando eu tinha 13 anos. Na época, ela trabalhava numa chapelaria. Era muito bonita. Eles se conheciam fazia uma ou duas semanas quando se casaram... eu nem sabia da existência dela até que meu pai anunciou que ia se casar no dia seguinte. Foi um choque. Suponho que a maioria dos rapazes, mesmo com 13 anos, imagine que seus pais viúvos amem tanto as mães que nunca se atreveriam a olhar para outra mulher com desejo. Eu estava completamente preparado para odiá-la.

– E a odiou para sempre? – perguntou Gwen.

Ela cumprimentou com um aceno de cabeça três cavalheiros que passaram por eles e tiraram os chapéus, olhando para Hugo com completo assombro. Hugo pareceu ignorá-los.

– Prefiro acreditar que recuperei algum bom senso – disse ele. – Tive meu pai para mim durante a maior parte da vida e eu o adorava, mas estava com 13 anos e sabia que minha vida não girava em torno dele. E logo ficou óbvio que Fiona estava terrivelmente entediada. Também ficou óbvio o *motivo* de ter se casado com ele, é claro. Suponho que não haja nada de errado em se unir a um homem por causa do dinheiro. Acontece o tempo todo. E não acho que ela lhe tenha sido infiel, embora tenha tentado comigo alguns anos depois, sem que eu permitisse. Em vez disso, fui para a guerra.

– Foi por isso que decidiu ir? – perguntou ela de olhos arregalados.

– O engraçado é que nunca suportei a ideia de matar nem a menor e mais feia das criaturas. Toda a vida tirei aranhas e lacraias de casa e as deixei nos degraus do lado de fora. Sempre resgatei os camundongos das ratoeiras, nas raras ocasiões em que ainda estavam vivos. Sempre trazia para casa pássaros com asas quebradas, cães e gatos perdidos. Por algum tempo, meus primos implicaram comigo me chamando de gigante gentil. E acabei matando homens.

Muita coisa se explicava, pensou Gwen. Ah, muita coisa.

– Sua madrasta não é muito próxima de seus tios, tias e primos?

– Ela se sentia inferior, então acreditava que eles a desprezavam – explicou ele. – Não creio nisso. Eles a teriam amado e acolhido se tivessem a oportunidade. Todos tiveram origens humildes, afinal de contas. Ela rompeu laços com a própria família por achar, imagino eu, que eles a arrastariam do nível que ela havia alcançado ao se casar com meu pai. Fui visitá-los há uma semana. Nunca deixaram de amá-la, de sentir sua falta. Por incrível que pareça, não demonstram nenhum ressentimento. A mãe e a irmã já passaram algum tempo com ela. Esta manhã, a mãe trouxe dois dos netos, sobrinhos de Fiona. Ela ainda não se encontrou com o pai, o irmão e a cunhada, mas tenho esperanças de que isso aconteça. Talvez Fiona reconstrua sua vida. Ainda é relativamente jovem e tem sua beleza.

– Não a odeia mais? – perguntou Gwen, enquanto ele a levava para um lado da trilha, abrindo caminho para uma carruagem aberta que vinha na direção deles.

– Não é fácil odiar quando já se viveu o bastante para saber que todo mundo caminha por uma trilha difícil pela vida e nem sempre toma decisões sábias ou admiráveis. Existem poucos vilões de verdade, talvez nenhum. Embora existam uns poucos que estão perto de se enquadrar nessa categoria.

Os dois olharam para os ocupantes da carruagem, que tinha diminuído o ritmo para passar por eles.

Era a viscondessa Wragley, com o filho caçula e a nora. Gwen sempre sentira imensa compaixão pelo Sr. Carstairs, magro, pálido e provavelmente tuberculoso. E pela Sra. Carstairs, que sempre parecia descontente com sua sorte, mas nunca deixava de estar ao lado do marido. Gwen não os conhecia muito bem, uma vez que evitavam as diversões mais extenuantes da temporada de eventos sociais.

Sorriu para eles e desejou uma boa tarde.

A viscondessa inclinou a cabeça com altivez. A Sra. Carstairs devolveu a saudação de Gwen com uma voz apática. O Sr. Carstairs não falou. Nem lorde Trentham. Mas Gwen percebeu que os dois homens se encaravam e que o clima havia ficado tenso.

E então o Sr. Carstairs se debruçou sobre um lado da carruagem.

– O herói de Badajoz – bufou, a voz cheia de desdém, e cuspiu no chão, sem alcançar os dois.

– Francis! – exclamou a viscondessa, chocada.

– Frank! – falou a Sra. Carstairs.

– Vá em frente, cocheiro – disse o Sr. Carstairs, e o cocheiro obedeceu.

Gwen ficou paralisada.

– Na última vez que o vi, ele cuspiu em mim – disse lorde Trentham.

Ela virou a cabeça bruscamente e o encarou.

– O Sr. *Carstairs* era o tenente de quem me falou? – perguntou ela. – Aquele que queria que você interrompesse o ataque na fortaleza?

– Não se esperava que ele sobrevivesse. Teve extensos ferimentos internos, bem como externos. Tossia sangue, e muito. Foi mandado para casa para morrer. Mas, de algum modo, conseguiu sobreviver.

– Ah, Hugo – disse ela.

– A vida dele foi arruinada. É óbvio. Deve ser duplamente difícil para ele saber que estou aqui e que estou sendo cumprimentado como um grande herói. Ele é um grande herói, se esse termo pode ser aplicado a nós. Queria que eu suspendesse o ataque, mas me seguiu quando mandei ir em frente.

– Ah, Hugo – repetiu ela, e por um momento descansou a cabeça na manga dele.

Hugo não a encaminhou de volta para a trilha. Em vez disso, atravessou uma grande faixa de grama rumo a uma fileira de árvore antigas e seguiu pela trilha mais estreita e deserta entre elas.

– Lamento que tenha sido exposta a essa situação – disse ele. – Vou acompanhá-la até em casa, se quiser, e me manter afastado no futuro. Pode levar Constance à festa de jardim e aos outros dois eventos, se me fizer a gentileza... ou não. A escolha é sua. Já fez muito por ela, por conta da bondade de seu coração.

– Isso quer dizer que nunca vai estalar os dedos para mim?

Ele se virou para encará-la. Parecia um soldado sombrio.

– Isso mesmo – disse ele.

– É uma pena. Tinha começado a pensar que eu pudesse, quem sabe, ver sua corte de forma favorável. Embora, com certeza, o orgulho me impedisse de sair correndo para atender a um estalar de dedos.

– Não posso expô-la de novo a nada parecido – disse ele.

– Então preciso ser protegida da vida – concluiu ela. – Não pode ser assim, Hugo.

– Não sei nada sobre fazer a corte – falou ele, depois de um breve silêncio. – Não li o manual.

– Dance com a mulher em questão – disse ela. – Ou, se for uma valsa e você tiver medo de tropeçar nos próprios pés ou passar por cima dela, saia para passear e escute seus segredos mais íntimos e sombrios sem parecer se entediar nem emitir juízos. Então a beije e faça com que ela se sinta... perdoada. Faça uma visita quando ela estiver exausta e a leve para uma caminhada. Depois a guie até um caminho mais sombreado e deserto para poder beijá-la.

– Um beijo por dia? – perguntou ele. – É uma exigência?

– Sempre que possível – recomendou ela. – Em alguns dias, será preciso ser engenhoso.

– Posso ser engenhoso.

– Não tenho a mínima dúvida.

Eles continuaram a caminhar.

– Gwendoline, posso parecer um sujeito grande e forte, mas não sei se sou mesmo.

– Ah – disse ela com suavidade. – Estou certa de que não é, Hugo. Não de todas as formas que importam.

Também não sou forte. Nem sei ser provocante.

Pelo menos ela não *achava* que era provocante.

Precisava *pensar*. Ainda estava muito cansada. Dormira um sono leve e intermitente na noite anterior e vivera uma tarde dolorosa, emocional, com Lauren. E agora... isso.

– Um beijo por dia – repetiu ele. – Mas não necessariamente para fazer a corte. Um beijo porque as condições são favoráveis e desejamos ter contato físico.

– Parece uma ótima razão – disse ela, rindo. – Beije-me então, Hugo, e evite que meu dia seja um tanto... triste.

Três galhos carregados com a cobertura primaveril de folhas verde-claras balançavam sobre suas cabeças. O ar estava perfumado. Um coral de aves invisíveis se ocupava de sua misteriosa e doce comunicação. A distância, um cão latiu e uma criança soltou uma risada estridente.

Ele a encostou em um tronco de árvore e aproximou o corpo do dela. Seus dedos entraram pelas laterais do gorro, até tocar seus cabelos, enquanto as palmas seguravam sua face. Os olhos dele, fixos nos dela, pareciam muito escuros sob a sombra das árvores.

– Todos os dias – repetiu ele. – É uma ideia inebriante.

– Sim – concordou ela e sorriu.

– Deitar juntos todas as noites – falou ele. – Várias vezes por noite. E com frequência durante o dia também. Deveria ser o resultado natural de se fazer a corte.

– Sim – disse ela de novo.

– *Se* eu estivesse lhe fazendo a corte.

– Sim – repetiu ela. – E *se* eu encarasse tal corte com boa vontade.

– Gwendoline – murmurou ele.

– Hugo.

Os lábios dele tocaram os dela com leveza e se afastaram.

– Da próxima vez, *se* houver uma próxima vez, quero você nua.

– Sim. *Se* houver uma próxima vez.

Quais eram mesmo as razões que tornavam tudo aquilo improvável, até impossível? Uma delas, pelo menos, apenas uma...

Ele voltou a beijá-la, segurando sua cintura e puxando-a da árvore para junto de seu corpo, enquanto os braços dela o enlaçavam pelo pescoço.

Foi um beijo quente, forte, as bocas apertadas, as línguas duelando, acariciando. Respiravam ofegantes, com os rostos próximos. E por fim, beijaram-se com suavidade e carinho, apenas com os lábios, murmurando palavras incompreensíveis.

– Acho que é melhor levá-la para casa – disse ele ao terminar.

– Também acho. E é melhor tirar esses convites do bolso, antes que ele fique deformado para sempre.

– Não seria bom sair por aí como um cavalheiro imperfeito – falou ele.

– Tem razão.

Ela riu e lhe deu o braço.

E, de forma imprudente, ela promoveu suas chances de futuro com ele da categoria das coisas improváveis para a das possíveis.

Embora ainda não fosse provável.

Ela não era tão imprudente assim.

CAPÍTULO 18

Para Hugo, parecia que Constance vivia os melhores dias de sua vida. Foi fazer compras com lady Muir, a prima e a cunhada, certa manhã, e acabou numa casa de chá com um admirador e a mãe dele. Saiu para fazer visitas com as mesmas damas, em outra tarde, e voltou para casa na companhia do filho da última visita, com a escolta de uma criada, por insistência da avó do jovem. Foi duas tardes ao parque para passear com diferentes acompanhantes. E a cada manhã se mantinha um fluxo constante de convites, embora até então ela só tivesse comparecido ao baile.

Parecia que havia sido devidamente apresentada à sociedade e estava feliz. Mas não apenas por isso.

– *Todos* os cavalheiros que decidiram me dar atenção querem falar sobre você, Hugo – disse ela certa manhã, durante o desjejum. – É muito gratificante.

– Sobre *mim*? – falou ele e franziu a testa. – Mas estão lhe fazendo a corte?

– Bem, imagino que seja bom para o prestígio deles serem vistos com a irmã do herói de Badajoz – respondeu ela.

Hugo estava cansado de ouvir aquela expressão ridícula.

– Mas estão lhe fazendo a corte.

– Ah, não deve se preocupar, Hugo – disse ela. – Não vou me casar com nenhum deles.

– Não vai? – perguntou ele, franzindo as sobrancelhas.

– Não, claro que não. São todos muito gentis, muito divertidos e muito... muito bobos. Não, isso é cruel. Gosto de todos e são muito delicados. E ficam todos terrivelmente espantados com você. Duvido que algum deles tenha coragem para lhe pedir minha mão, mesmo se quisesse. Sabe que franze a testa de uma forma assustadora, não sabe?

Constance talvez fosse mais sensata do que ele imaginava. Não depositava suas esperanças matrimoniais em nenhum dos cavalheiros que conhecera até então. Não era nada surpreendente, claro. Seu primeiro baile tinha acontecido fazia menos de uma semana. Talvez ele tivesse confundido seus motivos para querer comparecer ao baile. Talvez não fosse tão importante para ela ascender na hierarquia social por meio do casamento.

Era uma ideia que parecia reforçada por outros acontecimentos da vida dela.

Certa tarde, Constance fora à mercearia com a avó e se encontrara com os outros parentes. Encantara-se com todos na mesma hora e recebera como resposta a adoração deles. Depois da primeira visita, encontrava tempo todos os dias para vê-los – ou melhor, para ver aqueles que não estavam na casa cuidando de Fiona. E quando falava deles, da loja e do bairro, demonstrava o mesmo entusiasmo com que falava de seus contatos com a aristocracia.

Ao lado da mercearia, havia a loja de ferragens. O antigo dono morrera fazia pouco tempo, mas o filho prometera a todos os clientes mantê-la em funcionamento, sem que houvesse qualquer mudança. Segundo Constance, era um verdadeiro labirinto, com pequenos corredores que serpenteavam, tão estreitos que às vezes era difícil dar meia-volta, incluindo o risco de a pessoa se perder. E havia absolutamente *tudo* naquela loja. Não faltava um prego, parafuso, rebite, rosca ou porca. E não era apenas isso. Como o pai, o novo dono sabia *exatamente* onde encontrar o menor e mais obscuro item de que alguém tivesse necessidade. E havia vassouras e escadas encostadas nas paredes, pás e forcados pendurados no teto e...

A história não tinha fim.

E Constance visitava a loja quase todos os dias, sempre com um dos parentes, todos grandes amigos do Sr. Tucker. De fato, a avó praticamente o adotara depois da morte do pai dele. Tinha a mesma idade de Hilda, segundo Constance, talvez uns dois anos mais novo. Ou três. Ele era engraçado. Mexia com Constance por causa de seu sotaque refinado, embora ela não falasse *tão* diferente dos outros e o sotaque *dele* não fosse assim tão vulgar. Ela o entendia perfeitamente. Ele mexia com ela por causa de seus chapéus bonitos. E deixava Colin e Thomas, os dois garotinhos, correrem pela loja à vontade, embora um dia ele tivesse *insistido* para que eles separassem no balcão dois tipos de parafusos diferentes, depois que derrubaram duas caixas e misturaram tudo no chão. Levaram quase uma hora para terminar e Tucker servira leite e biscoitos para que os dedinhos ficassem mais ágeis. E, quando terminaram, ele despenteou o cabelo dos dois, disse que eram bons garotos e deu uma moedinha para cada um, na condição que saíssem da loja imediatamente e não voltassem durante pelo menos uma hora.

Contava histórias engraçadas sobre os clientes para Constance, sem nenhuma maldade. E insistira em caminhar com ela até em casa na tarde em que chovera, segurando acima da cabeça dela um imenso guarda-chuva preto que ele pegara nos fundos da loja. Não conseguiria dormir de noite, dissera, se tivesse permitido que ela fosse para casa sem ele e destruísse seu chapéu.

Hugo ouvia os longos e entusiasmados relatos com interesse. Havia uma espécie de brilho no olhar da irmã quando falava do ferrageiro que não surgia quando falava dos cavalheiros que a procuravam.

Tudo isso sugeria a Hugo que ele poderia ter evitado todo aquele negócio da aristocracia. Não havia necessidade do baile de Redfield, nem da festa de jardim que se aproximava. Nem de retomar contato com lady Muir.

Sua vida estaria bem mais tranquila se ele não tivesse voltado a vê-la, depois de Penderris.

Começavam a se apaixonar. Não, na verdade já não era apenas um começo. E *era* recíproco. Ele mesmo chegava a pensar que a relação entre eles seria possível. E ela também. Mas o romance não duraria para sempre. Não que ele tivesse qualquer experiência com romances, mas era o que havia aprendido com suas observações sobre a vida. O importante era o que permanecia de um relacionamento depois que a euforia do romance passava. O que restaria para ele e lady Muir? Duas vidas tão diferentes quanto a noite e o dia? Alguns filhos, talvez – *se* ela pudesse tê-los. E decisões relativas à sua educação. Sem dúvida, ela ia querer mandá-los para escolas caras assim que parassem de engatinhar. Ele gostaria de mantê-los em casa para desfrutar de sua companhia. Sobraria algum amor para eles depois que o romance esfriasse? Ou todo amor seria empregado na tentativa de fundir duas vidas que não poderiam ser fundidas?

– O que acontece com o amor quando o romance acaba, George? – perguntara Hugo ao duque de Stanbrook, na tarde em que ele e lady Muir atenderam ao convite para tomar chá.

O duque e a duquesa de Portfrey também apareceram. Tinha sido a mesma tarde em que caíra aquela chuva inesperada e Tucker acompanhara Constance de volta para casa. Lady Muir fora embora com o duque e a duquesa, de carruagem, pois Hugo não havia levado a dele.

– É uma boa pergunta – respondera o amigo com um sorriso irônico. – Quando jovem, todos que tinham autoridade e influência sobre mim me ensinaram que amor e romance não deveriam ser misturados... não por alguém na minha posição social, pelo menos. Romance era para as amantes. Amor, embora nunca fosse definido, era para as esposas. Amei Miriam, seja lá o que isso queira dizer. Tive alguns romances nos primeiros anos de nosso casamento, embora hoje eu lamente. Ela merecia mais. Se eu voltasse a ser jovem, Hugo, acredito que procuraria amor, romance e casamento ao mesmo tempo e ignoraria os conselhos que diziam que o romance acabaria e o amor ainda mais. Há muita coisa de que me arrependo na vida, mas não adianta, não é? Neste momento, estamos exatamente no ponto ao qual nos dirigimos desde o nascimento e com nossas experiências de vida, embora pudéssemos ter tomado milhares de decisões no meio do caminho. A única coisa sobre a qual temos algum controle é a próxima decisão que tomaremos. Perdoe-me. Fez uma pergunta. Não sei a resposta. Lamento dizer que suspeito não haver resposta. Cada relacionamento é único. Está apaixonado por lady Muir, não é?

– Acredito que sim – respondera Hugo.

– E ela está apaixonada por você.

Fora uma afirmação, não uma pergunta.

– Não tem solução para nós. Não há nada a favor além do romance.

– Não é bem verdade – dissera o duque. – Há mais, Hugo. Eu o conheço bastante, por isso sei de muito que está por trás dessa casca de granito, quase taciturna, com que você escolheu se apresentar ao mundo. Não conheço lady Muir tão bem, mas sinto algo... humm... não consigo encontrar as palavras certas. Sinto que há nuances na personalidade dela que podem combinar com as suas. "Conteúdo" talvez seja a palavra que procuro.

– Mesmo assim, não temos a mínima chance – reafirmara Hugo.

– Talvez – concordara o duque. – Mas mesmo aqueles que estão evidentemente apaixonados e que são bastante adequados um ao outro com frequência não resistem ao primeiro teste que a vida lança em seu caminho. E a vida sempre faz isso, mais cedo ou mais tarde. Pense no pobre Flavian e em sua ex-noiva. Quando duas pessoas *não são* tão perfeitas uma para a outra, mas estão apaixonadas, costumam se mostrar mais bem-preparadas para encontrar qualquer obstáculo no caminho e lutar com todas as armas de que dispõem. Não têm a *expectativa* de que a vida será fácil... e a vida, é claro, nunca é fácil. Têm uma chance de superar as barreiras. E tudo isso é pura conjectura, Hugo. Eu *não sei.*

Não havia mais ninguém para consultar. Hugo sabia o que Flavian diria e Ralph não tinha experiência. Ele não ia perguntar nada para os primos. Iam querer saber por que ele estava fazendo tais perguntas e ficariam encantados por Hugo finalmente estar apaixonado. E iam querer saber quem era a dama, iam querer conhecê-la, e não era possível pensar em tal coisa.

Além do mais, como dissera George, ninguém podia *falar* sobre amor e romance ou sobre o que aconteceria se o romance se esvaísse depois do casamento. Só seria possível descobrir na prática. Ou *não* descobrir.

Ou se enfrentava o desafio ou se fugia dele.

Ou se era um herói ou um covarde.

Ou se era um sábio ou um tolo.

Um homem cauteloso ou imprudente.

Haveria resposta para *alguma coisa* nessa vida?

A vida era um pouco como caminhar numa corda bamba fina e desfiando, sobre um abismo profundo com rochas pontiagudas e alguns animais selvagens esperando no fosso. Era perigoso, e empolgante.

Arrgg!

O dia estava perfeito para uma festa ao ar livre. Foi a primeira coisa que Hugo percebeu ao sair da cama e abrir as cortinas. Mas desta vez o brilho do sol não lhe trouxe alegria. Talvez as nuvens aparecessem. Talvez chovesse de tarde.

Então não daria tempo de cancelar o evento, mesmo que já estivesse chovendo a cântaros. Sem dúvida, os anfitriões teriam um plano alternativo. Provavelmente tinham um salão de baile ou dois escondidos na mansão, à espera de acomodar a nata da sociedade inglesa – bem como Constance e ele. E tudo estaria decorado com requinte, como um jardim interno.

Não, não havia como evitar. Além do mais, Constance estava tão animada que declarara na véspera que duvidava ser capaz de dormir à noite. E ele não via lady Muir fazia três longos dias, desde que ela deixara a casa de George na companhia dos Portfreys e ele tivera que se contentar em apenas tocar os lábios na sua mão enluvada.

E lá se ia a ideia de um beijo por dia. Mas, afinal de contas, ele não estava mesmo fazendo a corte, não era?

A tarde estava tão perfeita quanto a manhã e Constance devia ter dormido à noite, pois parecia bela, com o olhar brilhante, cheia de energia. Não teria como fugir do evento. A carruagem de Hugo apareceu à porta com cinco minutos de antecedência, e Hilda e Paul Crane, seu noivo, que chegaram no mesmo momento, acenaram para eles. Iam levar Fiona para dar uma caminhada, sua primeira saída em muito tempo.

Constance pegou a mão de Hugo quando se aproximavam do seu destino.

– Não estou tão assustada como fiquei a caminho do baile de Ravensberg. Conheço as pessoas agora e elas são mesmo bem gentis, não são? E é claro que ninguém terá olhos para mim quando estou na sua companhia, por isso não ficarei insegura. Está apaixonado por lady Muir?

Ele ergueu as sobrancelhas e pigarreou.

– Seria uma tolice, não seria? – questionou ele.

– Não seria uma tolice maior do que se eu me apaixonasse pelo Sr. Hind ou pelo Sr. Rigby ou pelo Sr. Everly ou qualquer um dos outros.

– Está apaixonada por eles? – perguntou Hugo. – Por um deles?

– Não, claro que não. Nenhum deles *faz* nada, Hugo. Todos vivem do dinheiro que recebem. O que é o mesmo que eu faço, admito, mas é diferente para uma mulher. Ou não é? Espera-se que um homem *trabalhe* para ganhar a vida.

– É um conceito bem classe média – respondeu ele, sorrindo.

– Parece mais *másculo* trabalhar – disse ela.

Ele sorriu.

– Ah. Mal posso *esperar* para ver os jardins e saber como todos estão vestidos. Gostou do meu chapéu novo? Sei que vovô diria que é um absurdo, mas haveria um brilho em seus olhos. E o Sr. Tucker concordaria com ele e balançaria a cabeça do jeito que faz quando não é isso que ele gostaria de dizer.

– Deve ser uma cena e tanto de se apreciar. Bastante esplêndida, imagino.

E então chegaram.

Os jardins em torno da mansão Brittling, em Richmond, tinham um décimo da área de Crosslands. Eram cem vezes menos áridos. Havia gramados bem-cuidados, canteiros exuberantes e árvores que pareciam ter sido escolhidas e colocadas na posição que rendia o efeito mais pitoresco. Havia uma roseira, uma estufa com laranjeiras, um coreto, um caramanchão, uma alameda verdejante ladeada de árvores tão eretas quanto soldados, esculturas, um chafariz, um terraço em três níveis descendo da casa com flores em vasos de pedra.

Poderia parecer atulhado. Não deveria restar espaço para as pessoas.

Mas era magnífico e fez Hugo pensar em sua propriedade com insatisfação. E também lhe deu vontade de voltar para lá. Será que todos os cordeiros haviam sobrevivido? E as colheitas estariam em ordem? Haveria ervas daninhas no canteiro de flores? No único canteiro existente?

Lady Muir chegara mais cedo com a família. Veio correndo para junto deles, assim que os viu, de braços abertos para Constance.

– Aqui está você – disse ela. – E preferiu usar o chapéu com as rosas em vez daquele modelo de palha. Acho que tomou a decisão certa. Está bem mais charmoso. Vou apresentá-la para pessoas que ainda não conheceu... a pedidos, na maioria dos casos. Tem um irmão famoso, sabe? Embora queiram cultivar uma relação com você por suas próprias qualidades, depois das apresentações.

Seu olhar foi até Hugo quando ela o mencionou, e seu rosto corou.

Com seu vestido azul, ela combinava com o céu. Usava um chapéu amarelo enfeitado com centáureas-azuis.

– Venha conosco, lorde Trentham – disse ela, ao dar o braço para Constance. – Senão ficará aqui parecendo um peixe fora d'água, fazendo cara feia para todos que desejam cumprimentá-lo.

– Ah – falou Constance, olhando com surpresa para um e para o outro. – Não tem *medo* de se dirigir assim a Hugo?

– Já ouvi de fonte segura que ele costumava tirar as aranhas de casa e levá-las para fora quando era criança, em vez de esmagá-las – disse lady Muir.

Constance riu.

– Ah, ele ainda faz isso. Fez ontem, quando mamãe gritou porque uma aranha daquelas de pernas compridas e finas atravessou o carpete. Ela queria que alguém pisasse nela.

Hugo as acompanhou, as mãos às costas. Que coisa ridícula era a fama, pensou ele, à medida que as pessoas faziam mesuras, o saudavam e o olhavam com um espanto que parecia emudecê-los. Olhavam *para ele*, Hugo Emes. Não existia ninguém mais comum. Não havia ninguém que fosse mais desimportante.

Então ele avistou Frank Carstairs sentado junto à roseira, com o cobertor sobre os joelhos, uma xícara e um pires nas mãos, a mulher insatisfeita a seu lado. E Carstairs o viu, contraiu a boca e olhou para o outro lado.

Carstairs havia lhe causado algumas noites agitadas na semana anterior. Tinha sido um tenente corajoso, honesto, esforçado, respeitado tanto pelos soldados quanto pelos oficiais. Na época era tão pobre quanto um rato de igreja, pois o avô supostamente teria esbanjado toda a fortuna da família no jogo e ele era apenas o filho caçula. Daí sua necessidade de conquistar uma promoção por mérito, em vez de comprá-la.

Constance foi logo levada para junto de um grupo de rapazes e moças. Iam caminhar até o rio, que podia ser alcançado por uma trilha particular enfeitada por árvores e flores.

– O rio fica a uns 400 metros de distância – disse lady Muir. – Acho que vou permanecer por aqui. Meu tornozelo andou inchando um pouco ontem e tive que ficar com o pé para o alto. Às vezes esqueço que não sou exatamente normal.

– Agora entendo o que há em você que vem me perturbando – afirmou Hugo. – Você é anormal. Está tudo explicado.

Ela riu.

– Vou me sentar na estufa. Mas não precisa se sentir obrigado a me fazer companhia.

Ele ofereceu o braço.

Sentaram-se e conversaram por quase uma hora, embora não estivessem sozinhos durante todo o tempo. Uma série de primos dela entrou e saiu. Ralph fez uma rápida aparição. O duque e a duquesa de Bewcastle, assim como o marquês e a marquesa de Hallmere, pararam para apresentações. A marquesa era irmã de Bewcastle, vizinho de Ravensberg no interior. Era atordoante tentar entender quem era quem na aristocracia.

– Como consegue lembrar quem é quem? – perguntou Hugo quando ele e lady Muir voltaram a ficar a sós.

Ela riu.

– Da mesma forma que você lembra quem é quem no seu mundo, eu suponho – disse ela. – É uma prática da vida inteira. Estou faminta... e com sede. Que tal irmos para o terraço?

Hugo não queria ir até lá, embora a ideia de tomar chá fosse tentadora: Carstairs tinha saído de junto das rosas e passado para o segundo terraço, não muito distante das mesas de comida. Porém, ficar ali também não era uma opção, ele percebeu. Grayson, visconde Muir, aparecera do nada e seguia na direção dos dois, embora uma grande matrona com um chapéu maior ainda o houvesse parado por um instante.

Hugo se levantou e ofereceu o braço a Gwen.

– Vou me lembrar de esticar o dedinho quando segurar a xícara de chá.

– Ah! Você é um pupilo atencioso. Estou orgulhosa.

E ela riu enquanto atravessavam o gramado em direção aos terraços.

– Gwen! – chamou uma voz imperiosa, quando alcançaram o primeiro terraço.

Ela se voltou com as sobrancelhas erguidas.

– Gwen – repetiu Grayson.

Estava a uma curta distância, mas o suficiente para precisar erguer a voz e não deixar que suas palavras ficassem entre os dois.

– Terei a honra de acompanhá-la até junto de seu irmão. Estou surpreso por ele permitir que fique na companhia desse sujeito. Com toda a certeza, eu não permitirei.

Foram cercados por uma pequena redoma de silêncio, redoma que incluía uma série de convidados que ouviam a conversa.

Ela empalidecera, notou Hugo.

– Muito obrigada, Jason – disse ela, com a voz firme porém ligeiramente ofegante. – Mas eu escolho minhas companhias.

– Não. Você é membro da minha família, mesmo que apenas por casamento. Tenho que preservar a honra de meu falecido primo, seu marido, bem como o nome Grayson, que ainda lhe pertence. Esse sujeito é um covarde, uma fraude, além de pertencer à ralé. É uma desgraça para os militares britânicos.

Hugo soltou o braço de Gwen e prendeu as mãos atrás do corpo. Afastou os pés e se colocou numa posição ereta e silenciosa, enquanto olhava direto para o adversário, muito consciente de todo o silêncio que os cercava.

– "Não" digo eu – falou alguém distante, mas foi imediatamente calado.

– Que bobagens está dizendo! Como ousa, Jason? Como *ousa*?

– Pergunte a ele como sobreviveu à missão suicida sem um arranhão, quando quase trezentos homens morreram e os poucos que sobreviveram ficaram gravemente feridos – disse Grayson. – *Pergunte*. Não que ele vá responder com a verdade. A verdade é *esta*: o capitão Emes ficou na retaguarda, bem atrás. Enviou os homens para a morte e só seguiu depois que conseguiram romper as defesas que permitiram que o resto das forças entrasse. Então ele correu e clamou a vitória. Não sobraram muitos homens para contradizê-lo.

O silêncio foi interrompido por algumas exclamações de surpresa.

– Vergonha! – disse alguém, que logo foi silenciado.

Mas não ficou claro se ele se referia a Hugo ou a Grayson.

Hugo sentia todos os olhares em sua direção, embora olhasse apenas para Grayson.

– É a sua palavra contra a minha, Grayson. Não pretendo brigar.

Com o canto dos olhos, ele viu Constance. Que maldição, ela já voltara do rio e tinha se aproximado do círculo de ouvintes.

Ele se virou para lady Muir e inclinou a cabeça com rigidez.

– Peço licença para deixá-la, madame, e levar minha irmã para casa.

Então uma voz fraca, um tanto rouca mas perfeitamente audível, se fez ouvir por trás dele.

– Há um sobrevivente aqui para contradizê-lo, Muir – disse Frank Carstairs. – Não tenho motivo para amar Emes. Ele assumiu o comando que deveria ser meu naquele dia. E então sua coragem deixou evidente a minha covardia e desde então atormenta minha consciência a cada momento. Eu queria interromper o ataque quando os homens começaram a morrer como moscas, mas ele os obrigou a continuar. Ou ao menos foi na dianteira e nem olhou para trás para ver se era seguido. E ele estava *certo*. Fazíamos parte de uma missão *suicida*, afinal de contas. Éramos voluntários, nos oferecemos para a morte. Éramos a bucha de canhão que permitiria que o ataque real viesse depois. O capitão Emes comandou *da linha de frente* e mereceu todas as honras que recebeu desde então.

Hugo não se virou. Nem se mexeu. Sentiu-se perdido no meio daquele que havia sido, com certeza, o pior momento de sua vida – pior até do que o dia em que ele perdera a cabeça. Não, talvez não fosse pior do que aquilo. Nada podia ser.

– Minha nossa – disse uma voz lânguida. – Acho que está na hora do chá. Lady Muir, Trentham, fiquem comigo e com Christine na nossa mesa. Tem a vantagem de estar na sombra.

Era um homem a quem ele acabara de conhecer, Hugo percebeu quando finalmente tirou os olhos de Grayson, um homem com ar aristocrático, olhos cinzentos e um monóculo cravado de joias dirigido para a figura de Grayson, que se retirava da cena. O duque de Bewcastle.

– Muito obrigada – agradeceu lady Muir, tomando o braço de Hugo. – Ficaremos encantados, Vossa Graça. E a sombra será muito bem-vinda. O sol se torna insuportavelmente quente depois que ficamos ao ar livre por algum tempo, não é?

De repente, todos começaram a se movimentar, a conversar e a rir, e a festa voltou a correr como se nada tivesse acontecido. Cairstairs não o observava, Hugo notou quando olhou para ele, apenas conversava com a esposa. Era assim na aristocracia, Hugo se deu conta.

Contudo, não restava dúvida de que os salões das casas e dos clubes em toda Londres teriam comentários sobre aquele incidente por muitos dias.

CAPÍTULO 19

– Decidi que não vou cortejá-la – anunciou lorde Trentham.

Gwen pegou o bordado sem sequer perceber e começou a dar pontos. Estivera prestes a dizer: *Está falando sério desta vez?* Mas não havia nada no rosto dele que sugerisse brincadeiras.

Ele chegara à casa no momento em que ela se preparava para sair com Lily e a mãe. Iam fazer visitas durante a tarde na companhia de Lauren. Neville estava na Câmara dos Lordes.

– Muito bem.

Ele estava no meio do salão, na sua postura militar habitual, embora ela já tivesse feito o convite para que se sentasse. Tinha um ar furioso. Ela não precisava erguer a cabeça para confirmar.

– Se puder fazer a gentileza de levar Constance aos compromissos que ela assumiu, eu ficaria grato. Mas não há problema se preferir não acompanhá-la. Ela começou a compreender que o mundo da aristocracia não é necessariamente a terra prometida.

– Com certeza eu a acompanharei. E ela pode aceitar quantos convites quiser. Ficarei feliz em continuar como sua madrinha. Não existe uma terra prometida, mas seria tolice considerar sem valor mesmo uma terra não prometida sem primeiro inspecioná-la com cuidado. Ela foi bem-recebida pela aristocracia e pode conseguir um casamento perfeitamente respeitável com um cavalheiro de sua escolha, se assim quiser.

Ele continuou a encará-la e Gwen desejou não ter pegado no bordado. Tinha que fazer um grande esforço para se concentrar e manter a firmeza da mão. E o fio de seda verde, percebeu, estava preenchendo a pétala larga de uma rosa, em vez da folha na haste. As demais pétalas eram de um intenso tom de rosa.

Gwen decidiu que não seria ela quem romperia o silêncio.

– Posso imaginar que sua família tenha lhe dito uma ou duas coisas sobre envolver-se em uma cena desagradável ontem.

– Deixe-me ver – falou ela e segurou a linha sobre o bordado por um momento. – Meu irmão era a favor de bater com uma luva no rosto de Jason e desafiá-lo para um duelo pelo insulto que ele me dirigiu publicamente... e que também o atingiu. Mas Lily o persuadiu de que, para um homem como Jason, não há pior punição do que ser ignorado. Meu primo Joseph também queria desafiá-lo, porém Neville disse que ele precisaria entrar na fila. Lily sugeriu que acrescentássemos a Sra. Carstairs à nossa lista de damas a serem visitadas esta tarde, pois seu marido fez algo de extraordinário ontem e ela sempre parece solitária. Mamãe disse que nunca sentiu mais orgulho de mim do que quando falei a Jason que eu mesma escolhia minhas companhias... *e* quando tomei seu braço depois que fomos convidados pelo duque de Bewcastle para o acompanharmos junto à duquesa no chá. Ela acrescentou que, pelo que era de seu conhecimento, eu sabia escolher minhas companhias muito bem e com sabedoria.

A lista parecia não ter fim.

– Lauren me disse que, depois de vê-lo resistir àquele ataque verbal com dignidade estoica, suspeita que todas as mulheres solteiras da região e algumas das casadas se apaixonaram perdidamente por você. Elizabeth, minha tia, pensou que devia ter sido muito doloroso para mim ver o visconde Muir, sucessor do título de meu marido, comportar-se tão mal em público. Ao mesmo tempo, ela achou que eu devia ficar orgulhosa do comportamento do meu acompanhante, tão digno e controlado. Ela o considera um autêntico herói britânico. O duque, marido dela, acredita que, ao contrário do objetivo de Jason de sujar seu nome, as mentiras sórdidas denunciadas pelo Sr. Carstairs aumentaram seus méritos. Devo continuar?

Ela atacou o bordado com vigor.

– Seu nome estará na boca de toda a cidade – disse ele. – Será acompanhado do meu. Sinto muito. Mas não tornará a acontecer. Ficarei na cidade mais um pouco, por causa de Constance, mas permanecerei em meu próprio meio. Fofoca de sociedade, ouvi dizer, logo se cala quando não há nada de novo para alimentá-la.

– É verdade. Você está certo sobre isso.

– Sua mãe ficará aliviada, apesar do que disse ontem. Assim como o resto da sua família.

Gwen havia terminado de bordar a pétala verde. Não fez o acabamento. Seria mais fácil desfazer depois. Ela prendeu a agulha no tecido e guardou o conjunto.

– Imagino que, em algum lugar do mundo, exista alguém com um senso de inferioridade tão pronunciado quanto o seu, lorde Trentham, embora com certeza seja impossível ter um *maior*.

– Não me sinto inferior. Apenas diferente e realista em relação a isso.

– Besteira.

Ela lançou um olhar furioso a Hugo. Ele respondeu com uma carranca.

– Se me quisesse mesmo, Hugo, se me *amasse*, lutaria por mim mesmo se eu fosse a rainha da Inglaterra – disse ela.

Ele a olhou fixamente, a mandíbula rígida feito granito, os lábios formando uma linha, os olhos escuros e ferozes. Por um momento, ela se perguntou como podia amá-lo.

– Seria uma tolice.

Tolice. Uma de suas palavras preferidas.

– É. Seria uma tolice acreditar que você poderia me querer. É uma tolice imaginar que você poderia me amar.

Ele se parecia com uma estátua de mármore naquele momento.

– Vá embora, Hugo. Vá e nunca mais volte. Não quero mais vê-lo. Vá.

Ele seguiu até a porta. Parou com uma mão na maçaneta, de costas para ela.

Gwen olhou para as costas dele com fúria, tomada pelo ódio e pela determinação. Mas ele precisava partir logo. Precisava partir *naquele momento*.

Por favor, vá embora.

Ele não foi.

Tirou a mão da maçaneta e se voltou para ela.

– Deixe-me mostrar o que quis dizer – falou ele.

Ela o encarou sem entender. As mãos formigavam, ela percebeu. Deviam estar cerradas com muita força.

– Tudo sempre se passou em apenas uma direção – disse ele. – Desde o início. Em Penderris, você estava em seu próprio mundo, mesmo se sentindo estranha por chegar sem convite. Em Newbury Abbey, você estava em seu próprio mundo, com sua família. Nenhum dos integrantes, como pude reparar, era desprovido de um título. Aqui você se encontra no centro de seu mundo, nesta casa, no circuito elegante de Hyde Park, no baile de Redfield House, no evento de ontem. De mim, todos esperam que entre em um mundo estranho e demonstre ser merecedor dele, para então ser digno de me casar com você. Já fiz isso, diversas vezes. E me critica por não me sentir à vontade.

– Por se sentir inferior – corrigiu ela.

– Por me sentir *diferente* – insistiu ele. – Não parece haver nada de injusto nesta situação?

– Injusto?

Gwen suspirou. Talvez ele tivesse razão. Ela queria apenas que ele se fosse embora e que tudo terminasse. Ele ia acabar partindo. Melhor que fosse logo. O coração dela não ficaria menos dolorido em uma semana, em um mês.

– Venha para o *meu* mundo – disse ele.

– Já fui à sua casa, conheci sua irmã e sua madrasta – lembrou-lhe.

Ele ainda a encarava sem relaxar a expressão.

– Venha para o meu mundo – repetiu.

– Como?

Ela franziu a testa.

– Se me quiser, Gwendoline – disse ele. – Se imagina que me ama e que pode passar a vida comigo, venha para o meu mundo. Descobrirá que desejar e até mesmo amar não são o bastante.

Os olhos de Gwen vacilaram e ela fitou as mãos. Esticou os dedos num esforço para se livrar do formigamento. Era verdade. Ele fizera todo o esforço para se adaptar até então. E muito bem. A não ser pelo fato de não se sentir confortável, de estar inseguro e infeliz num mundo que não era o dele.

Ela não voltaria a perguntar *como*. Ela não sabia como. Provavelmente, ele também não.

– Muito bem – disse ela.

Tornou a erguer os olhos, furiosa, desafiadora, com um ar de quase desaprovação. Não queria que seu mundo cômodo fosse mais abalado do que já fora desde que o conhecera e se apaixonara por ele.

Os olhares continuaram lutando por mais alguns momentos silenciosos. Então ele fez uma saudação abrupta e a mão pousou na maçaneta de novo.

– Ouvirá notícias minhas – prometeu ele.

Então partiu.

Ao passearem pela Bond Street naquela manhã, Gwen e Lily tinham encontrado lorde Merlock e conversado com ele por algum tempo, até que ele se oferecera para levá-las até uma casa de chá. Lily não pudera aceitar. Prometera aos filhos que voltaria para almoçar cedo, para que todos pudessem visitar a Torre de Londres com Neville. Mas Gwen aceitara. Também havia aceitado o convite de partilhar de seu camarote no teatro com outros quatro convidados.

Ela não ia desistir. Ia fazer todo o esforço para se apaixonar por lorde Merlock.

Ah, que absurdo. Como se fosse possível se apaixonar voluntariamente. E como era injusto com lorde Merlock se ela flertasse com ele apenas como um bálsamo para seu coração partido, sem nenhuma consideração por seus sentimentos. Seria sua convidada, sorriria, seria simpática. Apenas isso e nada mais.

Como desejava, desejava, *desejava* não ter feito aquele passeio pela praia de seixos depois da discussão com Vera. E como *desejava* ter escolhido retornar pela mesma rota, depois de ter tomado a decisão de passear. Ou ter tomado mais cuidado ao subir a encosta. Ou que Hugo não tivesse escolhido aquela manhã para descer até a praia e sentar-se naquela rocha esperando que ela passasse e torcesse o tornozelo.

Mas tais desejos eram inúteis como querer que o sol não tivesse nascido naquela manhã ou não existir.

Na verdade, ela odiaria não existir.

Ah, Hugo, pensou ela ao pegar de novo no bordado e olhar, em desespero, para aquela linda pétala verde.

Ah, Hugo.

Gwen não viu Hugo nem teve notícias dele por uma semana. Parecia um ano, embora ela preenchesse cada momento dos dias com atividades, demonstrasse animação e risse mais quando estava junto às outras pessoas do que acontecera em anos.

Arranjou um novo admirador, lorde Ruffles, que tinha levado uma vida libertina na juventude e no início da meia-idade e chegara a um momento em que se encontrava perigosamente próximo da velhice, de forma que decidira que estava na hora de virar um homem respeitável e seduzir a mais bela dama. Era essa, pelo menos, a história que contara a Gwen ao dançarem no baile de Rosthorn. E quando ela riu e disse que era melhor ele não desperdiçar mais tempo na busca por aquela dama, ele levara a mão um tanto artrítica ao coração e encarara seus olhos com intensidade, informando-a de que já a encontrara. Ele era seu devoto e escravo.

Era um homem perspicaz, divertido e ainda tinha traços da boa aparência da juventude, com tanto interesse em se casar quanto em voar para a lua, Gwen concluíra. Ela permitira que ele flertasse de forma ostensiva toda vez que se encontraram naquela semana e retribuíra as atenções, sabendo que não seria levada a sério. Fora muito divertido.

Levara Constance Emes para quase todos os lugares aonde fora. Nutria um carinho genuíno pela jovem. Além do mais, era revigorante vê-la desfrutar dos eventos com tanto prazer e inocência. Tinha adquirido um séquito numeroso de admiradores, todos tratados com cortesia e gentileza. Porém, ela surpreendera Gwen certo dia.

– O Sr. Rigby me fez uma visita na manhã de hoje – contara ela, no baile de Rosthorn. – Foi fazer uma proposta de casamento.

– E então?

Gwen olhara para ela com interesse e abanara o rosto com o leque para amenizar o calor do salão de baile.

– Ah. Eu recusei – falara Constance, como se o assunto fosse página virada. – Espero não ter ferido seus sentimentos. Não acredito que isso tenha acontecido, embora ele tenha ficado decepcionado.

Ela dissera isso sem a menor vaidade.

– Acredito que os bolsos dele estejam bastante vazios – acrescentara.

– De qualquer modo, teria sido um ótimo par para você – lembrara Gwen. – O avô materno era visconde. Ele tem boa aparência e personalidade. Acredito que a trataria muito bem. Porém, se você não sentiu nenhum tipo de afeição profunda por ele, então nada disso importa, e posso apenas lhe dar os parabéns por ter coragem de recusar sua primeira proposta.

– Se ele não tem dinheiro – dissera Constance –, poderia pedir a algum parente que lhe adquirisse um posto nas Forças Armadas ou poderia se tornar religioso. Para as classes superiores, ambas as carreiras são consideradas exemplares. Ou poderia trabalhar como administrador ou secretário, bastava engolir um pouco do orgulho. Casar com uma mulher rica não é a única opção.

– É o que ele estava tentando fazer com você? – perguntara Gwen. – Ele admitiu isso?

– Admitiu, depois que eu o pressionei – contara Constance. – E nem ficou constrangido. Garantiu-me que tínhamos contribuições semelhantes para o casamento. Dinheiro, da minha parte; linhagem e posição social, do lado dele. E ele me assegurou, acredito que com sinceridade, que sentia uma afeição por mim.

– Mas você não se convenceu de que era uma troca justa?

A garota franzira a testa e abrira o próprio leque.

– Ah, suponho que seja – admitira. – Mas o que ele *faria* pelo resto da vida, lady Muir? Teria todo o meu dinheiro para permanecer ocioso, mas... por quê? Por que um homem *escolheria* permanecer ocioso?

Gwen rira.

– O Sr. Grattin está vindo para a próxima dança com você – dissera ela.

A garota sorrira com animação para o parceiro que se aproximava.

Ela não mencionara Hugo. Não o mencionara a semana inteira, e Gwen não tinha perguntado por ele.

Ouvirá notícias minhas, dissera ele na última vez que o vira. E tinha esperado ouvi-las no dia seguinte, e no outro.

Como podia ter sido tão tola?

E então *ouviu*. Ele enviou uma carta. Gwen a encontrou ao lado de seu prato no desjejum, junto com um maço de convites.

"Os avós de Constance celebrarão o quadragésimo aniversário de casamento em duas semanas", escrevera. "São os pais de minha madrasta, os donos da mercearia. Um primo da família de meu pai e a esposa comemorarão o vigésimo aniversário de casamento dias depois. Os dois lados da família concordaram em passar cinco dias comigo em Crosslands Park, Hampshire, para festejar a ocasião. Se puder nos acompanhar, terá lugar na carruagem para viajar com minha madrasta e minha irmã."

Não havia uma saudação inicial, nenhuma mensagem pessoal, nem datas específicas, tampouco qualquer tipo de cortesia. Apenas a assinatura, rabiscada com força, mas sem afetação. Era perfeitamente legível: "Trentham."

Gwen sorriu com amargura para aquela solitária folha de papel.

Venha para o meu mundo.

– É uma piada que você poderia compartilhar? – perguntou Neville de seu lugar à cabeceira da mesa.

– Fui convidada para passar cinco dias em uma casa no interior, no meio da temporada de eventos de Londres – explicou ela.

– Ah, que beleza – disse Lily. – Na casa de quem?

– De lorde Trentham – respondeu. – É uma celebração de dois aniversários de casamento, um do lado paterno e outro, da madrasta. As duas famílias estarão em Crosslands Park, em Hampshire. E eu, se quiser ir.

Todos olharam para ela num silêncio inquisidor por alguns momentos, enquanto ela dobrava o bilhete com cuidado e o devolvia ao lugar junto a seu prato.

– Ele deseja apresentá-la à família – disse Lily. – É significativo. Ele a vê como um relacionamento sério.

– Mas é um pouco estranho – disse a mãe de Gwen – que ele tenha convidado apenas Gwen. Será que ele vai retomar a proposta de casamento?

– Pelo contrário – respondeu ela. – Quando veio aqui na semana passada, foi para me informar que decidira não me cortejar. Ficou muito constrangido pela cena na festa nos jardins de Brittling e temia ter me constrangido também.

– Ainda assim a convida para uma festa na casa dele? – questionou a mãe. – E você é a única convidada que não pertence à família dele ou da irmã? E por que ele viria até aqui para dizer que *não* vai cortejá-la?

– Eu o convidei a me cortejar quando ele apareceu em Newbury Abbey – revelou Gwen com um suspiro.

– Aí está! – exclamou Lily. – Eu estava certa o tempo todo. Admita, Neville. Gwen e lorde Trentham estão apaixonados.

– Quem é a família da Sra. Emes? – perguntou a mãe de Gwen.

– São pequenos comerciantes – disse Gwen com um sorriso amargo. – A família dele é constituída por negociantes bem-sucedidos. Assim como ele, que também é um fazendeiro em pequena escala. A cabeça dele, acredito, é dos negócios, mas o coração mora com os cordeiros, as galinhas e outros animais. E com suas plantações e hortas.

– E então, depois de cortejá-la por metade da temporada de eventos sociais, Trentham agora a convida para cortejá-lo durante a segunda metade, Gwen? – questionou Neville. – Faz algum sentido. Você deveria conhecer a família para qual entraria, caso se casasse com ele.

– Casar com ele está fora de questão – ressaltou ela.

– Está mesmo? – perguntou ele. – Então você vai recusar o convite? Por que se submeter à companhia de comerciantes e homens de negócio, afinal de contas, se não existe um objetivo real?

– Não vamos pressioná-la, Neville – disse a mãe, de forma surpreendente. – Está claro que ela nutre sentimentos por lorde Trentham, da mesma forma que ele nutre por ela. Mas não seria uma união comum nem fácil para nenhum dos dois. Ele se comportou muito bem nos eventos da aristocracia, principalmente durante aquele sórdido episódio no jardim, em que não teve culpa *nenhuma*. Mas jamais pareceu à vontade, apesar de sua fama merecida. Gwen ainda não sabe se ficaria confortável em uma reunião com as pessoas do convívio dele, sobretudo em um evento planejado para durar cinco dias. Como ele foi astuto em pensar nisso. Só o romântico mais incurável pensaria que um casamento envolve apenas duas pessoas. Ele abrange muito mais do que isso, a começar pelas famílias e pela sociedade em que estão acostumados a circular.

– Está certa, mamãe – disse Lily, olhando para Neville na outra ponta da mesa. – Mesmo assim, as duas pessoas são as que mais importam. Não ouso pensar no que seria minha vida agora se Neville não tivesse brigado por mim quando achei que seria impossível nos casarmos.

– Casar com lorde Trentham está fora de questão – repetiu Gwen.

O que era algo ridículo de dizer, naturalmente. Por que outra razão ele a teria convidado?

Se me quiser, Gwendoline. Se imagina que me ama e que pode passar a vida comigo, venha para o meu mundo. Descobrirá que desejar e até mesmo amar não são o bastante.

E por que ela pensava em aceitar? Não, ela precisava ser honesta. Por que *aceitaria*? Porque o queria? Porque imaginava amá-lo? Porque queria passar o resto da vida com ele? Porque estava determinada a provar que ele estava errado?

Ela não *imaginava* que o amava.

– Então não vá – disse Neville.

– Ah, eu vou – respondeu ela.

Neville balançou a cabeça e deu um meio sorriso. Lily uniu as mãos junto ao peito e demonstrou alegria. A mãe de Gwen pegou na mão dela e a acariciou, embora não tenha feito comentários.

– Vou levar Sylvie e Leo ao parque esta manhã, enquanto Neville está na Câmara – disse Lily. – Quer ir conosco? Posso levar o bebê também, se você for. E pode ficar encarregada de buscar a bola. Parece que nunca aprenderão como pegá-las!

Lily riu.

– Claro que sim – aceitou Gwen, levantando-se. – Talvez eles não consigam pegar, pobrezinhos, porque a mãe não consegue lançar. Tia Gwen vai salvar o dia.

Durante três anos, Hugo guardara com zelo sua privacidade no interior, primeiro no chalé e depois em Crosslands. Era seu domínio, seu refúgio do tumulto do mundo. Nunca convidara ninguém para se hospedar ali, nem mesmo os colegas do Clube dos Sobreviventes e raramente chamava os vizinhos para jantar ou jogar cartas.

Mas as coisas mudaram.

Na verdade, *tudo* mudara.

Venha para o meu mundo, dissera ele para Gwendoline. E de repente ele fora tomado pela necessidade de lhe dar uma chance de fazer isso, não apenas por uma tarde de chá e conversas ou uma noite de chá e baralho, mas durante... pois bem, um período longo o suficiente para que ela soubesse como era se sentir fora da zona de conforto.

Descobrirá que desejar e até mesmo amar não são o bastante.

Ele sentia uma esperança atormentada, a *necessidade* de descobrir que estava errado.

Ele poderia circular pelo mundo dela e estaria disposto a fazê-lo sempre que fosse necessário, desde que pudesse cuidar dos negócios e se retirar para o campo por vários meses a cada ano. Mas ela conseguiria circular pelo mundo *dele*? Mais importante: estaria disposta? Ou ela faria como Fiona e ignoraria a família do marido, fingindo que não existia?

Ele não seria capaz de suportar isso.

A família era importante para ele, apesar de tê-la negligenciado por tantos anos. Tinha feito uma redescoberta nos últimos tempos e não ia se afastar de novo. Nem se casaria com uma mulher que os desprezasse. Havia também redescoberto a família de Fiona e gostava de seus integrantes, embora não fossem seus parentes. No entanto, era a família de Constance.

Soubera dos aniversários de casamento algum tempo antes. E vinha contemplando a ideia de convidar as duas famílias para uma curta temporada em Crosslands durante o verão. Não tinha como ser uma longa estada. Eram todos trabalhadores que não podiam se dar ao luxo de tirar férias prolongadas.

Mas por que não convidar todos para ir a Crosslands comemorar os aniversários? Por que esperar até o verão? A possibilidade surgira em sua cabeça na semana seguinte à última visita a Gwendoline. Quando lhe dissera que ouviria notícias dele, ele não planejara o que exatamente ela ouviria. E, quando a convidara para ir a seu mundo, não sabia bem como isso poderia acontecer.

Mas então ele *descobrira*.

E tudo havia funcionado maravilhosamente bem. Apesar do convite em cima da hora, todos conseguiram fazer arranjos para se afastar do trabalho por uma semana. E todos estavam empolgados com a perspectiva de verem sua grande propriedade rural, ficarem juntos e celebrarem dois grandes eventos.

Só o que faltava saber era se Gwendoline poderia deixar Londres no meio de todas as atividades da temporada de eventos sociais. E se gostaria de fazê-lo. E se estaria disposta. E se *faria*.

Não importava, ele dizia a si mesmo. Queria ir pela família. Estava na hora de abrir sua vida para os entes queridos. E Crosslands e tudo o que ele possuía lá eram uma parte significativa dela.

Se Gwendoline não pudesse ou não quisesse ir, seria o fim. Ele não tentaria vê-la de novo, cuidaria de seu coração e seguiria com a vida. Se ela *fosse*, por outro lado...

Mas ele não podia, não queria pensar além. Havia lhe dito que desejar e até mesmo amar não seriam suficiente para os dois. Não tinha certeza se acreditava nisso. Mas também não desacreditava.

Então ele recebera um pequeno bilhete dela aceitando o convite.

Sua casa, lembrou, parecia um estábulo. Embora fosse mobiliada, ele só tinha usado três cômodos. Os outros ficavam fechados, com tudo coberto por lençóis que protegiam da poeira. Os criados podiam cuidar com facilidade daqueles três cômodos e resolver suas necessidades quando ele estava presente, mas se veriam sobrecarregados diante de tantos hóspedes. O estábulo e a cocheira de carruagens eram mantidos por um cavalariço e um jovem aprendiz. Precisariam de mais ajuda quando uma fileira de carruagens e seus cavalos chegassem a Crosslands. A propriedade era árida, o jardim tinha apenas terra.

Haveria roupa de cama em quantidade suficiente?

Haveria toalhas em quantidade suficiente?

E pratos e talheres?

De onde viriam todos os alimentos necessários? E quem cozinharia?

Mas Hugo não era filho de seu pai por acaso. Colocou um anúncio para arranjar um mordomo e escolheu com cuidado entre sete candidatos. Depois disso, tudo saiu das suas mãos e o contratado deixou claro que qualquer interferência da parte do patrão seria desnecessária e nada bem-vinda. O novo mordomo combinava com o estilo de Hugo.

Mesmo assim, ele decidiu ir para o campo alguns dias antes da chegada dos convidados. Queria ver como ficara a casa sem os lençóis sobre os móveis. Queria ver o que os jardineiros contratados pelo mordomo haviam feito com as terras em tão pouco tempo. Queria ter certeza de que o quarto de hóspedes com a melhor vista fosse destinado a Gwendoline.

Tudo parecia bastante respeitável, e ele se sentiu aliviado e impressionado ao constatar isso. O mordomo se transformara em um tirano da eficiência, que exigia trabalho duro e perfeição de todos e conseguia o que queria – bem como total devoção dos empregados, inclusive daqueles que já estavam com Hugo fazia mais de um ano e que poderiam nutrir alguns ressentimentos pelo recém-chegado.

O tempo estava bom no dia em que todos deveriam chegar, embora o sol não saísse. E todos chegaram bem. Era o que se esperava de gente que acordava todos os dias ao amanhecer para trabalhar, em vez de dormir até o meio-dia para compensar os excessos das noitadas.

Hugo saudou-os à medida que chegavam e os entregou aos cuidados da governanta.

Por fim, viu a própria carruagem se aproximar da casa e sentiu uma pontada incômoda no estômago. E se ela houvesse desistido? E se não tivesse apreciado a companhia de Fiona, Constance e Philip Germane, seu tio por parte de mãe, a ponto de insistir em voltar para a cidade de imediato?

Não, ela não faria tal coisa. Tinha os modos de uma perfeita dama.

A carruagem parou diante da casa e ele abriu a porta e colocou os degraus. Fiona saiu primeiro, menos pálida do que Hugo esperava. De fato, parecia consideravelmente mais jovem do que quando ele chegara a Londres.

Então foi a vez de Gwendoline, vestida em variados tons de azul e conseguindo parecer tão revigorada como se tivesse acabado de sair da cama. Ela o olhou nos olhos ao pousar a mão enluvada na dele.

– Lorde Trentham – disse.

– Lady Muir.

Desceu os degraus. Ele sempre esquecia que ela mancava, quando não estava com ela. Ela não sorriu. Nem pareceu furiosa.

Constance saiu da carruagem ajudada pelo tio e quis saber se todos tinham chegado e onde estavam.

– Vamos nos reunir no salão para tomar chá em meia hora ou menos – disse Hugo. – Fiona, Connie, a governanta as levará para seus quartos. Você também, Philip.

Ele apertou a mão do tio calorosamente.

Então se voltou para Gwendoline e estendeu o braço.

– Permita-me mostrar seu quarto – disse ele.

– Mereço tratamento especial?

Ela ergueu as sobrancelhas enquanto pegava o braço de Hugo.

– Merece – respondeu ele.

O coração de Hugo batia como um tambor dentro do peito.

CAPÍTULO 20

Gwen não sabia o que esperar de Crosslands Park, mas devia ser grande, concluiu, para abrigar tantos parentes de Hugo, além dela, durante quase uma semana.

Era grande, sim, ainda que não na mesma escala de Newbury Abbey ou Penderris Hall. A construção de pedras cinzentas, quadrada e no estilo georgiano não era muito antiga. Em torno dela, a propriedade parecia se estender por muitos alqueires. A casa devia ficar no centro do terreno, que era dividido por uma estrada reta. Os gramados estavam recém-aparados. Havia árvores isoladas, bosques e florestas mais densas. De um lado da residência principal ficavam os estábulos e uma sequência de carruagens e, do outro, um amplo quadrado de terra.

Havia algo de potencialmente magnífico no lugar e, de forma curiosa, ao mesmo tempo ele parecia... improdutivo. Ou talvez "subaproveitado" fosse uma palavra melhor.

Enquanto os outros ocupantes da carruagem observavam a paisagem e Constance fazia alguns comentários animados, Gwen se perguntou sobre os primeiros donos da propriedade. Faltaria a eles imaginação ou... o quê? Sabia, porém, por que a propriedade atraíra Hugo. Era grande e sólida, sem qualquer incongruência, bem do jeito dele.

Ela sorriu com aquele pensamento e apertou as mãos com um pouco mais de força no colo.

Era o teste de Gwen, tanto aos olhos dele quanto aos dela.

Venha para o meu mundo.

Ela não sabia como isso iria funcionar. Mas apreciara bastante a jornada na carruagem. Constance – que, por incrível que parecesse, nunca saíra de Londres – se mostrava radiante ao apreciar o campo e cada estalagem ou pedágio em que paravam. A mãe seguia silenciosa, mas razoavelmente alegre. O Sr. Germane tinha uma conversa interessante. Trabalhava para uma companhia de chá e viajara por todo o Extremo Oriente. Era tio de Hugo, embora não pudesse ser muitos anos mais velho que o sobrinho.

Como seria passar vários dias ali? O que haveria de diferente em Hugo quando ele estivesse em seu próprio mundo, cercado por sua gente? Ela seria bem-recebida? Os outros se incomodariam com sua presença? Seria vista como uma estranha? Ou *se sentiria* uma estranha?

Lily havia conversado com ela até tarde na noite anterior à partida. Contara para Gwen sobre todos os obstáculos que tivera que vencer para se transformar de filha rebelde, iletrada e nômade de um sargento da infantaria, que vagava pelo mundo atrás de um exército em guerra, em uma dama inglesa, sob a supervisão de Elizabeth, que na época ainda era solteira. "Só havia uma maneira de tornar aquilo possível", dissera ela, a certa altura. "Eu tinha que *querer*. Não porque precisasse provar algo a alguém. Não porque eu me sentisse em dívida com Elizabeth, embora estivesse. Não era para reconquistar Neville. Afinal, eu nem queria fazer isso depois que descobri que não éramos legalmente casados. Ele pertencia a um mundo desconhecido, e eu não queria nada disso. Não: só foi possível, Gwen, porque eu quis aquilo *para mim*. Tudo fluiu a partir desse desejo. As pessoas, sobretudo as religiosas, dão a entender que é errado, até mesmo pecado, amar a si mesmo. Não é. É o amor básico, essencial. Quando você não ama a si mesma, não tem condições de amar mais ninguém. Não de maneira completa e verdadeira."

Naturalmente, Gwen já conhecia a história da transformação de Lily e de como ela se casara de novo com Neville. No entanto, não conhecia os detalhes da luta interna da cunhada. Ouvira tudo fascinada. E compreendera por que Lily havia escolhido aquela noite em particular para compartilhar sua história. Ela vinha dizendo a Gwen que era possível se ajustar a um mundo diferente daquele que conhecia, mas que havia uma condição para que a mudança fosse suportável e valesse a pena.

Era preciso querer. Para si mesma.

No caso de Gwen, contudo, a mudança não seria tão grande. Hugo era rico. Era dono de toda aquela propriedade. Tinha um título.

Era apenas uma festa, repetia para si mesma enquanto a carruagem se aproximava dos degraus em frente da casa. Mas estava nervosa. Que estranho. Era sempre tão confiante e cheia de expectativas prazerosas ao chegar a uma comemoração. Adorava festas.

Hugo se encontrava aos pés da escada, senhor de seus domínios. Não esperou que o cocheiro deixasse seu lugar e abrisse a porta da carruagem. Cuidou disso pessoalmente: colocou os degraus e estendeu a mão para ajudar a Sra. Emes a saltar.

Então foi a vez dela.

Os olhos dele se detiveram nos dela quando ele estendeu a mão na sua direção. Olhos escuros, inescrutáveis. Mandíbula tensa. Sem sorriso.

Gwen havia esperado algo diferente?

Ah, Hugo.

– Lorde Trentham – disse ela.

– Lady Muir.

A mão dele se fechou em volta da de Gwen e ela desceu.

O Sr. Germane veio em seguida e se voltou para ajudar Constance a saltar. A garota era toda tagarelice e empolgação.

Haveria chá no salão dentro de meia hora. A governanta os guiaria a seus quartos para que pudessem descansar. Mas o próprio Hugo mostraria o quarto de Gwen.

– Mereço tratamento especial? – perguntou ela, ao tomar-lhe o braço.

– Merece – respondeu ele.

Foi tudo o que falou. Gwen se perguntou se ele se arrependera de convidá-la. Hugo poderia estar relaxando com a família, se não a tivesse convidado. Havia dois aniversários de casamento a comemorar.

O saguão era grande, como imaginava. Quadrado, com paredes creme salvas da nudez por vários quadros grandes com molduras douradas, todos retratando paisagens, porém nenhum de grande mérito artístico. Uma ampla escadaria diante deles subia até um patamar, onde então se dividia em duas para alcançar o andar superior. A governanta guiou seu grupo para a direta, enquanto Hugo e Gwen seguiram pela esquerda. Então os outros desapareceram por um longo corredor à esquerda. Hugo levou lady Muir para a direita.

O arquiteto devia ter dificuldade em desenhar curvas, pensou Gwen. Entretanto, havia certo esplendor naquela casa. Ela reluzia de tanta limpeza e tinha um leve cheiro de cera. As paredes ali estavam cobertas por pinturas parecidas com as do saguão. Era tudo um tanto impessoal, como a decoração de um hotel de alto nível.

O som de vozes, algumas mais baixas e outras mais animadas, emergiu de trás de portas fechadas.

Hugo parou e abriu a porta no final do corredor. Soltou o braço dela e deu um passo para trás, para permitir a entrada de Gwen. Não tinha dito uma única palavra em todo o caminho. Nem fizera perguntas sobre a viagem. Parecia também bastante taciturno.

– Obrigada – agradeceu ela.

Então ele a surpreendeu, entrando no quarto e fechando a porta.

Ele não tinha percebido que isso...?

Não, provavelmente não.

Além do mais, não era tão inapropriada a presença dele no aposento. Havia outra porta entreaberta – devia levar a um quarto de vestir –, e era possível ouvir os sons de uma criada ocupada lá dentro.

– Espero que goste de seu quarto – disse ele. – Escolhi este por causa da vista, mas depois percebi que o cenário é um tanto desanimador. Não tive oportunidade de plantar flores e as que cultivei no ano passado se abriam apenas uma vez, não brotaram de novo este ano. Vou fazer direito no ano que vem, mas isso não adianta para a sua estada. Deveria ter escolhido outro lugar... com uma vista para a estrada, talvez.

Lorde Trentham atravessara o cômodo enquanto falava e contemplava a propriedade pela janela.

Mesmo naquele momento, pensou Gwen enquanto deixava o gorro, as luvas e a bolsa sobre a cama, ela poderia se deixar enganar e concluir que a aparência taciturna de Hugo refletia um humor sombrio. Durante todo o tempo enquanto a carruagem se aproximava, enquanto ela descia, enquanto ele a acompanhava até ali, ele provavelmente estava sendo consumido pela ansiedade.

Aproximou-se dele.

A janela dava para aquele imenso quadrado de terra que ela vira na chegada. Ali de cima, era possível perceber que o solo tinha sido revolvido e limpo nos últimos dias. Por trás, a distância, havia um gramado com árvores. Ela teria sorrido se não ficasse com medo de ferir os sentimentos dele.

– Pensei que não viesse – confessou Hugo. – Eu me preparei para abrir a porta da carruagem e encontrar apenas Fiona, Constance e Philip.

– Mas eu disse que viria.

– Pensei que mudaria de ideia.

– Se isso tivesse acontecido, eu teria lhe informado. Sou uma...

Dama, ela quase dissera. Mas ele teria interpretado mal.

– Sim – disse ele. – É uma dama.

Ele espalmou as mãos no parapeito. Estava olhando para fora, não para Gwen.

– Hugo – chamou ela, pousando a mão em seu braço com leveza. – Não transforme isto numa questão de classe. Se qualquer integrante de sua família mudasse de ideia por algum motivo, teriam lhe informado. É uma simples cortesia.

– Achei que não viria. Preparei-me para não vê-la.

O que ele estava dizendo? Na verdade, era bastante óbvio.

Gwen tirou a mão do braço dele. O coração parecia querer soltar pela boca pela força com que batia.

Ela olhou pela janela.

– Há tanto potencial por aqui – comentou.

– No jardim?

Ele virou a cabeça para ela por um instante.

– A maior parte do terreno é plana, até onde consegui perceber enquanto nos aproximávamos. Mas, veja só, há uma bela descida depois de seu canteiro. Poderia ter uma lagoa ali se quisesse. Não, seria exagero. Melhor um pequeno lago com nenúfares, com samambaias altas e juncos por trás, entre ele e as árvores. E o canteiro de flores poderia ser redesenhado um pouco para fazer uma curva na direção dele, com arbustos e flores mais altas nas laterais e flores mais baixas e grama no meio e um caminho sinuoso que passasse por eles e alguns bancos para aproveitar a paisagem. Poderia haver...

Parou de repente. Sentia-se envergonhada.

– Peço desculpas. As flores ficarão lindas quando plantá-las. E a vista não é tão ruim do jeito que está. É uma vista para o *campo*. Não tem mar nem maresia. Prefiro o interior. É mais belo do que Newbury.

Poderia parecer estranho, mas ela não estava mentindo nem sendo apenas educada.

– Um lago com nenúfares – repetiu ele, estreitando os olhos e descansando os cotovelos no parapeito para contemplar a vista. – Ficaria mesmo magnífico. Sempre pensei naquela descida como uma inconveniência. Não tenho imaginação, sabe? Consigo apreciar as coisas ou criticá-las quando as vejo prontas, mas não consigo *imaginá-las*. Olho para todas essas pinturas nas paredes, por exemplo, e sei que são terríveis, mas não consigo pensar em como as substituiria, caso me livrasse de todas. Teria que perambular por galerias de arte pelos próximos dez anos, olhando e escolhendo, e, no fim das contas, talvez nada combinasse ou as obras não ficassem bem no aposento em que eu decidisse colocá-las.

– Às vezes, ter tudo combinado e simétrico não é mais agradável para o olhar ou para a mente do que o vazio – disse ela. – Em certas ocasiões é preciso confiar na intuição e escolher o que você *gosta*.

– Para você é fácil falar. Consegue olhar pela janela e ver um lago com nenúfares e um jardim com curvas e plantas de diferentes tipos e alturas, além de assentos para aproveitar a paisagem. Tudo o que vejo é um belo terreno quadrado à espera de que eu plante flores... se eu soubesse *que tipo* de flores. E aquela descida inconveniente do gramado ali atrás e as árvores ao fundo. Sozinho não consegui pensar sequer em abrir um caminho pelo jardim. No ano passado, quando tudo floriu, tive que caminhar pelas bordas do canteiro para ver as flores ou subir até aqui para observá-las.

– Deve ter sido uma visão gloriosa.

Gwen voltou a pousar a mão no braço dele.

– E às vezes, Hugo, um rápido e glorioso banho de cor e beleza é tudo de que a alma precisa. Pense num espetáculo de fogos de artifício. Não há nada mais breve nem mais esplêndido.

Ele por fim virou a cabeça e olhou de novo para ela.

Foi um olhar demorado, que ela retribuiu. Não conseguia adivinhar seus pensamentos.

– Seja bem-vinda à minha casa, Gwendoline – disse ele, por fim, em voz baixa.

Ela engoliu em seco e piscou várias vezes. Sorriu para ele.

Então, espantosa e milagrosamente ele retribuiu o sorriso.

– Preciso descer – disse Hugo, aprumando-se – e encontrar todo mundo no salão. Descerá quando estiver pronta?

– Descerei – garantiu ela. – Como explicará minha presença?

– Você foi madrinha de Constance na sociedade e lhe deu a chance de participar de eventos da aristocracia, o que foi proporcionado por ser minha irmã. Meus parentes acham graça e ao mesmo tempo estão impressionados com meu título, sabe? Mas não são pessoas sem inteligência. Logo entenderão, se é que ainda não ouviram boatos, que você está aqui porque estou lhe fazendo a corte.

– Está? – perguntou ela. – Da última vez que o vi, disse em tom categórico que não faria. Pensei ter sido convidada para poder cortejá-lo ou, no mínimo, descobrir por mim mesma por que seria impossível você me cortejar.

Ele hesitou antes de responder.

– Meus parentes vão concluir que estou lhe fazendo a corte. Todo mundo adora o que parece ser o começo de um romance, ainda mais quando envolve alguém da família. Se estarão certos ou errados, é algo que vamos descobrir.

Talvez os parentes dele não adorassem aquele romance em especial, pensou Gwen. Talvez se incomodassem. Ela não disse nada em voz alta. Voltou a sorrir.

– Vou descer logo – afirmou.

Ele fez um aceno com a cabeça e saiu do quarto, fechando a porta em silêncio.

Gwen permaneceu por algum tempo onde estava. Pensou naquele dia na praia da Cornualha, quando sentira uma gigantesca onda de solidão. Se não tivesse acontecido naquela hora, teria surgido depois? Em caso negativo, teria Gwen permanecido na segurança de seu casulo de luto e culpa, sentimentos que haviam se tornado tão sutis que ela nem percebia como paralisavam sua vida? Era estranho, mas o casulo tinha seu conforto. Uma parte dela desejava ainda estar protegida ou que, ao ser obrigada a sair, tivesse encontrado um cavalheiro tranquilo e descomplicado como sonhara – se tal pessoa existisse.

Mas ela encontrara Hugo.

Balançou a cabeça de leve e seguiu para o quarto de vestir para se lavar, trocar de roupa e escovar o cabelo antes de entrar por completo no mundo de Hugo.

Hugo logo percebeu que os pais de Fiona pareciam pouco à vontade, e então se sentaram em roda com os próprios parentes. Até os membros da família do falecido marido de Fiona pareciam pessoas de posição social muito elevada, e ele sabia que era encarado com assombro e admiração.

Percebeu tarde demais que devia ter instruído seu mordomo tão engenhoso a encontrar alguém para cuidar dos dois meninos durante a estada. Estavam sentados no sofá com os pais, o caçula esmagado entre os dois, o mais velho ao lado do pai.

Os parentes de Hugo faziam o barulho costumeiro de quando estavam juntos. Mas talvez parecessem também um pouco menos à vontade por estarem em um lugar desconhecido, na companhia de pessoas que lhes eram quase desconhecidas.

Fiona estava acomodada aos pés da lareira, junto com Philip. A mãe a observava com ar melancólico.

Constance ia de grupo em grupo, de braços dados com Gwendoline. Apresentou-a para todos como a dama que a introduzira à aristocracia, que havia sido sua madrinha. Hugo deveria estar à frente das apresentações, mas ficou feliz por Constance se incumbir deste papel e dar a entender que Gwendoline fora convidada por causa dela.

Ned Tucker se mantinha de pé, por trás de seus amigos da mercearia, que estavam sentados, e olhava à sua volta com uma expressão bem-humorada. Hugo o convidara só para descobrir se existia algo entre ele e Constance. E a avó dela facilitara sua tarefa. Quando Hugo fora à loja convidá-los para a festa, Tucker estava por lá e a avó de Constance, pousando a mão na manga do casaco do rapaz, dissera a Hugo que o ferrageiro era da família. Hugo imediatamente lhe estendera o convite.

Ao observar os grupos à sua volta, Hugo percebeu que ele mesmo também fazia parte da cena. Estava de pé, parado no meio de tudo aquilo, como se fosse um soldado no meio de um desfile. Desejava possuir algum traquejo social. Devia ter aprendido enquanto estava em Penderris. Entretanto, nunca necessitara de traquejo social para se relacionar com a família. Nunca passara por um momento de insegurança ou de dúvida ao lado deles. E não precisava de traquejo para lidar com a família de Fiona. Só tinha que demonstrar que era humano e que, apesar do título e da riqueza, não era diferente deles. Ou talvez o traquejo social servisse para isso. Lá estava Gwendoline, ainda de braço dado com Constance, conversando com

Tucker, os três sorrindo enquanto eram observados por Hugo. Gwendoline não estava com a pose altiva que usara com ele em algumas ocasiões. E Tucker não balançava a cabeça nem mexia no cabelo. Hilda e Paul Crane se levantaram para se juntar a eles e logo todos riam.

Hugo suspeitou estar franzindo o cenho. Como ia unir aqueles grupos e garantir dias agradáveis para todos? Fora mesmo uma ideia maluca.

Foi salvo pela chegada da bandeja de chá e de outra maior, com todo tipo de guloseimas. Ele se dirigiu à madrasta.

– Poderia nos fazer a delicadeza de servir o chá, Fiona?

– Claro, Hugo – concordou ela.

E lhe ocorreu que Fiona *apreciava* a importância de seu papel diante de todos os que estavam no aposento, pois, como madrasta dele, ela era, de certa forma, a anfitriã. Não lhe ocorrera que haveria necessidade de ter uma anfitriã. Mas era claro que havia. *Alguém* tinha que servir o chá, sentar diante dele na cabeceira da mesa e ficar a seu lado na hora de cumprimentar os convidados da vizinhança, quando eles chegassem para as festas dos aniversários de casamento em alguns dias.

– Obrigado – disse ele.

Decidiu circular entre os convidados distribuindo pratos e guardanapos, depois desfilou com a bandeja de guloseimas e persuadiu todo mundo a experimentar uma ou duas.

Enquanto isso, a prima Theodora Palmer, recém-casada com um próspero banqueiro, levava uma xícara de chá a cada pessoa à medida que Fiona servia, e Bernardine Emes, mulher do primo Bradley, atravessou o salão para falar com os meninos. Disse que seus filhos, junto com alguns dos primos, estavam tomando chá num cômodo grande perto do sótão e que, depois de terminarem, as babás os levariam para brincar. Talvez Colin e Thomas gostassem de acompanhá-los, sugeriu.

Thomas ficou meio escondido atrás da manga do casaco do pai, mostrando apenas um olho. O rosto de Colin se iluminou de animação e ele pediu permissão ao pai.

– Não costumamos tirar férias com frequência, não é? – Hugo ouviu Bernardine dizer para Mavis e Harold. – Nem as crianças. Vamos aproveitar essas férias ao máximo, enquanto podemos. Temos duas babás da maior confiança. As crianças lhes obedecem e as adoram. Os meninos vão ficar bem com elas.

– Tenho certeza que sim – disse Mavis. – Não temos babá. Gostamos que as crianças fiquem conosco.

– Ah, nós também – disse Bernardine. – Crescem depressa demais. Quando tive o primeiro...

Hugo abriu a porta do salão, chamou um dos novos criados que estava nas imediações e lhe pediu que informasse à babá da Sra. Bradley Emes para passar no salão antes de sair, a fim de pegar mais duas crianças.

Gwendoline conversava com tia Rose e tio Frederick Emes. A prima Emily, de 14 anos, a observava admirada. Constance levou os avós até a tia Henrietta Lowry, irmã mais velha do pai, viúva e matriarca da família.

Roma não tinha sido construída em um dia, pensou Hugo, sem muita originalidade. Mas *fora* construída. Talvez sua comemoração doméstica não fosse um completo desastre. Era provável que estivesse se sentindo desajeitado e ansioso somente pela presença de Gwendoline, por desejar que tudo fosse perfeito. Ele não estaria preocupado se ela não estivesse ali, estaria?

Foi falar com Philip, que não pertencia a nenhum dos grandes grupos mas parecia à vontade enquanto observava Fiona servir mais xícaras de chá.

Formariam um belo casal, Hugo pensou com alguma surpresa: Philip e Fiona. Era uma ideia. Os dois deviam ter quase a mesma idade. Talvez ele devesse virar casamenteiro.

Quando o chá acabou e as bandejas foram retiradas, Hugo disse a todos que ficassem à vontade para permanecer onde estavam, ir descansar ou sair para respirar um pouco de ar puro.

A maioria das pessoas se dispersou. A mãe e o pai de Fiona circularam pelo salão devagar, ao lado de tia Henrietta, admirando as pinturas. Constance saiu com um grande grupo de jovens, entre eles diversos primos da família Emes, Hilda e Paul, além de Ned Tucker. Gwendoline conversava com Bernardine e Bradley. Hugo se juntou a eles.

– Vou levar as crianças para ver os cordeiros, os bezerros e os potros amanhã de manhã – disse ele a Bernardine. – Temos também pintos, gatinhos e cães. Acho que eu teria me sentido no paraíso se alguém me levasse para um passeio desse quando eu era pequeno.

– Nós lembramos bem dos seus vira-latas, Hugo – disse Bradley, rindo. – O tio costumava soltar um suspiro toda vez que você aparecia com um gato desgrenhado ou um cachorro esquelético de três patas.

– As crianças vão adorar – garantiu Bernardine. – Só lhe peço, Hugo, que não permita que nenhum deles, em especial os meus, o convença a deixar que levem para casa um cachorrinho, um gatinho ou um cordeiro ou dois.

Hugo riu, o que chamou a atenção de Gwendoline.

– Talvez queiram sair e ver os cordeiros agora. Ainda devem estar no pasto.

– Ah, Hugo – disse Bernardine com um suspiro. – A viagem foi longa e o ar do campo está acabando comigo... no bom sentido, preciso acrescentar. Nossos filhos estão brincando. Vou ficar na cama até a hora de descer para o jantar.

– Brad?

– Em outro momento, talvez – respondeu Bradley. – Eu *deveria* caminhar depois daquele bolinho de creme irresistível, mas a cama do nosso quarto está me chamando com muita insistência.

– Lady Muir?

Hugo olhou para ela com educação.

– Eu gostaria de ver os cordeiros – afirmou ela.

– Ah. Lady Muir está sendo educada. Aprenderia a ser egoísta se passasse mais tempo conosco, lady Muir – disse Bernardine.

Mas ela riu ao pegar o braço de Bradley e saiu sem esperar por uma resposta.

– Às vezes acredito que já sou a mais egoísta dos mortais – disse Gwendoline, olhando para Hugo.

– Não *precisa* vir.

– Não comece.

Ela riu e tomou o braço de Hugo antes mesmo que ele o oferecesse.

CAPÍTULO 21

Gwen descobrira que entrar no salão para tomar chá tinha lhe exigido uma surpreendente quantidade de coragem. Não soubera o que esperar. Temera que todos a olhassem com ressentimento, hostilidade ou admiração excessiva, reações que dificultariam que se comportasse com o mínimo de tranquilidade.

Constance tornara tudo mais fácil, ainda que provavelmente tivesse agido por mera intuição. Embora uma das meninas a que fora apresentada demonstrasse certa admiração, Gwen não detectara nenhuma hostilidade. E mesmo uma parte do encantamento, ela acreditava, havia se dissolvido durante o chá. Talvez tudo fosse mais simples do que ela imaginara.

Ela não se importava. Estava feliz demais por ter ido. Valeria a pena enfrentar até mesmo a hostilidade declarada de cada membro da família só para viver *aquele momento.*

Aquele momento era a cena a que assistia: Hugo alimentando um cordeiro, o menor do rebanho. A mãe do animalzinho morrera no parto e a ovelha que o recebera, embora tivesse perdido o próprio filhote, nem sempre estava disposta a deixá-lo mamar. E era um daqueles dias. Então lá estava Hugo, sentado no pasto de pernas cruzadas, com o cordeiro no colo tomando leite, esfomeado, em uma espécie de mamadeira.

Ele conversava com o animal. Gwen conseguia ouvir a voz, mas não distinguia as palavras. Estava apoiada no outro lado da cerca, onde pousara os braços, observando-os, apesar de crer que ele se esquecera dela por completo. Havia tanto carinho na voz dele e em seus gestos que até lhe dava vontade de chorar.

Contudo, ele não se esquecera de Gwen, no fim das contas. Ergueu os olhos na direção dela e sorriu. Não, não foi um mero sorriso. Foi o sorriso ardiloso de um jovem.

– Sinto muito – disse ele. – Eu deveria ter levado você de volta para casa primeiro.

– Não *comece* – repetiu ela.

Ele riu e voltou a dar atenção ao cordeiro, que finalmente dava sinais de estar satisfeito.

– Ou eu deveria ter chamado outra pessoa para cuidar da alimentação – falou ele, um pouco depois, ao deixar o pasto. – Tenho alguns empregados. Melhor não oferecer meu braço. Estou com cheiro de ovelha.

Ela pegou seu braço mesmo assim.

– Cresci no campo – lembrou ela.

Ele estava mesmo com um leve odor de ovelha. E ainda trajava as roupas elegantes que usara para o chá.

Ele não tomou o caminho que levava direto até os estábulos. Em vez disso, levou-a para caminhar onde havia mais árvores. Era muito espaçoso entre elas, de forma que o percurso era fácil.

– Posso compreender por que quis ficar escondido aqui no campo por alguns anos, sem contato com o mundo exterior – disse ela.

– Compreende? – indagou ele. – Porém não é possível fazer isso para sempre. A morte de meu pai me obrigou a sair. No fim das contas, não lamento.

– Nem eu – disse ela.

Ele se virou para encará-la, mas não fez comentários.

– Percebi uma coisa quando estava alimentando aquele cordeiro e você se encontrava ali, olhando com tanta paciência. Crio minhas ovelhas para obter a lã, não a carne. Crio as vacas pelo leite e pelo queijo, não pela carne. Crio galinhas por causa dos ovos. Sempre me senti muito virtuoso por isso. Mas como carne. Contribuo para a matança de outros animais desconhecidos, que permitem que eu seja alimentado. E quase todas as criaturas devoram outras para se alimentar. É tudo muito cruel. Se a pessoa parar para pensar, isso é bastante deprimente.

Parecia pensativo.

– Mas a vida é assim – prosseguiu ele. – É um equilíbrio contínuo de opostos. Há o ódio e a violência, por exemplo, e há a gentileza e a bondade. E às vezes a violência é necessária. Tento imaginar o que aconteceria caso

Napoleão Bonaparte tivesse conseguido chegar às nossas praias com seus exércitos. Invadindo nossas cidades, aldeias e fazendas. Pilhando alimentos e o que mais desejasse. Atacando minha família e a sua. Atacando *você*. Se isso tivesse acontecido, eu nunca poderia ter ficado à parte em nome da santidade da vida humana e da delicadeza da minha consciência.

– Então já se perdoou?

Hugo havia parado de andar e estava encostado em uma árvore, os braços cruzados diante do peito.

– É engraçado, não é? – disse ele. – Carstairs conviveu com a culpa todos esses anos, embora na época tivesse defendido a retirada da tropa, o que salvaria a vida de pelo menos alguns homens. Mesmo tendo sofrido ferimentos graves no ataque e sendo obrigado a lidar com as consequências deles até hoje, ele se sente culpado, pois acredita que seu instinto foi covarde e as minhas ações, corretas. Ele me odeia, mas acredita que eu tinha razão.

– Você tinha razão – assegurou ela. – Sempre soube disso.

Ele balançou a cabeça devagar.

– Não acredito que exista certo ou errado. O que existe é fazer o necessário sob determinada circunstância e viver com as consequências, unindo todas as experiências, boas e ruins, no tecido da própria vida para, no fim das contas, encontrar um padrão e aceitar as lições recebidas. Não é possível esperar que alguém chegue à perfeição em uma única vida, Gwendoline. Os religiosos diriam que é para isso que existe o paraíso. Penso que seria uma vergonha. Fácil demais, preguiçoso demais. Eu preferiria pensar que talvez recebamos uma segunda chance... e uma terceira, uma trigésima terceira, até acertarmos.

– Reencarnação? – perguntou ela.

– É assim que chamam?

Ele deixou os braços penderem ao lado do corpo e a encarou.

– Imagino se conheceria a mesma mulher em cada vida e se descobriria um problema toda vez. E a solução encontrada seria audaciosa ou covarde? A ser adotada ou ignorada? Certa ou errada? Entende o que quero dizer?

Ela deu um passo à frente e se encostou nele. Espalmou as mãos em seu tórax e descansou a cabeça entre elas. Ouviu as batidas do coração dele, sentiu seu calor e inalou os aromas estranhamente sedutores de perfume, homem e ovelha.

– Ah, Hugo – disse ela.

Ele acariciava seu pescoço com os dedos de uma das mãos.

– Sim – disse ele, baixinho. – Eu me perdoei por estar vivo.

– Eu o amo – disse ela, contra o tecido da gola dele.

Por um momento ficou horrorizada. Tinha mesmo dito aquilo em voz alta? Ele não respondeu. Mas inclinou a cabeça e beijou de forma suave e breve a curva entre seu pescoço e o ombro.

E as palavras tinham sido pronunciadas, pelo menos por ela. E na verdade não importava. Ele já deveria saber, de qualquer maneira. Como ela sabia que ele a amava.

Sabia mesmo?

Claro que sim. Tinha acabado de dizer aquilo com outras palavras. *Imagino se conheceria a mesma mulher em cada vida...*

O amor poderia não ser o suficiente. Tinha sido o que ele dissera em Londres, quando fora lhe avisar que não a cortejaria.

Mas poderia ser o suficiente, sim.

Talvez o amor fosse tudo. Talvez fosse o que aprenderiam se tivessem 33 vidas juntos.

– Algumas pessoas abrem trilhas na vegetação natural de suas propriedades. Pensei em fazer algo assim. Mas, em geral, nos terrenos dessas pessoas há colinas, florestas, paisagens e todo tipo de atrações. Não tenho nada disso. Aqui uma trilha seria apenas isso, uma trilha. Seria sem graça.

– Que tolice – disse ela, erguendo a cabeça e olhando para ele.

Ele inclinou a cabeça, encarando-a.

– Não é uma palavra muito elegante para ser usada por uma dama.

Gwen riu.

– Um caminho serpenteando pelo bosque seria agradável – opinou ela. – E há espaço aqui para mais árvores, quem sabe rododendros ou outros arbustos com flor. Talvez algumas flores que se desenvolvam bem na sombra e não sejam muito chamativas. Jacintos na primavera, por exemplo. Narcisos. Poderia haver alguns bancos, principalmente nos pontos onde houver algo mais para olhar.

Hugo prestava atenção.

– Reparei que há lugares de onde é possível avistar a torre da igreja do vilarejo – falou Gwen. – Creio que, indo mais adiante, veremos o prédio. Talvez pudesse construir um pequeno coreto, um lugar para sentar e descansar mesmo quando chovesse. Ou ler. É o que Crosslands significa para você, afinal de contas, e é o que o atraiu na propriedade. Não é um lugar espetacular por sua beleza pitoresca e suas paisagens, mas uma afirmação direta sobre algo bom, a paz e a alegria que vêm das coisas mais triviais, talvez.

Ele olhava para os olhos dela.

– Não seriam necessárias fontes, estátuas, jardins com topiarias, roseiras, lagos, becos e labirintos e sabe-se lá o que mais? – perguntou ele. – Na área do parque, quero dizer.

Ela balançou a cabeça, negando.

– Podia até ganhar uns toques delicados aqui e ali, mas não muitos. Está lindo do jeito que é.

– Mas um pouco subaproveitado – disse ele.

– Só um pouco.

– E a casa?

– As pinturas têm que ir embora – decretou ela e sorriu. – A casa estava mobiliada quando a comprou?

– Estava. Foi construída por um homem como meu pai, que ganhou dinheiro com o comércio. Ele a ergueu com os melhores materiais e a mobiliou com os melhores móveis, mas nunca chegou a morar nela. Deixou-a para o filho ao morrer. Mas o filho não a queria. Ele partiu para a América atrás de fortuna, suponho, e deixou a propriedade à venda com um agente.

Triste, pensou ela.

– Bem na época em que fui para a guerra e deixei meu pai – completou ele.

– Mas você voltou – lembrou ela. – E conseguiu revê-lo antes que falecesse. Pôde garantir a ele que assumiria os negócios e que cuidaria de sua esposa e da filha.

– E também acabo de perceber outra coisa – disse ele. – Se eu tivesse morrido, teria partido seu coração. Então, por ele, fico feliz de não ter sido morto.

– E por mim? – perguntou ela.

Ele segurou o rosto dela com as mãos e o ergueu.

– Não sei se posso ser considerado um presente – confessou ele. – O que pensa da minha família e da família de Connie?

– São pessoas – disse ela. – Desconhecidos que se tornarão conhecidos e talvez até amigos nos próximos dias. Não são muito diferentes de mim,

Hugo, e talvez descubram que não sou muito diferente deles. Estou ansiosa para conhecer todos.

– Uma resposta diplomática – brincou ele.

E talvez um pouco ingênua, sua expressão parecia dizer. Talvez fosse mesmo. A vida de Gwen havia sido muito diferente da de Mavis Rowlands, por exemplo. Mas isso não queria dizer que as duas não poderiam apreciar a companhia uma da outra e encontrar pontos em comum. Ou seria ingenuidade?

– Uma resposta verdadeira – corrigiu ela. – E o Sr. Tucker?

– O que há com ele? – perguntou Hugo.

– Não é um parente. Existe alguma coisa entre ele e Constance?

– Acredito que talvez exista – disse ele. – Ele é dono da loja de ferragens ao lado da mercearia dos avós dela. É sensato, inteligente e simpático.

– Gostei dele – falou Gwen. – Constance vai ter uma grande gama de opções, não é?

– O que acontece é que ela acha que os rapazes que você tem lhe apresentado nos bailes e nas festas são gentis, para usar as palavras dela, mas um pouco tolos. Não fazem *nada* da vida.

– Minha nossa! – exclamou Gwen, rindo. – Ela também disse isso a você?

– De toda forma, Connie está imensamente grata – disse ele. – Mesmo que se case com Tucker ou outra pessoa que não seja da aristocracia, ela sempre vai se lembrar de como foi dançar num baile elegante e passear pelos jardins de um aristocrata. E vai se lembrar que poderia ter se casado com alguém da elite, mas preferiu o amor e a felicidade.

– E ela não poderia encontrar isso com um cavalheiro? – perguntou Gwen.

– Poderia – falou ele e soltou um suspiro. – E de fato talvez encontre. Como você diz, ela tem opções. É uma garota sensata. Acredito que fará sua escolha com a cabeça e o coração, sem excluir um nem outro.

E você?, ela queria perguntar. *Vai fazer suas escolhas com a cabeça e o coração?* Não disse nada, mas deu batidinhas com a mão no peito dele.

– Preciso levá-la de volta para casa em breve, se quiser descansar antes do jantar. Por que estamos desperdiçando nosso tempo com conversas?

Ela o olhou nos olhos.

Aproximou o rosto e a beijou. Ela deslizou as mãos para os ombros dele e os segurou com força. Uma onda de intenso desejo, físico e emocional, tomou conta dela. Aquela era a casa de Hugo, o lugar onde ele passaria boa parte do resto da vida. Será que ela estaria junto dele? Ou seria aquilo apenas um encontro de uma semana e nada mais? Nem mesmo uma semana inteira, na verdade.

Quando o beijo terminou, ele roçou o nariz com carinho no dela.

– Devo lhe contar meu sonho mais escuso e obscuro?

– Seria adequado para os ouvidos de uma dama? – perguntou ela.

– De maneira alguma.

– Conte-me.

– Quero possuir você no meu quarto, na minha casa – disse ele. – Na minha cama. Quero despi-la peça a peça e amar cada centímetro de seu corpo e voltar a fazer amor muitas vezes até ficarmos exaustos. Então quero dormir com você até recuperar a energia e começar tudo de novo.

– Ah! – disse ela. – Isso é mesmo inadequado para os meus ouvidos. Minhas pernas até ficaram bambas.

– Vou fazer isso – respondeu ele. – Um dia desses. Vamos fazer. Ainda não. Não na casa, pelo menos. Não enquanto temos hóspedes. Não seria apropriado.

Não na casa, pelo menos.

– Não seria apropriado – concordou ela. – E, Hugo... não posso ter filhos.

Mas por que ela resolvera introduzir a realidade na fantasia?

– Não tem certeza disso – alegou ele.

– Não concebi naquela enseada em Penderris – lembrou ela.

– Eu a montei apenas uma vez. E não estava nem me esforçando.

– E se...?

Ele voltou a beijá-la e se demorou nessa tarefa. Gwen passou os braços em volta do pescoço dele.

– Essa é a graça da vida – disse ele ao terminar. – Não saber. Costuma ser melhor não saber. Não *sabemos* se realmente faremos amor a noite inteira na minha cama, aqui na casa, não é? Mas podemos sonhar. E *acho* que vai acontecer. Chegará o momento, Gwendoline, em que você ficará encharcada da minha semente. E *acho* que pelo menos uma se enraizará. E, se não acontecer, pelo menos vamos nos divertir tentando.

Ela voltou a se sentir sem fôlego e com as pernas consideravelmente trêmulas.

Ouviu o som de vozes de crianças se aproximando. E, como era típico de crianças, todas pareciam estar falando – ou berrando – ao mesmo tempo.

– Exploradores – alertou ele. – Encaminhando-se nesta direção.

– Sim – concordou ela, recuando um passo.

Hugo lhe ofereceu o braço e ela aceitou. E o mundo voltou a ser o lugar de sempre.

Só que transformado para a eternidade.

Hugo trabalhara muito durante seus anos no Exército, provavelmente mais do que a maioria dos outros militares, porque tinha muito a provar – aos outros e a si mesmo. Nas últimas semanas ele também se esforçara bastante, reaprendendo os negócios, assumindo as rédeas das operações e recuperando o controle de tudo. Porém, em sua estadia no campo, pareceu-lhe que ele nunca se esforçara tanto como naquele momento.

Socializar era um trabalho difícil. Socializar quando se tinha a responsabilidade de ser o anfitrião era ainda mais complicado. Precisava cuidar do conforto de todos. E nem sempre era fácil.

Hugo duvidava que tivesse passado outra semana tão agradável.

Entreter os hóspedes, na realidade, não dava trabalho. Mesmo uma propriedade um tanto subaproveitada parecia um pedaço do paraíso para quem havia passado a vida toda em Londres – aliás, em uma área muito limitada de Londres, no caso da família de Fiona. E mesmo para os parentes de Hugo, que tiveram outras oportunidades de viajar, a chance de vagar por uma área particular por quase uma semana sem as pressões do trabalho e sem os ruídos constantes da cidade grande era algo maravilhoso. E a casa encantava a todos, mesmo aqueles que podiam ver seus problemas. Hugo, que nunca tinha sido capaz de explicar exatamente o que havia de errado com a casa, agora entendia. O dono anterior mobiliara e decorara tudo de uma vez, provavelmente usando os serviços de um decorador. O resultado era caro, elegante e também bastante impessoal. Até que Hugo se mudasse, ninguém morara ali. Os convidados que conseguiam perceber esse problema se divertiam vagando pela casa e fazendo sugestões. Seus parentes nunca tinham sido tímidos.

Não havia instrumentos musicais na casa. Por outro lado, a sala de bilhar logo ganhou popularidade entre as visitas. A biblioteca tinha paredes cobertas de prateleiras do chão ao teto, todas repletas de livros que Hugo estava quase certo de que nunca tinham sido lidos, nem mesmo abertos. Ele lera poucos deles; não era particularmente apreciador de livros religiosos nem de legislação da Grécia Antiga ou obras de poetas latinos de quem nunca ouvira falar - escritas em latim. Entretanto, até aqueles volumes divertiam alguns de seus parentes, e todas as crianças adoravam subir e descer nas escadas encostadas às prateleiras, unindo forças para movimentá-las de um canto a outro, transformando-as em carruagens imaginárias, balões de ar quente e até mesmo numa torre - de onde gritavam com estridência, pedindo socorro a qualquer príncipe que porventura estivesse passando nas proximidades.

A família de Fiona tendia a se manter unida para ganhar confiança, pelo menos nos primeiros dias. Contudo, com a ajuda de Hugo, Mavis e Harold descobriram pontos em comum com outros jovens pais entre seus primos, e Hilda e Paul logo se enturmaram com aqueles primos que ainda não haviam se casado ou que não tinham filhos. Hugo garantiu que a Sra. Rowlands conhecesse cada uma das suas tias e ela acabou estabelecendo certa amizade com tia Barbara, cinco anos mais jovem do que tia Henrietta e uma matriarca menos altiva. O Sr. Rowlands se entendeu bem com alguns dos tios de Hugo e parecia razoavelmente à vontade na companhia deles.

Fiona não mencionou seus problemas de saúde nenhuma vez, ao menos que Hugo tivesse ouvido. Devia ter ficado claro para ela, logo no primeiro dia, que os Emes não a encaravam com desprezo, mas sim com respeito, por ser a anfitriã de Hugo. E era óbvio que a própria família a adorava. Ela desabrochou diante dos olhos de Hugo, com a saúde recuperada e uma beleza madura.

E ele ficaria muito surpreso se um romance não acontecesse entre ela e seu tio.

Quanto a Tucker, era um rapaz que ficaria à vontade em quase qualquer ambiente social, suspeitava Hugo. Ele circulava com facilidade e parecia particularmente popular entre os primos mais jovens, homens e mulheres.

Constance não parava quieta, transbordando animação. Se ela gostava de Tucker ou se Tucker gostava dela, não ficavam grudados um no outro nem deixavam nada óbvio. Entretanto, Hugo poderia apostar que eles se gostavam.

E Gwendoline, com sua graça tranquila, se encaixava em todas as situações possíveis. Tias que ficaram paralisadas de apreensão a princípio logo relaxaram em sua companhia. Os tios acolhiam sua conversa. Os primos logo a incluíram nos convites para caminhar e jogar bilhar. Menininhas subiam no seu colo para admirar seus trajes, embora ela se vestisse com deliberada simplicidade ali. Constance conversava e andava de braços dados com ela. E Gwen se esforçou para conhecer a Sra. Rowlands, que a encarara quase com terror no início. Certa manhã, Hugo as encontrou de braços dados no fim de um corredor do andar de cima, discutindo uma das pinturas.

– Acabamos de passar meia hora muito agradável – explicou Gwendoline. – Seguimos por um lado do corredor e voltamos pelo outro, olhando todas as pinturas e decidindo quais são nossas favoritas. Acho que a minha preferida é aquela com as vacas bebendo do poço.

– Ah. A minha é aquela da rua do vilarejo com a menininha e o filhote latindo a seus pés – disse a Sra. Rowlands. – Parece o paraíso, não parece, aquele vilarejo? Não que eu tivesse vontade de morar ali, aliás. Não mesmo. Eu sentiria falta da minha loja. E de todas as pessoas.

– Essa é a maravilha das pinturas – falou Hugo. – São uma janela para um mundo que nos seduz mesmo que não quiséssemos entrar nele se fosse possível.

– Como é afortunado, Hugo, por poder contemplar essas pinturas todos os dias – disse a Sra. Rowlands com um suspiro. – Pelo menos quando está no interior.

– Sou mesmo afortunado – concordou ele, olhando para Gwendoline.

E *era* de fato. Como poderia ter previsto tudo aquilo alguns meses antes? Tinha viajado para Penderris sabendo que seu ano de luto chegara ao fim e, com ele, sua vida no campo como um quase recluso. Tivera a expectativa de que os amigos lhe dessem algum conselho sobre como encontrar uma mulher para casar, alguém adequado e que não interferisse demais em sua vida nem provocasse suas emoções. Em vez disso, ele conhecera Gwendoline. Depois seguira para Londres na intenção de arrancar Constance das garras perversas de Fiona e ajudá-la a encontrar um marido o mais rápido possível, mesmo se para isso ele mesmo tivesse que se casar às pressas. Então descobrira que Fiona não era a vilã de quem se lembrava e que Constance tinha ideias próprias sobre o que desejava no casamento. No fim, ele pedira Gwendoline em casamento e fora rejeitado – e então convidado a cortejá-la.

O resto era um pouco atordoante e servia como prova de que nem sempre era uma boa ideia tentar planejar o futuro. Ele nunca poderia ter imaginado aquilo.

Sua casa ficava muito diferente sem todos aqueles lençóis cobrindo os móveis. Elegante, porém sem alma. No entanto, de alguma forma, seus hóspedes tornavam o lugar mais alegre e acolhedor e ele sabia que passaria os anos seguintes acrescentando o calor que faltava. A área do parque parecia subaproveitada, mas cheia de potencial e nem era tão ruim do jeito que estava. Com um lago com nenúfares e um canteiro de flores desenhando uma curva, alguns caminhos, alguns bancos e uma trilha com mais árvores, lugares para sentar em um coreto, a transformação estaria completa. Talvez ele até plantasse alguns olmos altos ou limoeiros para ladear a estrada de acesso. Se o caminho era em linha reta, por que não destacá-lo?

A fazenda era o coração da propriedade.

Estava feliz naqueles dias, surpreendeu-se ao descobrir. Não pensava sobre sua felicidade desde que... ah, desde que o pai se casara com Fiona.

Naquele momento voltava a se sentir feliz. Ou pelo menos ficaria feliz se... ou então quando...

Eu o amo, dissera ela.

Dizer era fácil. Não, não era. Era a coisa mais difícil do mundo para se dizer. Pelo menos para um homem. Para ele. Seria mais fácil para uma mulher?

Que pensamento tolo!

Ela era uma mulher que, durante anos e anos, não conhecera a felicidade verdadeira, ele suspeitava – provavelmente desde que se casara ou pouco depois disso. E naquele momento...

Ele poderia fazê-la feliz?

Não, claro que não. Era impossível *fazer* alguém feliz. A felicidade precisava vir de dentro.

Ela poderia ser feliz com ele?

Eu o amo.

Não, aquelas palavras não teriam saído com facilidade para Gwendoline. O amor a decepcionara na juventude. Ficara aterrorizada diante da ideia de voltar a entregar o coração a outra pessoa. Mas o entregara.

Para ele.

Isto é, se estivesse falando sério.

Ela estava falando sério.

A língua dele havia se grudado ao céu da boca, dera um nó ou *qualquer coisa* que o impedira de responder à declaração de Gwendoline.

Precisaria corrigir isso antes do fim daquela visita. Como era típico, ele falara livremente sobre *fazer amor* com ela. Tinha até se divertido ao se mostrar tão inconveniente. Mas não fora capaz de dizer o que mais importava.

Ele diria.

Ofereceu o braço para as duas damas.

– Há uma ninhada de cãezinhos lá no estábulo, pronta para ganhar o mundo – disse ele. – Gostariam de vê-los?

– São iguais aos da pintura, Hugo? – perguntou a Sra. Rowlands.

– Na verdade são coles – informou ele. – São ótimos com as ovelhas. Ou pelo menos um ou dois serão. Terei que encontrar lares para os outros.

– Lares? – perguntou ela enquanto desciam a escada. – Quer dizer que vai *vendê-los*?

– Estava pensando em dar de presente – respondeu ele.

– Ah – falou ela. – Posso ficar com um, Hugo? Temos o gato para manter os camundongos longe da loja, claro, mas sempre quis um cachorro. Posso ficar com um? É muito atrevimento da minha parte?

– Melhor vê-los primeiro – disse ele, rindo e virando a cabeça para olhar Gwendoline.

– Hugo – disse ela com suavidade. – Realmente deveria rir com mais frequência.

– É uma ordem? – perguntou ele.

– Com toda a certeza – respondeu ela com severidade e ele voltou a rir.

CAPÍTULO 22

As comemorações das bodas haviam sido planejadas para dois dias antes do retorno a Londres. Seria melhor assim, decidira Hugo, a fim de que todos tivessem um dia para relaxar antes da viagem. Além do mais, era a data exata do aniversário de casamento do Sr. e da Sra. Rowlands.

Haveria um banquete para a família no início da noite. Depois, os vizinhos do vilarejo e das imediações - vizinhos de todas as classes sociais - viriam para dançar um pouco no pequeno salão de baile que Hugo nunca esperara usar. Ele contratara alguns músicos que sempre tocavam nos eventos locais.

- Não tenha muitas expectativas - avisou a Gwendoline, quando mostrou o salão para ela e alguns dos primos mais jovens na manhã das celebrações. - Os músicos são mais renomados pelo entusiasmo do que pelo talento. Não haverá arranjos de flores. E convidei também meu administrador e a esposa. E o açougueiro e o estalajadeiro. E outras pessoas comuns, inclusive algumas que moravam perto de mim quando eu vivia no chalé.

Gwen ficou bem diante de Hugo e falou de modo que só ele ouvisse.

- Hugo, acharia um pouco irritante se a cada vez que comparecesse a um evento da aristocracia eu lhe pedisse desculpas pela presença de três duquesas e por haver flores suficientes para esvaziar diversas estufas, além de uma orquestra que tocara para a realeza europeia em Viena no mês anterior?

Ele a fitou sem dizer nada.

- Acredito que *ficaria* - prosseguiu ela. - Disse-me para vir para seu mundo. Acredito que posso me lembrar das palavras exatas. *Se me quiser. Se imagina que me ama e que pode passar a vida comigo, venha para o meu mundo.* Eu vim. Você não tem que me pedir desculpas pelo que estou encontrando aqui. Se não gostar, se não conseguir conviver, eu lhe direi quando voltarmos a Londres. Mas venho esperando ansiosamente por esta festa e você não deve estragá-la.

Foi uma manifestação discreta. Em volta deles, os primos riam, soltavam exclamações, exploravam. Hugo suspirou.

– Sou apenas um homem comum, Gwendoline. Talvez seja isso que venho tentando lhe dizer o tempo todo.

– É um homem extraordinário – corrigiu ela. – Mas sei o que quer dizer. Nunca pediria que fosse mais do que é, Hugo. Ou menos. Não espere isso de mim.

– Você é perfeita – disse ele.

– Apesar de mancar? – perguntou ela.

– *Quase* perfeita.

Ele abriu um sorriso lentamente, que ela retribuiu.

Hugo nunca havia mantido um relacionamento cheio de provocações com uma mulher, ou qualquer tipo de relacionamento, aliás. Era tudo novo e estranho. E maravilhoso.

– Gwen – chamou a prima Gillian bem perto deles. – Venha apreciar a vista destas janelas. Não concorda que deveria haver um jardim com flores ali? Talvez até uns canteiros para os convidados dos bailes passearem? Ah, eu poderia me acostumar *com muita facilidade* à vida no campo.

Ela se aproximou, deu o braço para Gwendoline e a levou para que desse sua opinião.

– Vai haver bailes aqui, quem sabe, a cada cinco anos, Gill! – exclamou Hugo quando se afastaram.

A prima olhou para trás, travessa, e falou com ele com a voz suficientemente alta para que todos ouvissem.

– Imagino que Gwen tenha algo a dizer sobre isso, Hugo.

Ah, sim, sua família não demorara a perceber que ela estava ali não apenas por ter apresentado Constance à sociedade.

Foi um dia agitado, embora mais tarde Hugo percebesse que poderia muito bem ter ficado na cama o tempo inteiro, com as pernas cruzadas e as mãos sob o pescoço, observando os contornos de seu dossel. O mordomo manteve tudo sob completo controle. Chegou a parecer irritado – de uma forma totalmente bem-educada, claro – toda vez que Hugo perguntava sobre o andamento de algum detalhe.

Tinha até providenciado *flores* para decorar a mesa de jantar. E, quando Hugo foi conferir o salão de baile, pouco antes do jantar, para garantir que o assoalho estivesse reluzindo de novo depois de ter sido pisoteado pela manhã – e estava –, ficou atônito ao descobrir que também havia uma decoração com flores. E eram muitas.

Quanto estava pagando ao mordomo? Teria que dobrar aquela quantia.

O jantar foi excelente e todos estavam animados. Houve conversas e risos. Houve discursos e brindes. O Sr. Rowlands se levantou para agradecer a todos e, num impulso, beijou a Sra. Rowlands nos lábios, provocando uma ruidosa saudação em volta da mesa. Depois, claro, o primo Sebastian, que não podia ficar para trás, também teve que se levantar e agradecer a todos pelas congratulações pelo seu aniversário de casamento e *teve* que beijar a esposa, provocando outra algazarra. Hugo se perguntou por um segundo se algum jantar da aristocracia incluiria demonstrações tão exuberantes e logo afastou aquela ideia da cabeça. Gwendoline se inclinava na cadeira, batia palmas e sorria de forma calorosa para Sebastian e Olga. Em seguida, começou uma conversa animada com Ned Tucker, à sua direita.

Dois bolos pequenos, cuidadosamente decorados, um para cada casal, foram cortados sob aplausos pelas duas esposas em bodas, enquanto seus maridos distribuíam fatias para todos à mesa. Nessa hora, todo mundo pareceu concordar que a refeição terminara e que chegara o momento de passar para o salão de baile, para esperar os demais convidados, pois ninguém seria capaz de comer nem mais uma migalha pelo menos até o dia seguinte.

– Então todas as guloseimas da ceia terão que ser consumidas pelos meus vizinhos – disse Hugo.

– Não sejamos apressados, rapaz – falou tio Frederick. – Vamos dançar, não é? Isso vai abrir o apetite bem depressa, ainda mais se as músicas forem animadas.

Por fim chegou a hora de se postarem à entrada do salão, saudando os convidados que chegavam. Hugo ficou com Fiona a seu lado e Constance ao lado dela e desejou que o pai pudesse vê-los naquele momento. Teria ficado feliz.

Hugo olhou para o salão, viu os rostos familiares e teve certeza de que tinha acertado ao levar todos para passarem alguns dias naquela casa. Acertara em relação a eles e, sem dúvida, a si mesmo também. Talvez sempre houvesse um pouco de escuridão em sua alma quando ele se lembrasse da brutalidade da guerra. Ele preferiria mil vezes nutrir a vida a tirá-la. Mas, como explicara para Gwendoline com outras palavras, a vida não era algo em preto e branco, bem-definido, mas de uma gama variada e estonteante de tons de cinza. Ele não se torturaria mais pelo que fizera. Talvez seus atos tivessem evitado um mal maior. Talvez não. Quem poderia saber? Só podia seguir em frente na sua jornada pela vida, esperando que, junto com a experiência, também ganhasse alguma sabedoria.

Além disso, se havia escuridão em sua alma, também existia uma considerável quantidade de luz. Um desses raios brilhantes estava do outro lado do salão, elegante em um simples vestido de seda verde-claro – com bainha arredondada, mangas curtas e bufantes e um decote modesto –, tendo uma fina corrente de ouro como único ornamento. Gwendoline. Conversava com Ned Tucker e Philip Germane... e olhava para *ele* com um sorriso no rosto.

Ele piscou para ela. *Piscou.* Não se lembrava de ter piscado antes, em toda a sua vida.

Seu administrador chegara com a esposa; o vigário, a mulher e o casal de filhos vinham logo atrás. Hugo voltou sua atenção para os convidados.

Tudo era realmente muito agradável, decidiu Gwen na hora seguinte. Ela se deteve para examinar aquele pensamento, mas não havia qualquer condescendência nele. Pessoas eram pessoas, e aquelas estavam aproveitando a ocasião com evidente prazer. Não existia o comedimento e tédio educado tão frequentes na aristocracia, cujos membros pareciam acreditar que era ingênuo ou vulgar apreciar qualquer coisa com empolgação.

A orquestra compensava com entusiasmo o que lhe faltava em habilidade. A maioria das danças era vigorosa, característica do interior. Gwen dançou todas, depois de garantir aos poucos que ousaram lhe perguntar que o fato de mancar não a impedia disso. E lá estava ela, corada e risonha.

A Sra. Lowry, tia Henrietta para Hugo, a puxou para um canto entre a segunda e a terceira danças e perguntou, sem rodeios, se ela iria se casar com seu sobrinho.

– Recebi um pedido certa vez e recusei – disse Gwen. – Mas foi há algum tempo. *Se* o pedido fosse feito de novo, a resposta *poderia* ser diferente.

A Sra. Lowry assentiu.

– O pai dele era meu irmão favorito – contou ela. – E Hugo sempre foi o sobrinho preferido, embora eu não o tenha visto por muitos anos. Ele não deveria ter partido, mas partiu e sofreu, e agora está de volta, com o coração mole de sempre, ao que me parece. Não quero vê-lo com o coração partido.

Gwen sorriu para ela.

– Nem eu – garantiu.

A Sra. Lowry assentiu de novo, enquanto algumas outras tias se reuniam perto delas.

A dança seguinte seria uma valsa. A notícia agitou o salão. Alguns dos vizinhos de Hugo haviam pedido e ele passara uma solicitação ao maestro. Os mesmos vizinhos caíam na risada e insistiam que Hugo dançasse.

Curiosamente, ele também estava rindo e erguendo as mãos em rendição. Por um momento, enquanto o observava, algo espreitou os confins da mente de Gwen, mas se recusou a entrar em foco, e ela deixou o momento passar.

– Vou dançar a valsa – disse ele. – Mas só se a parceira escolhida entender com clareza que, na pior das hipóteses, vou pisar no pé dela e, na melhor, ela poderá se expor ao ridículo.

Houve alguns aplausos, algumas vaias e mais risadas – dessa vez de todos.

– Vamos lá, Hugo – chamou Mark, um dos primos. – Mostre como se faz, então.

– Lady Muir – chamou Hugo, virando-se e olhando para ela –, me daria a honra?

– Isso, vai lá Gwen – insistiu Bernardine Emes. – Não vamos rir de você. Só dele.

Gwen deu um passo à frente e se dirigiu para Hugo, que caminhava em sua direção. Os dois se encontraram no meio do piso reluzente da pista de dança, trocando sorrisos.

– Será que meus olhos me enganam? – perguntou ele quando os dois se encontraram. – Ninguém mais vai dançar conosco?

– Provavelmente estão levando a sério seu aviso sobre pisões nos pés – disse ela.

– Maldição! – balbuciou ele, sem pedir desculpas.

Gwen riu e colocou a mão esquerda no ombro dele. Estendeu a outra mão e ele a segurou. A mão direita dele pousou na parte de trás de sua cintura.

E a música começou.

Levou alguns instantes para que os pés dele encontrassem o caminho, a música entrasse em seus ouvidos e o ritmo da dança tomasse conta de seu corpo, mas então ele conseguiu fazer as três coisas e dançou pelo salão segurando com firmeza na cintura dela, de um jeito que seus pés pareciam flutuar e não havia desconforto no fato de suas pernas não terem o mesmo comprimento.

Houve aplausos de toda a família e dos convidados, alguns comentários em voz alta, um pouco de riso, um assobio estridente. Gwen sorriu para ele, que lhe devolveu o sorriso.

– Não me encoraje a relaxar. É aí que o desastre acontece – avisou ele.

Ela riu e, de repente, sentiu uma grande onda de felicidade. Foi pelo menos tão intensa quanto a onda de solidão que ela sentira na praia próxima de Penderris, antes de conhecer Hugo.

– Gosto de seu mundo, Hugo – disse ela. – Amo.

– Não é tão diferente do seu, é? – indagou ele.

Ela balançou a cabeça. Não era *tão* diferente. Claro, era diferente o bastante para que transitar entre um e outro nem sempre fosse fácil – *se* era aquilo mesmo o que iria acontecer.

Mas ela estava feliz demais para especular naquele exato momento.

– Ah – disse ele, e ela olhou em volta e viu que os outros casais entravam na pista de dança.

Eles já não seriam o centro de todas as atenções.

Hugo fez Gwen girar num canto do salão e a puxou mais para perto. Os corpos deles não se tocavam, mas com certeza estavam mais próximos do que deveriam.

Deveriam de acordo com *quem*?

– Hugo – disse ela, olhando em seus olhos.

Seus belos olhos escuros, intensos e *sorridentes*. Esqueceu o que queria dizer.

Dançaram em silêncio por vários minutos. Gwen tinha profunda consciência de que aquele era um dos momentos mais felizes de sua vida. E então, antes que a música terminasse, ele se abaixou e murmurou em seu ouvido.

– Reparou que há um sótão na outra extremidade dos estábulos? Lembra onde estavam os filhotes?

– Reparei – disse ela. – Subi com a Sra. Rowlands, não foi? Quando ela escolheu o filhote.

– Não posso tê-la aqui, na minha cama, enquanto minha família e meus convidados estiverem na casa – falou ele. – Mas, depois que os visitantes forem embora e os hóspedes se recolherem para dormir, vou levá-la até lá. Nenhum dos cavalariços dorme lá. Limpei o sótão e espalhei palha fresca hoje de manhã. Levei cobertores e travesseiros. Vou fazer amor com você pelo resto da noite.

– Vai?

– A não ser que diga não.

Ela *deveria* dizer não. Assim como deveria ter feito na enseada em Penderris.

– Não vou dizer não – respondeu ela, enquanto a música terminava e ele a fazia dar mais uma pirueta.

– Mais tarde, então – disse ele.

– Sim. Mais tarde.

Não sentiu nenhum peso na consciência.

De repente aquela pequena agitação não totalmente consciente, que ela havia sentido quando Hugo erguera as mãos em resposta aos pedidos da valsa, se abriu como uma cortina, e ela conseguiu ver o que estava por trás.

Gwen não queria que a noite terminasse e, ao mesmo tempo, queria. Os bailes da aristocracia possuíam algo de magnífico que ela sempre apreciaria, mas havia um calor naquela festa que a tornava, no mínimo, igualmente interessante. Adorava o fato de que todos os hóspedes da casa passaram a chamá-la pelo primeiro nome assim que ela os convidara a fazê-lo, no segundo dia da estada. E adorava a maneira informal e afetuosa com que Hugo era tratado pelos vizinhos.

Ele era um anjo disfarçado, dissera a mulher do açougueiro durante a noite, sempre consertando as pernas das cadeiras, limpando chaminés, serrando galhos de árvores que ameaçavam cair num telhado se o vento soprasse com força ou cuidando da horta de alguém que estava ficando idoso demais para fazer a tarefa sem esforço. "E ele é *lorde* Trentham", dissera a mulher. "Quase caímos para trás quando descobrimos, no ano passado. Mas ele *continuou* a fazer as mesmas coisas, como se fosse um homem comum. E não são muitos os homens comuns que fazem tudo o que ele faz, mas a senhora sabe o que quero dizer."

Gwen sabia.

Por fim, a noite terminou e todos os convidados partiram em suas carruagens ou caminhando até o vilarejo, segurando lanternas que balançavam à brisa. Depois que eles se foram, pareceu levar uma eternidade até que o último hóspede da casa se encaminhasse para a cama, embora passasse só um pouco da meia-noite, como Gwen descobriu ao chegar a seu quarto. Mas, claro, todas aquelas pessoas trabalhavam para ganhar a vida e, mesmo de férias, não alteravam muito suas rotinas de acordar e dormir cedo.

Gwen dispensou a criada pelo resto da noite e mudou de roupa. Colocou a capa sobre a cama – a vermelha, aquela que vestia quando torcera o tornozelo – e se sentou na beirada do colchão, à espera.

À espera de seu amante, pensou ela, fechando os olhos e segurando as mãos no colo.

Não ia nem *começar* a pensar se era certo ou errado, se deveria fazer aquilo ou não.

Ia passar o resto da noite com ele, apenas isso.

Houve então uma batida de leve à porta e a maçaneta se mexeu silenciosamente. Ele também tinha trocado de roupa, percebeu Gwen quando se levantou e jogou a capa sobre os ombros, soprou as velas e deixou o aposento para juntar-se a ele no longo corredor escuro. Ele segurava uma única vela num castiçal. Tomou sua mão e lhe deu um beijo.

Nada falaram no trajeto pelo corredor, pelas escadas e ao cruzar o saguão. Ele lhe entregou a vela enquanto tirava as trancas da porta e a abria. Depois a pegou de volta, soprou e pousou numa mesa perto da porta. Não faria falta lá fora. As nuvens que escureciam a noite quando os convidados saíram deviam ter se deslocado. Uma lua quase cheia e milhões de estrelas tornavam a vela desnecessária.

Ele voltou a tomar sua mão e seguiu na direção dos estábulos. Continuavam sem falar. O som das vozes viajava longe durante a noite e algumas pessoas tinham se deitado havia pouco menos de meia hora.

Os estábulos estavam na escuridão até que Hugo pegou um lampião pendurado num gancho junto ao portão e o acendeu. Os cavalos relincharam, sonolentos. O cheiro familiar dos animais, de feno e couro não era desagradável. Caminharam pela estreita passagem entre as baias de mãos dadas, os dedos entrelaçados. Então ele soltou a mão dela para iluminar a subida por uma escada íngreme até o sótão. Gwen subiu na frente. Dois ou três filhotes ganiam numa grande caixa de madeira e um latido baixo indicava a presença da mãe.

Hugo pendurou o lampião num gancho atrás de uma viga de madeira e se abaixou para estender um cobertor sobre a palha fresca. Jogou alguns travesseiros sobre o tecido e olhou para Gwen. Ele tinha que se curvar ligeiramente para que a cabeça não batesse no teto.

– Primeiro preciso dizer uma coisa – falou ele, seco. – E resolver de uma vez. Senão, não terei um momento de paz.

Estava franzindo a testa e parecendo muito taciturno.

– Amo você – disse ele.

Ele lançou um olhar fulminante a Gwen, com a mandíbula tensa e expressão furiosa.

Rir seria muito errado, decidiu ela, tentando conter a vontade de fazer isso.

– Obrigada – disse ela, dando um passo à frente para colocar a ponta dos dedos sobre o peito dele e erguer o rosto para um beijo.

– Não fui muito bem, não é? – indagou ele, dando um sorriso sem jeito.

Em vez de rir, ela descobriu que estava segurando as lágrimas.

– Diga de novo – pediu ela.

– Não me torturaria, não é? – perguntou ele.

– Diga de novo.

– Amo você, Gwendoline – disse ele. – Na verdade, é um pouco mais fácil na segunda vez. Amo você, amo você, amo você.

E ele a abraçou com força o bastante para lhe tirar o fôlego. Gwen riu com o ar que havia sobrado.

Hugo a soltou, olhou-a nos olhos e abriu o fecho de sua capa.

– Está na hora de agir, e não apenas de falar – disse ele.

– Sim – concordou ela enquanto a capa caía na palha a seus pés.

Na lembrança de Hugo, apenas um detalhe fizera o amor na enseada de Penderris ser menos do que perfeito. Tinha posto as mãos em todas as partes do corpo dela, penetrado-a profundamente e por muito tempo, mas não a vira nua. Não a conhecera pele contra pele, como um homem devia conhecer a mulher amada. *Conhecer* de verdade.

Naquela noite, os dois ficariam nus e se conheceriam sem barreiras, sem artifícios, sem máscaras.

– Não – murmurou ele, quando ela tentou ajudá-lo a despi-la.

Não, ele não se privaria daquilo. E não havia pressa. Já devia ser uma hora da manhã e os cavalariços chegariam por volta das seis. Ainda restava muito tempo para se amarem algumas vezes e talvez até dormir. Ele nunca *dormira* com uma mulher. Queria dormir com Gwendoline quase tanto quanto queria fazer sexo com ela. Bom, talvez nem tanto.

Ele a despiu devagar: o vestido, a roupa de baixo – ela não usava espartilho –, até encontrar seu corpo, até que ficaram apenas as meias de seda. Ele recuou para olhá-la sob a luz da lamparina. Tinha formas belas, perfeitas. Um corpo de mulher, e não de menina. Um corpo de mulher que combinava com seu corpo de homem. Passou as mãos com leveza sobre seus seios, desceu até a cintura e a curva do quadril. Ela estremeceu, embora não sentisse frio, imaginou ele.

– Estou um pouco insegura – disse ela. – Nunca fiz isso antes. Quero dizer, sem roupa.

O quê? Que diabo de homem era Muir afinal de contas?

– Está usando roupas – disse ele. – Ainda está de meias.

Ela sorriu.

– Venha – pediu ele, tomando sua mão. – Vamos deitar sobre a coberta. Vou tirar as minhas roupas e cobri-la com meu corpo para restaurar sua decência.

– Ah, Hugo – disse ela, rindo baixinho.

Deitou-se e ele ficou de joelhos para tirar as meias dela, uma de cada vez. Beijou a parte interna das suas coxas, os joelhos, as panturrilhas, os tornozelos, o arco dos pés. E então, claro, ele quis se soltar e tomá-la. Ele estava pronto. Ela estava pronta. Mas ele prometera que seria pele contra pele desta vez.

Voltou a ajoelhar-se e tirou o casaco.

– Quer que eu o ajude? – perguntou ela.

– Em outra ocasião – disse ele. – Agora não.

Ela o observou, assim como o observara na praia, quando ele tirou quase toda a roupa.

– Temo ser um brutamontes – confessou ele ao ficar nu. – Queria ser mais elegante para você.

Ela olhou em seus olhos enquanto ele ajoelhava de novo entre suas pernas e afastava suas coxas.

– Não pode existir um homem tão modesto quanto você, Hugo. Eu não mudaria nada na sua aparência. Você é lindo, perfeito.

Ele riu baixinho enquanto se debruçava sobre Gwen, as mãos apoiando-se na altura dos ombros dela. Abaixou-se até sentir os seios roçarem de leve em seu tórax.

– Até quando estou carrancudo? – perguntou.

– Até carrancudo – garantiu ela, erguendo as mãos para acariciar seu pescoço. – Suas caretas não me enganam nem por um momento. Nem por um segundo.

Ele a beijou com suavidade, enquanto seu corpo ardia com um calor feroz.

– Queria que fosse perfeita – disse ele, roçando em seus lábios. – A primeira vez desta noite. Queria preliminares infindáveis antes de levá-la ao êxtase e saltar no abismo com você.

Ela voltou a rir.

– Acho que podemos deixar as preliminares para outra ocasião.

– Podemos? Tem certeza? – perguntou ele.

Ela uniu os lábios aos de Hugo, ergueu os seios para encostar no peito dele e envolveu seu quadril com as pernas. Ele esqueceu a existência da palavra "preliminar". Encontrou-a e mergulhou nela. E, se temia que ela ainda não estivesse completamente pronta, logo deixou seus medos de lado. Ela estava quente e molhada, seus músculos internos se agarravam a ele e o convidavam a explorar mais fundo.

Ele recuou e voltou a mergulhar. Estabeleceu um ritmo que os levaria ao clímax em questão de instantes. A pressa não importava. Não se tratava de resistência ou de habilidade. E, numa torrente, veio uma lembrança que nunca fora traduzida em palavras. Era algo que ele apenas sentira no fundo do coração: que Gwendoline era a única mulher da sua vida com quem o sexo significava fazer amor. Era a única mulher com quem o sexo fora algo compartilhado, não apenas um ato para o próprio prazer e bem-estar.

Diminuiu o ritmo por um instante, ergueu a cabeça e observou os olhos dela, que o encarou com olhos semicerrados. Parecia quase sentir dor. Mordeu o lábio inferior.

– Gwendoline – disse ele.

– Hugo.

– Meu amor.

– Sim.

Ele se perguntou brevemente se algum deles se lembraria daquelas palavras. Dizer nada e dizer tudo.

Apoiou a testa no ombro dela e levou os dois até o limiar do clímax e, então, até uma gloriosa descida ao nada. Ao tudo.

Ouviu o grito dela.

Ouviu o próprio grito.

Ouviu um filhote guinchar e mamar.

E suspirou ruidosamente junto ao pescoço dela, permitiu-se o breve luxo de relaxar o peso sobre aquele corpo quente, úmido e belo.

Ela também suspirou, não para reclamar. Foi um suspiro de perfeito contentamento. Ele tinha certeza.

Saiu de cima dela, procurou o outro cobertor que havia deixado ali pela manhã – na manhã do dia anterior, supôs – e o estendeu sobre os dois. Apoiou a cabeça dela em seu braço e descansou o rosto em seus cabelos.

– Quando eu tiver mais energia – disse ele –, vou propor transformá-la em uma mulher honesta. E, quando *você* tiver mais energia, vai aceitar.

– Vou? – perguntou ela. – E agradecer muito, senhor?

– Basta aceitar – disse ele e pegou no sono na mesma hora.

CAPÍTULO 23

– Hugo – chamou Gwen, sussurrando.

Ele dormia havia algum tempo, mas começara a fazer ruídos. Ela observava seu rosto brilhar à luz fraca do lampião.

– Hummm.

– Hugo – insistiu. – Lembrei-me de algo.

– Hummm – repetiu ele, sonolento, e soltou o ar ruidosamente. – Eu também. Acabei de me lembrar do que acabou de acontecer e, se me der mais alguns minutos, estarei pronto para criar mais lembranças maravilhosas.

– Sobre... sobre o dia em que Vernon morreu – disse ela.

Os olhos deles ficaram bem abertos.

Os dois se fitaram.

– Sempre tentei não me lembrar daqueles minutos. Mas *lembrei*. Nada poderá apagar as imagens.

Ele colocou uma das mãos na lateral do rosto dela e a beijou.

– Eu sei. Eu sei.

– E sempre houve alguma coisa que me escapava. Algo que parecia não se *encaixar*. Nunca me esforcei demais para descobrir o que era, porque não queria me lembrar de nada. Ainda não quero. Ainda gostaria de poder esquecer tudo.

– Lembrou-se do que não se encaixava? – perguntou ele.

– Aconteceu na noite passada, quando seus vizinhos tentavam persuadi--lo a dançar a valsa e todos riam – disse ela. – Você ergueu a mão de forma a responder.

O polegar dele acariciou o rosto de Gwen.

– Você ergueu a mão espalmada. É o que as pessoas fazem, não é, quando querem dizer algo ou interromper alguém?

Ele ficou calado.

– Quando eu... – continuou ela, com a mão erguida e então engoliu em seco com força. – Quando me virei, no momento em que Vernon despencou da galeria, Jason já estava voltado para ele, com a mão erguida, para impedi-lo. Foi um gesto inútil, claro, mas compreensível sob as circunstâncias. Só que...

Gwen franziu a testa, tentando se concentrar na imagem em sua mente. Mas ela *tinha* razão.

– A palma da mão estava virada na direção dele mesmo? – perguntou ele. – Como se Jason estivesse chamando Vernon, e não tentando impedi-lo? *Provocando-o?*

– Talvez eu tenha me recordado da forma errada – disse ela, embora soubesse que não era o caso.

– Não – rebateu ele. – As lembranças ficam registradas, mesmo quando a mente não as admite por sete anos ou mais.

– Ele não seria capaz de fazer isso se eu não estivesse de costas, se eu tivesse subido para encontrar Vernon, em vez de entrar na biblioteca.

– Gwendoline, se nada tivesse acontecido, por quanto tempo teria ficado na biblioteca?

Ela pensou.

– Não muito. Não mais do que cinco minutos. Provavelmente menos. Ele precisava de mim. Acabara de ouvir algo muito perturbador. Eu compreenderia assim que entrasse no aposento. Teria respirado fundo algumas vezes, como aconteceu em outras ocasiões, e voltado.

– Ele sofreu muito a perda do filho? – perguntou ele.

– Ele se culpava.

– E precisava que o reconfortasse. E ele reconfortava *você*?

– Ele estava *doente*.

– Estava – concordou ele. – E, se os dois tivessem vivido mais cinquenta anos, ele teria continuado doente e você continuaria a amá-lo e a reconfortá-lo.

– Prometi cuidar dele na alegria e na tristeza, na saúde e na doença – lembrou ela. – Mas eu o decepcionei no final.

– Não. Você não era a carcereira dele, Gwendoline. Não podia permanecer de guarda ao lado dele 24 horas por dia. E, com ou sem doença, ele não tinha perdido a inteligência, não é? Você perdeu um filho tanto quanto ele.

Mas ele assumiu o fardo da culpa e, no processo, acabou roubando o consolo de que você necessitava tanto. Mesmo nas profundezas do desespero, ele deveria saber que estava lhe empurrando um fardo insuportável, sem fazer nada do que prometera para *você*. A menos que seja loucura total, a doença não é desculpa para egoísmo. Você precisava de amor tanto quanto ele. Vernon se jogou. Ninguém o empurrou. Foi estimulado, provocado. Mas, ao que parece, foi ele que decidiu cair. Compreendo por que se culpa. Posso compreender talvez melhor do que ninguém. Mas eu a isento de qualquer culpa. Liberte-se, meu amor. Grayson não pode ser acusado de assassinato, não é? Mesmo que a intenção dele tenha sido, sem dúvida, assassina. Deixe-o entregue à própria consciência, embora eu acredite que ele não tenha uma. Deixe-o entregue à própria perversidade. E permita-se ser amada. Deixe-me amá-la.

– Jason estava conosco quando caí – disse ela. – Quando meu cavalo hesitou diante do obstáculo. Nunca havia perdido um salto antes, e aquela nem era a cerca mais alta que ele encarou. Jason estava conosco. Atrás de mim, pressionando, tentando encorajar meu cavalo a saltar. Foi o que sempre pensei. Ele não pode ter... ou pode?

Gwen ouviu Hugo inspirar lentamente.

– É possível que eu não tenha matado meu filho? Ou quem sabe eu apenas deseje que isso seja verdade porque percebi que ele queria Vernon fora do caminho, até mesmo morto? Ele também queria a morte de nosso filho? Ele queria que *eu* morresse?

– Ah, Gwendoline. Ah, meu amor.

Ela fechou os olhos, mas não conseguiu impedir que lágrimas quentes, escaldantes, descessem por seu rosto até se juntarem perto do nariz e pingarem no cobertor.

Ele a tomou nos braços, espalmou uma de suas mãos por trás da cabeça dela e a beijou no rosto, nas pálpebras, nas têmporas, nos lábios úmidos.

– Calma – sussurrou. – Calma. Deixe que tudo passe. Deixe-me amá-la. Você entendeu mal o amor, Gwendoline. Não é apenas dar, dar, dar. Também é receber. Permitir que o outro tenha a alegria e o prazer de dar. Deixe-me amá-la.

Ela pensou que seu coração ia explodir. Durante toda a vida – ou pelo menos desde que se casara – ela se mantivera forte, tentando estar sempre alegre, nunca ser negativa ou amarga. Tentara amar e aceitara a retribuição, desde que fosse o amor tranquilo e fiel da mãe, do irmão, de Lauren, de Lily ou do resto da família.

Mas...

– Seria como pular da beirada do mundo – disse ela.

– É. Estarei lá para pegá-la.

– Mesmo?

– E pode me segurar quando eu pular – disse ele.

– Você vai me esmagar – falou ela.

Os dois começaram a rir e se abraçaram, molhados pelas lágrimas dela.

– Gwendoline – disse ele quando finalmente voltaram ao silêncio. – Você quer se casar comigo?

Ela o abraçou de olhos fechados, sentindo a mistura de cheiros de água-de-colônia, suor e masculinidade. E algo indefinível e maravilhoso que era o próprio Hugo.

– Acha que posso ter filhos? – questionou ela. – Acha que mereço uma chance? E se eu não conseguir?

Ele fez um som de reprovação.

– Ninguém pode ter certeza. Vamos descobrir com o tempo. E, sim, você merece ter filhos gerados em seu corpo. Quanto a mim, não se preocupe. Prefiro mil vezes casar com você e não ter filhos a casar com qualquer outra mulher no mundo e ter uma dúzia. Na verdade, não acho que me *casarei* com mais ninguém, se não me aceitar. Terei que começar a frequentar bordéis.

A essa altura, os dois davam gargalhadas.

– Pois bem, *nesse caso...* – disse ela.

– Sim?

Ele recuou a cabeça e olhou para ela à luz do lampião.

– Eu me casarei com você – disse ela, séria. – Ah, Hugo, não me importo com o número de mundos que teremos que atravessar para descobrir nosso próprio mundinho. Não me importo. Farei o que for preciso.

– Eu também – disse ele.

E eles sorriram até que *os dois* ficaram com lágrimas nos olhos.

Hugo se sentou e vasculhou a pilha de roupas até encontrar o relógio. Segurou-o sob a luz.

– São duas e meia – falou. – Precisamos sair daqui por volta das cinco e meia. Três horas. O que podemos fazer em três horas? Alguma sugestão?

Ele se virou para encará-la.

Gwen abriu os braços.

– Ah, sim – disse ele. – Uma sugestão excelente. E três horas é tempo suficiente para preliminares e banquete.

– Hugo – chamou ela, enquanto ele a abraçava de novo e rolava de costas, deixando que ela ficasse por cima. – Ah, Hugo, eu amo você. Amo muito.

– Hummm – disse ele, roçando em seus lábios.

Hugo fez o anúncio durante um desjejum tardio que contou com a presença de todos. Talvez devesse ter falado primeiro com o irmão de Gwendoline, mas já havia feito aquilo no passado. E talvez o anúncio devesse ser feito para a família dela primeiro mas... por quê? A família seria informada assim que retornassem a Londres.

– Ah – disse Constance, olhando para a mesa e parecendo tristonha. – Toda empolgação acabou e amanhã voltaremos para Londres.

– Mas cada momento de nossa visita foi *maravilhoso*, Constance – rebateu Fiona, com uma voz calorosa e animada que Hugo nunca ouvira. – E ainda temos o dia de hoje para aproveitar.

– E nem toda empolgação acabou – disse Hugo, da cabeceira da mesa. – Pelo menos para *mim*. E para *Gwendoline*. Porque ficamos noivos e pretendemos passar o dia aproveitando nossa nova condição.

Na noite anterior, Gwen havia lhe dito que ele podia fazer o anúncio se desejasse. Ela sorria e mordia o lábio enquanto a sala se enchia com sons de exclamações, gritinhos, aplausos, cadeiras arranhando o chão e todo mundo querendo falar ao mesmo tempo. Hugo recebeu apertos de mão, tapinhas nas costas, beijos no rosto. Viu que Gwendoline também estava sendo abraçada e beijada.

Ele se perguntou se os parentes dela reagiriam com tanto entusiasmo e lhe ocorreu que era bem possível que sim.

– Acredito que me deva 10 guinéus, Mark! – exclamou o primo Claude, do outro lado da mesa. – Eu *disse* que seria antes do fim da semana. E *houve* testemunhas.

– Não podia ter esperado mais um ou dois dias, Hugo? – reclamou Mark.

– E *quando* serão as núpcias? – perguntou tia Henrietta. – E *onde*?

– Em Londres – disse Hugo. – Provavelmente na St. George, em Hanover Square. Assim que saírem os proclamas. Queremos nos casar e voltar para cá antes do verão.

Tinham discutido outras possibilidades para a cerimônia – Newbury Abbey, Crosslands Park, até Penderris Hall –, mas queriam que as duas famílias pudessem comparecer, e qualquer lugar fora de Londres parecia impraticável, em parte por causa do número de pessoas a ser acomodado e em parte porque os membros da família dele já tinham tirado vários dias de férias. Além disso, a temporada de eventos sociais ainda estaria a todo o vapor e o Parlamento, em atividade. Realmente não queriam esperar até o verão.

– Na St. George – repetiu tia Rose. – Magnífico! Espero que sejamos todos convidados.

– Não poderíamos nos casar se *todos* vocês não comparecessem, bem como a minha família – respondeu Gwendoline.

– Mas não tenho nada para *vestir* – disse Constance, rindo com entusiasmo. – Ah, estou tão feliz!

– Não resolva explodir de alegria perto da comida, por favor, Con – zombou o primo Claude.

Hugo estava cansado. Havia dormido talvez por uma hora, depois de fazer amor pela segunda vez de forma vigorosa, mas consumira todas as energias numa terceira rodada, que terminara perigosamente perto das cinco e meia da manhã, quando ele decidira que era preciso deixar o estábulo. Teria sido um constrangimento horrendo se fossem encontrados por algum cavalariço.

Gwendoline fora para a cama quando voltaram para a casa. Ele, não. Estava empolgado demais, como um jovem.

Hugo se sentia agradavelmente cansado. O corpo estava saciado e relaxado; a mente, concentrada na felicidade. E ele *não* permitiria que a cabeça vagasse por ideias de que a felicidade era temporária e o romance, algo ainda mais efêmero. Não estava apenas apaixonado pela noiva. Ele a *amava*. E não tinha ilusões sobre finais felizes. Sabia que a felicidade exigia um esforço contínuo e diligente, semelhante ao que ele fazia quando menino e queria seguir os passos do pai. Ou, mais tarde, quando quisera ser o melhor oficial do Exército britânico.

Não temia o fracasso.

Pouco depois do desjejum, Fiona caminhou de braços dados com ele ao ar livre. Era um final de manhã fresco e nublado.

– É tudo tão bonito, Hugo – disse ela. – O tempo todo que passamos aqui as pessoas vêm lhe dizendo o que acham que você deve fazer para aproveitar melhor o espaço. E você disse que fará algumas mudanças. Não faça muitas. Às vezes a natureza simplesmente é o essencial.

Ele olhou para a madrasta e se surpreendeu com o afeto que sentiu por aquela mulher a quem o pai tanto amara e com quem tivera uma filha – Constance.

– Não farei grandes mudanças – afirmou ele. – Não vou fazer nada grandioso, extravagante. Constance e eu fomos a um evento num jardim em Richmond, há pouco, você talvez lembre. O jardim era magnífico. Mas eu não trocaria o meu terreno aqui por nada no mundo.

– Que bom.

Ela caminhou em silêncio ao lado dele por algum tempo.

– Hugo, sei o que fiz. Sei que eu o mandei para uma vida para a qual você não se adaptaria de forma alguma, apesar de ter se distinguido de forma notável. Se tivesse morrido, eu...

Ele pousou uma das mãos sobre a que ela apoiava em seu braço.

– Fiona – disse ele –, ninguém me mandou. Eu *escolhi* partir. Se não tivesse partido, eu seria um homem diferente. Talvez melhor, talvez pior, talvez muito parecido. Seja como for, eu não desejaria ser diferente, eu não desejaria não ter as experiências que me trouxeram até o lugar onde me encontro hoje. Se eu não tivesse partido, não teria conhecido Gwendoline. E eu *não* morri, não é?

– É generoso. Está dizendo que me perdoa. Obrigada. Talvez eu acabe me perdoando. Seu pai era um homem bom. Mais do que bom. Merecia alguém melhor que eu.

– Ele a escolheu. Escolheu por amá-la.

– Eu queria perguntar a você – disse ela. – A razão que me levou a procurá-lo esta manhã é perguntar...

Hugo virou a cabeça na direção dela.

– Philip... o Sr. Germane... perguntou se poderia me visitar em Londres. Quer me mostrar o jardim botânico em Kew e o pagode que existe lá dentro. Quer me levar ao teatro, porque tem muitos anos que não vou, e quer me mostrar Vauxhall Gardens, porque *nunca* estive lá. Você se *zangaria*, Hugo? Seria desrespeitoso com seu pai? Seria desagradável para você, por ele ser irmão da sua falecida mãe?

No decorrer da semana, Hugo observara o carinho que Fiona e Philip pareciam compartilhar. Observara com certo prazer. Philip se casara fazia muitos anos, ainda bem jovem, antes que Hugo fosse para a guerra, mas a esposa morrera durante o parto menos de um ano depois. Permanecera solteiro desde então. E Fiona, apesar da recente depressão, dos problemas de saúde e de se prender de forma possessiva a Constance, havia desabrochado de repente, ao mesmo tempo que alcançava a maturidade. Suportara um pesado fardo de infelicidade e culpa, mas demonstrava fazer um grande esforço para reconstruir a vida.

Talvez, se ficassem juntos – se chegassem a esse ponto –, eles pudessem encontrar uma felicidade duradoura. Era uma questão que não cabia a Hugo responder. Mas ele *podia* desejar o melhor.

Bateu carinhosamente na mão dela.

– Faça com que ele a leve a Vauxhall numa noite com fogos de artifício – disse ele. – Ouvi dizer que são as melhores noites.

Ela suspirou profundamente.

– Estou muito feliz por você. Quando lady Muir apareceu lá em casa pela primeira vez, para comprar roupas com Constance, eu estava preparada para odiá-la. Mesmo então, não consegui. E, esta semana, vi que ela age sem afetação e não trata ninguém com condescendência. Parece apreciar de verdade a companhia de todos... até de minha sogra. E vi quanto ela o ama. Vocês pareciam tão belos quando estavam juntos, dançando a valsa na noite passada. O anúncio que você fez no desjejum não foi surpresa para ninguém, sabe?

Ele riu, lembrando-se de como havia se preparado para dar a notícia.

As primeiras gotas de chuva fizeram com que eles voltassem para dentro de casa.

Ele foi até a sala de bilhar pouco depois e acompanhou um jogo em andamento. Quando partiu, Ned Tucker o seguiu.

– Está ocupado? – perguntou ele. – Podemos conversar?

Hugo o levou até a biblioteca, lembrando-se de que ia precisar encontrar algum lugar que aceitasse a doação daqueles livros horrendos. As estantes ficariam meio vazias, mas era preferível ter lacunas a encontrar livros de que não gostava a cada vez que entrasse no aposento. Aos poucos eles seriam substituídos pelas obras que Gwendoline e ele escolhessem. Talvez ela tivesse algumas sugestões sobre o que fazer com as estantes vazias nesse meio-tempo.

– Fiz mal em vir para cá, quando sei que me convidou apenas porque eu estava presente na hora em que o convite foi feito para a família da Srta.

Emes e a Sra. Rowlands disse que eu era como um filho – disse Tucker.

– Não teve escolha, não foi? Mas eu deveria ter recusado. Aceitei porque queria vir e me diverti muito. Obrigado.

– Estou mais do que feliz com sua presença – disse Hugo, servindo para os dois uma bebida da garrafa que ficava na escrivaninha e indicando duas poltronas perto da janela.

Ainda chovia, notou, embora fosse mais uma garoa do que uma chuvarada. As estradas não estariam tão ruins para a viagem do dia seguinte.

– Sua irmã está aproveitando imensamente a primavera – afirmou Tucker, olhando para a taça enquanto girava o vinho do Porto. – Ela sofreu com a morte do pai no ano passado e, antes disso, era apenas uma menina.

Hugo esperou.

– Ela tem convivido mais com os primos e os amigos do lado paterno – prosseguiu Tucker. – Com gente do próprio meio. E andou conhecendo a aristocracia, caminhando e cavalgando com uma série de cavalheiros. Tenho certeza de que são todos dignos dela, caso contrário o senhor ou lady Muir ou os dois botariam um fim na associação. Sei que é jovem e inexperiente demais para fazer escolhas. Não que isso seja impedimento para muita gente. Mas Constance é muito sensata para sua idade, ao que me parece. E também tem...

Ele parou para dar um gole, com movimentos um tanto trêmulos.

– Você? – sugeriu Hugo.

– Eu sou o que pôde ver – disse Tucker. – Sei ler, escrever e fazer contas. Tenho uma pequena casa e uma loja. A loja me proporciona uma renda constante, embora nunca vá me deixar rico. Mas as pessoas sempre vão precisar de materiais. Arrisco dizer que vou manter a loja até o fim da vida e entregá-la a meu filho quando morrer, como meu pai fez comigo. Faço algumas experiências, principalmente com carpintaria e metalurgia. Fiz algumas casas de boneca e canis, e os vendi com um belo lucro. Não me importaria de tentar algo um pouco maior. Um abrigo, talvez, embora eu goste de usar um pouco a imaginação.

– Um caramanchão? – sugeriu Hugo. – Um coreto?

Tucker considerou as sugestões.

– Seria magnífico, embora eu não conheça ninguém que necessite de algo parecido.

– Está olhando para essa pessoa – disse Hugo.

Tucker o encarou e então abriu um sorriso.

– Verdade?

– Verdade. Vamos falar sobre isso em algum momento – disse Hugo.

– Certo – concordou Tucker, voltando sua atenção para o conteúdo quase intocado da taça.

– Não estou pedindo a mão dela. Nada disso. Não estou nem pedindo permissão para cortejá-la. Não acho que ela esteja pronta para ser cortejada por *ninguém*. O que *peço*...

Tucker fez uma pausa e respirou fundo.

– Se chegar o momento em que ela *estiver* pronta e *se* parecer inclinada a gostar de mim, mesmo sabendo que poderia fazer um negócio muito mais proveitoso com pessoas de sua própria classe ou da elite, seria *melhor* se eu fingisse não estar interessado ou mesmo que fingisse haver outra pessoa?

Era uma pergunta complicada.

Ou talvez não fosse nada complicada.

– Você a ama? – perguntou Hugo.

Tucker o olhou nos olhos.

– Imensamente – respondeu.

– Então confio que fará a coisa certa – respondeu Hugo. – E confiarei em Constance. Já confio. A decisão deve ser sua e dela. E da mãe dela também, quando chegar a hora. Eu não fingiria nada, se fosse você. É melhor ser honesto e confiar que ela seja capaz de tomar uma decisão acertada.

– Obrigado – disse Tucker.

Ele ergueu a taça e bebeu todo o vinho.

– *Obrigado*. E então, *onde* gostaria de construir o caramanchão? E qual o tamanho que imaginou?

Hugo olhou de relance para a janela. Parecia que chuva havia parado por ora, apesar de as nuvens continuarem baixas.

– Venha – chamou. – Vou lhe mostrar. Melhor ainda: vou procurar Gwendoline para que ela nos acompanhe e mostre a você. Talvez Constance também queira vir conosco.

Na verdade, ele não aguentava mais esperar para ver Gwendoline, para ter uma desculpa para ficar algum tempo com ela. Como anfitrião, ele se sentia obrigado a passar o tempo todo com os seus convidados, mesmo sendo parentes, e a noiva acabava ficando de lado.

Às vezes a vida era uma bobagem.

E outras vezes era mais maravilhosa do que ele poderia ter sonhado.

CAPÍTULO 24

Amanheceu chovendo no dia da cerimônia de casamento. Chovendo bastante.

Hugo, que não acreditava em presságios, pensou que o sol ou pelo menos um tempo firme seriam mais convenientes para quem compareceria a um casamento. Porém, quando o sol *saiu* no momento em que ele deixava a casa e as ruas e as estradas começaram a secar quase no mesmo instante, Hugo se deu conta de que talvez *acreditasse* um pouquinho em presságios, afinal de contas.

Havia convidado Flavian para ser seu padrinho e esperava que aquilo não ofendesse pelo menos meia dúzia de primos. Flavian lhe parecia um amigo mais próximo. E ele havia aceitado bem rápido, depois de erguer as sobrancelhas, suspirar profundamente e fazer um discurso curto e lânguido.

– Hugo, meu querido – dissera ele –, o mundo poderia dar uma olhada em você e concluir que seria o último homem da terra a sucumbir a algo tão frágil quanto o amor romântico. Mas todos no Clube dos Sobreviventes diriam ao mundo que, se existe alguém capaz de se apaixonar, esse alguém é você. Apesar de toda a conversa muito sensata, no início do ano, sobre encontrar uma parceira adequada. Sim, sim, serei seu padrinho. E posso apostar que você ainda estará contemplando sua noiva com um olhar romântico quando ela tiver 80 anos e você for ainda mais velho. E ela vai devolver o olhar da mesma forma. Você quase restaura a fé das pessoas em finais felizes.

– Bastaria um simples sim, Flave – dissera Hugo.

– Com certeza – concordara Flavian.

Todos os parentes de Hugo compareceriam à cerimônia, assim como George e Ralph. Imogen surpreendera Hugo ao aceitar o convite. Passaria alguns dias em Londres, hospedada por George, escrevera na carta. Ben se encontrava no norte da Inglaterra, em visita à irmã. Vincent não estava em casa, e a família não sabia de seu paradeiro. Mas ele levara roupas e seu valete - um homem que sempre demonstrara ser capaz de cuidar de todas as suas necessidades. Ninguém estava preocupado por enquanto.

A família de Gwendoline também tinha sido convidada, bem como alguns amigos. Mas aquele não seria um típico casamento aristocrático da temporada de eventos sociais. A igreja não estaria transbordando com a nata da sociedade inglesa. Embora fosse inevitável haver uma grande lista de convidados, os dois queriam uma atmosfera intimista, com a presença das pessoas mais próximas a eles.

– Acho que preferiria enfrentar outra missão suicida – disse Hugo ao chegar à igreja e encontrar uma pequena multidão de curiosos que na certa aumentaria durante a hora seguinte.

– Se tivesse comido alguma coisa no desjejum, como aconselhei, estaria se sentindo bem melhor – afirmou Flavian.

– É uma opinião baseada na voz da experiência? – perguntou Hugo.

– De maneira alguma – disse Flavian. – Nunca cheguei ao altar, nem mesmo perto dele.

Hugo se repreendeu em silêncio. Fora insensível ao falar assim com o amigo.

– E por essa bênção serei eternamente grato – continuou Flavian. – Seria um tanto desanimador, não acha, descobrir *depois* do casamento que, quando a noiva falou que o amaria na alegria ou na tristeza, ela não estava levando aquilo a sério. E que queria dizer, na realidade, que amaria na alegria, mas fugiria como uma louca se fosse confrontada pela tristeza.

Verdade, pensou Hugo. E lembrou que Gwendoline acreditara naquelas palavras ao se casar com o primeiro marido. Ele estendeu a mão e apertou o braço do amigo enquanto entravam na igreja.

– Não, Hugo, eu imploro – disse Flavian, estremecendo. – Não seja sentimental comigo. Estou começando a me perguntar se não seria preferível uma missão suicida a ser padrinho de uma alma romântica.

Hugo riu.

Quando a noiva chegou, um pouco depois, sem se atrasar um minuto sequer, Hugo se sentia bem mais relaxado. E animado. E ansioso para começar sua nova vida. Para viver feliz para sempre. Ah, sim, ele não acreditava naquilo, mas de vez em quando se esquecia de ser cético. E com certeza ele podia se dar esse direito no dia do seu casamento.

Ela havia chegado. O órgão começou a tocar e o sacerdote assumiu seu posto. Hugo não conseguia decidir se deveria ficar diante do altar ou se virar e acompanhar a aproximação dela. Tinha esquecido de perguntar qual seria a coisa certa a fazer.

Optou por um meio-termo. Virou-se e ficou observando, tenso, a chegada da noiva, que vinha de braço dado com o irmão. Seu vestido era de um lindo rosa e... bem, às vezes as palavras não dão conta de tudo. Gwen olhava para ele e Hugo percebia que havia um sorriso sob o véu.

Ele fez uma verificação mental da expressão no próprio rosto. Os dentes estavam cerrados, o que deixava a mandíbula tensa, assim como suas sobrancelhas. Ele quase sentia o vinco que se formava quando franzia a testa. As mãos estavam às costas. Deus do céu, ele devia estar com a postura de quem participa de um desfile militar. Ou de quem comparece a um enterro. Por quê? Estava com medo de sorrir?

Estava, percebeu. Não conseguiria segurar tudo o que sentia se abrisse um sorriso. Ele ficaria vulnerável, para falar a verdade. Vulnerável a quê? Ao amor?

Ele já dera um salto do fim do mundo e fora acolhido, em segurança, pelos braços do amor.

O que havia a temer?

Que ela não aparecesse, depois de tudo?

Ela estava *ali*.

Que ela não dissesse *sim* ou o que diabo tivesse que ser dito quando chegasse a hora?

Ela diria.

Que ele não fosse capaz de amá-la para sempre?

Ele a amaria para sempre e até depois.

Ele deixou os braços relaxarem.

E sorriu quando a noiva se aproximou.

Será que Hugo havia imaginado aquele suspiro coletivo vindo das pessoas reunidas na igreja?

Como a vida era estranha, pensou Gwen. Se não tivesse lido a carta da mãe em voz alta para Vera naquele dia, no início de março, e se Vera não houvesse respondido com agressividade, se ela não tivesse saído para caminhar naquela praia rochosa e parado para contemplar o mar distante, ela talvez nem tivesse percebido quanto se sentia solitária. Poderia ter negado a realidade por muito mais tempo.

E, se não tivesse escalado aquela encosta íngreme e torcido o tornozelo, não teria conhecido Hugo.

Nunca havia acreditado em destino. Ainda não acreditava. Crer nele significaria transformar o livre-arbítrio e as escolhas em algo sem sentido. E era por meio de tal liberdade que se vivia a vida e se aprendia o que era necessário. Contudo, por vezes lhe parecia haver *algo*, um sinal, que empurrava a pessoa em certa direção. O que se escolhia fazer a partir de tal empurrão era decisão de cada um.

Seu acidente, a presença de Hugo nas imediações, tudo acontecendo logo depois de perceber sua solidão - tudo isso era mais do que simples coincidência, com certeza. E talvez fosse mesmo correto afirmar que não existiam coincidências.

A probabilidade de encontrar Hugo e conhecê-lo o suficiente para adentrar sua fachada militar e até amá-lo era mínima. Mas tinha acontecido.

Ela o amava mais do que pensara ser possível.

A família inteira aprovara a união - com a possível exceção de Wilma, que, dessa vez, de forma surpreendente, não oferecera nenhuma opinião. Todos pareciam entender que o que ela sentia por Hugo era extraordinário, pois, se estava preparada para amar e se casar com um homem aparentemente tão inadequado para ela, então devia mesmo ser *amor*. Além do mais, estavam todos aliviados por Gwen sair do casulo onde residira em segurança desde a morte de Vernon e estar pronta para voltar a viver.

A mãe derramara lágrimas.

Lauren também.

Lily a levara para comprar o enxoval.

E agora estava acontecendo. Enfim. Um mês para os proclamas podia parecer um ano inteiro. Mas a espera acabara e ela estava no interior da igreja de St. George, em Hanover Square, e sabia que toda a sua família e a dele estavam reunidas, embora não tivesse olhado para os lados. Ela se agarrou ao braço de Neville e só viu Hugo.

Ele tinha uma aparência bem semelhante àquela que exibia na encosta sobre a praia, a não ser por usar um sobretudo naquela ocasião e agora estar vestido com roupas elegantes, adequadas a uma cerimônia de casamento.

Estava fazendo uma cara feia.

Ela sorriu.

Então aconteceu algo inacreditável, algo maravilhoso. Apesar de estar numa igreja lotada de gente, com todos os olhares voltados para ele, Hugo sorriu para ela – um sorriso caloroso que iluminou seu rosto e o deixou incrivelmente atraente.

Um murmúrio correu pela igreja. Todos também haviam reparado.

Ela se colocou ao lado dele, o órgão parou de tocar e a cerimônia começou.

Foi como se o tempo passasse mais devagar. Ela ouviu cada palavra, cada resposta, inclusive as dela, sentiu a frieza delicada do ouro quando a aliança foi colocada em seu dedo, parando por um momento na articulação antes de entrar por completo.

Então, depressa demais e *enfim*, a cerimônia acabou e eram marido e mulher. Ninguém poderia separá-los. Ele apertou sua mão e sorriu, parecendo um garotinho cheio de empolgação. Então ergueu o véu e o ajeitou.

Ela olhou para ele.

Seu marido.

Seu marido.

O resto da cerimônia se passou com tranquilidade, o registro foi assinado e os dois saíram sorridentes, olhando para os lados, procurando fazer contato visual com tantos parentes e amigos quanto fosse possível. Estavam de braços dados e mãos unidas.

A luz do sol os saudou do lado de fora da igreja.

E houve uma saudação animada da pequena multidão.

Hugo olhou para Gwen.

– Pois bem, esposa.

– Pois bem, marido.

– Não parece bom? – perguntou ele. – Ou parece fantástico?

– Hum. Acho que parece fantástico – disse ela.

– Também acho, lady Trentham – falou ele. – Que tal corrermos para a carruagem antes que todo mundo saia da igreja?

– Acredito que seja tarde demais.

De fato, a caleche que os levaria até Kilbourne House para o desjejum estava toda enfeitada com fitas, laços, botinas velhas e até com uma chaleira de ferro. E lá estavam Kit, Joseph, Mark Emes e o conde de Berwick à espera, com as mãos cheias de pétalas de flores, que lançaram sobre Hugo e Gwen enquanto eles corriam, rindo, até a carruagem.

– Espero que ninguém esteja pensando em usar aquela chaleira de novo – falou Hugo, brincando, enquanto dava sinal para que o cocheiro saísse com a carruagem.

– Todo mundo a 10 quilômetros de distância vai saber que estamos chegando – disse Gwen.

– Tem duas coisas que podemos fazer, meu amor – afirmou Hugo. – Podemos nos esconder no chão do veículo, uma alternativa que tem muitos pontos favoráveis, ou podemos enfrentar e fazer com que as pessoas ignorem o barulho.

– Como? – perguntou ela, rindo.

– Assim – disse ele.

Virou-se e, segurando o queixo da esposa com uma das mãos, começou a beijá-la com intensidade.

Em algum lugar, alguém aplaudiu. Outra pessoa assoviou de forma tão estridente que conseguiu ser ouvida apesar do barulho da chaleira.

A segunda opção, por favor, Gwen teria dito se não estivesse com a boca ocupada.

Mas ela não disse nada.

CONHEÇA OS LIVROS DE MARY BALOGH

Os Bedwyns

Ligeiramente perigosos

Ligeiramente pecaminosos

Ligeiramente seduzidos

Ligeiramente escandalosos

Ligeiramente maliciosos

Ligeiramente casados

Clube dos Sobreviventes

Uma proposta e nada mais

Um acordo e nada mais

Uma loucura e nada mais

Uma paixão e nada mais

Uma promessa e nada mais

Um beijo e nada mais

Um amor e nada mais